{ ANDRÉ MATHIEU }

Paula

Tome 3
Femme d'avenir

Les Éditions
Coup d'œil

Couverture et conception graphique : Jeanne Côté
Révision et correction : Pierre-Yves Villeneuve

Première édition : © 2008, Les Éditions Nathalie, André Mathieu
Présente édition : © 2014, Les Éditions Coup d'œil, André Mathieu
www.facebook.com/EditionsCoupDœil

Dépôts légaux : 3e trimestre 2014
Bibliothèque et Archives nationales du Québec
Bibliothèque et Archives Canada

Imprimé au Canada

ISBN : 978-2-89731-537-5

Qui trouvera une femme forte ?
Elle est plus précieuse que tous les joyaux
venus des extrémités du monde.
Livre des proverbes

En amour, je ne crois qu'aux miracles féminins.
Tous les miracles de l'amour sont maternels.
Aveline

Chapitre 1

Saint-Georges de Beauce, été 1972

Paula consulta sa petite montre dorée qui étincelait sous l'éclat de la lumière solaire. La journée commençait son lent déclin, mais les rayons entraient encore en abondance dans la pièce longue mi-cuisine mi-salon, et se répandaient sur la table.

L'heure échappa à l'attention de la jeune femme. Sa libre pensée dérivait sur le train-train du temps qui passe.

Deux ans bientôt déjà depuis la mort de Lucie, depuis ce triste jour d'octobre 1970 où elle avait répondu au ciel chagrin par de vigoureux élans d'enthousiasme dont sa sœur cadette, depuis la tombe, avait sûrement été la joyeuse complice.

«Dans la vie, il y a des gagnants et il y a des perdants, et toi, tu es de la race des meilleurs», s'était acharnée à lui répéter sa sœur disparue trop tôt et qui, prêchant par ce discours fataliste, tâchait de donner explication à ses propres misères morales et physiques, dont les deux plus affreuses avaient été son viol en 1960 et le cancer qui l'emportait dans la mort à l'automne 1970, la séparant alors à jamais de son mari et de son jeune fils Marc.

Lucie demeurait vivante et brillante en l'âme de sa sœur et rien n'avait changé en Paula depuis cette fin prématurée. Ou si peu. Ses cheveux étaient maintenant tout à fait noirs. Caprice de mari auquel céder n'avait pas voulu dire concéder quelque chose, mais ne signifiait rien d'autre ou de plus que la réalisation d'un projet mutuel semblable aux autres d'un ménage heureux, normal.

Tout son monde était là, réuni autour de la table du soir dans cette maison confortable protégée de la canicule de ce début d'août par une climatisation générale. Elle fut la dernière à s'asseoir après avoir jeté un coup d'œil furtif à cet air gris-bleu et huileux qui au loin enveloppait la ville jusque sur les hauteurs du séminaire comme une sorte de voile diaphane et spectral.

Une piquante odeur de saucisse à hot-dog flottait dans l'air. Chacun en avait deux dans son assiette. Ou une partie de deux puisque les garçons, Christian et Marc, l'un imitant l'autre, mangeaient à la galopade. Il y avait des jeux fort intéressants qui attendaient l'aîné, le jumeau de 8 ans qu'un psychologue eût classé peut-être au rayon des hyperactifs.

— Tu manges trop vite, c'est mauvais pour l'estomac.

L'enfant sourit à cette parole de son père coulant sur sa volonté comme de l'eau sur de la plume. On le lui répétait constamment sans avoir l'air d'y tenir trop : routine et devoir. Tout comme un enseignant enseigne, comme un mécanicien répare des voitures, tout comme un médecin soigne, il fallait bien que des bons parents, ça éduque…

Lui, il vivait tambour battant et jamais rien ne traînait dans sa tête, surtout pas les décisions. L'œil gros, la couette raide et foncée, la détermination dans les doigts : qu'on le laisse aller, il arriverait bien à bon port. À son port.

Le coin d'une fesse accroché à sa chaise, il mangeait au bout de la table face à son père, toujours prêt à décoller comme une fusée pour de nouvelles explorations une fois repu de carburant. Seule *La Patrouille du cosmos* le rivait à l'écran de la télévision.

Marc prenait place à sa gauche sur le côté de la table. L'enfant avait 5 ans maintenant, et ni lui ni les autres ne pensaient plus qu'il n'était pas un véritable membre de la famille, un pure laine ; et jamais on ne parlait de sa mère enterrée avec sa grand-mère Nadeau là-bas au cimetière de Saint-Honoré, la paroisse natale de Paula, à quinze milles de la Chaudière sur les terres hautes.

Il s'appelait Marc Poulin, et pour lui, Christian était son frère aîné. Et Nathalie et Chantal, ses sœurs. Que celui qu'on désignait sous le nom de « ton vrai père » existe et vienne le voir trois fois par année, ne comptait pas vraiment, ne comptait plus puisqu'il en retenait à peine le souvenir entre ces visites trop espacées. Et Maurice, veuf de sa mère Lucie, vivait maintenant à Montréal où il était, croyait-on, sur le point de se remarier. Car le jeune homme se sentait coupable de désertion pour avoir vendu sa terre après la mort de sa femme et à cause de cet oubli apparent d'une épouse qui, par sa fin rapide, avait coupé l'herbe sous les pieds de ses premières ambitions.

Cet enfant-là inquiétait davantage Paula que les siens propres par son caractère vulnérable trop semblable à celui de sa mère, femme malheureuse et marquée au front par le destin impitoyable. Il cherchait toujours, il interrogeait et il pleurait aisément; on ne devait pas l'éduquer avec le langage de la fermeté mais avec les mots qui touchent le cœur, auquel cas, tout devenait possible par ce chemin d'une volonté souple qu'il avait bonne et large.

Mais Paula veillait. Elle serait plus alerte à son sujet qu'elle ne l'avait été naguère à propos de Lucie.

— Maman, tu me reconduis chez Marie-Claude tantôt? fit avec autorité Nathalie qui expirait avec bruit après une gorgée de Coke, et déposait son verre devant ses hot-dogs.

— Si tu m'aides à défaire la table, fit Paula avec le regard d'un négociant.

— Ah oui!

La fillette ressemblait à sa mère à pareil âge, et dont il restait quelques photos. Elle en possédait aussi les grands traits de l'âme: sûre d'elle, forte, très déterminée, joyeuse et ancrée dans ses principes. Entière, altière.

Elle était assise à sa place habituelle à la droite de son père qui, elle le sentait, la préférait aux autres. Ce à quoi elle répondait par son langage non verbal et inconscient.

– Pourquoi pas y aller à bicyclette, c'est bon pour la santé ? demanda Paula, assise de l'autre côté et qui commençait à manger à son tour.

– Le chemin est trop dangereux, intervint Grégoire. Avec l'asphalte, ça roule trop vite. La voie est pas assez large, les côtes sont trop raides : on a toujours le nez dans le derrière de quelqu'un qui roule en bicycle.

Paula sourit intérieurement. Elle avait parlé pour ne rien dire puisque non seulement elle partageait cette opinion mais qu'elle avait été la première à l'émettre au printemps quand chacun des jumeaux avaient reçu une jolie bicyclette neuve comme cadeau d'anniversaire.

Nathalie avait les cheveux sur le front un peu au-dessus des yeux. Des paupières bridées d'une fillette qui vient de dormir longtemps la rendaient sympathique au premier coup d'œil. On en ferait une avocate tandis que Christian voudrait se lancer dans les affaires, peut-être une entreprise agricole.

– Et toi, Christian, dépasse pas la noirceur, hein ! dit la mère à son aîné.

– Ben non ! Pis j'y vais par le clos, pas par le chemin…

Il paraissait rôder une vraie hantise de la route ce soir-là, comme si quelque vague prémonition s'était soudain infiltrée à l'intérieur pour tâcher de se rafraîchir elle aussi devant une bière et dans le confort particulier de la demeure familiale en attendant de se transformer en un fantôme du déjà-vu.

On l'avait agrandie, la maison, tout récemment. Presque doublée même l'année d'avant. Cela avait servi d'argument principal à Grégoire, qui voulait que sa femme se réalise à travers les siens et non directement à partir d'elle-même. Ainsi que la rivière s'affirme de plus en plus à mesure que les affluents y pénètrent, pour lui, la femme devait composer son devenir à même celui-là des siens, ses tributaires. Ce n'était pas une question de rôles sociaux mais une question d'aptitudes naturelles. Mais pour cela, il devait lui mettre en mains de bons outils. On était six, il lui fallait de l'espace, un territoire à explorer, une vastitude dans l'enfermement, il fallait un palace à une reine, c'était bien connu.

On avait ajouté un grand vestibule à l'avant sous une sorte de toit hybride empruntant à une tour de monastère et à la devanture d'une cathédrale, et dans lequel de larges portes supportant de larges miroirs s'ouvraient sur l'illusion de la richesse. Une aile sur la gauche avait pourvu la demeure d'une belle salle de jeux pour les enfants et, au second étage, de chambres avec vue tout à fait imprenable sur Saint-Georges, la Chaudière, la vallée souriante et impétueuse comme son monde.

La plupart des meubles avaient été remplacés par du neuf cossu et bourgeois.

De manière comptable, on avait gonflé tous les coûts des rénovations, renouvelé l'hypothèque de sorte qu'il n'y avait presque pas paru dans les budgets annuels que les revenus de la ferme finançaient allégrement.

Ainsi, cette résolution de Paula de se lancer en affaires, inscrite dans toutes ses certitudes le jour de l'enterrement de Lucie au cimetière de Saint-Honoré, devait continuer de prendre son mal en patience.

– Ça te donnera tout le temps d'y penser!

– Oui, mais ce sont d'autres vont s'emparer du marché des produits de l'érable.

– Sera toujours temps dans deux, trois ans.

– Je vais commencer ici, à la maison. Sans que ça nuise à la vie de famille.

– Impossible que ça nuise pas à la vie de famille. Parce que c'est une trop grosse affaire pour que tu puisses t'en occuper rien qu'à temps partiel.

Et les semaines et les mois avaient voilé la détermination de Paula, ses enthousiasmes et ses grands rêves derrière les exigences du quotidien et les impedimenta de son existence.

– Maman, j'ai plus faim, moi; je peux m'en aller dans ma chambre?

La voix de Chantal avait été discrète dans l'oreille gauche de sa mère. La femme acquiesça d'un geste vague mais bien lisible aux habitués.

À 4 ans, la fillette restait un peu isolée dans la famille. Les jumeaux avaient beaucoup en commun et quatre ans d'avance sur elle. Et Marc venait d'ailleurs, et il avait surgi brutalement dans la maison; de plus, il cherchait attention et protection chez Christian, et il n'avait guère envie de partager ses jeux avec elle.

L'enfant possédait une âme de solitaire. Elle préférait se retirer, rester à l'écart, dans ses nombreux livres d'images et ses constructions imaginaires. Parfois, Paula supputait sur son avenir et la voyait alors dans une tâche humanitaire, un métier de service, infirmière, enseignante ou travailleuse sociale. L'école définirait son caractère et ses orientations, mais il faudrait encore une année avant son entrée à la maternelle.

Des quatre enfants, c'est elle qui avait les cheveux les plus pâles : châtain clair. Et elle tranchait dans ses rires parce que ses dents étaient bien trop espacées à son goût et que cela l'embarrassait gros.

Elle se glissa hors de sa chaise puis, de son petit pas dru et discret, se dirigea vers le couloir qui naissait entre le pied de l'escalier menant au deuxième et le vestibule d'entrée.

Christian se sentit dépassé par sa jeune sœur, lui qui bouffait en vitesse; mais elle avait commencé plus tôt et son appétit s'achevait avant la fin d'un hot-dog et au bout de quelques frites. Et comme dessert, elle reviendrait plus tard demander un cornet de crème glacée ou bien s'en ferait un gauchement elle-même...

Bientôt, il ne resta plus à table que les parents.

– Tu me crieras pour t'aider, maman, dit Nathalie qui partit la dernière.

Grégoire raconta les problèmes du jour à la ferme. Gaspard Fortier, son homme à tout faire, s'était plaint d'un début de gastro-entérite. Il avait accusé l'eau. Cela était bien possible par ce temps de plomb.

— Une chance qu'on a de l'eau de cap à la maison, redit Paula pour la millième fois depuis qu'ils vivaient là et qu'ils avaient ce puits qui allait s'abreuver directement dans la nappe phréatique.

— Avant ça, j'étais malade chaque année à ce temps-ci, commenta Grégoire comme il l'avait fait si souvent ces neuf années de leur mariage.

— T'as fini le train tout seul? T'aurais dû m'appeler.

— On a une entente...

— Une fois : ça m'aurait pas fait mourir.

— Occupe-toi de la maison et du bureau, c'est tout ce que je te demande.

Elle soupira et vida les restes de son assiette dans celle de Chantal.

On se parla ensuite une fois encore de ce malheureux divorce-surprise de Julie et Jean-Luc, le frère et la belle-sœur de Grégoire. Un si beau couple selon tout le monde! Quelle tristesse qu'une séparation! Quel signe brutal du temps qui fuit!

— Ça fait rien que de commencer, les divorces, dit-elle. Dans les années à venir, la moitié des couples vont éclater, tu vas voir.

Coudes sur la table, il croisa ses mains puissantes et velues, s'y appuya le menton, sourit du regard, mais juste un peu, comme s'il sondait l'avenir :

— Et nous autres?

— On sait pas.

Il grimaça :

— Encourageante.

— Réaliste.

Il reprit sa tasse et but une gorgée de café.

— Voyons, aurais-tu des idées pessimistes?

– Pas du tout, mais qui sait d'avance l'évolution de la vie ? Disons que tu commences à boire, penses-tu que je ferais comme celles qui endurent ça toute leur vie sans parler ? Ça tiendrait même pas un an entre nous deux.

– Qui a bu boira, mais qui a pas pu boira pas.

– Tu pourrais te mettre à courir.

– Suis trop vieux : je poignerais pus, dit-il, le ton malin.

Elle croisa les doigts, pencha la tête et lui adressa un sourire sec de bisc-en-coin :

– Quand le démon du midi viendra te visiter… Dans cinq, six ans, sur le bord de la quarantaine…

– Si c'est rien qu'un démon du midi, pas de problème ; mais si c'est une diablesse… du soir.

Elle cligna des deux yeux pour insinuer :

– Comme celles-là de ton enterrement de vie de garçon ?

– Tu me rabâches encore ça après tout ce temps-là !

– J'ai toujours eu des gros doutes, tu le sais.

– S'est rien passé d'alarmant.

– Parce que Michelle et moi on s'est présentées par surprise, sinon, hein ! Il se préparait quelque chose de pas trop trop catholique dans cette salle-là.

– Normal, c'était une salle baptiste.

– Ouais, tu l'as souvent faite, la farce !

– En tout cas, ta Michelle Caron, ça prenait tout un front de bœuf pour faire ça.

– C'est une fille qui m'a déniaisée dans la vie… Il en faut des comme elle pour aider ses consœurs à se mettre les yeux vis-à-vis des trous…

Il grimaça :

– Tu veux dire quoi avec ça ?

– Que quand t'as une bonne amie qui a pas froid aux yeux, ça t'aide à foncer ; pis c'est ce que Michelle a été pour moi.

– S'il fallait qu'elle nous revienne dans la Beauce, celle-là, elle te pousserait ben à divorcer, hein ! Parce qu'elle est rendue pas mal plus loin que le mariage, hein! Pour elle, une vieille valeur est une valeur vieillie.

– Pas de danger qu'elle revienne! C'est une fille de la ville. Quand elle s'en ira de Montréal, ça sera pour aller à New York ou Paris, jamais pour revenir à Saint-Georges.

Il posa sa tasse:

– Faut jamais dire: fontaine...

– ... je boirai pas de ton eau. Non. Mais tu connais pas Michelle Caron.

Mâchoire accusée, sourire carré, cheveux abondants et longs à l'arrière, et parsemés de quelques premiers petits fils argentés, regard profond et sérieux, le mari de Paula gardait pour elle les mêmes attraits physiques de naguère et il savait répondre à ses besoins affectifs. Il ne lésinait pas quand il fallait créer une atmosphère romantique parfois pour poser des virgules dans les leitmotive et l'uniformité du quotidien.

Dans l'unique symphonie d'un couple où dominent les instruments de l'attirance érotique, des grandes exaltations romantiques, de l'amitié professionnelle et du développement individuel, seulement ce dernier violon n'était pas très bien accordé à l'ensemble chez eux. Paula avait mis en veilleuse son grand projet d'affaires pour lequel elle se sentait toutes les dispositions. Et Grégoire, lui, prospérait rapidement comme beaucoup d'hommes de sa génération.

«Pour tous les membres de la famille», ne cessait-il de lui répéter quand elle soulevait le moindrement le voile qui recouvrait ses beaux grands plans couchés dans l'attente des années s'écoulant trop vite sous les ponts de la Chaudière.

Nathalie revint et commença à vider la table de son contenu, ce qui donna à son père une joyeuse idée qu'il n'exprima toutefois pas clairement mais que Paula comprit entre les mots:

– Je vais aller te reconduire en ville, Nathalie...

Puis s'adressant à sa femme:

– Et je vas revenir tout de suite pour... t'aider.

– C'est comme tu voudras…

– Va dans l'auto, j'arrive, dit-il à Nathalie.

Quand la fillette eut quitté, il s'approcha de sa femme et lui entoura la taille en murmurant quelques mots chantonnés d'une voix complice :

– On va profiter de ce qu'il restera pas d'enfants ici pour une heure, qu'est-ce t'en penses ? Hein, la mère ?

Paula prit une voix de consentement :

– Ah… OK ! Malgré que Chantal…

– Elle est dans sa chambre…

– Faut dire que c'est jamais elle qui nous dérange trop…

Il quitta les lieux.

La jeune femme entendit les pneus crisser sur la route. Elle hocha la tête, esquissa un sourire puis accéléra son tempo. Le nettoyage de la cuisine demanderait peu de temps ; il suffirait de rincer la vaisselle, de la mettre au lave-vaisselle puis de passer un linge mouillé sur ce qu'on aurait pu salir au poêle ou sur la table, sur les napperons ou autour…

C'était le routinier petit barda du soir !

***

Chapitre 2

Paula travailla vite et avec aise. Bien motivée, elle termina avant le retour de son mari puis se rendit dans la chambre conjugale, une pièce luxueuse et sombre aux tons moelleux.

Autant aller se préparer avant qu'il ne revienne. Il n'était pas homme à aimer attendre. Pour une fois, elle serait prête avant lui.

Elle ôta sa blouse, ses jeans, les jeta sur un fauteuil de cuir blanc, puis alla s'occuper de son hygiène corporelle dans la chambre de bains. Elle revenait dans la pièce lorsque parut Grégoire.

— Quelqu'un va venir la reconduire plus tard, dit-il au sujet de Nathalie.

— Et le téléphone?

— On décroche.

Ce qu'il fit aussitôt avec l'appareil noir posé sur la table de chevet.

Pendant qu'à son tour, il allait se rafraîchir sous la douche, elle se regarda dans le miroir long suspendu à la porte de la chambre de bains. Maigrissait-elle pour que ses dessous lui parussent si amples tout à coup, presque trop grands? C'était l'été, les salades, la perte d'eau par sudation, les travaux qui ne donnaient pas de congé, et cette trop courte période de vacances qu'on avait passée dans les forêts du nord en voyage de pêche avec un couple d'amis.

Sa pensée, plutôt de s'arrêter sur des souvenirs de ces jours-là, voyagea bien plus loin en arrière et elle revit par l'imagination ce corps blanc squelettique de son amie Aubéline dont elle avait partagé l'appartement durant une année, et que, par la force de la promiscuité, il lui avait été donné d'apercevoir à l'occasion dans une semi-nudité. Chaque fois que cela s'était produit, une autre image s'ajoutait dans son cerveau en surimpression : celle de sa mère tuberculeuse, si émaciée du visage et des bras qu'elle faisait peur. Et c'est pourquoi cette malingre personne de sa compagne avait laissé en sa tête une image rigoureusement précise, un peu angoissante et ineffaçable.

Mais elle traversait bien la vie avec son mari André Veilleux, la Aubéline Pomerleau. Depuis le temps que Paula n'avait pas de leurs nouvelles, dès que la chance lui serait donnée, peut-être tantôt après l'amour, elle les appellerait à Québec, tiens ! André, la première flamme de Paula et qui se targuait de voir deux fois mieux depuis qu'il avait perdu un œil dans un accident de voiture au cœur même de leur adolescence à la fin des mémorables années cinquante, et Aubéline, sa meilleure copine pour un temps, s'étaient trouvés réunis grâce à elle, et au bout de quelques années, l'amour grand avec bonheur, les avait bellement mariés…

Quelques minutes passèrent dans le bain de sa réflexion sur elle-même et sur les autres, puis Grégoire reparut. Ouvrant la porte, il remplaça l'image que sa femme avait d'elle-même dans le miroir, par la sienne d'homme nu. On était à deux pas. Il y eut un moment d'hésitation. D'habitude, on ne s'embrassait pas autrement qu'au lit si on était dans le costume de la naissance. Après neuf ans, il fallait une première fois. Chacun regarda l'autre. Il y avait une touche d'impudeur dans l'échange. Et la distance les séparant se rétrécit jusqu'aux dessous seulement de la jeune femme.

Elle se laissa étreindre, presque soulever. Il serrait trop fort et cela manquait de confort, mais elle tint bon et les forces masculines se réunirent ailleurs que dans les bras. Elle dit soudain qu'il vaudrait mieux verrouiller la porte au cas où…

– J'y vais…

Il se détacha.

Elle ne voulut pas rester là, debout, dans une sorte d'attitude rendue perverse par le seul fait de n'être pas là où l'amour doit se faire, c'est-à-dire au lit. Grand lit rose qu'elle gagna et où elle s'inséra sous le drap frais et lisse. Alors l'odeur des couvertures fut pour elle une absolution préalable pour ce qui allait se passer.

Grégoire poussa sur le bouton de la porte puis il glissa une cassette de musique populaire d'un orchestre allemand dans le système de son. Il donna du mordant au volume afin que les bruits de leur rapprochement physique soient plus libres, que le duo-duel soit plus ouvert et que l'intimité soit mise à l'abri des petites oreilles indiscrètes… En fait, celles peut-être de Chantal, puisque les trois autres enfants ne reviendraient pas à la maison avant une heure ou deux au minimum… à moins de contretemps.

Elle jeta un vif regard à cet homme viril qui venait, velu, noir dans l'ombre, comme un géant à l'attaque mais dont elle saurait bien canaliser les forces brutes à travers les élans créateurs pour les diriger vers la paix du corps et de l'âme…

Depuis un bon moment, Christian et Marc se trouvaient chez le voisin où il y avait deux fils de leur âge, François et Paul, l'un âgé de 8 ans et l'autre de juste 5.

Les aînés se réfugièrent dans une maisonnette bâtie dans un arbre par un plus vieux de la famille et ils refusèrent net de laisser grimper les deux plus jeunes. Marc et Paul rechignèrent un instant puis ils se trouvèrent des occupations de leur niveau social et induites par leurs frustrations, soit de se mettre à la recherche de matériaux, piquets de clôture, vieilles perches, planches cagées derrière la grange, tout en planifiant la construction de leur propre cabane où personne ne serait admis sans leur permission expresse.

Au bout de quelques planches, les constructeurs durent se reposer et leur entreprise se transforma alors en souvenirs fugitifs. La grange était là, haute, blanche, cent fois plus grande et mille fois plus solide que la maison dans les arbres : c'est là que leurs jeux éliraient domicile et ils s'y rendirent pour prendre possession de ce territoire disponible.

Chez les Caron, quelque part dans une maison de la ville, Nathalie catinait avec son amie Marie-Claude. Elles ne s'étaient presque pas vues de l'été. Et voilà qu'à la veille des classes, chacune avait senti le besoin de s'assurer de la meilleure amitié de l'autre pour l'année. Car il y avait la Caroline Labbé qui pouvait bien s'ajouter à leur sentiment mais en tant que troisième roue du chariot et non pas comme composante principale. On s'était téléphoné. Et voilà qu'on se rassurait par cette simple présence, cette seule visite préscolaire.

Chantal était couchée sur son lit, la tête soutenue par sa main. Sage. Elle lisait dans un grand livre d'images, l'âme emportée loin au pays des fées et merveilles et de la bonté triomphante, perdue dans le grand mensonge répandu par toute la littérature enfantine qui marque les jeunes esprits, préparant les plus vulnérables à un avenir de soumission et les autres à la bienveillante hypocrisie des gagnants.

L'immanquable petite querelle d'enfants à travers laquelle chacun des garçons veut que l'autre accepte que son père soit moins fort que le sien éclata dans la cabane étouffante. Le père de François avait déjà fait de la lutte à la Tour de Saint-Georges, et il avait même vaincu à quelques reprises le grand petit Maurice Vachon en personne. Le lutteur montréalais aurait alors déclaré que « l'homme était bien le Beauceron le plus fort des Québécois du Canada ». Cela était peut-être vrai, mais le père de Christian avait aussi ses titres de gloire ; et son fils les fit valoir avec passion.

– Mon père, il a relevé tout seul un cheval écrasé dans son parc.

– Oui, mais un cheval, c'est rien, ça, comparé à Mad Dog Vachon, hein !

– Ben non ! Un cheval, c'est ben plus pesant, voyons !

– Ouais, mais ça se défend pas…

– Ça rue !

– Ouais, mais ça mord pas !

– Mad Dog rue pas pis il mord pas non plus…

– Ouais, mais il est méchant tandis qu'un cheval effoiré à terre, hein…

– Ah ! c'est pas parlable avec toi, François Fortin.

On ne se voyait que les yeux dans la pénombre lourde et chaude qui noyait l'abri par la vertu de rayons obliques et fatigués d'un soleil s'éloignant derrière les rives montueuses de la Chaudière. Mais ces pupilles-là brillaient depuis que le défi rôdaillait dans l'air. La peur de la faiblesse, la crainte de chacun d'être dépassé favorisaient la naissance de l'esprit de compétition et de clan. Le langage du cœur qui les réunissait cédait le pas à celui de l'honneur qui déboucherait sur la fuite, l'isolement, les cris frustrés, la solitude et peut-être la guerre au bout du poing. La chicane frappait avec fracas à la porte de toile. Une seule manière de la régler : qu'on trouve un vainqueur et un vaincu et que chacun se sente bien dans son rôle. Hélas ! un personnage aussi déterminé que Christian ne céderait pas un pouce de terrain à un autre qui avait de son côté la force de sa réputation donc l'aval du grand public. Car tout Saint-Georges connaissait les muscles de Laurent Fortin ; et qui donc n'avait jamais entendu parler de ceux de Grégoire Poulin ? Ridicule ! Se battre contre Laurent Fortin, c'était se battre contre tout Saint-Georges ; se battre contre Maurice Vachon, c'était se battre contre tout le Québec ; et se battre contre Grégoire Poulin, c'était se battre contre… Grégoire Poulin. La notoriété décuple la puissance !

Nathalie dit à son amie :

– Mademoiselle Bourque, c'est la maîtresse la plus fine à l'école Monseigneur-Beaudoin.

– Pis mademoiselle Blais aussi…

– Oui, pis mademoiselle Veilleux…

Finalement, elles décidèrent que toutes les enseignantes de leur école étaient belles et bonnes et que seule la directrice effarouchait certains garçons parfois, mais qu'il en était de leur faute : ils n'écoutaient pas bien.

Leur échange fut écourté par l'entrée de la mère de Marie-Claude qui annonça, désolée :

– Nathalie, si ça te fait rien, je pense qu'on va aller te reconduire tout de suite parce qu'il faut qu'on aille rencontrer quelqu'un d'important tout à l'heure à l'hôtel Arnold ; un proche du premier ministre Trudeau qui vient d'appeler.

La femme se sentait le besoin d'expliquer à la fillette qui, pour sa part, n'avait pas à comprendre. Il fallait partir, il fallait partir, un point c'est tout ! Elle dit :

– Bon, ben, c'est correct, salut Marie-Claude !

– Ben salut ! dit l'autre, une enfant grande et maigre avec de longs cheveux noirs aux reins.

– Tu peux aller la reconduire avec ton père, dit la mère à sa fille.

– Ah ! OK !

Et elles coururent dehors à l'auto blanche au moteur en marche dans laquelle l'homme souriait dans ses 35 ans bedonnants et ses projets pansus.

– En route sur la croûte ! leur dit-il en bienveillance pour les dédommager de gruger du temps de leurs jeux.

L'homme était député fédéral depuis peu, un député du populo dont il hésitait encore à s'éloigner, lui qui, pourtant, en était l'archétype.

Quand elles furent à l'intérieur, il déclara :

– On va faire toute une virée… Tenez-vous bien après les oreilles à papa !

Sa femme fronça à peine les sourcils lorsqu'en partant, il fit crisser les pneus sur le pavage. Langage machiste de la puissance, songea-t-elle distraitement.

Chantal en eut bientôt assez de voguer sur les fleuves du grandiose et de l'irréel. Et puis elle entendait vaguement de la musique au loin mais aucun bruit issu du quotidien, comme si son espace familial était tout à coup devenu inhabité. Le désir de parler à quelqu'un ou même au chien referma la couverture de son livre qu'elle délaissa. Elle se leva ; un léger et fugace tourbillon l'environna. Elle quitta doucement la pièce et descendit l'escalier.

Personne nulle part, semblait-il. Rien de vivant à part cette musique dans la chambre de ses parents. Elle se rendit à la porte, sonda la poignée. Contourna le pied de l'escalier dans l'autre sens, pénétra dans la chambre de bains et sonda l'autre porte qui donnait accès à la chambre de ses parents. En vain encore. Elle appela une fois à voix hésitante, le regard vaguement inquiet :

– Maman ?

Mais sa voix se perdit dans les haut-parleurs noirs et le jargon étoilé de ses parents au bord d'un orgasme mutuel bien mérité de par leurs efforts pour y arriver…

L'enfant crut qu'ils dormaient ou bien qu'ils ne se trouvaient pas là. Elle se rabattit à nouveau sur l'idée du chien, sortit de la maison et l'appela…

Mad Dog et sa déclaration demeuraient au cœur du litige en escalade. Les mots des gamins rougirent, furent mis sur les plus gros enclumes, frappés d'arguments-marteaux et les battitures fusèrent comme des feux de Bengale. N'y tenant plus, Christian tonitrua :

– Ben moi, je m'en vas chez nous ! J'sus tanné !

– Pourquoi faire que tu pars ?

– Parce que t'es rien qu'un baveux !

– Ben va-t'en d'abord, je vas rester tout seul cheu nous, je vas être ben mieux de même.

– Garde-la, ta cabane !

– T'as rien qu'à t'en aller, c'est ma cabane.

– C'est même pas à toi, c'est ton frère qui l'a bâtie…

– Mon frère pis moi… C'est autant à moi qu'à lui, pis c'est pas à toi, Christian Poulin. T'es rien qu'un voisin.

– Ben, je m'en vas cheu nous…

– Ben moi, chus cheu nous icitte…

– Mange donc de la marde.

– Mange-z'en toi avec.

Christian sortit du pays souverain de François et il le laissa dans son obscurité mesquine. La force était avec lui, elle ne pouvait pas se trouver ailleurs.

L'autre se croisa les bras et se renfrogna. Il entendit son ami-ennemi descendre des hauteurs par la méthode rapide soit en rampant sur une branche jusqu'à la voir se plier et se rendre doucement jusqu'à pas loin du sol. Le bruit de pieds sautant à terre lui parvint comme une dernière et suprême insulte…

Enragé, il sortit la tête entre la toile et la cloison, et s'écria à l'endroit du fuyard :

– C'est pas parlable avec un fou qui… qui est pas parlable… Maudit Poulin, va donc te noyer dans le fond du lac Poulin.

– Mange de la marde !

– Mange-z'en toi avec !

– Je veux pus te voir dans ma cabane.

– Je m'en sacre de ta cabane, vas m'en faire une ben plus belle pis pas pareille pantoute, pis elle va être rien qu'à moi tu seul…

À chaque répartie, on criait plus haut que l'autre.

François se racla la gorge et il cracha comme un serpent en direction de son adversaire comme pour le pulvériser *ad vitam aeternam*.

En ce moment même, Gaspard Fortier enfourchait sa bicyclette chez lui. Il prit la route et se dirigea vers la ville, le ventre tout à fait libéré par des évacuations aussi nombreuses que soulageantes et salutaires. Il nourrissait l'intention de faire une randonnée et de s'arrêter en chemin chez Grégoire pour lui dire de compter sur lui pour les travaux du lendemain...

Alerté par l'escarmouche verbale qui parvenait dans la grange, Marc sortit. Il vit son frère s'en aller. Plus question de rester avec son ami. Et sans dire un mot, il suivit Christian qui espaçait ses pas secs vers le chemin.

Chantal cria :
– Ti-Poil, Ti-Poil...
On avait baptisé l'animal du surnom de René Lévesque avec qui le chien possédait des traits communs, surtout quand l'homme politique grimaçait comme il le faisait considérablement ou que la bête jappait à un vol d'outardes en voie d'émigration passant loin au-dessus de la vallée.

Le député fédéral, une main tapotant le volant, un pied sur l'accélérateur, une jambe secouée par l'accord qu'il suivait du rythme d'une chanson de Johnny Cash, *Folsom prison blues*, à la radio énervée, s'allumait une cigarette à l'aide de sa main libre.

Au-dessus de l'horizon, à travers les fardoches des buttes, le soleil s'éteignait dans ses éphémères flamboiements qui s'apparentaient plus à la fierté qu'à la honte. Un photographe qui eût appris son métier de Picasso aurait trouvé que l'astre du jour penché ressemblait au bout pourpre d'une cigarette d'un député fédéral allumé par les plaisirs d'une élection gagnée. Ou à la tête éclatante de Lévesque tourmentée par la passion nationaliste. À la roue de bicyclette de Gaspard, dont les rayons brillaient dans la brune. À l'œil furibond de Christian roulant sur divers sentiments cahoteux. Aux rondeurs polychromes et pyrotechniques de l'orgasme enfin délivré au couple vaillant. Au cercle vicieux de Ti-Poil qui tournait en rond sur le chemin, appelé d'un côté par ses racines et les cris clairs de Chantal et de l'autre par l'odeur lointaine de ses amis Christian et Marc qui l'avaient chassé impitoyablement quand il avait voulu les suivre après souper chez les Fortin...

Mais Maurice Vachon avec son Kodak aurait trouvé le soleil simplement rouge à cette heure-là.

Paula se rhabillait. Grégoire poussait le bouton d'arrêt du système de son. Il y eut un moment de silence parfait, car même les vibrations de certains moteurs comme celui du réfrigérateur, de la climatisation, d'un gros congélateur, se perdaient tous dans les matériaux de la maison agrandie, surtout dans la moquette épaisse et grand luxe de la chambre à coucher.

Une déchirure se produisit soudain. Brutale. Bête. Les lamentations de pneus sur la chaussée asphaltée de la route, le bruit sourd d'un impact, donnèrent à penser à un accident aux environs de la courbe. Un accident grave à en juger par le fracas entendu. L'homme et la femme s'échangèrent un regard appuyé dans lequel un mélange d'appréhension et de rassurance allumait la volonté de savoir ce qui s'était produit et surtout à qui c'était arrivé.

Déjà en caleçon, Grégoire sortit de la chambre et se rendit à la fenêtre du salon par laquelle il aperçut une automobile, les quatre roues en l'air dans le fossé. Il s'imagina aussitôt l'accident. On avait freiné du mieux qu'on avait pu – «on», c'était quelqu'un de non familier avec la terrible courbe ou bien un hyper distrait –, cela n'avait pas suffi et le véhicule s'était renversé. Mais alors, pourquoi donc ce bruit d'impact ?

Pendant ce temps, Paula voulut être rassurée sur le sort de tous ses enfants. Nathalie était en ville, pas de problème. Les fils sûrement chez les Fortin.

– Chantal ?

Pas de réponse. La femme se précipita en courant au pied de l'escalier, cria le nom à nouveau, monta, répéta, entra dans la chambre, redit le nom, commença à s'énerver, cria à son mari de vérifier partout en bas tandis qu'elle faisait de même au second étage.

La recherche fut rapide. Après tout si l'enfant était dans la maison, elle ne courait aucun danger. C'est à cet accident qu'il fallait se rendre au plus vite… On se retrouva au pied de l'escalier, lui achevant d'enfiler ses jeans.

– Dépêchons-nous ! dit Paula nerveuse et qui avait du mal à contenir une grimace anxieuse.

– Oui, oui ! approuva-t-il d'un ton calme et de la respiration rassurante.

On était au cœur de la distance séparant chien et loup. De la galerie, on ne pouvait apercevoir que les roues dont celles avant qui tournaient encore dans un mouvement dérisoire et sans fin, lequel, en certaines circonstances, donne bien piètre mesure aux inventions humaines les plus spectaculaires ou durables.

Au bout de quelques pas, la réalité commença à leur apparaître. C'était une voiture blanche. Puis une image inquiétante leur révéla des têtes d'enfants tout autour. Grégoire se mit à courir en juronnant. Paula pressa le pas en retenant son cœur. On pouvait distinguer une bicyclette sur la route. Des voisins accouraient. L'angoisse accélérait son mouvement dans toutes ses veines.

Paula perdit une partie de la scène alors que son mari l'embrassait de plus en plus devant elle. Soudain, il s'arrêta. L'accident lui parut grave car le toit de l'auto semblait renfoncé sur le corps du véhicule et envasé dans le fond du fossé.

La femme rejoignit vivement son mari qu'elle ne put s'empêcher de prendre par le bras comme pour en obtenir un fluide réconfortant. Ensemble alors, on aperçut Christian qui hochait la tête tel un adulte éploré ; et au même moment, Grégoire reconnut la bicyclette de Gaspard. Tout devint nébuleux et d'horribles questions se bousculaient en se hachurant dans la tête et le cœur de chacun des membres du couple.

Le chien aboya, mais on ne savait d'où... On eût cru qu'il y avait plusieurs présences derrière la voiture.

– Mon Dieu ! gémit Paula qui craignait de plus en plus pour Chantal à cause de la présence du chien et de l'absence de l'enfant de la maison.

– Baptême ! dit Grégoire qui lui, ne pensait qu'à Marc puisque Christian se trouvait là, et, apparemment en bonne santé.

Personne ne songea à Nathalie que l'on croyait à la ville pour au moins deux heures encore.

C'est la mort dans l'âme qu'après ce bref instant d'arrêt, chacun reprit sa marche angoissée vers l'auto si terriblement accidentée et dont l'image bizarre et insolite délivrait en abondance des vibrations affreuses...

***

Chapitre 3

Après coup, l'humain a tendance à se dire qu'il avait le pressentiment de la tragédie. Mais parfois, il l'a réellement avant. En Paula et Grégoire, la peur obnubilait tout le reste. Et cette attente de la vérité leur devenait intolérable à chaque pas. Dès qu'ils furent à l'auto renversée, elle leur fut enfin servie, cette réalité, par Gaspard Fortier qui émergea de l'autre côté du véhicule. Les roues s'étaient immobilisées. Et la carcasse laissait s'échapper une vapeur que la brunante n'empêchait pas de reconnaître et qui s'agissait certes de celle produite par du liquide sur du métal très chaud.

Le sauveteur expliqua l'accident et le fit revivre par sa description aussi brève que nerveuse.

Lui faisait sa randonnée quotidienne à bicyclette. Passé l'entrée des Poulin, il apercevait la petite Chantal et le chien de la maison. Inquiet de cette présence sur le chemin, il poursuivit et arriva jusqu'à eux. Alors qu'il s'adressait à la fillette pour l'inciter à retourner à la maison, cette voiture blanche venant à tombeau ouvert paraissait de l'autre côté de la courbe. Elle freina subitement mais déjà trop tard et le conducteur perdit la maîtrise du véhicule qui fit un tonneau, un seul à cause de la configuration du fossé. Son toit heurta le talus d'où le bruit de l'impact, et l'auto glissa longuement dans la vase jusqu'à s'immobiliser.

– Un petit gars que je connais pas ! dit Gaspard à la fin. Et j'ai bien peur qu'il soit trop tard pour lui. Il a le cou cassé, la tête à l'équerre… comme ça, tiens.

Il finissait à peine ces mots que la voiture du député s'arrêta un peu plus loin. Nathalie et les deux autres en sortirent pour venir à leur tour voir de quoi il retournait. Un accident fascine ! Assez même pour faire attendre un proche du premier ministre !

Paula eut alors un sentiment étrange à se rendre compte de ce qui arrivait lorsque Christian annonça que lui et Marc revenaient à la maison quand cette voiture folle les avait dépassés. Comment donc une telle coïncidence réunissant la famille au complet sur les lieux d'un accident mortel avait-elle pu se produire ? Pourquoi Nathalie revenait-elle de si bonne heure ? Qu'est-ce qui avait poussé les deux garçons à rentrer aussi et avant leur temps ? Et comment était-il possible que Chantal et même le chien se trouvent aussi au rendez-vous ? Car on eût cru à un véritable rendez-vous, en effet, orchestré par quelque force invisible et mystérieuse...

En fait, supputa la jeune femme en posant son regard alternativement sur chaque enfant à qui, par ailleurs, on ordonnait de reculer en cas de feu et pour leur éviter de voir l'horreur de trop près, c'était peut-être la mort qui leur avait donné rendez-vous, non pas pour embrasser l'un ou l'autre, mais pour se faire voir et sentir par tous à la fois, pour se faire mieux connaître.

Absurde ! pensa-t-elle alors que Chantal et le chien venaient se renifler quelque réconfort contre ses jeans. Absurde, car la mort n'a pas de volonté propre même si on a cette manie poétique de la représenter en allégorie. Non, la mort, le temps, les circonstances, le destin, tout cela n'est qu'abstraction et ne décide rien du tout. Mais pourquoi ce hasard impossible ? Quelle autre hypothèse envisager ?

Les étoiles allumaient leurs mystères dans un ciel qui s'approfondissait doucement. Paula les regarda comme elle faisait si souvent autrefois au-dessus de l'église de son village natal. Elle prit conscience que Saint-Georges et sa luminosité commerciale lui avaient un peu voilé ce spectacle grandiose ces dernières années en attirant sa vue de ce côté, lui faisant négliger de la braquer vers les hauteurs et son passé ; mais elle ne s'arrêta pas à si dérisoire considération en une minute si grande de signification et pourtant plus insondable qu'une nébuleuse.

L'esprit des disparus y était-il pour quelque chose ? Un proche, sa mère, son frère, peut-être bien Lucie ou même Martine Martin, organisait-il cette rencontre des enfants avec une réalité que Paula était la seule à bien connaître pour l'avoir si souvent côtoyée et, croyait-elle, apprivoisée, celle du passage de la vie terrestre à... autre chose ?

Ou bien la force qui avait conduit chacun là émanait-elle de son propre cerveau de mère protectrice qui, au niveau d'un inconscient nourri de ses expériences et connaissances, voulait confronter ses enfants avec la mort pour qu'ils sachent mieux la déjouer, lui filer entre les doigts et pousser leur vie jusqu'au jour doux et lointain où ils seraient prêts, vraiment prêts à s'en aller ailleurs dans un autre univers.

Ou bien chacun avait-il participé à l'écriture de ce scénario dans un monde antérieur ?

— Le monsieur, il a la tête comme ça, dit Chantal en se cassant le cou du mieux qu'elle le pouvait d'une manière que son charme juvénile ne pouvait pas rendre aussi grotesque qu'elle l'aurait voulu.

— Qu'est-ce qu'il y a maman ? demanda Nathalie en arrivant.

— Un accident...

— Oui mais...

Le « oui mais » signifiait que la réponse n'en était pas une puisque même un enfant de 5 ans comprenait le sens d'un accident, or, elle en avait 8.

— Va pas là, y a un homme qui est mort, on dirait...

— Je veux aller voir...

Paula ne la retint pas. Qu'elle voie ! Qu'elle sache ! Qu'elle côtoie !

— Restez pas là, les enfants ! cria Grégoire.

Avec Gaspard, il tâchait d'ouvrir une portière mais sans succès.

– Faudrait quelqu'un pour appeler une ambulance...

– C'est déjà fait, dit une voix d'homme que Grégoire sut être celle de son voisin Laurent Fortin.

L'homme s'amenait avec son fils qui retrouva aussitôt Christian. Pour eux deux, la tragédie avait des odeurs de trêve. L'un s'empressa de raconter à l'autre ce spectacle à frissons qu'on ne pouvait voir qu'à la télé et qui s'était déroulé pas loin devant son regard.

Gaspard lança aux deux voisins :

– Grégoire, Laurent, vous êtes forts comme des chevaux, allez de l'autre côté et tâchez de la faire basculer. On sait jamais, y a peut-être moyen de le sauver, malgré que... Attendez mon signal...

Les deux hommes lui obéirent aussitôt tandis qu'il éloignait les curieux et qu'il évaluait une dernière fois les risques pour la victime emprisonnée dans l'auto. Ses chances lui parurent presque nulles. Mais seul le ciel savait. Réflexion que se faisait aussi Paula en ce même instant quoique pour autre chose.

– Prêt, cria Grégoire quand les deux hommes furent bien arc-boutés et agrippés : entreprise malaisée.

– Trois, deux, un, lança Gaspard. Allez-y !

L'auto bougea, fut soulevée et bascula sur le côté. Le fait d'avoir réussi du premier coup annulait les risques pour la victime advenant qu'elle soit toujours du monde des vivants.

Christian et François avaient les yeux comme de la braise et la bouche béate d'admiration devant la puissance de leurs géniteurs et chacun se sentit, sans les mots pour le réfléchir, un vrai pur-sang... Mais ni l'un ni l'autre ne sauraient jamais quel père avait été le plus efficace dans le processus. D'ailleurs, cela perdait toute importance devant pareil événement aussi saisissant. Le désordre porte en lui les vertus de l'ordre...

– Basculez-la sur ses roues maintenant.

Et les deux hommes s'épaulèrent, l'un contre le capot bossué et l'autre contre le coffre arrière. La situation du centre de gravité fit de l'entreprise un jeu d'enfant et, doucement, l'auto tomba sans fracas sur ses roues. On pouvait dégager le blessé. Devait-on le faire?

– À ce moment-ci, je pense que ça serait peut-être pas mal mieux d'attendre les ambulanciers, dit une voix parmi la douzaine de badauds déjà attroupée.

Personne n'avait l'intention d'en faire plus; mais que le député l'exprimât montrait à quel point son pouls battait au même rythme que celui du peuple. Il songea à ce rendez-vous qu'il avait, lui, avec son avenir politique à l'hôtel Arnold, et il quitta avec sa fille.

L'ambulance arriva et braqua ses phares. Comme une mère oie, Paula regroupa les siens autour d'elle, mais une sorte d'instinct la clouait à quelque distance. La victime lui apparut. Vision affreuse. Comme l'avait dit Chantal, il avait la colonne pliée à angle droit au niveau du cou. Un ambulancier lui prit le pouls et cria vite sa mort à ses deux collègues.

– C'est un petit Maheux de Saint-Georges, je le connais, dit un des hommes.

La nuit tombait.

La chaleur demeurait élevée.

On ouvrit la portière. La victime fut étendue sur une civière, recouverte d'un drap, puis emmenée jusqu'à l'arrière de l'ambulance. Des policiers arrivés sur les entrefaites posaient des questions de routine. Gaspard expliqua les circonstances. Christian brûlait de dire qu'il avait tout vu lui aussi. Il s'approcha et lança subrepticement:

– J'ai tout vu…

Le policier auquel il s'adressait lui passa une main dans la chevelure en disant:

– Retourne avec ta mère, mon grand.

Grégoire dit à sa femme avec une légère touche de reproche dans le ton :

— S'il te plaît, emmène les enfants à la maison ! Ça pourrait les marquer pour longtemps, une histoire de même...

Paula acquiesça et pourtant quelque chose de profond lui disait que ces marques brutes dans leur âme s'ajouteraient au nécessaire capital de souvenirs lugubres qui, tout autant que la souffrance et les connaissances, font mûrir et non pas mourir l'âme humaine.

— Venez tous, on s'en va, redit-elle à son monde.

Et on s'éloigna des paroles officielles, des murmures figés et des bruits de moteurs pour rentrer dans la sérénité du soir composée des questions des enfants, des bruits de griffe du chien sur l'asphalte, des réponses lapidaires de la mère.

— Quel âge il avait, maman, le monsieur ?

— Vingt ans, pas beaucoup plus.

— Il était vieux !

— Moi, j'en ai 33.

— Oui, mais... toi, t'es maman.

Chantal était la plus curieuse de tous et en une autre circonstance, les jumeaux se seraient moqués de sa naïveté afin de se rassurer sur leur sérieux. Marc était estomaqué par l'image de la victime, par l'absence de vie dans un corps humain, par ce sens de la fin qu'il ne connaissait pas jusque-là...

Paula, en même temps qu'elle tâchait de garder une partie de son attention aux interrogations des siens, se disait que le moment était peut-être venu de les conduire tous au cimetière de Saint-Honoré où, sauf elle-même, pas un n'était retourné depuis la mort de Lucie en 1970.

Ils prendraient conscience du temps, du changement, de la mortalité de ses proches et de la sienne propre. Elle leur montrerait le lot des Nadeau, leur parlerait de sa mère, d'Herman, de Lucie. Ils verraient des photos d'elle avec ceux qui n'étaient plus. Avant d'autres, tout comme elle autrefois, ils sauraient que la vie, c'est aussi la mort.

Et que la mort, c'est la vie !

— À quel âge grand-maman Nadeau est morte ? demanda Nathalie sans crier gare comme pour approuver la réflexion de sa mère.

— Elle avait... elle avait mon âge, dit Paula dont l'âme fut transportée dans un lointain passé.

— Ah !

— Et ma tante Lucie ?

Paula n'entendit pas la question. Ni Marc non plus dont toute l'attention se porta au commentaire ébahi de Christian :

— Hey, je te dis que papa, il est fort comme un géant ! Hein, maman ?

Les silhouettes se découpaient sur la route, dessinées par la lumière du croissant de lune et celle d'un réverbère-sentinelle très puissant au coin de la cour près de l'entrée. La mère tenait Chantal par la main. Tout autour du petit groupe, le chien reniflait, rassuré tout à fait sur l'affection de son monde. Les garçons continuaient de rappeler des images superficielles où les meurtrissures subies par l'automobile prenaient le pas sur celles de son conducteur. Et Nathalie demeurait silencieuse, respectant le mutisme de sa mère mais y trouvant d'éloquentes réponses aux interrogations qui jaillissaient de son âme comme d'une source printanière : venues, semblait-il de nulle part, étonnantes, pressantes et au bouillonnement qui envahissait toutes ses pensées.

Quand on fut à la maison, que chacun trouvait compensation pour son anxiété, l'un dans un Coke, l'autre par la crème glacée qu'elle n'avait pas eue à son repas du soir, Marc par un enfermement de tout son être dans ses bras et son âme, enfoncé et blotti au fond d'un fauteuil, Paula annonça qu'on se rendrait à Saint-Honoré dans quelque temps, prier sur la tombe de Lucie et de ces autres qui n'évoquaient pas grand-chose au cœur des quatre enfants.

– Quand ça ? fit Christian.

– Le mois prochain…

***

Chapitre 4

Pour les uns, l'automne est une saison de sang, pour les autres, elle se donne en silence des airs somptueusement funèbres, mais en tous, elle se drape d'une majesté grave qui en fait la saison la plus sérieuse : le temps des importantes décisions, le temps des réflexions profondes. C'est la rentrée en soi-même...

Mais en Beauce, les feuilles ne se détachent pas des arbres comme des perles de tristesse tombant d'un cœur en larmes ; elles chutent, légères et folâtres, dans une valse capricieuse qui se rit des savants et de leur gravité.

Une légende dit que les plus belles se transforment en pépites d'or au contact des ruisseaux et de l'éclatante surface noire de la Chaudière les après-midi ensoleillés d'octobre. Pour cette raison, l'orpailleur, chaque année, verra son œil reluire dans l'eau claire de la batée, et le précieux métal, là seulement au monde, y serait une ressource renouvelable par l'alchimie du rêve. En ce coin de pays, en cette vallée étroite et libre, la mort elle-même porte la vie et l'optimisme.

Il fait bon, dit-on, mourir en Beauce.

L'on faisait route vers les hauteurs, vers Saint-Honoré. Grégoire préférait rester à Saint-Georges. Il avait ouvert sa boîte d'arguments altruistes. Paula serait mieux seule avec les enfants. Lui avait des choses importantes à voir dans l'une de ses granges. Gaspard devait venir. Jean-Noël Turcotte aussi. Un employé, un ami, ça demande...

En montant dans la côte des quarante arpents, elle lui donnait raison. Pour un riverain de la Chaudière, masculin de surcroît et pas plus apte que ça à comprendre le grand livre de ses origines, le quotidien avait plus de sens, de goût et d'odeur qu'une journée d'exil sur les hauteurs.

Surtout, elle avait fait en sorte, sans trop s'en rendre compte, qu'il ne vienne pas. Paula voulait aussi rentrer en elle-même et la présence des enfants ne serait pas un obstacle, au contraire. Et s'il lui fallait s'isoler, elle le ferait, le moment venu.

Chantal et sa sœur aînée prenaient place sur la banquette avant et les deux garçons sur l'autre. Nathalie parla de Marie-Claude, de sa maîtresse et autres sujets qu'une fillette incapable d'évaluer le ton qu'elle prend pour les aborder, croit être des propos d'adulte.

Les érablières de Saint-Benoît s'étaient dénudées à moitié ces quelques derniers jours. Mieux exposées ainsi, les toitures des cabanes à sucre luisaient dans le midi clair et lançaient leurs propositions à la jeune femme, à ses ambitions en train de se transformer en un rêve figé dans le gel de l'attente et de l'incertitude.

La reine de l'érable n'était toujours rien de mieux qu'une petite Cendrillon aux pieds empêtrés dans un tas de cendres mouillée et durcie.

Et les kilomètres s'additionnèrent en s'effaçant. Comme des années de vie.

Paula laissait les enfants s'obstiner, s'ajuster les uns aux autres, s'affirmer sans trop de heurts. Ses mesures à leur liberté se calculaient à partir des nouvelles normes de la psychologie rajeunie mais aussi à ses propres réflexions sur son enfance, sauf qu'il lui fallait tenir compte aussi et surtout de la personnalité de chacun, ce qui donnait à son autorité parfois des airs d'injustice. Elle avait, hélas! trop manqué d'empathie envers Lucie…

Le village natal parut, annoncé tout d'abord par la flèche de l'église au-dessus des toits puis par l'hôtel de ses noces, un moulin à scie sur la droite et le ruban à perte de vue de la seule rue d'importance. Rectiligne, le chemin s'allongeait jusqu'à se perdre deux milles plus loin à la côte des Poirier… Ah! la côte des Poirier, où André Veilleux avait perdu son œil et, prétendait-il, ouvert les yeux.

Une lueur de nostalgie naquit dans son regard quand la jeune femme aperçut la maison de Fernand, une bâtisse qui n'avait pas changé, semblait-il, d'une seule planche depuis dix ans, avec, sur la pelouse rase, son propriétaire tout aussi pareil que jadis, qui râtelait des feuilles mortes. Ah! mais les arbres plantés là en même temps que la construction avaient, eux, considérablement grandi.

L'homme leva la tête et son regard croisa celui de Paula qui sourit intérieurement mais dont le vieux sentiment resta prisonnier dans les broussailles du temps écoulé. Fernand, toujours aussi roux et avec la même frisure sur le front, sembla ne pas la reconnaître et il se remit à sa tâche et à sa terre. Un bonhomme enraciné!

Et les maisons défilèrent, toutes radoubées ces dernières années, blanches, proprettes, le solage bien ancré dans le passé et la devanture: façade toute neuve et fière comme celle d'une jeune fille superbe, prête pour un quart de siècle.

— On s'en va-t-il chez grand-papa tout de suite? s'enquit Nathalie quand elle sentit l'auto ralentir.

— On va au cimetière d'abord et ensuite chez grand-papa.

L'enfant soupira en se croisant les bras:

— C'est pas trop intéressant, ça, aller au cimetière.

— Souvent, ce qui est ennuyant aujourd'hui prépare les meilleurs souvenirs de plus tard.

Paula pensait à ses visites de naguère au royaume des morts, celle entre autres où elle avait pris la décision de reprendre les études un de ces soirs d'été qui s'était poursuivi en décapotable avec le deuxième amour de sa vie. Et puis qui avait été prélude à ses sentiments imprécis à l'égard de Fernand: tout aussi décomposés que les premiers par la suite.

La voiture s'engagea sur la rue du presbytère, balisée de grands érables blessés par un automne à la dent dure. Les feuilles peignaient le sol de leurs couleurs vives. Poète aux molles fantaisies, le vent modifiait le tableau à chacune de ses respirations capricieuses et ondulées.

Le vieux couvent avait disparu. Mort et enterré. Ou bien ses morceaux vermoulus s'étaient-ils consumés dans des feux de cheminée du voisinage et leurs flammes avaient-elles emporté en pétillant tous les rires de l'enfance éparpillés de par les classes depuis 1918. Aussi quelques pleurs incrustés et qui avaient peut-être ralenti la flambée.

On l'avait démoli ; son espace était devenu la cour noire d'une bâtisse blanche, celle en béton de la clinique.

Et le presbytère gardait, lui, sa vieille majesté, donnant l'impression à tout instant que le digne et paternel curé Ennis en sortirait soudain par la vertu de cette même magie blanche miraculeuse qui lui avait un jour permis de sauver sa grange à l'aide de médailles lors d'un incendie qui avait détruit la boulangerie voisine ; mais le prêtre dormait de son dernier sommeil depuis six ans déjà et la religion n'arrivait plus à faire de ses curés les monuments paroissiaux qu'ils avaient été jadis.

Non, le village natal n'était plus comme autrefois. Paula ne reconnaissait que rarement les enfants et pas beaucoup les adolescents ; parfois certains, par les airs de famille.

Le cimetière avait trois fois sa taille d'antan. On eût dit à le voir que sa partie neuve était un quartier de banlieue. Des lots plus grands, mieux alignés sous une pelouse généralisée bien entretenue. Dans leur disposition, les pierres tombales mesuraient les pleurs et les sous des proches des défunts. Chacun parlait en silence dans son élégance grave et son éloquence discrète.

On se rendit tout droit au lot des Nadeau. Paula marchait devant, tenant par la main Marc et Chantal. Nathalie suivait de proche et Christian se traînait les pieds pour montrer son ennui et son autonomie.

Les végétaux secs craquaient sous les pas; et les enfants s'amusaient à en exagérer les sons. Ils marchaient sans naturel, en zigzags, soulevant peu les semelles de leurs chaussures...

On y fut enfin.

La première chose que vit Paula fut le nom de Lucie, qu'on avait inscrit sur le monument sous ceux de Rita et d'Herman. Où donc se terminerait la liste? Là, sans aucun doute. Les autres reposeraient ailleurs, chacun chez soi. Julien était un Américain depuis longtemps et il serait enterré là-bas à Détroit. Quant à Rosaire, il serait probablement dans un lot du deuxième lit quelque part dans la partie neuve avec les nouvelles générations de défunts. Et elle-même, Paula, connaîtrait son repos éternel à Saint-Georges Ouest, derrière l'église près de l'Institut de ses études, pas loin de sa demeure. C'était ça, la vie, les us et les coutumes!

Parfois, le vent vif venait ébouriffer ses cheveux qui se replaçaient d'eux-mêmes ensuite. Les enfants échangeaient. Christian lut tout haut les épitaphes. Paula se trouva stupide d'avoir commencé sa visite par ce bilan de mise en ordre et en terre des morts de la famille. Supputer ainsi dans une sorte de géographie funèbre, ça frôlait l'insensibilité.

Nathalie lui demanda:

– Nous autres, si on meurt, on va-t-il être enterré ici ou chez nous?

«Ici ou chez nous», l'expression s'empara de ses pensées et disparut dans un lointain passé. Elle n'eut pas à répondre; Christian le fit pour elle:

– Ben chez nous, voyons!

La conscience de la femme exhuma un de ces souvenirs impétueux endormis sous la poussière des ans.

Elle se revit dans la classe de sœur Saint-François-de-Sales – était-ce en troisième ou en quatrième année? –, ce jour d'un ouragan subit qui avait ébranlé le vieux couvent, cassé plusieurs branches d'arbre, soulevé des bardeaux de la grange du curé. Une rage subite du ciel aussi saisissante qu'éphémère et que, disait-on, l'abbé Ennis lui-même avait fait s'arrêter par des prières particulièrement solides.

Personne, pas même Paula, n'évoqua le fait que Lucie avait été la mère de Marc. Quand sa réflexion tourmentée eut pris fin dans un dernier tourbillon, la femme dit aux enfants de retourner à l'auto. Elle n'avait pas à leur prêcher quoi que ce soit là. Leur propre devenir leur enseignerait la vie et la mort. Ce qu'elle était venue leur montrer avait été transmis par le silence et les images du lieu et de ses choses.

Elle devait rencontrer une âme plus loin. Dans le seul à seul...

– Christian, surveille Marc! Nath, emmène Chantal! Attendez près de l'auto, je serai pas longue.

– Où c'est que tu vas, maman? insista Nathalie qui eût voulu l'accompagner.

– Prier pour une amie...

– Qui ça?

– Tu la connais pas... T'étais même pas au monde quand elle est morte.

– Je voudrais y aller.

– Pas question. Maman veut être toute seule.

Nathalie devinait un état d'âme chagrin chez sa mère. Elle en était plus jalouse qu'inquiète. Impitoyable, la femme ordonna:

– Va avec Chantal; ça sera pas long.

Comment une mère pouvait-elle refuser de partager quelque chose de neuf avec ses enfants, se demanda confusément la fillette résignée.

Et Paula s'éloigna dans l'autre direction jusqu'à atteindre le monument du lot des Martin où ne figurait qu'un seul nom, celui de Martine, la rivale d'enfance que la vie avait transformée en bonne amie à la fin des années 1950 puis que l'anorexie devait tuer ensuite.

Contre toute attente, toute prévision, Paula fut envahie par une grande douleur morale. Comme si après toutes ces années, les pleurs qu'elle n'avait pas versés à l'enterrement de sa mère, à ceux d'Herman, de Lucie, prenaient tout à coup d'assaut son cœur et par-dessus tout sa conscience. En même temps, elle se jugeait trop raisonnable et raisonneuse. La disharmonie entre sa tête et son cœur s'effaça un moment. C'était bon.

Quand la vague intérieure eut pris fin, elle repassa devant sa mère, sa sœur et son frère ; une rafale comme il s'en produisait parfois en ce lieu bien exposé, lui poussa dans le dos, dit à son inconscient ce qu'il voulait entendre, puis la reconduisit comme une intruse hors de ces lieux secs qui n'appartenaient pas aux vivants.

L'au-delà et ses mystères semblaient la rejeter dans sa recherche philosophique et son doute métaphysique. Ou bien la dirigeait-on vers une quelconque source de lumière ?

La barrière verte grinça sur ses gonds. Les érables de l'entrée restèrent muets, eux qui avaient tant parlé le jour de l'enterrement de Lucie. Et aucun oiseau ne fit battre ses ailes. Paula regarda le ciel pour le sonder mais le soleil darda ses yeux. Elle se sentit très seule.

*

On fut bientôt à la maison paternelle. On y était attendu pour cette heure-là, en début de l'après-midi. La femme de son père avait insisté pour avoir les visiteurs à manger, mais en vain. Paula avait refusé. En sa tête, elle venait à la maison en une visite libre dont elle serait la maîtresse, et qui se déroulerait au gré des fantaisies de chacun au mieux du possible.

L'accolade eut lieu dehors au pied de l'escalier. Dans son amabilité et sa chaleur coutumière, l'hôtesse serra chacun des arrivants sur son cœur. Paula répondit avec la même intensité. Vint Louise, sa demi-sœur. Grande pour ses 13 ans, elle dépassait tout le monde.

— Ton père est allé faire un tour à la perdrix mais il va revenir de bonne heure, dit Hélène.

— C'est parfait. J'avais le goût d'une simple visite qui dérange pas… Rien d'officiel si on peut dire.

— D'accord pour moi! Viens, entrez…

Louise emmena les fillettes avec elle. Et les deux garçons restèrent dehors. Ils voulaient explorer les environs une fois encore puisque les lieux leur étaient plutôt familiers : on y venait quatre ou cinq fois l'an.

Rosaire avait sans doute compris que sa fille aînée ressentait le besoin de parler avec Hélène. Ces deux-là s'aidaient depuis qu'elles se connaissaient. Deux personnes de tempérament, l'une pas beaucoup plus âgée que l'autre. Et sa belle-mère en plus. Et pourtant pas la moindre opposition depuis le tout début. Des amies. Ni peur ni jalousie. Une relation où la mesure s'installait de soi.

Elles échangèrent longuement. Hélène perçut vite les brumes de l'incertitude dans l'âme de sa belle-fille. Cela n'était pas nouveau pour elle.

— Je crois que tu traverses une période de questionnement, toi, hein? Et tu veux pas trop te l'avouer et y faire face. Curieux pour une fille aussi sûre d'elle.

On était au salon, devant un téléviseur aux images muettes. Les fillettes se trouvaient avec l'adolescente au deuxième étage et les garçons flânaient toujours sous le soleil du dimanche. De cette façon, entre les interventions de chacune des femmes, il régnait sur la pièce un long silence d'autrefois, du temps de la maladie de Rita, entre sa sortie du sanatorium et sa mort.

Dans un regard panoramique, Paula découvrit les êtres visibles, si proches et si éloignés, le vestibule et le vieux piano, le salon, l'escalier de tant de souvenirs et la cuisine à l'arrière, avant de répondre dans un demi-soupir :

– Tu as trop raison, j'en ai bien peur.

Puis elle se regarda ainsi allongée sans gêne et hocha la tête en disant :

– Me voilà avec les pieds sur ton divan, j'ai du front...

– Mais non Paula, tu te sens chez toi et c'est bien, c'est tout. Peut-être que t'es venue chercher un certain éclairage à Saint-Honoré. C'est dans le pays natal qu'on comprend le mieux la vie, sa vie. Pas pour rien que t'es allée au cimetière, tu te souviens y avoir vu clair dans ton avenir déjà... Tu te rappelles ?

– C'est rien que de la superstition pourtant...

– Non, c'est pas de la superstition, c'est une réalité qui nous dépasse. Invisible mais vraie... C'est peut-être pas comme ça que la vieille religion voulait qu'on le comprenne, mais il y a de la force sereine, de l'énergie insoupçonnée dans un cimetière et c'est pour ça que les vieilles personnes y vont souvent. Je ne sais pas comment ça s'explique et personne ne sait... En fait, moi, je dis comme autrefois que les disparus nous aident mais c'est peut-être pas de cette manière que ça se passe. C'est un peu comme dans une église : on y entre pour aussitôt en sortir et se perdre en soi-même. Et si tu veux expliquer la prière comme ça, comme... une forme de recueillement qui te fait trouver des voies intérieures, des chemins à suivre, tu as probablement raison.

Hélène prenait place dans un fauteuil à revêtement brun clair, profond et reposant, et elle avait croisé une jambe sur l'autre dans ses jeans relaxants. À Paula, elle paraissait le même âge que l'année de son mariage avec son père, à l'été 1957, quinze ans plus tôt. Mais Hélène traversait maintenant la quarantaine ; et autour de son regard éclatant, les pattes d'oie répondaient depuis un bon moment déjà au temps gris qui imprimait ses marques dans la chevelure d'un noir lustré et encore plein d'autorité.

— Je me pose la même question que des milliers de femmes sans doute. Une mère doit-elle s'effacer devant l'avenir pour ne pas dire le devenir de ses enfants?

— NON! lança carrément Hélène.

— Mais toi?

— Je suis bien dans ce que je fais.

— Moi aussi.

— Tu es tiraillée.

— C'est vrai.

— Dans ce cas-là, tu dois à tout prix faire du changement dans ta vie. N'importe quoi, mais bouger.

— Je sais ce que je voudrais, mais j'hésite... Il y a mon mari qui s'y oppose et probablement aussi quelque chose au fond de moi. Je me dis que dans vingt ans, je regretterai peut-être d'une façon ou de l'autre. Si je ne me réalise pas par un projet personnel, j'aurai du regret mais si je le fais, j'aurai du remords. Qu'il arrive quoi que ce soit de travers à un des enfants et je serai portée à me culpabiliser. J'aurais dû, j'aurais donc dû... Mais je tourne en rond: c'est l'impression que j'ai en me levant chaque matin.

— Tu as la réponse à ta question. Le seul fait d'hésiter comme tu le fais maintenant, c'est la garantie que tu ne regretteras pas... étant donné que tu auras réfléchi et tout pesé au mieux de tes capacités.

— Donc... je dois suivre mes désirs profonds.

— Oui, ma chère, et quels qu'ils soient. Une personne qui fait de son mieux n'a jamais honte d'elle-même dans la vie. Faire des erreurs, ce n'est pas commettre des fautes, à moins, comme disait Kennedy, de répéter les mêmes erreurs. Et rester chaque jour sans répondre aux appels intérieurs: eh bien, c'est peut-être ça, répéter l'erreur... donc commettre des fautes...

– Mon problème, c'est peut-être de vouloir trop à la fois. Vois-tu, aujourd'hui, j'aimerais bien aller marcher dans l'érablière, et seule. En même temps, je voudrais parler à papa de certaines choses au sujet de mon projet dont je t'ai déjà parlé. Et troisièmement, ben j'étais venue pour conduire les enfants, ou en tout cas les jumeaux, dans la sucrerie pour leur raconter la mort du vicaire Labrecque à côté de la cabane.

– Apprivoiser la mort, c'est une bonne chose, ça aide à mieux vivre, on sait ça toi et moi, mais tu trouves pas que les jumeaux sont encore jeunes pour ça ?

– Au contraire, c'est le meilleur temps.

– Les traumatismes...

– De la bouillie pour psychologues à bout de mots. La mort est une grande chose et il faut la voir comme une alliée, pas comme une ennemie...

– Je suis d'accord, oui, je suis d'accord... Mais dans cette société, il n'est pas trop facile de penser comme ça. On a l'air d'espèces de gourous perdues dans un monde tout à fait matérialiste.

– Bah ! les gens se conduisent comme s'ils ne devaient jamais mourir et ça les rend bêtes.

– Je sais.

– C'est un cliché, mais c'est une façon de penser qui perdure.

Il se fit une pause que brisa Paula :

– Bon, puisqu'il faut que je choisisse entre trois belles choses...

– T'auras pas à choisir parce qu'on va les réaliser toutes les trois. Tu vas aller tout de suite à la sucrerie et faire ta randonnée solitaire. Sur ton chemin, tu vas sûrement rencontrer ton père. Et mettons vers trois heures et demie, moi, je vais te rejoindre avec les jumeaux, tandis que les deux plus jeunes resteront avec Louise à la maison. Que dis-tu de ça ? Et là-bas, je reviendrai avec Rosaire tandis que toi, tu prendras tout ton temps avec Nathalie et Christian.

Le côté sévère de la minute d'avant fut noyé par une joie nouvelle. Paula dit à sa belle-mère :

— Hélène, tu sais que j'aime ça, de l'organisation.

*

Paula enfila un vêtement voyant de couleur rouge et se mit en route en quête de souvenirs, de son devenir et d'avenir, ce qu'elle se plaisait à répéter mentalement.

Sa progression fut lente sur le chemin graveleux et gris. Une seule voiture passa. Et ce fut quand la promeneuse descendait entre deux buttes où elle s'arrêta pour repenser à cette marche aux côtés de Fernand alors qu'il lui avait parlé de futur et de Dieu.

Elle secoua la poussière dont le vent l'avait copieusement inondée et s'assit un moment sur un talus clôturé derrière lequel paissaient des vaches tranquilles aux lentes réflexions hautement triturées mais à la plus parfaite indifférence.

Elle chercha à faire le vide dans son esprit et y parvint un moment. Rien d'autre n'existait devant son regard que le fin bout de la flèche de l'église, ce coq météorologue en tôle brillante dont la queue était toujours si efficace. « Il ne nous trompe jamais, lui », disaient naguère son père et surtout grand-père Joseph.

« Qu'est-ce qu'il y a dans le coq ? » demandait-elle à sa mère, dans son enfance.

« Rien. »

« Comment ça, rien ? »

« Il est vide. C'est pour ça qu'il tourne avec le vent. »

« Ah, bon ! »

Le vide, le non-être, l'absence, le néant. Elle rejetait à mesure ses pensées dans une nuit astrale et claustrale mais une lumière et un écho revenaient toujours à l'assaut de son imagination, une glorieuse tablée comme une cène éclatante et qui réunissait à la cabane à sucre tous les disparus qu'elle avait connus. Le curé Ennis au centre et l'abbé Labrecque en Judas à ses côtés. Herman plus loin. Lucie, pâle. Sa mère, malade. Martine. Et ce jeune inconnu mort dans la courbe voilà deux mois déjà. Puis d'autres visages apparurent et elle frissonna un moment. Il y avait Marc, il y avait grand-père Joseph, il y avait Rosaire et plus loin, dans la brume, il y avait… une forme impossible à distinguer. Et au-dessus, dans un encadrement triangulaire veillait un œil, un seul œil qui lui rappela celui de… celui d'André Veilleux.

Un sourire amusé empreint de nostalgie la remit en chemin.

Le soleil était frais et encore haut mais sa clarté fut hachurée dès les premiers arbres et Paula pressa le pas quelques instants avant de parvenir à l'entrée de la sucrerie. Elle craignait la poussière car elle entendait venir une autre voiture du côté du village.

Parmi les érables dispersés, elle en repéra plusieurs aux airs familiers comme on retrouve de vieilles connaissances. Le froid chemin de cabane commençait à devenir plus ferme. Elle était chez elle ; et chez elle, c'était ailleurs.

Un coup de fusil éclata en un fracas sourd et puissant qui s'étendit sur la forêt jaune. Quelques feuilles tombèrent en frémissant. Une perdrix, un chevreuil ou un lièvre venait de rencontrer son destin. Lui revinrent en mémoire les chats du pic de gravier exécutés par un chasseur et le vicaire devant ses yeux. Elle entendit leurs miaulements rauques, leurs râles de mourants, leurs appels à la vie insensible et à un créateur sourd, ce Dieu même qui n'avait pas entendu non plus la voix de l'abbé Labrecque quand il s'était tiré une balle par accident là-bas, près de la cabane, à côté du tas de cendres. Le vicaire avait agonisé comme la chatte, le ventre et le bas du corps criblés de plombs… Et si une fois morts, les animaux avaient leur mot à dire sur le destin des humains ? Œil pour œil. Qui sait ? Mystère !

La femme portait des espadrilles blanches avec portions bleues. Elle mesurait ses pas sans les compter comme pour se retenir d'aller trop vite et afin de goûter à fond l'ensemble des éléments qui parlaient à ses sens, les couleurs à sa vue, les senteurs froides à peine perceptibles d'une saison à son déclin, l'air sec qui touchait son visage et ses mains, et ce vaste silence qu'entendaient ses oreilles entre les rares coups de fusil ou les voix du vent dans le faîte des arbres.

Pas une seule fois jusque-là elle n'avait levé les yeux en direction de la cabane dont elle gardait l'image réelle pour le dessert. Le rappel mental suffisait à nourrir son rêve que la distance, le temps et la vie avaient enfoui sous des tonnes de riens.

Et puis voilà la cabane de ses plus grandes amours. Près de son long mur gris, on avait échangé la promesse délicieuse. Ou plutôt, elle avait répondu à la grande demande un jour de printemps où tout avait été si sucré, où Grégoire avait failli perdre la vie étouffé par un œuf, journée qui avait marqué son existence. Était-ce donc pour cette raison qu'en un temps de réflexion profonde, son âme avait reçu l'appel de ce lieu privilégié?

Avant de revoir l'endroit précis, elle crut bon entrer à l'intérieur où elle n'était pas venue depuis quelques années. Les deux portes d'accès étaient sous clé et la clé qu'une convention gardait dans la jonction d'une branche et du tronc d'un érable voisin, n'était pas à sa place. C'est que l'arbre avait disparu et qu'il n'en restait que la misérable souche noirâtre.

Alors elle se rendit de l'autre côté d'où l'on pouvait bien apercevoir le village entourant l'église là-bas, au pied du regard, à travers les branches. Et sans y songer, elle fut bientôt à l'endroit même qui avait été témoin du sceau apposé sur ses amours avec Grégoire, puis, peu de temps après, de la fin horrible du vicaire.

Elle n'y était jamais venue après le récit par sa sœur de ce tragique événement; or, depuis quelque temps, il lui semblait que le lieu avait des choses à dire.

Mais les planches encavées, elle s'en souvenait bien maintenant, avaient été changées, et le temps avait rendu les nouvelles semblables aux autres, comme si rien ne s'était jamais passé là. Le tas de cendres avait disparu, et de la végétation propre et odorante poussait en lieu et place.

« Tu es poussière et tu retourneras en poussière. » Allégorie aux allures de menace dans la bouche des prêtres de son enfance, le souvenir l'accompagna jusqu'à l'érable grand. Elle s'assit au pied. Quelque chose de métallique lui apparut sur la gauche. Une pièce de monnaie; peut-être de quelqu'un qui avait fait comme elle déjà. Elle gratta les feuilles tombées et découvrit deux crayons dont le placage d'or était intact. Comme ils appartenaient à l'histoire des environs, elle les remit à leur place contre une racine noueuse qui courait là avant de s'enfoncer dans la terre féconde.

Adossée au tronc de l'arbre, bras croisés, jambes repliées, elle ferma les yeux et entra presque aussitôt dans un état de somnolence.

＊

Chapitre 5

Le brillant carrousel de ses rêveries colorées à moitié conscientes l'entraîna dans sa lointaine enfance, au salon de la maison, son petit visage tâchant de voir passer grand-père Joseph par-dessus le frimas d'une vitre densément boisée par les effets combinés du vent des buttes et de l'humidité de l'intérieur.

Mais la carriole demeurait invisible et seuls ses grelots, tels ceux d'un père Noël irréel, se laissaient entendre dans le vague. Puis, elle se voit à coller un cent américain dans la vitre pour s'y faire fondre un trou où elle pourrait poser son œil et découvrir la vie exaltante du dehors.

Mais la pièce de monnaie reste emprisonnée et la petite fille doit courir se prendre un couteau pour la dégager. Alors elle monte sur une chaise...

Mais la chaise bascule et son genou frappe la vitre qui se brise et tombe sèchement sans aucun fracas, comme pour narguer l'exploratrice qui s'est si mal conduite pour avoir voulu bien faire en saluant grand-père de la main comme elle le faisait si souvent l'été.

Les images en son esprit apparaissaient à la fois nettes et confuses, nettes par leurs délinéaments et leurs couleurs, mais confuses en ce qu'elles ne se mariaient pas exactement à la réalité de cette veille de Noël de ses 9 ans alors qu'elle avait été sévèrement punie par son père, corrigée sur les fesses, et sauvée d'une affreuse solitude le jour de Noël par l'intervention bien-veillante de grand-père Joseph qui avait poussé la rédemption des erreurs de Rosaire jusqu'à offrir en cachette à Paula des patins tout neufs.

Et la cheminée qui avait flambé durant la messe de minuit alors que la fillette se trouvait seule à la maison avec Lucie bébé. Et grand-père Joseph qui avait vu de loin et qui était accouru comme un protecteur envoyé par le ciel lui-même…

Un fusil fut appuyé au coin de la cabane, à la jonction des murs, pointé vers le grand érable…

Paula entendit un bruit qui ne suffit pas à la faire sortir de sa torpeur; c'était le son de la gorge d'un oiseau rassuré, rassurant, joyeux, vivant…

Une perdrix cacabait au bout de ses pieds en biais et n'avait perçu aucune hostilité parmi les ondes que ce corps de femme endormie dégageait…

Un gros bang sourd, total, aux résonances sidérales frappa l'air, les tympans et l'âme même de Paula, mais elle n'entendit pas les plombs tout près percer les feuilles mortes, le sol, la chair de l'oiseau. Sortie en catastrophe des brumes du rêve, elle aperçut l'agonie de la perdrix qui exécuta une ronde grotesque avant de tomber sur le côté et mourir dans des coups de bec dérisoires qui tentaient en vain retenir la vie en fuite.

Elle devina qu'il s'agissait de son père. Après une peur aussitôt réprimée, elle allongea le bras sur le côté tandis qu'elle entendait les pas du chasseur venir en sa direction. Il croirait à un accident, s'en mordrait les pouces jusqu'aux coudes et ça le punirait d'avoir tué cet oiseau sans défense.

– *Goddam* de *Goddam!* qui c'est qui est là? s'écria Rosaire, affolé comme Paula l'avait prévu et espéré.

Elle voulut faire plus encore, maintenant qu'il savait une présence humaine derrière l'érable et se montra la tête qu'elle mit dans un rayon de soleil perdu à côté de l'arbre; ses paupières battirent comme celles d'un grand blessé…

Rosaire s'arrêta net. Son fusil s'échappa de ses mains. La voix tremblante, il balbutia :

– Paula... Paula... comment ça se fait ? As-tu reçu un plomb ou quoi ?

Elle jugea que ce bref instant de « correction » avait assez duré et se leva.

– Vous m'avez manqué de peu, fit-elle en montrant la perdrix ensanglantée dans un lit de feuilles et de plumes brisées.

Paula qui avait tutoyé son père dans les années proches de son mariage, s'était remise au vouvoiement plus tard, la barrière de la séparation aidant et ses vieilles habitudes lui revenant.

– Je t'ai pas vue...

– J'imagine, dit-elle avec un sourire intérieur.

– C'est que tu fais donc là ?

– Je me promenais. Me suis endormie un moment au pied de l'érable.

– Ah ! si je t'avais vue, habillée en rouge comme t'es là, j'aurais pas tiré, c'est évident, hein.

– Papa... pourquoi c'est faire que vous changez pas votre fusil pour un autre ?

– Un autre ?

– Un fusil à photographier. Ça se répand de plus en plus...

Il hocha la tête doucement, laissa tomber :

– Bah ! suis trop vieux pour ces nouvelles modes-là.

– Jamais trop vieux pour bien faire.

– Suis pas tout seul à chasser. L'automne, tous les hommes quasiment vont faire un tour dans le bois...

– Tous les hommes comme vous dites...

– Ah, les femmes ont le cœur ben sensible !

– C'est-il un grand défaut ?

– Aux yeux d'un homme, des fois, oui...

Il dit qu'il s'en retournait justement à la maison. Elle demanda à lui parler. Il s'inquiéta. Au vaste domaine de ces complexités de l'âme, il avait trop rien à dire. Qu'elle se livre à Hélène, pas à lui ! Mais Paula le rassura sans même qu'il dût signifier son malaise.

— C'est à cause de mon projet. Vous savez, la mise en marché des produits de l'érable dont je vous ai déjà parlé... J'aimerais vos conseils, mais ça veut pas dire que je vas les suivre... Suis qu'une femme et...

Il ramassa son fusil et fit un geste d'invitation vers la cabane.

— Viens, on va jaser en dedans...

— J'ai voulu entrer, mais j'ai pas trouvé la clé.

— On la laisse pas traîner, asteure que la cabane est rendue quasiment un hôtel.

On s'installa au beau milieu, à l'une de la soixantaine de tables qui meublaient la grande salle. Rosaire déposa son fusil sur une suivante plus loin et il enjamba prestement le dos d'une chaise pour prendre place en face de sa fille. L'homme avait besoin de montrer que la cinquantaine pour lui n'était rien de plus qu'un chiffre sur un extrait de baptême.

Cette cabane était maintenant la principale source de revenus de Rosaire. Durant l'hiver, elle servait de relais aux motoneigistes. Fêtes et réceptions printanières commençaient de bonne heure pour finir tard, de sorte que la tenue du commerce exigeait presque six mois par année de temps plein du couple.

L'homme portait une chemise à larges carreaux rouges et une casquette orange qui laissait s'échapper à l'arrière une chevelure abondante, grisonnante et à la mode d'une époque m'as-tu-vu.

À cause de sa femme et de son commerce, Rosaire avait l'esprit moins conservateur et conformiste que naguère ; mais ses premières réactions en gardaient presque toujours la saveur froide.

On échangea en premier lieu sur certaines questions d'organisation : les contenants, les machines à mise en boîte, les conditions d'entreposage, le financement...

– Toute la question est là : supporter des stocks pareils durant un an, peut-être plus, c'est quand même pas à la portée de n'importe qui...

– Mais papa, on va vendre d'abord et acheter ensuite. C'est impossible autrement.

– Au début, ça pourra aller comme ça, mais quand tu vas grossir...

– Dans ce temps-là, je trouverai le financement.

– Si Grégoire t'aide... mais si t'es toute seule...

La fierté féminine de Paula fut piquée au cœur.

– Je veux me débrouiller par mes moyens à moi.

– Pas de fierté mal placée ; ça mène nulle part.

– Mais... il est contre l'idée que je me lance en affaires et il va mettre des bois dans les roues... les roues de ma psychologie si je peux dire.

– Il est pas si dur que ça.

– Pas qu'il soit dur, mais il croit avoir raison. Et il est pas le seul, la plupart des hommes pensent comme lui, même vous au fond...

– Malheureusement pour toi, les gars de banque aussi pensent de même. C'est pour ça que ça va t'être dur de gagner sans appui... Moi, je verrais pas Hélène tenir la cabane sans les bras d'un homme pour voir à ben des tâches, comprenant celle-là de financer. Tu sais que j'ai une grosse dette sur le dos, moi, icitte, hein, une ben grosse dette ? Les banques font pas de crédit aux femmes... pas encore.

– Papa, si je ne me lance pas maintenant, d'autres vont s'emparer de l'idée. Pis c'est une idée qui répond à un besoin.

– T'auras qu'à prendre un autre chemin.

– Mais c'est un de ceux que je connais le mieux. J'ai été élevée là-dedans, j'ai vendu de l'équipement pour monsieur Roy, vous le savez : je me sens chez moi dans ce secteur-là.

– Ça, c'est un point capital, faut le dire !

— J'aimerais savoir qu'un homme important dans ma vie, c'est-à-dire vous, m'appuie et m'encourage.

— Je voudrais pas me mettre le nez dans ton ménage, Paula. T'as un bon homme avec toi, un ben bon gars, pis je voudrais pas lui faire du tort même si… t'es ma fille.

— Je vous demande pas de m'appuyer contre lui, je veux rien que votre pensée positive.

— Ça, tu l'as automatiquement du fait que t'es ma fille. En plus, suis prêt à te vendre mon surplus de sirop au prix courant, même un peu meilleur marché.

— C'est pas ça que je vous demande : si j'achète de vous, je paierai le même prix que les autres vous offriront. Mais de savoir qu'au besoin, je peux vous téléphoner pis vous parler d'un problème, je vas me sentir plus forte même si, probablement, jamais je vous appellerai… Tout le monde me dit que je suis une femme forte, mais dans ma prétendue force, y a beaucoup de prudence, vous savez, peut-être trop…

— Je sais ben que je t'ai pas élevée pour t'emparer de la vie comme un homme le fait… Ça, je l'ai fait avec ton frère pis j'ai manqué mon coup…

— Julien vit comme il veut, tout comme moi…

Rosaire soupira mais ne rajouta rien. Il était le seul à être au courant d'un grave problème d'alcool chez son fils et la parenthèse devait être fermée au plus vite.

— Dans ton cas, je me fais pas de reproches parce que c'était la mode d'élever une fille d'une manière qui était à vrai dire de pas s'en mêler pantoute pis de laisser faire la mère. Mais dans ton cas, j'ai été obligé de par les circonstances…

— Pis c'est justement ça qui m'a rendue plus autonome dans la vie, beaucoup plus prête à me battre dans un monde d'hommes.

Rosaire sourit un peu. Il regarda sa fille, et questionna profondément des yeux :

— Voudrais-tu dire que tu me passes mes erreurs ?

– Vous avez fait du mieux que vous avez pu avec ce que vous avez reçu d'éducation : ça, je l'ai toujours dit. Pis j'ai jamais envié aucune autre fille pour ce qui est de notre père.

L'homme hocha la tête, il retenait une émotion qui cafouillait et farfouillait pour lui sortir de l'âme.

– Content que tu me dises ça ! Arrive un temps dans la vie où un homme se pose des questions sur lui-même pis c'est mon cas des fois quand je fais le ménage après que le public soit parti...

– Je vous le dis pas pour recevoir votre approbation en retour, je vous le dis parce que je l'ai toujours pensé.

– Je mêlerai pas les deux, sois sans crainte !

– C'est ce que je veux.

Il se fit une pause. Lui cherchait ; elle attendait. Et Rosaire releva la tête, le visage éclairé :

– J'en ai un à te donner, un conseil, et pis un maudit bon à part de ça.

– Je vous ai dit que je les prendrais pas forcément, vos conseils...

– Mais celui-là, je sais que tu vas le prendre.

– Allez-y !

– Tu vas souper avec nous autres de bonne heure. Tu vas appeler Grégoire pour lui dire que tu retournes en passant par Saint-Éphrem pis tu vas payer une visite à ton grand-père pis à la mère Clara en retournant chez toi à Saint-Georges...

Paula sourit, pencha la tête, dit, la voix fine :

– C'est vrai que c'est un bon conseil... et je pense que je vais le suivre. Et je vas même leur proposer d'investir dans la compagnie que je veux former... non, ça va les mettre mal à l'aise peut-être.

– Tu feras comme ça adonnera. Laisse venir, laisse venir. Pour ce qui est de moi, le temps venu, tu m'en parleras, et si je peux mettre deux mille, cinq mille piastres dans ta compagnie, je le ferai...

Elle hocha la tête, fit une moue négative :

– J'ai surtout pas voulu vous lancer un message.

– Je le sais. Pis si je le pensais, j'aurais pas répondu non plus...

Environ une demi-heure plus tard, Hélène arriva avec les jumeaux. Mais Paula avait perdu le goût de la pédagogie philosophique. Elle leur montra néanmoins le lieu de la mort du prêtre. Ni sa voix ni l'endroit ne dirent grand-chose aux enfants et l'on reprit le chemin de la maison.

– Et votre perdrix, elle ? s'enquit-elle quand on fut à l'orée du bois.

– Bah ! laissons faire. Les renards vont s'en occuper.

Aux abords de la maison, Rosaire dit, la tête un peu bête :

– Ça serait pas une mauvaise idée, Paula, que je change de fusil. Changer mon fusil d'épaule pis changer de fusil tout court...

*

Paula se rendait bien une fois ou deux par année chez ses grands-parents qui la visitaient au même rythme en retour, mais rarement avait-elle eu le cœur aussi fébrile qu'à son arrivée en haut de la grande côte au pied de laquelle se trouvait leur maison blanche qu'on devinait plus qu'on ne voyait à cause de la brunante déjà lourde.

On avait appelé depuis Saint-Honoré et les grands-parents surveillaient la route. Ils s'apprêtaient à sortir sur la galerie chaque fois qu'une auto paraissait sur la hauteur. Cette fois fut la bonne et ils se rendirent tous deux dehors, l'agrément largement écrit sur toutes les rides de leurs visages.

Joseph restait vert même s'il avait franchi le cap des 75 ans et Clara gardait sa minceur aussi droite grâce à ce lait qu'elle buvait en abondance depuis toujours et qui la gorgeait de calcium réparateur de ces pertes osseuses que les ans ingrats réclament sans pitié aux femmes pas assez vigilantes.

Depuis belle lurette, la vieille dame avait éteint son dernier cigare. Personne ne trouvait plus ça drôle et puis sa carrière de maquignon avait pris fin officiellement voilà déjà plus de dix ans. En plus que l'éducation avait appris à plusieurs que des femmes fumant le cigare, ça datait du tabac et ç'avait été popularisé par George Sand voilà un siècle. Rien d'original! lui avait dit un jour un étudiant en lettres pour se faire valoir comme aiment bien le faire tous les étudiants en lettres.

— On aurait pas pu avoir plus belle visite, lança Joseph du haut de l'escalier.

— Si ça fait longtemps! s'exclama Clara.

— Tant qu'à être à Saint-Honoré, j'ai dit aux enfants : on va voir grand-papa et grand-maman, dit Paula.

— J'ai juste un reproche : vous auriez dû venir souper avec nous autres.

— Hélène voulait à tout prix nous garder... mais on lui a laissé la vaisselle pour venir au plus vite, c'est elle la pire.

— Christian, es-tu capable de monter l'escalier en deux coups ? dit Joseph pour taquiner l'enfant.

Le garçon s'élança aussitôt et l'orgueil le porta en haut des marches en deux enjambées ; mais il faillit trébucher et son arrière-grand-père le reçut dans ses bras et ses rires.

— Vous avez besoin de tous venir m'embrasser! menaça Clara. Asteure que je sens pus le tabac, j'sus rien qu'une embrasseuse.

Nathalie fut la première après avoir reçu une caresse affectueuse de Joseph qui lui tapota la tête. Puis les autres suivirent tandis que Paula serrait son grand-père dans ses bras en disant :

— Mon père pis mon grand-père ensemble, ç'a donné ce qu'une orpheline pouvait avoir de mieux dans sa jeune vie.

Surpris par cette confidence inattendue que Paula du reste n'avait pas préméditée, l'homme repoussa la fleur dans un rire à ressorts :

– Arrête-moi ça, toi, j'sus pus rien qu'un vieux limoneux fatiqué. Pis rentrons donc, parce qu'à soir, c'est cru à tomber grippé.

L'intérieur était sobre, ordonné, âgé, juxtaposant les bois vernis, les meubles aux lueurs brunes, les cadres ovales sur des murs de petites planches roses que le Gyproc à la triste uniformité n'enterrerait sans doute pas de leur vivant.

On arrivait droit dans le salon. Les enfants hésitaient, mais Clara leur trouva à chacun une place convenable, les uns sur un sofa, un autre sur une chaise droite et Christian dans une berçante. Et la scène inspira un projet à Paula qui s'installait sur le grand divan avec Clara, devant Joseph. Et lui prit place dans un fauteuil de velours vert dont le tissu et les moirures rappelaient vaguement les habits funèbres des beaux meubles d'un antan lointain.

– Les enfants, aujourd'hui, je me suis souvenu de quelque chose que je vais vous raconter. C'est le meilleur moment... Venez plus près.

Et la jeune femme se fit conteuse. Et ce soir de la veille de Noël 1948 qu'elle avait revu dans la sucrerie, revécut devant tous comme un film animé, coloré et bourré d'émotions. À telle enseigne que Joseph essuya ses larmes à la fin du récit.

– Je savais pas que j'avais un bon mari de même! dit Clara pour assécher un peu cette fierté d'homme que les sentiments tendres picoraient non sans malice.

– Je me souvenais pas de ça moi-même... Peut-être que tu exagères un petit brin, Paula, non?

Nathalie aima l'histoire. Et au plus haut point. Qu'il s'en était donc passé, des choses, dans la vie de sa mère! Et elle soupçonnait bien plus encore. Et Paula, elle, se disait qu'elle devrait éteindre la télé, cette vile inhibitrice de l'imagination, certains soirs d'hiver, pour livrer aux enfants tous ces beaux souvenirs qui rendent si romanesque le vécu de ceux qui ont eu la chance, tout à fait exceptionnelle dans l'histoire du monde, de passer leur enfance et leur adolescence dans les décennies 1950 et 1960, de connaître une époque où tout n'était pas encore ruiné par la consommation outrancière, ce temps de paix où la jeunesse fut inventée, taillée à même l'enfance et la vie adulte entre lesquels le passage avait toujours été brutal jusque-là.

– Grand-papa Nadeau, ben on dirait qu'il était pas mal méchant, hein, lui! s'étonna Chantal, la mine à l'espiègle opposition.

– Non, non, s'empressèrent de déclarer ensemble Paula et Joseph.

Elle céda la parole à son dire à lui, et le vieil homme poursuivit, la voix lente et longue comme pour lui donner plus d'expérience et de sagesse et comme pour que l'on n'oublie pas ce qui avait l'air d'un enseignement:

– C'était comme ça autrefois. Les parents battaient souvent les enfants, pis ensuite, les grands-parents eux autres, ben ils les consolaient.

Clara donna des livres d'images aux plus jeunes et les jumeaux se trouvèrent des occupations de lecture dans une encyclopédie de jadis aux connaissances très empoussiérées. Pendant ce temps, Paula, comme une vraie obsédée, parlait à nouveau de son projet de carrière, l'âme brillante, le regard bourré d'avenir.

On lui prodigua tous les encouragements possibles sans la moindre restriction. Qui mieux qu'eux deux eût pu allumer la dernière étincelle qui manquait encore à la jeune femme pour que sautent à jamais tous ses doutes et que le grand rêve éclate en des morceaux de réalité qui s'ajusteraient en retombant pour former un ensemble concret.

Elle leur dit que le moment venu, ils pourraient, s'ils le voulaient, participer en tant qu'acheteurs dans leur secteur. Ils en furent émerveillés et assurèrent qu'ils le feraient pour pas plus que les dépenses et une simple récompense parfois, ce à quoi s'opposa avec vigueur la future femme d'affaires.

– Tout travail mérite salaire, dit-elle sur la question, la tête bourrée d'intentions bienveillantes.

On finit par s'accorder sur la générosité en attendant de faire de vraies affaires.

*

Sur le chemin du retour, côteux et le plus souvent bordé de feuillus, Paula mesurait les chances que la vie lui avait distribuées sans parcimonie. Son œil alerte brillait dans la nuit tandis que les enfants fatigués pensaient en silence aux petites choses extraordinaires de ce jour-là.

***

Chapitre 6

Les enfants dormirent tous les quatre malgré la distance plutôt restreinte séparant la maison des grands-parents de Paula de sa résidence à Saint-Georges Ouest.

Dès leur arrivée, morts de lassitude, ils plongèrent dans leur lit et dans une nuit peuplée de rêves que les souvenirs de la journée rendraient différents de ceux d'auparavant.

Grégoire était dans le solarium, une pièce de verre qu'on avait ajoutée à l'arrière de la maison l'été précédent et dans laquelle, le soir, on jasait en regardant les lumières de la ville couvrant le flanc des collines vers l'est. Il signala sa présence par quelques mots de salutations lancés à pleine voix, une voix qui portait loin.

Elle savait déjà que son mari se trouvait là pour l'avoir entendu qui parlait avec quelqu'un ; mais on ne pouvait embrasser toute la pièce du regard qu'une fois parvenu dans l'embrasure de la porte. Sans doute était-ce son ami Jean-Noël Turcotte ou peut-être bien Gaspard Fortier ? Elle saurait plus tard.

Mais quand elle revint d'en haut, le visiteur avait déjà quitté. Grégoire lui cria de loin :

— Prends-toi un verre et viens placoter un peu.

Ce qu'elle fit.

— Qui c'était ? demanda-t-elle en se présentant dans la pièce bourrée de plantes vertes, de fleurs colorées et de meubles de vinyle blanc.

— Gaspard, dit-il, surpris qu'elle ne sache pas. Un autre que lui aurait eu son auto. T'as pas vu sa bicyclette à la porte ?

Paula n'aimait pas trop cette façon indirecte de lui dire qu'elle n'avait pas réfléchi.

– Non… C'est que ne m'attendais pas de voir quelqu'un à l'intérieur… J'étais partie… dans mes rêves probablement.

– Assieds-toi là : la place est encore chaude.

Elle s'engonça dans une chaise profonde.

Ils étaient en biais l'un par rapport à l'autre. S'ils ne se regardaient pas en échangeant des propos, elle, la tête droite, pouvait étendre ses pensées directement sur la ville tandis que lui avait une meilleure vue sur le secteur sud où se trouvait le barrage Sartigan, que la Chaudière bien domptée franchissait maintenant chaque printemps sans plus rien dire, comme une vieille personne réduite au silence et à l'étroitesse de son lit après une vie longue et tumultueuse.

– Et puis, comment va le beau-père ? La mère Clara t'aura ben offert un cigare ?

– C'est rien que l'image que tu veux garder d'elle. Les hommes ont la manie de rire de ce qu'ils ne comprennent pas ou de ce qui fait pas leur affaire. George Sand fumait la pipe et le cigare et ça l'a pas empêchée d'être un grand écrivain.

– Ouais, ouais… Avec un nom d'homme, hein ! En tout cas… Et ton père ?

– Il a rasé me tuer.

– Comment ça ?

On jasa une demi-heure, mais pas une seule fois Paula ne laissa transparaître les véritables motivations de sa journée ni ne fit part de sa décision désormais irrévocable de ne plus attendre pour foncer en affaires comme elle se l'était promis à elle-même en le jurant à sa sœur défunte deux ans plus tôt. L'entrée de jeu par Grégoire avait refoulé en Paula loin dans son âme ses intentions d'aveu. Elle lui parlerait dans les prochains jours. Et cette résurgence en force de son grand projet dans sa tête et dans son cœur s'affirmerait encore plus.

Il eût aimé parler plus longtemps. Lui aussi avait fait quelque chose ce jour-là. Même qu'il avait été fort actif. Mais elle annonça sa fatigue, quitta la pièce, partit se coucher.

Il voulut lui montrer un certain mécontentement. Après tout, lui, il l'avait écoutée, et elle pas. Dans un mariage sain, chacun ne doit-il pas prêter à l'autre le même temps d'oreille qui lui est donné ? Kif-kif...

Le mécontentement se transforma en grognements gras lorsque, un quart d'heure plus tard, il la surprit en train de lire au lit sous la lumière de sa lampe de chevet.

Il s'approcha, regarda son bouquin de haut, en souleva la couverture pour connaître ce qui passait avant lui, ce qui avait valu l'attention de Paula mieux que lui-même.

– Un roman ! étira-t-il en hauteur.

Elle questionna son ton :

– Et alors ?

– Je te pensais une femme de chiffres...

– Pourquoi une femme de chiffres ne lirait-elle pas de romans ?

– Parce que c'est rien que du rêve.

– Mon cher ami, il ne faut pas confondre roman, romance et roman-vérité.

– Roman-vérité ? s'écria-t-il en commençant à défaire le nœud de sa cravate. C'est rien que des maudites folies là-dedans. C'est pas la vraie vie, ça !

Elle le regarda, fit une moue désolée et paternelle, et se remit le nez dans sa lecture. Mais il continua à nourrir, en la déversant, sa provocation frustrée :

– Tu te promènes dans les cimetières le dimanche avec les enfants, dans le bois toute seule sans raison, on te tire dessus pour ça, tu vas voir le grand-père marié à une vieille grébiche originale, tu racontes des affaires de la Deuxième Guerre aux enfants pis en revenant, tu lis un roman. Tu vas me faire croire que t'es une femme proche de la réalité ? Mon œil !

Elle s'insurgea, mais en demi-teinte encore puisque lui attaquait en demi-ton :

– Il y a une beauté, mon ami, que les hommes refusent de voir faute de la comprendre. Et je ne suis pas un homme encore, tu sais.

Il lui servit une salve plus directe mais avec moins de bruit. Elle aurait le choix de réagir par l'humour ou la colère.

– Niaise pas : les grands peintres ont été des hommes, les plus grands écrivains du monde... les meilleurs sculpteurs, les meilleurs acteurs, les meilleurs... rois.

– *Come on !* Reprends ton sérieux, ça presse ! Va donc te laver et laisse-moi lire.

– Ben oui, mais tu cherches la chicane.

Elle s'esclaffa :

– Moi ?

– Toi.

– Non, mais t'aurais pas, comme par hasard, été rué par un cheval aujourd'hui, toi ?

Il contourna le lit et s'assit de son côté à lui. Et sa cravate vola sur un fauteuil, suivie de son pantalon et de sa chemise.

– C'est tes contradictions qui m'énervent, Paula. Tu t'en vas du solarium en disant que t'es fatiguée et que tu veux dormir, et rendue ici, tu lis. Bizarre, non ? Tu as répété dix fois que tu voulais te lancer en affaires, tu redis tout le temps que t'es une fille de commerce pis les rêves te mènent par le bout du nez. Drôle, non ?

– Veux-tu, je vais t'expliquer une chose ? Peut-être que tu la saisiras pas tout de suite mais plus tard... on sait jamais.

Il se pencha en avant et jeta :

– Ben oui, t'as affaire à un grand cruchon. J'ai un an d'études de moins que toi pis les gens qui écrivent des livres, je les connais pas.

– Ni moi non plus si tu veux savoir...

Il se coucha le dos tourné à elle et sur les couvertures car il devait se rendre à la salle de bains.

– Explique...

– Quoi?

– Ben la chose que tu m'as dit que tu m'expliquerais pis que je serais pas assez brillant pour saisir.

– OK! Prends dix exemplaires d'un roman comme ça et donne-les à des spécialistes de dix domaines différents, des gens sérieux qui ne rêvent pas et qui connaissent bien leur affaire. Disons un psychologue, OK? Un philosophe, un historien – c'est un roman historique –, un géographe, parce qu'il y a une longue marche de soldats dans la sauvagerie, un militaire, pour la même raison, un... ouvrier, parce qu'il y a de la construction de bateaux et aussi de fortifications... Ainsi de suite... Chacun, à partir de ce qu'il trouvera dans ce roman, pourrait écrire un livre de sa spécialité à lui. Le gars qui a écrit le roman, lui, a fait exactement le contraire. Il a pris les connaissances de tous ces experts et il les a montées, pour ainsi dire, dans une histoire qui tient et qui est intéressante à lire. Ce qui fait qu'un lecteur qui n'est pas complètement stupide peut, à partir d'un seul livre divertissant, apprendre et surtout retenir autant de choses que tu pourrais trouver dans tes écrits intelligents et sérieux... On appelle ça de la synthèse. Et mon prochain roman sera celui d'une femme d'affaires si tu veux savoir...

– Ça va t'intoxiquer, laissa-t-il tomber, le ton plus bas que les mots eux-mêmes.

Et il s'en alla à la salle de bains.

À son retour, elle paraissait dormir, mais n'en avait que les airs et il le savait. Sans en ressentir vraiment le goût, il la sonda pour l'amour; en fait, ses mains cherchaient plutôt une réaction psychologique. Et il l'obtint.

– J'ai mal à tête, suis fatiguée, à demain! mentit-elle avec sécheresse.

– De beaux rêves! dit-il avec nargue.

Elle se réveilla au cœur de la nuit, comme si un déclic s'était produit dans sa conscience endormie. Alors tous les éléments du puzzle s'ajustèrent. Au lieu de s'asseoir avec Grégoire pour lui exposer ses plans, ce qu'elle avait déjà fait sans succès, elle travaillerait en sourdine et répondrait à ses questions en mettant toutes démarches sous le couvert de la planification justement, chose à laquelle il ne s'opposait pas tant qu'elle en serait au stade théorique, et qu'il croyait devoir la tenir longtemps dans l'expectative.

Il lui faudrait appréhender un affrontement un jour ou l'autre. Mais un couple, à l'image de la vie, ne saurait évoluer sans d'inévitables moments de crise, jugeait-elle, l'important étant de croire en la réconciliation qui suit à tout coup... ou presque.

*

Dans les semaines suivantes, elle se partagea entre la maison et le projet. Son téléphone ne dérougit guère. Elle prit toutes les informations requises et mit quelques dossiers en marche.

Grégoire eut la puce à l'oreille. Il tournait régulièrement et souvent autour du pot à l'aide de questions anodines. «Mon travail de recherche; tu verras dans le temps», disait-elle.

Il se montrait dégagé, indépendant, bien au-dessus de ces cachotteries qui finiraient bien par montrer la tête au grand jour. Et en même temps, il s'inquiétait. Il devinait qu'elle s'apprêtait à se mettre en marche dans le monde des affaires, et sans son avis, sans son appui, sans son crédit. Il lui fallait se battre sur le terrain de Paula. D'abord savoir hors de tout doute ce qu'elle mijotait. Puis prendre des mesures sans en avoir l'air... Neutraliser diplomatiquement!

Il prit l'habitude de revenir en douce à la maison à des moments incongrus afin, peut-être de la surprendre dans une conversation téléphonique révélatrice. Et ça lui réussit un avant-midi de novembre alors que dans le bureau de leur entreprise agricole, Paula conversait avec Michelle Caron, sa vieille amie vivant à Montréal.

Grégoire rentra sur la pointe des pieds avec un bon gros prétexte dans chaque orteil. Couvert par la musique du système d'intercommunication, rentré par le solarium, il se prit une bière en douce et retourna dans la pièce vitrée où se trouvait un appareil de téléphone qu'après s'être assis, il décrocha machinalement.

– ... ça fait longtemps que t'aurais dû te lancer, je te l'ai dit et répété.

– J'ai toute une famille, tu sais moi. Quatre, c'est pas rien. Chacun exige. Surtout la ferme qui demande au moins deux heures de bureau par jour.

– J'espère que tu ne travailles pas pour rien, pis que tu ramasses ta part, dit fermement la voix.

Grégoire serra les mâchoires. On complotait dans son dos ou quoi. Tout s'était toujours fait au grand jour dans cette maison-là, dans la bonne entente et une belle harmonie, et voilà que cette féministe sortie tout droit des boules à mites mettait encore son nez dans ce qui ne la regardait pas.

– Oui mais... je veux pas l'utiliser pour me lancer.

– Mais pourquoi pas, je te le demande bien? s'écria la voix de Michelle que ce manque d'audace et surtout de justice scandalisait. Penses-tu que ton mari s'en servirait pas, lui?

– Je suis pas lui, je suis moi.

– T'as peur, Paula Nadeau, t'as la trouille parce que t'es femme. Et ça me choque... et même si on se voit jamais, je te le dis: ça me choque...

– C'est que je veux y aller mollo; tu sais, y a des valeurs très très grandes dans ce que défend Grégoire. La cohésion familiale, l'éducation des enfants, etc.

– Ces choses-là sont pas en danger si tu t'y prends bien. La cohésion familiale, ça veut pas dire avoir le nez vingt-quatre heures sur vingt-quatre sur le nez des autres. La mère a pas besoin d'être là matin, midi et soir pour bien éduquer ses enfants. C'est quoi, ça ?

– Par chance qu'il ne t'entend pas, il te ferait sûrement assassiner par un tueur à gages...

Grégoire ferma un poing. Il eût voulu, en effet, assassiner Michelle, mais de vive voix, en lui enroulant le fil de ses raisonnements et du téléphone autour du cou jusque ce que langue sorte et que mort s'ensuive après de longs râles tordus.

– Je te dis que j'aurais pas peur de répéter la même chose devant lui. Des gars grands et gros, j'ai déjà vu ça, moi, pis ça me fatigue pas le poil des jambes. Au contraire, je leur fais un ciseau de corps...

Paula éclata de rire.

– J'aimerais ça te voir mariée avec Grégoire une demi-journée : y aurait des étincelles... peut-être du feu ou même de la dynamite.

– Je le mettrais à ma main, je t'en passe un papier...

– J'en doute pas.

– En tout cas... Et les enfants ? Les jumeaux sont en bonne santé ?

Grégoire attendit que Paula entame sa réponse pour peser sur le bouton où, avec soin ensuite, il déposa le combiné. Ainsi, on ne risquait pas d'entendre. Il tordit sa bouteille de bière et la vida de deux traits puis quitta les lieux, le feu aux yeux.

*

Dans les jours suivants, il travailla lui aussi en secret. Il se plongea le nez dans les annonces classées du journal local, fit maints appels à des agents immobiliers, en reçut autant, disparut plusieurs soirs une heure ou deux sans rendre compte de son temps, sans rien dire, plissait les paupières, se raclait la gorge et ravalait ses secrets.

Le vendredi soir de la semaine d'après, il annonça à sa femme à table qu'il irait faire un tour à la chasse une couple d'heures le samedi après-midi. En même temps, il demanda à Paula de l'accompagner. Sa mère à lui viendrait garder les enfants le temps nécessaire. On irait sur les hauteurs de Saint-Théophile aux abords de la frontière américaine.

– J'ai pas le temps et j'aime pas la chasse, tu le sais.

– Écoute, j'ai affaire à te parler et je pense que c'est le meilleur moment.

Elle grimaça :

– Une autre fois.

– Demain.

Peut-être que le moment de l'affrontement était venu après tout, se dit-elle. Et elle accepta. Satisfait, il sortit ses armes, un fusil brun foncé et une carabine au vernis clair, et se rendit les mettre dans le coffre arrière de sa voiture dans le garage.

Ce soir-là, ils firent l'amour à deux fougueuses reprises. Grégoire fut volubile entre les rapprochements physiques et même pendant, ce qui ne lui ressemblait guère.

Durant sa douche matinale, il siffla. Au déjeuner, il sifflota seulement, pour ne pas donner un mauvais exemple, car il détestait entendre ce son dans la bouche de quelqu'un d'autre et devait trop souvent le subir de la part de Gaspard l'ermite qui en plus, parlait tout seul.

On s'habilla de rouge et de jaune clair et, une fois Éva, sa mère, venue, on se mit en route pour la région frontalière où l'on fut dans vingt minutes. Mais là-bas, il fallait quitter la route allant au Maine pour emprunter un chemin de bois et la vitesse devait donc être réduite. On progressa un quart d'heure puis l'on fourcha sur un sentier à une seule voie. Le scintillement d'un lac apparut entre les branches et les fardoches. Un dernier embranchement les mit devant un chalet de chasse et pêche. Il arrêta la voiture, se tourna, fit un œil petit pour annoncer sans triomphe apparent :

– J'ai décidé de nous acheter un chalet et je suis venu te le montrer.

– Ah bon!

– Comment tu le trouves? C'est peut-être en bois rond à l'extérieur mais c'est tout à fait moderne à l'intérieur avec l'électricité, le téléviseur, l'eau chaude et tout le bataclan.

– Ah bon!

– T'as pas l'air de vouloir sauter de joie.

– Je suis un être à sang-froid, tu le sais, tu me le dis souvent.

– Tu viens voir, j'ai la clé.

Elle le suivit. Visita. Garda tout son sérieux. Son calme. Sa patience. Sa colère. Tout ce qui grouillait et bouillait en son âme, elle y mit le couvercle.

L'endroit était chargé de gros meubles, de décorations rustiques; chaises et fauteuils y voisinaient des lits de camp et Paula cherchait en vain ce qu'il y avait de si moderne dans un tel bazar aux allures de capharnaüm.

On sortit. Il y avait des chaises de bois sur la véranda donnant sur le lac.

– Assis-toi qu'on discute.

– Y a rien à discuter. Tu t'es acheté un chalet, ça vient de s'éteindre.

– T'aimes pas ça?

– Ça me dérange pas.

– Si y a des choses à changer, t'as qu'à le dire.

– C'est pour toi, ce chalet-là, c'est pas pour moi. Tu viendras avec tes amis, un point c'est tout.

– T'as pas l'intention d'y venir avec les enfants?

– Pas une maudite minute.

Il s'appuya un pied botté sur la garde de la galerie et jeta, déçu:

– Je me casse la tête durant un mois pour te faire plaisir et tu m'envoies promener.

– Tu le sais que la chasse, j'aime pas ça. Qu'est-ce que tu veux que je fasse ici dans le bois avec les moustiques et les orignaux? Pas intéressée une miette!

– C'est que tu fais là? Ceux de notre âge qui ont un peu d'argent se payent tous un chalet...

– Pourquoi que t'as pas continué de louer la cabane avec tes amis pour la chasse au lieu de venir jeter ton argent dans le lac. C'est absolument pas un chalet pour moi, ça.

– C'est que tu voudrais? Un chalet au lac Poulin de Saint-Benoît, je suppose?

– Sûrement que ça aurait pas mal plus d'allure. Le lac Poulin est à dix minutes de chez nous et puis c'est des vrais chalets de monde là-bas, pas de bûcherons pis de siffleux... J'ai rien contre le métier de ces gens-là, mais j'aime pas les camps de bûcherons, moi, c'est tout. Tu me reproches d'être sentimentale, ben je te dirai que ta surprise, ta forêt, tes arbres, tes poissons pis ton eau, ça me fait pas rêver une seule seconde. Tout ce à quoi je rêve, c'est de m'en aller.

– Bon... d'abord que c'est de même. On peut au moins marcher un peu dans le bois en cas de perdrix qui traînent...

Paula mit son pied à son tour sur la garde et déclara en homme:

– Si tu veux marcher sans armes, ça marche. Si tu veux chasser, fais-le tout seul, je vais t'attendre ici.

Ils furent silencieux longtemps. Puis il soupira:

– Dans ce cas-là, allons-nous-en.

Et le voyage de retour fut d'un silence d'arbre.

Mais une fois la Chaudière franchie, après le pont de Saint-Georges, il tourna à droite et fila vers Saint-Benoît dans la direction tout à fait opposée à leur domicile. Il annonça qu'on utiliserait le temps qui restait pour aller jeter un coup d'œil aux chalets du lac Poulin, ces chalets de vrai monde, comme l'avait répété Paula.

Et dans des propos bigarrés destinés à cacher ses cartes, il la conduisit droit à une maisonnette de fort bonne apparence dans les tons de blanc et de brun brique située près de la chapelle du lac. Il savait que Paula y avait vécu des heures émouvantes lors du mariage de son père jadis.

Elle s'exclama :

— Ça, c'est un chalet qui a de l'allure… mais ça doit ben coûter dans les vingt-cinq mille dollars et probablement plus.

Sans le savoir, elle venait de se jeter tête première dans un piège qui lui claqua de toutes ses griffes sur la volonté. Il déclara :

— C'est celui-là que j'ai acheté, pas l'autre du lac Carré. Je voulais te faire une vraie belle surprise. C'est le même agent immobilier et il m'a prêté la clé de celui de là-bas pour que tu puisses comparer et… j'espère, cette fois-là, me dire que t'es contente.

Paula dut simuler le plaisir. Elle n'avait pas le choix. Mais qu'il ne s'attende à aucun orgasme mental…

Bien sûr que l'endroit la séduisait, que les souvenirs l'y attachaient, que ce chalet-là était doté de tout le confort à la mode voulu par une femme de son temps, mais…

Quand il fut rassasié, qu'elle parut l'être aussi, il la fit asseoir sur un divan profond, doux et moelleux. Elle eut un mouvement de rébellion :

— T'aurais pu m'en parler, non ?

Il rétorqua, l'œil en biais et le sourire défiant :

— Tu me parles de tout, toi ?

Encore une fois bien piégée, elle résolut de se taire et de composer avec ce nouvel élément dans sa vie.

Elle sentait ses pieds pris dans le ciment du solage de la maison, son bras droit lié au bureau ; et voilà maintenant que Grégoire cherchait, par l'organisation de ce nouveau loisir, à lui immobiliser l'autre bras en le clouant solidement à la rive du lac Poulin.

L'affrontement n'avait pas eu lieu et malgré tout, elle perdait la bataille. Très souvent, cela se terminait ainsi avec Grégoire. Curieux !

***

Chapitre 7

Elles se suivaient à la queue leu leu comme des fourmis occupées, mais bruyantes, fumeuses, affreuses. Un géant venu d'une autre planète se serait aussitôt hâté de fabriquer une tapette à mouches pour les écraser et s'en débarrasser.

C'étaient des motoneiges en caravane, en route pour nulle part, impolies, indiscrètes, bourrées d'agressivité, écrasant les plantes, fauchant les aulnes, emprisonnant sous la neige des milliers de petites bêtes terrifiées dont les tunnels étaient impitoyablement bloqués par l'indifférence béate aux sourires en quartier de lune des pseudosportifs chevauchant leurs machines infernales.

Gaspard Fortier se désespérait de les entendre.

Par chance, celles-ci se trouvaient loin de chez lui. On suivait des pistes aux abords du lac Poulin. Rendez-vous avait été donné à cet ancien établissement aux allures taverne où le père de Paula s'était remarié en 1957. Après une longue fermeture, on avait rouvert la bâtisse, qui était devenue un relais en même temps qu'un club de motoneigistes.

Et dans la Beauce, comme partout au Québec alors, le virus mécanique envahissait les moindres recoins des terres privées et publiques, bafouait une nature incapable de s'en défendre, transportait de plus en plus loin les chasseurs et leurs armes tueuses.

— Un désordre, un excès ! répétait Gaspard.

— Bah ! Gaspard, c'est un vieil arriéré ! riait Grégoire.

*

C'était vendredi soir. Dix jours avant Noël. Les insectes de ferraille aux yeux de feu émergeaient tour à tour du boisé voisin qui avait perdu ses secrets, son mystère, sa dignité, et que pas même la claire lune ne saurait raviver. L'astre des nuits lui-même n'attirait plus les regards depuis qu'on l'avait dénudé, déshabillé de ses mythes alors qu'on avait foulé du pied sa froideur caillouteuse trois ans auparavant.

— Le sens du sacré disparaît, se plaignait Gaspard.

— Pis on vit ben mieux! rétorquait Grégoire, plus avec ses gros bras qu'avec sa tête et son cœur.

On se stationnait dans la cour et on laissait les moteurs tourner au ralenti. Ce qui ne coûtait guère plus cher de carburant. Et puis quelle importance l'argent puisque l'engin terrestre resterait chaud, prêt à bondir, à s'élancer à l'assaut de n'importe quoi tâchant de lui résister, même la grande nuit glaciale que le progrès déculottait aussi.

Paula arrêta sa machine, en descendit, fut éclairée par la suivante conduite par son mari. Grégoire braqua les phares vers le lac. Quelques nuits de grande froidure et la couche de glace se formerait. On pourrait alors piquer droit devant depuis le Club jusqu'au chalet de l'autre côté.

Un troisième, un quatrième motoneigiste s'amenèrent, rejoignirent l'essaim ronronnant. Grégoire descendit et sa voix domina les environs:

— Une maudite belle nuit!

Les arrivants s'approchèrent. Ils étaient un couple de leurs amis. L'homme dit:

— Pour moi, le club va se remplir à soir.

— On peut quasiment dire que c'est la première belle journée d'hiver, dit sa femme.

– M'attendez pas, dit Paula. Suis un peu étourdie et je vais prendre l'air.

– T'en as pas assez pris sur la piste ? s'enquit son mari.

– Je reste avec toi, dit l'autre femme.

– Ben, on va vous attendre, fit l'autre homme.

– Ben non, allons donc prendre un bon petit gin ! opposa Grégoire. C'est pour rien, quand Paula dit quelque chose, c'est dit, comme on dit.

– Ça ? fit Paula avec une moue éloquente que la nuit, si pâle fût-elle, empêcha de voir.

Elle fit quelques pas vers l'eau dans une pente courte et douce, suivie par son amie de date récente. Et les deux femmes, telles des exploratrices de l'espace, la personne enveloppée d'un costume léger aux formes lourdes, la tête casquée d'une sphère de plastique, échangèrent des propos badins et pourtant qui portaient un sens plus profond que les apparences.

– Y a un paquet de souvenirs ici, hein ?

– Ça, oui, Suzanne ! Y a ben des mariages qui ont été décidés dans les environs. Celui-là de mon père parmi bien d'autres.

– Pis y a pas mal de virginités qui ont pris le bord du bois par ici.

Paula rit :

– Quasiment la mienne aussi !

– Ah ?

– Non, non, c'est des farces. J'étais ben trop pure pour ça…

– Le temps passe…

– Oh oui ! Tout a l'air pareil et rien n'est plus pareil. On dirait qu'un siècle s'est passé depuis pas même quinze ans encore. Quand t'as dit que le temps passe, j'ai été sur le point de te répondre : c'est le rêve qui passe. Mais en fait, les rêves d'aujourd'hui ne sont plus les mêmes. Quelque chose leur manque. Sais pas… de la fantaisie, du grandiose, du charme, je dirais de l'infini… Comme dirait Gaspard Fortier, tout devient banal.

– Bah! c'est pas un soir pour être aussi triste.

– Non, non, c'est juste un brin de nostalgie.

L'eau noire était parsemée de boules de coton immobiles. Sur les rives montueuses, plusieurs chalets étaient illuminés et fumaient en paix dans le soir étoilé. À chaque phrase d'une des femmes montait d'elle une vapeur grise que la froidure avait tôt fait d'atomiser et d'anéantir. Les pieds craquaient parfois quand on bougeait : c'était le cuir neuf des bottes, c'était la neige dure et sèche.

On décida d'entrer. Suzanne fut la première à tourner les talons. Paula jeta un dernier coup d'œil sur la surface de l'eau. Elle eut une pensée fugitive. Lointaine. Martine Martin et André Veilleux allaient dans une embarcation sous le plein soleil d'été. Ils devaient se parler d'avenir, s'était dit Paula alors. Elle ne savait plus trop si ça s'était passé en 1958 ou 1959. Et le temps, oui, avait fui d'une si drôle de façon, avait emporté Martine dans ses mystères insondables et guidé André vers un destin imprévisible naguère.

– Qui c'est, ce Gaspard Fortier? demanda Suzanne pour inciter Paula à la suivre.

Elles se mirent à une marche lente vers l'entrée du Club.

– Ah! c'est un ermite qui travaille pour nous autres quand on a besoin. Surtout quand il en a besoin... Une espèce de vieux sage qui vit dans le passé et l'avenir, et jamais au présent. Il reste pas loin de chez nous dans le rang de Saint-Jean, en plein bois mais proche du grand chemin.

– Connais pas.

– Tu le connais sûrement de vue. Tous les soirs d'été, il se promène avec sa bicyclette, va faire une tournée dans les rues de la ville, aux environs de l'école Trinité, dans le bout de l'hôpital... Il pense et se mêle de ses affaires.

– Tu dois le bien connaître?

– D'une manière oui; de l'autre, pas beaucoup. Au début, j'en avais peur. Parce que... quand je dis vieux, c'est pas à bout d'âge... Dans la cinquantaine pas plus. Par chance qu'il est pas ici parce que tu l'entendrais pétarader drôlement contre les motoneiges! Comme je dis, il vit pas de son temps. Il dit que la planète est au commencement de sa fin.

– Un illuminé...

– Rêveur par certains côtés. Il dit qu'il faudrait remplacer au plus vite ce qu'il appelle la mentalité ambition-compétition-consommation-pollution-destruction par la formule partage-utilisation-activité-créativité. Ces maîtres-mots qu'il répète toujours dans le même ordre, c'est sa bible, sa religion. Au fond, c'est pas bête, mais justement, les humains sont bêtes... donc c'est pas réaliste. Pour le reste, il en sait beaucoup; autant dans les petites choses matérielles que dans les choses de l'esprit. C'est un personnage qui sort de l'ordinaire et c'est pour ça que j'ai de quoi à dire à son sujet. Il veut pas se faire remarquer, mais il a une personnalité forte. Une bonne fois, on ira le voir en motoneige. Il va nous prendre pour deux vraies folles. Tu vas l'entendre nous faire de la grande morale sur la nature maganée par le monde trop safre... Au moins, on s'ennuie pas quand il parle.

Mal aérée, la salle était lourde de fumée. Plus de la moitié des tables étaient occupées par de ces humains aux allures d'ours bien léchés bien assis et bien contents de leur semaine pleine.

– Où ils sont donc, nos moutons? fit Suzanne en explorant la pièce du regard.

Des casques par terre, des casques sur les tables, des casques accrochés aux murs, Paula pensa ôter le sien qu'elle dessangla de son cou.

Derrière, et assez loin de la porte, les gars trinquaient. Grégoire dit en riant:

– De dos, comme ça, je sais pas laquelle est ma femme. D'habitude, je la reconnais par les fesses, mais habillée de même... Toi, Claude?

– C'est celle à gauche.

On n'eut pas à rallonger le débat. Suzanne se tourna en leur direction. Des signes furent échangés. Les couples se reformèrent.

— Il va y avoir de la musique tantôt, les filles ; si vous vous déshabillez, on va danser, dit Claude, l'œil déjà gris.

— Mais se déshabiller, ça veut dire se déshabiller, enchérit Grégoire.

— Les hommes pensent rien qu'à ça ! fit Suzanne.

On prit place.

Un serveur accourut. Deux liqueurs de café. Et chacune un café. On se libéra des costumes jusqu'à la taille. Des éclats de voix fusaient depuis les quatre coins de la salle. Des rires retentissaient. La fumée flottait, étirait ses nuages denses. Quelqu'un éternua à la table voisine. Un grippé toussait et le son de sa toux se répercutait sur les poutres apparentes du plafond, peintes en rouge, équarries à la hache, là depuis le temps de la guerre à soutenir le second étage, et sur lesquelles on avait attaché sans grand goût des branches de sapin, des glaçons de métal et des boules d'arbre de Noël.

Une connaissance des gars, barbue et chevelue, vint saluer, rire gras, et conter la toute dernière histoire cochonne entendue à l'hôtel du Boulevard. Hautement intéressée par le projet de Suzanne d'ouvrir une boutique de vêtements pour dames au nouveau centre commercial de Saint-Georges Est, Paula s'enquit donc des dernières nouvelles à cet effet :

— Mon local est réservé pour avril.

— C'est fait ? s'étonna Paula.

— De parole. J'ai rien de signé encore. Mais le préposé à la location se fie à moi.

Paula sentit un certain pincement au cœur. À sa fierté encore davantage, et surtout à elle. On la dépassait à droite, à gauche, partout. De plus en plus de femmes se lançaient dans des carrières tandis qu'elle restait clouée au foyer, attachée aux murs de la maison par toutes sortes de prétextes, bons ou artificiels.

Suzanne possédait un air coquin, les pommettes saillantes, la lèvre sensuelle, l'œil espiègle, la chevelure blonde et courte. On ne l'impressionnait pas aisément. Surtout si on était un homme. Son mari avait le sens de la clientèle plus que celui des affaires. Le coude léger, il quittait souvent son commerce de matériaux de construction et se rendait partout là où l'homme refait le mieux le monde entre deux matchs racontés, répétés, c'est-à-dire dans les bars de la ville. Le couple possédait un chalet deuxième voisin de chez Grégoire et Paula.

C'est ainsi qu'on avait fait meilleure connaissance, car jusque-là, les gars seulement s'étaient vus à quelques reprises au commerce de Claude.

Grégoire laissait échapper quelques flammèches discrètes à l'occasion quand son regard coulait par inadvertance sur les formes bellement présentées de Suzanne, bien soutenues, soulevées dans un chandail chaud à l'apparence veloutée. Un œil d'homme. De gars marié depuis dix ans et plus. Et à qui un atavisme millénaire commande d'être fidèle à sa nature profonde donc infidèle à sa femme. Par crainte de représailles de Paula, il se remettait vite dans le chemin droit et étroit du mariage conventionnel. Comment posséder une femme si on ne se possède pas?

– Tu viendras voir ça, Paula, cette semaine.

– Voir quoi?

– Le local du centre d'achats que je veux louer... que j'ai réservé.

Grégoire intervint:

– Tu te lances en affaires?

– T'as quelque chose contre ça? demanda la jeune femme.

– Ça dépend.

– De quoi?

– De ce que tu mets de côté pour ça.

– Les hommes aiment pas être mis de côté, on sait.

– Je parle pas des hommes, je parle de la famille, de la maison, des enfants…

Paula avait déjà résolu de ne pas s'en mêler. Elle demeura coite. Et l'échange se poursuivit, mi-figue mi-raisin, mi-fougue mi-raison…

Les musiciens arrivèrent, s'installèrent, accordèrent leurs instruments. Paula les connaissait. Ils étaient de Saint-Honoré et formaient un ensemble de musique populaire et country. Les frères Morin, grands, droits, noirs comme des corbeaux et les cheveux ras en une époque où même le premier ministre du pays suivait la mode des abondantes chevelures flottantes. En fait, ils étaient créatifs, travailleurs, souriants, aimables, talentueux et le seul reproche à leur adresser consistait à les affubler du qualificatif à la mode, celui de quétaine, simplement parce qu'ils restaient eux-mêmes et ne se laissaient pas aplatir et avachir par l'éternel conformisme réducteur qui utilise à fond les effets-moutons médiatiques pour mieux dépersonnaliser les gens et les faire servir ses intérêts.

On but. On dansa. On se parla des enfants. On se parla d'argent. On discuta de politique. La musique laissait de l'espace pour des échanges intéressants. La salle fut bientôt pleine. Il faisait chaud. On transpirait. On riait. On criait. Parfois même, on ruait dans ses bottes-sabots.

Paula fut elle aussi envahie par les effets de l'alcool et de l'atmosphère. Quelqu'un, elle se demandera plus tard qui c'était – peut-être elle-même – proposa que l'on quitte l'endroit et que l'on se rende à un chalet ou à l'autre.

Et l'on fut bientôt sur les motoneiges en défilé vers l'autre bout du lac en passant par la piste longeant le chemin public, Grégoire, le plus solide sur ses genoux, fermant la marche.

La rafale étourdissait Paula que son mari talonnait de près. Il klaxonnait quand elle ralentissait et alors elle se sentait forcée de regagner du terrain sur son devancier pour entrer dès lors à nouveau dans le tourbillon blanc. Souvent, elle ne gardait sur les poignées qu'une prise lâche afin que le véhicule, tel un cheval guidé par son réflexe, suive de lui-même le sentier lumineux.

C'est avec tout un soulagement qu'enfin elle gara la machine dans le hangar attenant au chalet. Les Paquet se rendirent chez eux, y remisèrent les motoneiges et reprirent le chemin à pied. Si on devait boire encore, mieux valait se déplacer sur la quiétude de ses semelles plutôt que sur la nervosité du véhicule motorisé.

Grégoire les attendit sur la galerie. Paula se rendit à l'intérieur pour y mettre un ordre qui y régnait déjà en masse.

On avait monté un petit arbre de Noël dans un coin opposé à la cheminée. La femme brancha le réseau complexe de lumières multicolores puis réduisit l'intensité des autres sources d'éclairage. Il ne manquait plus que du feu dans le foyer pour conférer à la grande pièce salon-cuisine un air à la fois joyeux et romantique.

Les arrivants et Grégoire se mirent à chanter dehors un *Gloria in excelsis Deo* qui paraissait couvrir toute l'étendue froide du lac tant le chœur se faisait criard et indiscret. Par chance qu'il se trouvait peu de monde dans les environs immédiats, pensa Paula, sinon l'on aurait eu bien raison de se plaindre.

Il était pas loin de minuit. Les enfants de chacun des couples se trouvaient à Saint-Georges: gardés. On entra. Paula s'affairait déjà à allumer le feu dans la cheminée. On l'encouragea en même temps que l'on se dévêtait.

— Un bon feu, un *drink* et un jeu de cartes pis on est OK pour un strip-poker, lança Grégoire.

L'idée sourit aussitôt à Claude qui enchérit:

— Si vous avez pas de cartes, je peux aller en chercher un jeu chez nous.

— On a tout ce qui faut.

— Par chance qu'il fait pas chaud. Hein, Paula? dit Suzanne comme pour éteindre le feu des gars.

Claude fut rapide à ôter son costume. Il voulait se rendre auprès de Paula pour l'aider à sa tâche à la cheminée et la côtoyer de plus près. Profiter du momentum tout comme en affaires ou au hockey. Sa femme avait le réflexe lent, un peu gris, fort joyeux. Elle s'appuya sur Grégoire pour se défaire de son costume descendu sur ses jambes et ses bottes. Quand il fut ôté, elle demanda, la voix chantante :

– Cher voisin, va me falloir un tire-botte. Sont trop petites et quand je fais de la motoneige, les pieds me grossissent...

Au centre de la pièce vis-à-vis de la cheminée se trouvait un ensemble de quelques divans formant un carré presque parfait et qui ne laissait qu'un espace étroit pour en sortir. Grégoire s'y rendit en pieds de bas tout en invitant la voisine à le suivre.

– Moi, je vais tirer les bottes, fit-il en jetant un œil vers Paula et Claude accroupis devant des bûchettes froides qui avaient l'air de vouloir se laisser tirer l'écorce pour épouser la flamme qu'on leur offrait.

Suzanne se laissa tomber sur un divan duveteux. Grégoire s'agenouilla à côté des jambes féminines prisonnières d'un pantalon noir et surtout de bottes bleues gelées raide. Il en prit une et défit le laçage puis l'enveloppa avec son bras plus haut que le coude.

– Ça me rappelle des souvenirs d'enfance...

Paula se tourna, sourit.

– T'es pas aussi serviable envers ta femme, hein, mon cher !

– Tu m'as jamais demandé de tirer tes bottes. Avec moi, Grégoire Poulin, demandez et vous recevrez...

Tout cela faisait un peu bizarre à Paula mais l'alcool déshabille l'âme de son conformisme, de ses préjugés, de ses routines, et la situation lui paraissait plaisante.

– Aurais-tu un accélérant pour motiver un peu le feu ? demanda Claude.

– Sûrement !

– Va dans l'armoire sous l'escalier, dit Grégoire, la voix qui forçait.

La botte lâcha prise. Monta aux narines de l'homme une odeur de laine mouillée se mélangeant à celles du tabac de l'alcool et des parfums, toutes imprégnées sur la personne de Suzanne. Il en fut hautement troublé. Son cœur s'accéléra. Il frôla le mollet de ses mains en posant la jambe par terre. Prit l'autre avec dans les doigts, des rires plus sérieux qu'à la botte précédente et qui se teintaient de désirs brefs comme des étoiles filantes, naissant et disparaissant, suivis à la queue leu leu comme un convoi de motoneiges le soir, folichons comme des lutins la nuit de Noël.

Paula revint avec un contenant de liquide inflammable. Claude achevait de refaire l'échafaudage de bûches sur les chenets. Il fourra dessous des écorces arrachées à des rondins de bouleau de même qu'un peu de papier froissé, un morceau de *Devoir* bon pour les vidanges malgré son génial contenu.

La femme dit:

– Je devrais savoir faire une attisée, j'ai souvent allumé le poêle quand j'étais jeune du temps où ma mère vivait au sanatorium…

Claude se fit sérieux, questionna sur le vieux passé de Paula qui parla de son enfance, de *La voix de maman*, ce chant symbole qui résumait toutes ces années où le seul lien entre la famille et sa mère était le téléphone. Pendant ce temps, le feu prenait bien. On s'éloigna, on croisa les bras, on le regarda se décider pour de bon, les reflets dansant dans les yeux, le bois qui craquetait, les voix éclatantes de leurs partenaires qui remplissaient le reste de la pièce.

– On va s'asseoir? fit doucement Claude qui posa sa main dans le dos de Paula.

Elle repoussa un frisson, l'attribua à la crudité des lieux, refusa:

– Je vas d'abord ôter mon costume et puis servir à boire.

L'homme, grand, blond, mince, frisé, et d'une timidité certaine malgré les apparences, s'inclina.

– Si je peux t'aider? Je veux dire pour m'occuper des breuvages...

– Ça va aller, merci, sourit-elle en s'éloignant vers la cuisine restée dans l'ombre.

Elle cria de loin, demanda à chacun son choix, prépara les mélanges. Elle servirait d'abord, ôterait son costume ensuite, quand la chaleur serait bonne. Pour ça, elle comptait moins sur la cheminée que sur le chauffage électrique dont elle avait tourné le bouton de contrôle à l'arrivée.

Grégoire revint à la charge avec la farce du strip-poker mais sans la redire carrément et, au contraire, en la bien contournant. Il se rendit à la cuisine alors que Paula en sortait avec son plateau et trouva un jeu de cartes dans un tiroir. Et il rattrapa sa femme sur le chemin du retour. Elle mit son fardeau sur la table du salon au milieu du carré formé par les divans; il l'imita avec le petit paquet.

On jasa à quatre. Commerce. Argent. Avenir. On refit le plein. Paula se libéra de son costume. La chaleur dépassait maintenant les besoins. Chacun avait de l'alcool dans la voix et les discours titubaient aussi parmi les glaçons des verres, bifurquaient...

– Bon, dit soudainement Suzanne en se jetant sur ses genoux près de la table, on joue au... poker?

– On n'a pas d'argent, enchérit aussitôt son mari. Mais faisons un strip-poker comme l'a dit Grégoire. Ah! rien pour outrager la morale... On va s'arrêter avant de... comment dire donc... d'outrepasser les limites de la décence.

Grégoire et Paula entrèrent aussitôt à leur tour dans l'enthousiasme, excités et rassurés à la fois.

À sa première main, Claude reçut trois as. Pour être plus sûr de perdre, il en rejeta deux. Il ne fallait pas effaroucher les femmes et au contraire, on devait les faire entrer dans le jeu par le rire, ce vif accélérant dont elles ont besoin pour s'enflammer comme les bûches de la cheminée. Et puis, rire des perdants a toujours conforté les gagnants.

Il perdit. Ôta son chandail. Perdit une seconde fois, ôta un bas. Grégoire fut puni à son tour; il en eut le torse nu. Puis ce fut au tour de Suzanne. Elle tira sur un bas et le rejeta sans façon derrière le divan. On réclama à boire. Quand Paula revint avec des verres remplis, Suzanne était en dessous légers.

– Moi, j'peux pus en ôter mais... comme punition, je vas embrasser qui le voudra où on le voudra... C'est la loi!

Son rire sonna curieusement à l'oreille de Paula qui, néanmoins, distribua les verres et reprit sa place. Perdit à trois reprises, dut se dévêtir. Osa se défaire de son chandail. Sentit le regard de Claude se poser sur sa poitrine. En fut un moment embarrassée. Mais Suzanne intervint:

– On est encore plus pudiques que l'été en costume de bain, non? Pourtant, beaucoup de gens diraient qu'on se conduit comme des bêtes juste parce que notre plage, c'est le tour de la table et que notre jeu est pas pire que...

Paula ne parvenait pas très bien à ordonner ses idées et ses sentiments. Tout s'enchevêtrait. Mais quelque chose lui commandait de se rebiffer; quelque chose d'autre lui disait de n'en rien faire. Il y avait là de l'inhabituel, de l'aventure, une nouvelle expérience... Fallait aller de l'avant! Aux gars, les preneurs d'initiative, de mettre un terme à la partie au moment de leur choix et s'ils ne pouvaient le faire, qu'ils se cassent le bec!

Pendant que sa femme distribuait les cartes, Grégoire se rendit à la chaîne stéréo qu'il mit en marche. Des airs de Noël bien ordonnés et rythmés s'installèrent en canevas sonore. La donne suivante fut perdue par Suzanne. Claude lui lança:

– Punition: tu embrasses Grégoire... sur sa partie la plus velue... Dans la Beauce, à la Saint-Michel, les ânes changent de poil...

La jeune femme réagit aussitôt et se jeta sur son voisin qui en fut renversé sur le divan, le dos contre les coussins. Surpris. Lui-même n'avait pas prévu que les choses iraient aussi loin. Suzanne haletait déjà à l'amour. Paula, la bouche stupidement ouverte, regardait. Et cette autre dévorait le corps musculeux de son mari comme l'eût fait une hyène affamée. C'en était trop! Ça ne pouvait pas durer. Cette femme était-elle donc nympho? Des images préfabriquées de Grégoire ce mystérieux soir de son enterrement de vie de garçon lui venaient.

«Non, non, tais-toi!» lui cria une voix intérieure avec une détermination rageuse.

Tiens le coup, se disait-elle. Toute sa vie, elle avait décidé, donné les cartes, jugé pour les autres, ses frères, sa sœur, ses enfants et même, dans une certaine mesure, son mari. Elle ne saurait jamais à qui elle avait affaire si elle intervenait. Grégoire n'attendait peut-être que cela. Qu'il soit lui-même! Qu'elle le déshabille, qu'elle...

Excité de voir sa femme promener ainsi des lèvres aussi voluptueuses sur le torse de l'autre homme, Claude toucha la main de Paula, son avant-bras, s'approcha le plus lentement qu'il put...

Mais c'était un bulldozer qui venait sur elle et s'apprêtait à l'écraser, crut la jeune femme dont le regard s'embrouillait. On allait se noyer, glisser dans une histoire de fous, de dévoyés, de malades, d'animaux... Tout hurlait dans son âme. Son cœur battait si fort sous les tempes. Elle ferma les paupières puis les rouvrit afin de se rendre compte si elle ne rêvait pas.

Tout à fait hameçonné, Grégoire se contentait de respirer fort, médusé. Et Suzanne ouvrait les lèvres comme une carpe et tirait la langue comme un serpent. Elle approcha sa poitrine du visage masculin et laissa glisser sa main vers l'entre-jambes.

– Non, non! hurla soudain Paula malgré elle, et qu'un impossible serrement déliait de son serment impensable. C'est dégoûtant!

Une main touchait son soutien-gorge. D'où venaient donc ces êtres à ventouses, ces vampires en train de s'emparer de leur couple, ces personnages «hirudinés» en train de sucer la substance même de leur âme et la vie de leur ménage?

Suzanne se redressa, haussa les épaules:

– Voyons donc, Paula, c'est juste drôle.

– C'est rien que pour se donner du pep pour la nuit, insista Claude.

Grégoire se remit à la table, honteux, confus; il prit le jeu de cartes et commença à les distribuer. Paula remit son chandail; elle se sentait tout aussi mélangée et bouleversée. Elle ramassa ensuite fébrilement des verres en marmonnant sans lever les yeux et la tête:

– Excusez-moi, mais on a dit que... Ben y a des limites aux folies... On n'est pas du monde comme ça personne... C'est la boisson... On serait peut-être mieux de se coucher... C'est la meilleure... manière de retrouver toute sa tête... C'est de ma faute aussi... Le feu de foyer, les lumières trop basses... On dirait que je l'ai fait exprès...

Elle ne cessa pas de jacasser, choquée, entrechoquant le cristal, tant qu'elle ne fut pas dans la cuisine avec les mains chargées...

– Si on veut se lever de bonne heure, la mère, hein! dit Claude en consultant sa montre et sa femme.

Suzanne se rhabillait, malheureuse. À la fois frustrée dans son désir charnel et craignant avoir perdu une amie.

Grégoire, par les paroles, allait d'eux à sa femme. Les Paquet se pressaient de s'en aller. Elle ne laça pas ses bottes. On fut vite prêt.

– Excusez-moi d'être aussi nerveuse... mais je suis étourdie depuis l'après-midi... Tu te souviens, Suzanne, au bord du lac...

– Je comprends, ma grande, je comprends. Il est temps que je me couche moi aussi. Bonsoir! Pis je te rappelle pour qu'on se rende au centre commercial, tu veux?

– OK!

Grégoire était assez satisfait. Rien de très important ne semblait brisé. À moins qu'une débâcle imprévisible ne se produise après le départ des visiteurs. Paula réagissait assez souvent à retardement.

Il fut étonné de ce qu'elle lui dit quand ils se retrouvèrent au lit après plusieurs minutes de silence.

– Je me suis trompé tout à l'heure… Si c'était à refaire, je n'interviendrais pas…

– Tu sais bien que j'allais me défaire de sa prise… J'ai beau être grand et fort, j'avais aucune force, de la manière qu'elle m'a pris…

– J'ai vu ça! dit Paula sur le ton le plus convaincant qu'elle put se fabriquer.

*

Quelques jours plus tard, les deux femmes se rendirent au centre d'achats comme convenu. On fureta par la vitrine sur l'espace que Suzanne avait réservé de parole. Un homme à long pas, le sourire plein, le visage engageant, les surprit.

Il confirma ce qu'on s'était dit. Personne ne prendrait ce local, dût-il le refuser à dix. Une promesse est une promesse, assura-t-il pour conforter, séduire et aussi montrer un peu sa grandeur d'âme.

Paula sut son nom quand il fut parti.

C'était Jacques Morissette: hâbleur et séducteur, et qui possédait, disait-on, un très important tableau de chasse… aux femelles de l'espèce.

***

Chapitre 8

Pour la première fois cette année-là, Paula recevait pour le réveillon de Noël. Au chalet.

Il y aurait messe à la chapelle du lac. On en profiterait pour rappeler à Hélène et Rosaire de grands et mémorables souvenirs. C'était une proposition de Grégoire qui se sentait dans ses petits souliers depuis cette partie trop osée du soir de la première grande neige.

Dans la chambre des maîtres, Paula s'entretenait avec sa belle-mère – femme de son père – qui lui adressait de doux reproches. On était assis sur le bord du lit comme autrefois avant le mariage de Paula, durant ses études puis plus tard quand elle se rendait en visite à la maison paternelle.

– En fait, je te l'avoue : je manque d'audace. Je me fais des promesses, des serments et je finis tout le temps par trouver des raisons pour attendre. Et Dieu sait si Grégoire m'en trouve, lui...

Hélène prit la main de sa belle-fille.

– Quand ton temps sera venu, rien ne va t'arrêter. Tu as du tempérament et tu le sais très bien.

– Je me le demande... Souvent, j'ai traité papa de vieux jeu et je me suis dit que tu devais souffrir à cause de ça ; et voilà que de plus en plus, je lui ressemble...

– Tu sais, il y a eu très peu de nuages entre lui et moi. C'est un homme qui a souffert à cause de la maladie et de la mort de ta mère, tu le sais mieux que moi, et, crois-moi, il est bon qu'un homme souffre. Ça lui fait remplacer son langage de l'orgueil par celui du cœur. Et ça, pour certains, il faut beaucoup de douleur...

— Je crois bien que ce capital de souffrances, il manque à beaucoup de monde, y compris à Grégoire.

— Sûrement! Voilà pourquoi tu dois demeurer ferme avec lui. Je pensais que tu te lancerais en affaires l'année qui se termine...

Paula grimaça:

— Le temps a manqué. L'occasion...

— Et les enfants?

— Aussi.

— Comment sont-ils? Parle-moi d'eux.

— Il me semble que je vois dans leur avenir comme dans un grand livre ouvert.

— Raconte-moi... j'aime encore les contes à mon âge.

— Ben Christian, lui, va relever son père. Même style. Grégoire lui préfère Nathalie mais ça va changer... Nathalie, elle, tu le sais, c'est la sociale de la famille... Très autonome, comme moi à son âge. Elle va sûrement se marier avec un professionnel. Et Chantal, c'est une solitaire, trop sensible, et elle m'inquiète. J'ai peur surtout de ce qu'elle sera dans son adolescence... Ça sera la fille aux expériences, à frôler le danger, à se garrocher dans quelque chose de bizarre.

— Et Marc?

— Très doux... Une bonne nature. Un peu plus naïf que la normale, je pense... Mais il va s'en tirer. Je le verrais bien en professeur, et il me semble qu'il va écrire des livres... Comme tu vois, j'ai consulté ma boule de cristal.

— Tu te demandes toujours si tu dois leur voler du temps pour ta propre réalisation?

— C'est normal.

— Normal... ça dépend. Sans la maladie de ta mère et si tu n'avais pas été aînée de famille avec un caractère de meneuse et le sens des responsabilités, tu agirais autrement et tu ne t'en ferais pas de reproches.

Il y eut une pause que Paula rompit:

– Bah! Chaque fois qu'on se parle, ou que je discute avec papa, c'est toujours la même rengaine: Paula va-t-elle réaliser son rêve? C'est pas un reproche que je vous fais, c'est moi qui suis obsédée par mon indécision... Le mieux serait peut-être de n'en plus parler à personne.

– Et même de te chasser ça de la tête. Laisse la vie te mener un peu plus. Ce qui doit arriver arrive... tôt ou tard.

Paula soupira. Son regard brilla dans la pénombre. Un enfant entra. C'était Marc.

*

Paula et Grégoire ne pratiquaient pas régulièrement leur religion mais se promettaient de faire plus à mesure que les enfants grandiraient. Pour l'heure donc: que les cérémonies marquantes, dont bien sûr la messe de minuit. On ne voulait pas transmettre une assuétude, une servitude, mais le beau côté des traditions religieuses québécoises sans plus.

Jamais la jeune femme n'avait eu l'occasion de remettre les pieds dans cette chapelle depuis le remariage de son père avec Hélène en été 1957. Tout était pareil à l'intérieur et pourtant, tout paraissait maintenant si étroit.

Le jeune prêtre qui officiait provenait de Saint-Honoré. Il enseignait au séminaire de Saint-Georges. Et André Veilleux, qui avait grandi dans le même voisinage que lui, le critiquait souvent, disant qu'il se prenait pour un dépositaire de la seule vérité, et ça, depuis l'enfance. C'est pour ça qu'il était devenu curé, mais l'évolution de la société l'avait privé des plaisirs de pontifier que se réservaient de plus en plus les politiciens et les intellectuels syndicalistes à penchants marxistes.

Non pas qu'il fît l'empereur car l'abbé portait bien l'aube et le sourire. On le trouvait sympathique. On s'attendait qu'il le soit. Il se montrait fort avenant... jusqu'au moment de prêcher... De prêcher dans le vide.

La demi-sœur de Paula gardait les enfants endormis au chalet. On ne risquait pas trop que la cheminée flambe comme cela s'était produit une nuit de Noël alors que Paula avait 9 ans et qu'elle gardait Lucie et se gardait elle-même... Chauffage électrique. Modernisme. Sécurité.

Et cette messe ouverte aux mystères perdus avec le prêtre qui montre tout: que d'attraits enfouis sous un excès de démocratisation! La jeune femme passa tout le temps de la cérémonie à rêvasser sur des souvenirs qui, un peu plus, lui auraient valu quelques regards mouillés. Mais les jumeaux, entre elle et Grégoire, lui rappelaient, eux, l'avenir. Et son âme alterna entre un passé révolu et un futur flou.

La pièce était remplie. Des gens étaient debout à l'arrière comme jadis dans toutes les églises aux messes de minuit, comme si la paroisse eût compté beaucoup plus de monde le jour de Noël. Arrivés tôt, les deux familles avaient pris les premiers bancs. Ainsi, Rosaire et sa femme se sentiraient à la première loge comme en 1957. Et ils furent émus. Paula les vit se prendre la main. Cela raviva en elle un feu somnolent. Comment donc ces deux-là, si différents, qui s'étaient connus à travers les jambes de Mad Dog Vachon et Don Leo Jonathan, chacun de son côté de l'arène de lutte, avaient-ils pu composer un ménage si heureux? À se demander si la compatibilité n'est pas plus grande dans la différence la plus marquée que dans la similitude!

On conversa avec le prêtre après la messe. L'homme, le regard enluminé, cassa presque le nez de Rosaire à coups d'encensoir. Et le père de Paula ne crachait pas sur ceux qui le disaient de bonne race et lui reconnaissaient des mérites. Sa seule honte consistait en ce discours créditiste qu'il avait hachuré, magané, baragouiné lors de la venue de Réal Caouette à Saint-Honoré naguère. Par bonheur et un heureux retour des choses, la vie lui avait donné raison, et voilà que la Beauce avait été représentée par deux créditistes depuis 1968, l'un à Ottawa, et qui avait perdu de justesse son siège aux mains des libéraux fédéraux l'année précédente, et, côté provincial, le messianique Fabien Roy, un des précurseurs des ineffables faiseurs de pays en train de se fabriquer eux-mêmes.

On se souhaita joyeux Noël, bonne et heureuse année, et on quitta les lieux pour entrer dans la nuit glaciale au ciel noir constellé d'étoiles. La surface du lac était maintenant gelée et son étendue pâle s'étendait sous la lumière de la lune pleine.

Les enfants se hâtèrent devant. Paula mit sa main gantée au bras de son mari. On précédait l'autre couple. Il faisait bon pour chacun, il faisait chaud dans l'âme.

– C'est des grands souvenirs, cria Rosaire.

On se retourna. On se rejoignit sur le chemin en direction du chalet.

– Le temps perd son nom la nuit de Noël, vous trouvez pas ? dit Paula. Sais pas, on dirait que toutes les nuits de Noël depuis l'enfance reviennent rôder dans notre tête... en tout cas dans la mienne.

– Te souviens-tu de celle-là où c'est que la maison avait flambé ? lui demanda son père.

– J'y pense chaque année... chaque année que le Bon Dieu nous donne.

*

Le réveillon allia la tradition la plus pure au modernisme le plus sûr. La cuisinière livra la dinde au moment prévu et salua même de son timbre joyeux pour chatouiller les papilles mieux encore que ne le faisait en abondance l'odeur répandue par tout le chalet. Une table généreuse de couleurs et de mets.

Chantal montra peu d'enthousiasme quand on la réveilla ; et ce fut la première à retourner au lit après avoir fait semblant de manger.

À trois heures du matin, tout le monde dormait à poings fermés. On dépouillerait l'arbre après le repas du midi.

Tous les enfants furent enterrés de cadeaux. Chacun décida même d'en garder un enveloppé comme si on avait voulu servir aux parents trop prodigues une leçon sur le désir qui se fabrique d'attente et de parcimonie. Par contre, il y aurait à Saint-Georges, à la maison, le cadeau-mystère de surplus, caché, prometteur...

– Ah ! vous êtes chanceux, vous autres, répétait Rosaire à chaque jouet qui sortait de sa boîte, dans mon temps, fallait se contenter d'une pomme pis d'une orange...

Et chaque fois, un enfant le regardait, l'œil agrandi et brillant.

*

Ce soir-là, la mère de Grégoire reçut.

Et dans les jours suivants, on s'éparpilla à droite et à gauche du côté des Poulin dont la famille était nombreuse.

L'avant-veille du jour de l'An, Suzanne téléphona à Paula. Une fois de plus, elle s'excusa pour le petit incident scabreux d'avant Noël et jura que pareille chose ne se produirait plus puisqu'elle maîtriserait mieux son penchant pour la boisson les soirs de fête. Les deux femmes s'entendirent pour une randonnée en motoneige vers Saint-Jean.

On était dans le bureau et Grégoire entendit.

– Va donc porter une tourtière à Gaspard Fortier tant qu'à passer par là, suggéra-t-il. Le bonhomme, il est tout seul. Ça va lui faire du bien de voir deux jeunes femmes... Mais attention à vous autres, avec un pareil ermite, on sait jamais.

– Je pense qu'il a prouvé qu'on peut se fier...

– Je disais une farce. Non… Il aime pas trop les cadeaux parce que ça le met en dette envers nous autres ; c'est pour ça qu'il faut lui en faire…

– Profiteur !

– *Why not ?*

*

Paula prit les devants puisqu'elle savait où Gaspard se nichait à l'abri des conifères dans sa maison au revêtement d'aluminium blanc qui la faisait disparaître sur un éclatant fond d'hiver.

On était au milieu de l'après-midi. Le soleil penchait. Le vent soulevait des rafales de neige par intermittence. Le froid n'avait pas lâché depuis plusieurs jours. Il mordait dans la peau comme un fouet de bourreau. Un hiver hâtif dont on se libérerait tôt sans doute.

– Ça veut absolument rien dire, déclara Gaspard quand les femmes furent assises dans la salle de séjour.

Il leur défendit d'ôter leurs bottes. Il mit des laizes en catalogne sous leurs pieds afin de protéger le bois blond du plancher. Par contre, il les invita à enlever leur casque.

– Les pieds au chaud, la tête froide : c'est la clé du succès, commenta Paula.

– Oui, rumina-t-il derrière son œil rapetissé. Bien dit. Ça convient à notre monde moderne.

– Ah ! je vous présente, fit Paula par le geste et par les mots.

On se salua de la tête. Il parut à Paula que des lueurs particulières passaient dans les yeux, mais elle attribua le phénomène à l'embarras mélangé aux effets du froid sur les rétines de sa compagne. Suzanne examina effrontément les lieux d'un regard panoramique.

– Pas trop trop en désordre, n'est-ce pas, pour un vieux schnoque qui vit tout seul ?

– C'est mieux que chez moi, rétorqua-t-elle pour se faire pardonner son audace.

– C'est de la grande visite, hein, Paula ? Je pense que tu es venue ici une seule fois durant toutes ces années, tandis que moi, je vais chez vous deux cents fois par année. Par chance que j'compte pas les tours...

– Ah ! quand on se fait plus rare, on est d'autant apprécié, dit Paula, la moue à l'évidence.

– C'est vrai ! s'exclama-t-il. Et c'est pour ça que je suis devenu un accessoire dans votre vie. Mais ça me convient et c'est ça le plus important. Quand on s'apporte mutuellement quelque chose que l'on juge nécessaire et valable, quoi demander de plus à un échange ?

Paula se frappa dans les mains :

– Bon Dieu, j'ai oublié la tourtière !

On la questionna du regard.

– Grégoire voulait que je vous apporte une tourtière et je l'ai oubliée...

– Crains pas, je vas aller la chercher en plein chez vous... si c'est ben vrai que tu l'as oubliée.

– Je vous jure...

Bien engoncé dans son La-Z-boy, Gaspard questionna ensuite Suzanne sur son mari. Il le connaissait fort bien pour avoir acheté de lui presque tous les matériaux de sa maison.

– Vous voyez : c'est ça, le partage. Je reçois des sous de Grégoire et je les porte à votre mari. La roue tourne et nous autres avec elle.

– Les sous, fit Suzanne en soupirant et pour dire quelque chose, on n'en a jamais de trop...

– Pardon ? dit l'homme. C'est le contraire, on en a toujours trop. Et qu'on sait pas se contenter du minimum nécessaire. Vos engins dans la cour, ça coûte une fortune : à vous-même et à l'avenir...

– Ah ! mais sans ça, on serait pas là, hein, Paula ?

– Peut-être pas!

Gaspard était troublé par Suzanne et il ne parvenait pas à trouver pourquoi. Elle n'était pourtant qu'une femme comme une autre avec, de surcroît, ce je-ne-sais-quoi de vulgaire qu'il n'aimait pas toujours. Un corps plutôt inappréciable dans ce costume épais et noir. Le visage ordinaire. Un serre-tête rouge sur des cheveux blonds et des joues d'un rose prononcé expliquaient-ils ce trouble intérieur? Appel à la chair par la couleur de la chair, eût expliqué Desmond Morris. S'il se débarrassait de ses pulsions sexuelles en deux temps, trois mouvements, et sans investir dans une relation exigeante tout en sauvegardant solitude et liberté, le désir chaud de la féminité demeurait toujours là dans sa substance d'homme, ce goût de fusion, de diffusion, de confusion, ce déterminisme cellulaire que l'homme historique à la mystique aisée a mis en poésie sentimentale et en musique charnelle.

L'homme trancha net dans une des parallèles de sa pensée et il engagea tout le train de sa réflexion sur l'autre, celle suscitée par Suzanne elle-même: l'argent. Sujet de conversation universel qui suit immédiatement les petits propos météo.

– L'argent représente celui qui le possède et s'en sert. Il possède son odeur, sa propreté ou sa mauvaise hygiène, sa force ou ses faiblesses, ses rages, ses folies, ses haines, ses tendresses...

– Ben oui, monsieur Fortier, coupa Paula, autrement dit, c'est un outil. Le même couteau qui sert à sculpter une œuvre d'art peut aussi servir à tuer une personne.

– Et voilà!

– D'habitude, vous êtes plus profond dans vos pensées.

– Ah! c'est le temps des fêtes. On rit. On danse. On chante. On se casse pas la tête. Qui fait l'ange fait la bête!

– Ah! là, c'est un peu mieux.

Un bruit de griffes sur du prélart laissa deviner qu'un chien se trouvait dans une chambre dont la porte était fermée. L'animal sila, gratta...

Gaspard se leva et se rendit lui ouvrir. La bête, noire et fatiguée, l'œil lourdement rivé au plancher, indifférente à la présence d'étrangères dans les parages, marcha au pas en claudiquant jusqu'à la porte donnant sur l'extérieur. Elle avait bien assez de s'occuper de sa misérable vie sans veiller sur celle des autres. Un chien bourré d'arthrite à sa retraite : et pourquoi pas ?

— Va pas trop loin, là, lui dit son maître en ouvrant la porte.

En reprenant place, l'homme parla de la mort imminente de l'animal rendu à bout d'âge.

— Ce serait une grâce à lui faire de l'achever sans douleur mais… c'est à la nature de s'en occuper, pas à moi.

— Dans le fond, c'est peut-être de la faiblesse de votre part ?

L'homme regarda dans un insondable lointain et se ligua :

— Oui, peut-être… Difficile de quitter ceux qu'on a aimés, même les chiens. Il n'est plus mon chien, il est une vieille loque à moitié sourde et aveugle… En tout cas… Bon, et si on revenait à notre sujet ?

— Lequel ?

— Celui qui fait briller les yeux…

— L'argent, intervint Suzanne.

Et l'on philosopha. Cela valorise. Et quand on croit en soi-même, on pense que la nature nous favorisera longtemps et nous laissera vivre jusqu'à 100 ans.

Peu de temps après, une voiture s'immobilisa dans la cour. On frappa solidement à la porte. Gaspard se rendit ouvrir. Il s'exclama :

— Ah ben maudit, si c'est pas ma tourtière qui arrive !

Grégoire apportait ce que sa femme avait oublié. Et puis il était curieux. Quel air avait donc Paula dans cette maison ? Il lui arrivait parfois de craindre les mystères de cet homme hors du commun. En bon propriétaire, il venait s'en rendre compte de visu, et la tourtière contenait l'ingrédient-prétexte.

Pourtant, ce fut un autre sujet qui intéressa tout le monde pour quelques minutes. En descendant de voiture, Grégoire avait aperçu le chien dans le fossé dans une position qui laissait à penser qu'il s'était enlisé dans la neige. En fait, l'animal avait rendu l'âme en plein debout et ses pattes maigres avaient figé là…

– Bon… on a justement dit que le chien serait ben mieux mort… Il nous aura entendus, fit Gaspard qui referma la porte sur le ton de l'indifférence non sans avoir jeté un rapide coup d'œil dans le but d'apercevoir le corps de l'animal.

Ce serait ensuite une conversation à bâtons rompus. Gaspard n'arrivait pas à organiser des idées bien étayées. Grégoire, lui, ne parvenait pas à donner aux propos toute l'attention requise puisqu'il s'intéressait, mine de rien, à l'attitude des femmes à l'endroit de l'ermite.

Suzanne se voyait là seule, venue porter une tourtière à ce personnage inaccessible, terré dans sa tanière, caché derrière les arbres comme un défi, comme une provocation…

Et Paula se disait que le moment était venu absolument de téléphoner à ses amies de naguère, de les inviter, de les recevoir, de brasser des souvenirs…

Bref, personne n'était là !

Sauf peut-être l'âme du chien.

***

Chapitre 9

Et enfin, Paula actualisa ses intentions en téléphonant successivement à toutes ses vieilles amies du temps des études, Aubéline, Michelle, Francine, Amélie. Mais une fois encore, elle sentit que les deux dernières ne faisaient plus partie de son monde, qu'elles étaient maintenant toutes à leur propre vie et qu'il n'y restait guère de place pour les souvenirs et les valeurs du passé.

Les deux autres, malgré leur éloignement, gardaient bien vivace leur flamme intérieure d'une jeunesse tumultueuse aux grandes folies anodines. Elles acceptèrent de rendre visite à Paula. On s'entendit pour un rendez-vous commun au Café Royal, une bonne bouffe québécoise suivie d'une longue soirée de papotage chez Paula.

Aubéline vint avec André sans les enfants. Michelle arriva peu après, seule, son mari trop encroûté, dit-elle, pour quitter Montréal, même au temps des fêtes. On fit rouler maints souvenirs dans les coupes de vin avant de se rendre à la maison.

Ce fut une soirée mémorable.

Michelle se montra exubérante comme toujours. Et la discrétion même d'Aubéline attirait l'attention. On veillait dans la salle de séjour. Les enfants furent présentés à mesure qu'ils vinrent.

Quand Aubéline apprit que Marc prenait des leçons de piano, elle lui demanda de jouer quelques notes, préparant en cela une autre requête qu'elle adresserait à Paula dont la voix diamantée l'avait enchantée en des moments abominables de son adolescence, voix douce imprimée comme par une nielle dans le creux de son cœur et inscrite en paillettes d'or dans le cœur de sa mémoire.

Valorisé, le gamin prit place au piano où il livra quelques gammes. Fut applaudi. Quitta la pièce. Dans la cuisine, son frère se moqua.

– Montre-moi tes beaux doigts de fifille, lui dit Christian qui imita des gestes de Grégoire quand il faisait les gorges chaudes sur les homosexuels.

Paula eut connaissance de cela et elle intervint vertement:

– Toi, mon petit finaud, tu vas apprendre à respecter les autres sinon c'est moi qui vais te manquer de respect. Peut-être que Marc va être pas mal plus créatif que toi dans la vie, ça fait que t'as rien à rire…

Le garçon fit une moue signifiant à la fois qu'il ne la croyait pas et que ça n'avait pas d'importance, et il disparut. Marc questionna du regard sa mère adoptive. Paula le rassura:

– Un être humain équilibré, c'est un corps, c'est une tête, c'est un cœur: rappelle-toi bien de ça toujours. Chacun est différent des autres et y a personne plus fin ou moins fin. Pis quand quelqu'un veut faire le fin, envoye-le promener, même si c'est ton frère.

Le garçonnet sourit mais une certaine lueur d'inquiétude perdurait au fond de son regard; il eût voulu que Christian revienne et il n'arrivait pas à se décider à le suivre à l'autre étage.

Au retour de Paula dans la pièce des invités, Aubéline inséra sa voix parmi d'autres et, le regard brillant aux reflets opalins, elle suggéra:

– On veut entendre *La voix de maman*; Paula, mets-toi au piano.

– Ah! *come on*, fit Grégoire, ça fait mille fois au moins qu'elle nous chante ça… Attendez donc qu'elle apprenne une nouvelle toune. C'est quétaine au bout!

– C'est vrai, déclara Paula en reprenant sa place sur un divan. Et puis je n'ai plus ça dans les doigts du tout. Je ne me suis jamais assise au piano depuis avant la mort de ma sœur. Je pense que ça fait trois ans... Je dois avoir la voix pas mal éraillée...

– Mais qui montre à jouer à Marc? intervint Michelle.

– Il prend des leçons d'une vieille religieuse qui vit dans une résidence près de l'école Trinité.

Aubéline insista:

– Elle en sait plein d'autres mais c'est sa meilleure, sa plus touchante, c'est toute son enfance qui se trouve là-dedans... Les plus quétaines sont toujours ceux qui parlent eux-mêmes de quétainerie...

Paula n'avait pas le goût; elle fit une contre-proposition. On laisserait Grégoire et André ensemble et on irait jaser à trois amies dans le bureau d'affaires. Aussitôt fait.

Pendant qu'on se rappelait des folies de 1959-60, quelqu'un entra dans la maison, reçu par Grégoire. C'était Suzanne qui, passant par là, venait saluer Paula, dit-elle.

– Viens t'asseoir un peu avec les hommes, lui dit Grégoire tandis qu'elle cherchait du regard selon son accoutumance.

Il lui présenta André. Elle refusa d'ôter son manteau. Ce n'était qu'un bref arrêt. Quand même, elle s'accrocha une fesse à un fauteuil.

– C'est, avec Aubéline et Michelle, une des meilleures amies de Paula.

– T'es le mari d'Aubéline? s'écria Suzanne. Paula m'a souvent parlé de toi... de vous autres.

Il rit paternellement:

– Je suis un ami d'enfance de Paula, et Aubéline est son amie d'adolescence.

Quand la vieille farce du gars qui voit plus clair depuis qu'il est borgne fut faite, André se montra plus engageant. Pourtant, il se sentait quelque peu exclu de l'échange et il lui sembla que des lueurs érotisaient les regards de ces deux-là. Mais il pouvait ne s'agir que d'une réaction mesquine de sa part à cause de la perte de la moitié au moins de sa capacité visuelle à communiquer de la chaleur humaine, ce qui rend les éborgnés un peu suspects. Et puis il avait eu sa leçon à la mort tragique de l'abbé Labrecque alors qu'il s'était improvisé apprenti-détective et qu'il s'était royalement trompé.

Après avoir félicité Michelle sur son ensemble flamboyant aux tons chauds comme elle seule savait les agencer, Paula parla de son projet d'affaires qui, cette fois sûrement, verrait le jour en cette année 1973 qui débutait.

— J'ai de la misère à te croire, objecta Michelle.

Piquée dans son orgueil, Paula rétorqua :

— Écoute, j'ai des enfants, tu sais. Aubéline me comprend, elle qui en a trois. C'est par rien à laisser de côté...

— Ben oui, on en a parlé au téléphone, soupira l'autre. La belle excuse des femmes. Des fois, je me demande si c'est des enfants qu'elle nous font en accouchant ou bien des prétextes qu'elles mettent au monde.

— Ah ! tu changeras jamais...

— En attendant, je vais aller faire mon pipi.

— La toilette est là, dans le couloir...

Paula et Aubéline eurent un long moment ensemble. Michelle passa par le salon. Suzanne lui fut présentée. Les deux femmes sympathisèrent de suite. Elles vinrent ensemble au bureau. On s'enferma. Et Paula, sur instigation subtile de Michelle, fut coincée. Ou bien elle devrait prendre la décision de se réaliser par elle-même avant peu ou elle s'effacerait... Elle-même dut l'admettre.

Aubéline demeura à l'écart, elle-même étant concernée indirectement car entièrement dévouée à son mari et ses enfants. Pourtant, elle sentait que l'on avait raison au sujet de Paula qui n'était pas femme à destin commun et que plusieurs croyaient appelée à un futur extraordinaire.

Sur la façon de s'y prendre, Michelle fit une proposition souriante :

– Tu viens à Montréal et on va voir l'acheteur de chez Steinberg. On va miser sur l'élément nationaliste... Tout ce qu'on a de politiciens joue de plus en plus là-dessus. Ça paye des deux côtés... Si tu t'adresses à un Québécois, tu dis : «Hey, je suis québécois.» Et si tu t'adresses à un anglophone, tu dis : «Hey, je suis québécois.» Imagine si tu dis : «Je suis québécoise»... Tu vas revenir sinon avec un contrat en poche, du moins avec une entente de principe, tu verras, ma grande, tu verras...

Suzanne quitta la pièce. Aubéline rejoignit son mari au salon. Michelle souffla à Paula :

– Tiens-toi sur tes gardes parce que ton amie Suzanne – qui est une personne que j'aime bien mais qu'importe –, eh ben, elle tourne autour de ton mari... Elle marche autour de lui avec des sabots de bois gros comme ça.

Paula fit la stupéfaite mais une partie de son étonnement était feint :

– Es-tu malade ? C'est ses manières... un peu fofolles sur les bords mais...

Michelle haussa les épaules :

– Je disais ça comme ça. J'voudrais pas exciter ta jalousie malgré que bon... t'es une femme qui contrôle ses sentiments, bons ou mauvais...

Malgré ses mouvements spontanés, Paula se sentait en toute sécurité. Grégoire n'était pas homme à oser. Suzanne avait reçu une bonne leçon avant Noël. Rien ne s'arrangerait à inventer des problèmes inutilement...

Dans sa chambre, plus tard, Paula demeura silencieuse. Grégoire l'approcha, mais elle lui demanda d'attendre au lendemain. Il n'insista pas et s'endormit vite.

Alors elle regarda le bilan de la soirée et des événements récents. Et parmi tout ce qui s'était passé, un fait banal et d'apparence parfaitement mineur ressortait. Et c'était le souci et le soin qu'avait pris Nathalie de Chantal, qui avait été affligée d'une fort mauvaise grippe, à ce point qu'on avait dû l'hospitaliser début décembre. La fillette avait vu sa sœur sous une tente et elle en avait été très troublée. En lui-même, l'épisode émouvait, mais il s'y cachait beaucoup de matière à réflexion sur le sens des responsabilités que le fil de la vie coud dans les âmes.

Elle perdit conscience et cala dans le sommeil au souvenir de ce soir de la veille de Noël dans son enfance où elle s'était tenue près de la porte avec Lucie dans les bras, craignant un incendie à cause de la cheminée qui crachait le feu dans le vent, le noir, l'air glacial...

*

Les semaines routinières s'ajoutèrent aux semaines routinières. On ne revit pas souvent Suzanne et Claude. Le reste de janvier fut exceptionnellement chaud. La terre se dénuda. Février souffla dans tous les sens, balaya la vallée, rugit sur les hauteurs. Et soudain, mars entra en scène avec ses neiges collantes, ses soleils imprévus, ses nuits noires aux froids humides et pénétrants.

Alors la terre commença à réfléchir un peu en surface, à émerger de son ankylose, à ramollir. Et dans l'âme de Paula, le printemps neuf répandit ses odeurs de sucre auxquelles pourtant, elle avait résolu de résister. Non, elle n'irait pas à la cabane cette année. Ni chez ses parents à Saint-Honoré, ni sur invitation de qui que ce soit du clan des Poulin.

Et elle tint sa résolution.

Avril coula vivement dans les ruisseaux, se perdit dans la Chaudière, se montra bienfaisant et vertueux : aucun excès, de telle sorte que les érablières produisirent au compte-gouttes. La nouvelle amenuisa en Paula les regrets de passer tout un printemps sans la grisante sensation de marcher dans une sucrerie fraîche, sur la neige en sel, parmi les arbres en frisson dans des odeurs intenses emportées depuis la cabane par les mouvements imperceptibles de l'air pur.

Et mai mit sa main semeuse en balade sur la campagne; et, des mémoires, les chaudes verdures balayèrent les plus tranchantes froidures. L'été révélait déjà ses subtils secrets à toutes les oreilles à l'affût. Rassasiée, la terre se raffermit.

Au bord d'un soir encore jeune, sous un ciel de velours, Paula se rendit à la rivière à pied. Seule avec elle-même. Car le lit de la Chaudière est le plus fécond de tous les lits de la Beauce même si ses draps sont plutôt sales.

Elle s'assit sur cette grande pierre où elle avait déjà été surprise dans ses réflexions par Gaspard Fortier qui passait par là dans une marche d'exercice réparatoire à la suite de son accident de bicyclette à Saint-Honoré le jour de la noce de Grégoire et de Paula. Dix ans déjà! se rappela-t-elle. Il lui sembla tout à coup qu'elle entendait ces pas qui faisaient craquer les végétaux, mais cette fois, c'était son imagination. Tant qu'à faire, autant lui laisser la bride sur le cou, à cette folle du logis, ainsi que l'appelait Malebranche. Et ce fut le colonel Benedict Arnold qui en boitant tout comme Gaspard émergea d'entre les aulnes avec, sous le bras, une cassette de bois sur laquelle étaient écrites les lettres d'or: *mon trésor…*

Sur les conseils de Gaspard, elle avait lu *La Sauvage*, un roman qui portait sur l'invasion du Canada par les troupes américaines en automne 1775 et l'ermite lui avait parlé de la légende du trésor d'Arnold, une légende qui remonte le temps et la Chaudière comme une sorte de fantôme esseulé en attente d'une délivrance.

«Rien n'indique dans les livres d'histoire qu'Arnold soit revenu chercher son trésor mais il est revenu, mais il est revenu», avait affirmé Gaspard. «Il est revenu trois années de suite et il ne l'a pas retracé. Et son trésor est toujours là, enfoui quelque part sur une rive ou l'autre de la vieille rivière Chaudière…»

Quand il aperçut cette indésirable en jeans, Arnold se carapata en claudiquant, l'œil oblique. La belle eau qui coulait aux pieds de la jeune femme se transforma en un liquide imbuvable, malodorant, noirâtre.

Paula demeura longtemps sans plus penser puis, le jour s'inclinant dangereusement, elle reprit le chemin du retour.

***

Chapitre 10

Grégoire stationna sa voiture dans le garage double à côté de l'emplacement vide de l'auto de sa femme. Paula devait sûrement se trouver à faire de l'épicerie en ville. Il était venu à l'heure du midi prendre son repas; mais on avait fort peu échangé. Elle paraissait très soucieuse, et dans ce temps-là, il préférait demeurer silencieux. Sa femme était une personne qui approfondissait les choses, qui retournait une idée dans plusieurs sens et qui, dans la progression de ce processus de réflexion, devenait impatiente, évasive, absente.

Il aperçut des têtes d'enfant à l'intérieur par la vitrine du salon. Elle avait donc dû partir pour quelques minutes, car jamais elle ne laisserait seuls les enfants avant que les deux aînés n'atteignent l'âge de 12 ans. C'était entendu. Trop de frayeurs avaient marqué ses jeunes années. Et laisser un enfant tout seul contre sa volonté constituait à ses yeux la pire des punitions. Le châtiment de loin le plus cruel dont elle se souvienne, ç'avait été cette menace quasiment réalisée de son père de la laisser seule à la maison le jour de Noël parce qu'elle avait brisé une vitre du salon en y imprimant la tête de Lincoln.

Il monta sur la galerie, s'arrêta, promena son regard sur la ville noyée dans le feuillage et sur le filet brillant de la Chaudière qui serpentait au loin. La Beauce : un pays dans le pays, réfléchit-il de la même façon que son père le disait souvent et que son grand-père avant lui le répétait aussi.

Il lui sembla qu'à travers la porte, une invitation à souper se glissait à lui par une subtile odeur de potage à la tomate, une senteur piquante, persillée, irrésistible... Comme dans son enfance à la maison paternelle... Du reste, il y termina son regard avant d'entrer.

Sa mère parut quand il fut à l'intérieur, et non sa femme.

Il en fut joyeusement étonné et un brin inquiété.

– Je t'ai fait ta soupe préférée, lança Éva comme autrefois, sans même lever le nez de ses chaudrons importants.

Les enfants étaient tous à la table, bien sagement cordés, juxtaposés, et mangeant religieusement ce potage pour eux nouveau et donc délicieux, d'autant que ses effluves avaient mis en appétit, créé le désir sur toutes les papilles, désir que tuait le plus souvent ce brutal four à micro-ondes imposé à la cuisine de Paula par Grégoire dès que le gadget miracle avait fait son apparition sur le marché.

– La mère est en ville ou quoi ?

– Non, crièrent les enfants, elle est partie...

Et on interrogea l'homme du regard sans rien lui dire de plus pour l'instant même.

– Partie où ? dit Grégoire sans montrer d'émoi.

– À Montréal, lança Nathalie.

– Comme ça, elle est en ville ! jeta-t-il pour enterrer sa contrariété à l'aide d'une contradiction.

– Non, elle est à Montréal, insista Nathalie.

– Elle t'a laissé un petit message sur le bureau, dit Éva qui s'approchait de la table avec une assiette profonde remplie de liquide rouge sur lequel flottaient des éléments verts qu'elle prenait soin de ne pas noyer.

– Ben voyons, elle est jamais partie sans avertir.

– C'est ce qu'elle a fait...

– Elle aurait pu me le dire à midi.

– Peut-être une décision subite ?

Les enfants se consultaient du regard. Il leur semblait que quelque chose ne tournait pas rond dans la maison. On savait maintenant que grand-mère Poulin serait là pour trois ou quatre jours, que maman avait quitté la maison par affaires, mais ce mot-là faisait plutôt vague au fond de leur tête. Ils cherchaient plus d'explications dans les attitudes, les tons de voix, les grimaces ou les sourires, les rides soucieuses ou reposées, les mains anxieuses ou en contrôle...

Grégoire ne perdit pas contenance. Il annonça :

– Bon... je vas aller voir ça... tantôt... Vous avez fait de la soupe aux tomates ?

– De la vraie soupe maison, pas de la petite misère emprisonnée dans une canne de fer blanc pis entrée de force par la télévision dans les paniers d'épicerie.

L'homme prit place, se racla la gorge, ramassa sa cuillère et noya les brins de persil, manœuvre qui aidait aussi à réduire la température du potage que la fumée annonçait brûlante.

– J'te dis qu'elle est chaude, papa, la soupe à grand-maman ! lui dit Marc assis voisin à la place de Paula.

– Gnen, gnen, gnen, gnen, gnen, marmonna Christian à l'oreille de son frère pour rire de lui.

Marc se tut. Sans doute avait-il encore dit une sottise. Et il se renferma dans les sensations olfactives et visuelles qui – son inconscient le lui disait – l'intégrait sûrement à la tablée.

– Paula est ben bonne en cuisine, dit Grégoire à sa mère, mais vous êtes pas mal dure à battre.

La femme, comme toutes les femmes sous de telles fleurs, prit un ton de fausse humilité :

– Ah ! tu sais ben, je fais ça comme ça sans penser. C'est pas dur pantoute !

– Grand-maman, tu manges pas, toi ? demanda Chantal.

– Ben oui, ma belle, mais quand tout le monde est servi.

– Maman, elle, elle nous laisse nous en prendre pis elle s'assit à table...

– Elle fait bien, déclara Éva. C'est grand-maman qui est pas assez fine pour s'asseoir.

Pour les enfants, ce fut soir de changement donc de petite fête. Leur mère reviendrait vite. Leur père était là. La vie se continuait : stable et bonne.

Éva ramassa les assiettes creuses puis elle sortit du four un grand pâté chinois fait expertement et le porta entre ses mitaines isolantes jusqu'à son sous-plat au milieu de la table.

– Tiens, c'est Grégoire qui va servir et comme ça, je vais pouvoir m'asseoir avec vous autres.

Ce qu'elle aurait fait de toute façon.

– Que chacun s'en serve, moi, je dois aller aux toilettes, dit l'homme qui prenait prétexte pour aller au bureau prendre connaissance du message intrigant.

Rendu là-bas, il lut la note dactylographiée.

Partie pour Montréal. Je vais rencontrer l'acheteur en chef chez Provigo même si Michelle me conseillait Steinberg pour commencer. T'inquiète pas, ne vais pas chez Michelle et ne l'appellerai pas. Je veux agir par mes propres moyens. Mon heure est venue. Pour être prête en 1974, je dois bouger immédiatement sinon je ne pourrai pas m'approvisionner et je perdrai une autre année... Ta mère était d'accord pour s'occuper de la maison. Je te téléphonerai demain soir pour te donner des nouvelles. Je t'embrasse... Je t'aime... parce que je m'aime... de la bonne façon... j'espère.
XXX
Paula

L'homme fronça les sourcils, plus que de contrariété. Mécontent. On ne quitte pas la maison sans rien dire d'avance. Elle serait la première à le lui reprocher s'il le faisait. Un couple qui ne se dit rien, ça ne sert à rien. Et ce n'est pas en forçant sa volonté qu'elle arriverait à laminer son opposition à son rêve capricieux, surtout pas de cette manière-là, non surtout pas.

Il serra fort les mâchoires. On coupa court à son stress grandissant.

– Papa, le pâté va être froid…

C'était Marc envoyé par sa grand-mère qui avait hâte de le voir goûter.

– Du pâté chinois, c'est bon brûlant et un peu gluant, pas tiédi et tout mottonné…

Grégoire n'avait pas réalisé qu'une courte absence à table est longue pour ceux qui mangent ou qui attendent que tous mangent. Il posa le message sur le bureau, caressa la tête de l'enfant qui le précéda vers la cuisine.

– Tout le monde s'empiffre, et si ça continue, il restera rien pour toi, dit sa mère sur le ton du reproche.

– Pas grave! Qu'ils mangent à leur faim, je me ferai un hot-dog.

Cette parole frisait l'insulte. Chacun, c'était la règle, se devait de manger du plat principal de la cuisinière. Seule la gourmandise de plus d'un pouvait en faire manquer, et alors ceux qui se montraient gloutons devaient, eux, finir de se bourrer la fraise avec des cochonneries ou bien alors se maîtriser…

Il reprit sa place. On le regardait de toutes parts. On attendait quelque chose de lui, une déclaration, une pensée, une décision, un arrangement des choses par des mots, un ajustement à la situation nouvelle propre à redonner à tous plein confort. La force de l'autorité devait prendre ses pleines responsabilités pour rassurer le petit peuple.

– Maman, est-ce que… qu'elle va nous téléphoner demain? demanda Nathalie qui se trahissait gauchement et indiquait par là qu'elle avait pris connaissance de la note laissée par sa mère.

– Demain soir, dit Grégoire.

Il se servit dans ce qui restait de pâté et répondit à toutes les attentes:

– Et je vous annonce que demain soir, on va tous souper au restaurant. Ensuite, on va revenir à la maison pis se réunir autour du téléphone quand Paula appellera. Pour entendre sa voix… Comme elle quand elle était petite. Sa mère était au sanatorium et elle ne la voyait qu'une fois par année, à Noël. Le reste du temps, elle n'entendait que sa voix au téléphone... Vous penserez à ça quand elle va nous parler... Allez-vous y penser?

Des oui se croisèrent par-dessus les odeurs de la table et des signes de tête étayèrent les oui.

*

Paula serait de retour le samedi au début de l'après-midi. Au téléphone, il lui avait conseillé de voyager de jour, très tôt le matin, pour une sécurité maximale, car avec tous ces intoxiqués du vendredi soir sur les routes du Québec, mieux valait bien dormir, se lever de bonne humeur et rouler en douceur et en paix.

Ce qu'elle fit.

Elle s'arrêta à Drummondville, sirota deux cafés et reprit la route sous un soleil montant qui promettait une journée exceptionnellement belle. Mais, couvait sous les lueurs du ciel et de son regard de l'inquiétude quant aux réactions de Grégoire. Certes, il s'était montré parfaitement compréhensif au téléphone, ne lui avait pas servi le moindre mot négatif, ni n'avait tenté de virguler leurs échanges par des silences ou des tons désapprobateurs. C'était donc le trop qui ombrait son front: trop de calme, de contrôle de soi chez lui et trop de détermination chez elle.

Préférant ne pas arriver pour le repas, elle fit halte à Beauceville et mangea au restaurant de la place, le crayon à la main qui alignait des chiffres sur la serviette de table et le napperon de papier. Un moment, l'idée lui vint que de telles colonnes sont comme des attelloires ou des menoires, ou bien les deux combinées, et qui vous dictent votre futur, et qui vous brident votre liberté, et qui vous esclavagent des années d'avance... Cette sombre anticipation fut chassée par les espoirs de la réussite, les joies déjà prévisibles de la pleine réalisation dans un domaine familier où pourrait s'exercer le meilleur de sa créativité.

Grégoire sortit pour l'accueillir. Elle s'était imaginé que, passé deux heures, il serait parti, rendu à l'une des granges à travailler, à soigner des animaux ou bien à rebâtir des êtres désuets ou neufs. Il se rendit même en bas des trois marches de la galerie. Elle hésita. Lui pas. Il ouvrit les bras, franchit la courte distance les séparant et l'embrassa avec une chaleur inhabituelle.

– Les enfants commençaient à s'ennuyer...

– Ça va leur faire du bien, je suis toujours avec eux autres.

– À moi aussi.

– À toi aussi?

– Qui va répondre?

– Qui va répondre?

Ils rirent et se répondirent par un baiser appuyé mais bref et convenant à la situation. Chantal sortit à son tour. Elle trépignait de joie. Paula se rendit au pied des marches et la reçut dans ses bras. L'étreinte de l'enfant fut un véritable étranglement et la mère dut dire:

– Ah! mais maman est partie depuis seulement quatre jours, qu'est-ce que ça serait si ça faisait un an?

Et lui revint à la mémoire cette cruelle impossibilité d'embrasser sa mère quand elle venait en visite depuis le sanatorium au temps des fêtes, et sa vaisselle qu'il ne fallait pas toucher, et toutes ces larmes qu'il fallait retenir quand elle repartait pour une autre année...

– On pensait que tu reviendrais avant. As-tu mangé? Maman t'a gardé quelque chose au chaud. Elle veut pas se servir du micro-ondes...

– J'ai bien mangé à Beauceville. Je voulais pas arriver comme un cheveu sur la soupe...

– Mais non, on t'attendait...

On papota jusqu'à l'intérieur. Éva s'enquit de son voyage, mais Paula demeura vague quoique positive. Souriante mais sans éclat. Tous les enfants vinrent l'embrasser tour à tour puis retournèrent à leurs jeux. Marc resta dans la salle de séjour. Il eût voulu se coller à Paula et s'endormir contre elle dans la sécurité. Elle devina son inconfort et résolut de lui accorder une attention particulière plus tard.

– Quand j'ai dit à maman pour quelle raison t'étais allée à Montréal, elle a crié bravo.

– Les femmes d'aujourd'hui doivent vivre de leur temps, intervint Éva.

– Me semble que vous étiez pour qu'une femme reste à la maison et y élève ses enfants?

– Dans mon temps... pas aujourd'hui. C'est lui, le grand escogriffe qui t'a dit ça de moi? Laisse-moi parler pour moi-même, toi, mon Grégoire Poulin!

Rassérénée, Paula exposa les grandes lignes de son voyage d'affaires. En fait, elle n'avait utilisé qu'une portion de journée pour tâter le marché et avait consacré le reste de son temps à visiter des fournisseurs éventuels.

– J'ai obtenu une entente de principe chez Provigo... et signée à part de ça. Si je suis à prix concurrentiel et que je peux leur entrer la marchandise pour le premier février à venir, soit 1974, ils sont prêts à en prendre pour cent mille dollars.

– Ça veut dire que tu dois t'approvisionner sur la récolte de ce printemps!

– C'est ce que ça veut dire, oui.

– Ça se peut pas: où prendre l'argent?

Elle regarda au loin et dit:

– C'est à moi de me débrouiller. Je veux me lancer en affaires, je vais faire comme tous ceux qui se lancent en affaires, c'est-à-dire me débrouiller...

– C'est qu'on n'a pas les moyens de...

Paula l'interrompit:

– Écoute, pour le moment, laisse-moi avec tout ça. C'est pas le temps de discuter de ça... J'ai des gens à voir, des choses à faire...

– À ton aise !

On changea de propos. Éva regretta de ne pouvoir servir à manger à sa belle-fille ; elle mit de l'ordre dans une cuisine parfaitement propre déjà, puis partit. Marc s'en alla aussi ; quelque chose en lui suggérait qu'il était devenu un intrus.

Le sourire à la fête, Grégoire fit une proposition. Un repas du soir à l'Arnold avec les Paquet qu'il avait déjà invités quoique non formellement et qui attendaient sa confirmation.

– Si t'aimes mieux rien que nous deux ou si tu veux simplement rester à la maison, c'est pareil. Choisis et ça sera pour le mieux... On pourrait se faire venir du lunch et veiller au solarium...

Paula préféra la dernière proposition.

– Dis à Suzanne que je suis fatiguée de mon voyage...

– Ils vont comprendre, inquiète-toi pas.

Tant de prévenance étonnait la jeune femme. Grégoire était-il sincère ou bien sa conduite cachait-elle des intentions ? Jamais en dix ans, sauf certains jours du temps de la chasse, ils ne s'étaient séparés, et la chose portait peut-être des bienfaits plus grands même qu'on ne l'aurait cru ?

Éva appela. Elle réclamait les quatre enfants pour la nuit. Grégoire et Paula pourraient veiller à leur goût. Se retrouver, pensa la femme. Il est nécessaire dans une vie de couple de se perdre parfois pourvu qu'on se rapproche mieux ensuite... Elle les avait toujours trouvés trop collés, ces deux-là.

Grégoire fit préparer des mets de prix par les gens de l'hôtel Arnold, demanda qu'on envoie aussi une belle bouteille de vin assortie – un Pommard, suggéra-t-on –, et il commanda qu'on expédie le tout par taxi. Un repas de cent cinquante dollars, mais il ne voulait pas lésiner. C'est par la séduction qu'il dissuaderait sa femme de commettre une grave erreur en se lançant dans une aventure qui risquait de lui faire perdre à elle et à toute sa famille un équilibre et une harmonie inestimables : une qualité de vie irremplaçable.

Il monta la table tandis que Paula se préparait, qu'elle se bichonnait, qu'elle peignait le tableau de sa propre guerre de séduction. Grégoire ne pouvait pas avoir changé son fusil d'épaule aussi carrément et aussi vite. Elle lui supposait donc un plan de campagne passant par le sourire, l'affection, voire l'amour, comme artillerie lourde servant à déblayer le terrain avant de débusquer et assommer cet inquiétant ennemi : l'autonomie qu'elle voulait se bâtir et la grande aventure de sa propre réalisation qu'elle entreprenait.

Saint-Georges et la voûte étoilée se livraient une véritable concurrence au chapitre du scintillement. Un vent tout juste léger agitait la feuillure invisible ; et les lumières de la ville, apparaissant et disparaissant, donnaient allure de milliers de clins d'œil par une femme en amour tandis que des millions d'astres se livraient à la terre, à la Beauce, aux sentiments des êtres humains qui possèdent aisément l'univers et croient se nourrir de son éclatante immensité.

Pour goûter des mets psychologiques, spirituels aussi bien que ceux de la cuisine de l'Arnold, Grégoire joua du rhéostat et posa le chandelier à trois branches sur la table, luisant accessoire prêt à décupler dans les regards les brillances de la ville et de la galaxie.

Romance !

La romance mène les femmes. Les mène aux sens. Mais leurs sens doivent être visités dans le bon ordre et cet ordre n'est pas le même que celui de leurs collègues masculins.

La femme doit entendre. Puis voir. Puis sentir. Puis goûter. Puis toucher. L'homme doit voir. Puis toucher. Puis entendre. Puis sentir. Puis goûter. Les bienheureux qui comprennent et acceptent cette différence dans le processus d'acquisition de chacun ne se chicanent plus, ne divorcent pas, ne se plaignent pas du fait que le monde n'est pas comme eux... ou elles...

D'instinct de séducteur, Grégoire lui servirait à la fois l'entendre, le voir, le sentir et le goûter; puis on passerait au toucher.

Il exigea tendrement de Paula qu'elle demeure en dehors des préparatifs. Se mit en tenue de soirée, reçut le taxi et les plats, tous de résistance et irrésistibles, et il finit de garnir cette grande table de la négociation amoureuse.

On y fut à sept heures.

— Mon Dieu, mais t'as pas fait venir du jus de pissenlit! s'exclama-t-elle quand le Pommard fut devant ses yeux.

— Rien de trop beau pour la classe agricole!

— Et pour les gens d'affaires.

— C'est tout pareil d'abord que les artisans agricoles sont devenus des businessmen de l'agriculture... et des businesswomen...

Depuis qu'il l'avait aperçue dans sa nouvelle robe qu'il la félicitait du regard pour sa beauté! Mais il retenait les mots afin de les livrer à travers les grâces du vin, son luxe et ses voluptés.

— On fête ton entrée officielle dans le monde des affaires, dit-il en ouvrant la bouteille.

— Bah! ce n'était qu'une première démarche...

— Ah! ah! ah! le grand premier pas étant franchi...

— Reste à trouver l'argent requis, à m'établir une place d'affaires, à trouver un bon entrepôt et à y équiper une « cannerie »...

— Ben c'est ça, les affaires. Ça commence dès qu'on a dit son grand oui...

Il acheva de tourner puis rabattit les oreilles du tire-bouchon. Un son d'air qui prend sa place dans un espace vide indiqua que le liège était intact et l'opération réussie.

— Sens le toi-même, moi, la qualité d'un vin...

— De toute manière, le maître d'hôtel ne l'échangera pas...

Et il rejeta le bouchon plus loin à travers les assiettes. Il goûta sans cérémonie, servit sa compagne puis lui-même et se rassit.

— Santé! dit-il ensuite l'œil brillant, la coupe tendue à hauteur du regard.

— Santé physique et morale! fit-elle, le verre tintant contre celui de son partenaire.

— L'avenir appartient aux audacieux.

— C'est-à-dire à ceux qui regardent vers l'avenir.

En fond, Mozart dans tout ce qu'il peut livrer de paisible et de rassurant ainsi que de franchement enlevant, traversait les siècles par toutes les cordes de l'orchestre symphonique de Munich.

On dégusta le châteaubriant depuis les assiettes même de l'Arnold qui seraient retournées le jour suivant, car comment exhausser un repas si on ne le sert que dans des contenants vulgairement jetables? L'Arnold eût refusé de livrer dans de l'aluminium et fait scandale qu'on le lui demandât...

— Tu sais, je suis content de ce que tu as fait, dit-il alors qu'il faisait tournoyer son rouge dans le cristal. Je dirais même que je suis fier. Parce qu'une femme forte à mes côtés, ça me renforce. On peut envisager de se bâtir ensemble une grande maison, chacun construisant sa partie. C'est comme ça qu'il faut vivre le mariage de nos jours. C'est l'avenir, ça... Autant s'adapter maintenant. C'est ce que je me suis dit en ton absence.

Elle le regarda droit dans les yeux jusqu'au fond de l'âme et demanda:

— Est-ce que tu penses vraiment ce que tu dis? Parce que si ce n'est pas la vérité, tu me tromperais beaucoup plus qu'en couchant avec une autre femme. Si je devais découvrir que tu me mens ce soir, Grégoire, je ne le prendrais pas, pas du tout. Mais si tu le penses, alors je suis une femme comblée. Ce n'est pas facile de faire le saut et d'entreprendre de réaliser mon rêve et j'ai besoin de ton appui moral. Est-ce que tu me dis vraiment ce que tu ressens au fond de ton cœur?

Il marqua une pause avant de dire :

– Si je réfléchis, c'est pour trouver les mots les plus forts pour te dire que je le pense. Oui, je le pense sincèrement et je vais t'aider si besoin est et, bien entendu, si je le peux.

La communication fut très intense le reste du repas. Et la table fut laissée là. Mozart fut transféré dans la chambre conjugale. Ils piétinèrent longuement sur la moquette en s'embrassant. Un court moment, il se détacha légèrement et détailla sa robe (en fait un ensemble) du regard, ce qu'elle fit par les mots en riant :

– C'est un tailleur d'affaires. Veste croisée, Jupe étroite avec empiècement en V. C'est en gabardine de polyester… Seulement cent vingt dollars.

– Le souper va coûter plus cher.

– Je préfère le souper malgré tout.

Il se gratta la tête :

– Moi, j'aurais du mal à choisir…

– D'une façon ou d'une autre, il est temps de passer à autre chose, non ?

Il l'aida à déboutonner sa veste…

Après l'amour, il restait du temps à perdre avant l'heure de dormir. L'homme parla un peu de Christian. Ses notes scolaires faiblissaient. On tâcherait d'y voir de plus près. Cela inquiéta Paula. Les choses ne sauraient s'améliorer si elle consacrait moins de temps aux enfants. Par chance, les vacances approchaient à grande vitesse. Malheureusement, elle-même devrait bouger à haute vitesse dans le mois à venir…

– Moi, je suis plus inquiète de Marc…

– Ah ? Et comment ça ? fit-il, curieux.

– T'as pas remarqué comme c'est un enfant sensible ?

– Ben… les enfants, ça rit et ça pleure pour trois fois rien, comment savoir ?

– Ce n'est justement pas par les rires et les pleurs qu'on peut savoir mais par les nuances entre les deux. Le visage qu'ils font en certaines circonstances par exemple, leurs attentes, comme celle de Marc quand je suis revenue de Montréal... Il cherchait quelque chose... je ne sais pas. Ça lui arrive souvent. Il cherche. Il attend, comme ça. Comme Lucie autrefois... parfois... Il n'est pas un enfant comme les autres et nous devrions le traiter autrement.

Grégoire devint songeur. On flânait dans la chambre, lui enveloppé d'une robe de chambre, assis dans un fauteuil, et elle restée au lit appuyée à deux oreillers, une couverture blanche la recouvrant jusqu'à la taille et les seins à découvert : une poitrine discrète restée adolescente.

– Je vais faire attention et m'en occuper davantage, dit-il en allongeant les jambes au maximum.

Une ombre longue envahit le front de Paula. Des pensées lointaines rôdaient dans son âme. Elle ramena un genou vers son torse, l'enveloppa de ses doigts croisés ; sa tête se pencha en avant, bougea vers le côté... Elle soupira longuement à deux reprises.

Grégoire scrutait toutes les demi-teintes de son visage.

*

– Vous m'avez bien exposé votre projet, madame Poulin ; je connais vos besoins monétaires, mais...

– Mais ?

– Mais une institution financière quelle qu'elle soit doit pouvoir compter sur des garanties tangibles. Vous n'êtes pas sans savoir cela.

– La marchandise, l'entente avec Provigo, c'est rien ?

– Pour vous, c'est beaucoup, mais pour l'institution, ce n'est rien, il est vrai. Nous voyez-vous pris avec mille barils de sirop d'érable ?

Gros, sympathique, roux, ridé, l'homme avait un faible visible pour les jolies femmes et ce refus qu'il devait opposer à Paula le torturait. Ce qui le contrariait le plus consistait à devoir lui servir une leçon aussi élémentaire. La jeune femme avait besoin de capital de risque; elle n'en trouverait dans aucun établissement bancaire dont le rôle est de prêter à intérêt moyennant des garanties sûres.

À chaque endroit qu'elle visita, les connaissances de Paula augmentèrent et ses chances diminuèrent d'autant. Premièrement, il faudrait la signature de Grégoire encore qu'on aurait besoin de son bilan et que son poids n'aurait de signification que si ses équités sur la ferme et la maison suffisaient.

*

— Tu sais bien qu'on ne voudrait pas prêter en deuxième hypothèque à cause de l'Office du crédit agricole, se désola Grégoire quand, le samedi suivant, elle lui raconta toutes ses démarches infructueuses.

— Ils veulent même pas étudier mon projet, c'est non en me voyant la face... Je vais m'habiller en homme et leur parler en homme.

— Ils auront la même réaction. C'est cinquante mille dollars qu'il te faut, pas des *peanuts*...

Ils discutaient dans leur chambre, dans leur lit, côte à côte, Paula drapée d'une humeur plus que maussade et son mari dont la voix suintait de bonne volonté, de sympathie à la cause difficile de sa femme.

Après un long silence, il dit :
— J'ai une proposition à te faire...
— Je ne veux pas.
— Tu mets l'orgueil de côté...
— Je veux me débrouiller seule.
— On se débrouille jamais seul dans la vie.
— Moi oui dans ce cas.
— Je ne suis plus contre ton projet, tu le sais bien.

– Mais tu l'étais.

– Mais je ne le suis plus.

Elle resta muette. Il reprit :

– On va mettre le chalet à ton nom. Et alors tu pourras l'hypothéquer au maximum. On va vendre nos obligations et ça va donner un autre quinze mille dollars. À gratter tous nos fonds de tiroir, on trouvera bien trente mille.

– De toute façon, le minimum qu'il faut, c'est cinquante.

– Si on réunit trente mille, la banque fera le reste du chemin avec ma signature.

– Je refuse.

– Pourquoi ? se plaignit-il, le front plissé.

– Question de principe, c'est tout.

Il modifia le ton et prit celui du reproche :

– Ma chère, la première affaire à savoir en affaires, c'est de mettre la bride aux sentiments : à l'orgueil, à la colère mal contrôlée, à la générosité mal calculée…

Paula se souvint de cette conversation qu'elle avait eue avec la femme de son ancien patron qui lui avait alors exposé les vraies raisons intéressées de son mari pour l'avoir choisie, elle, Paula, la petite inconnue des hauteurs, pour seconder la patronne malade, de préférence à son amie Francine qui semblait posséder de bien meilleurs atouts au départ.

L'homme avait tout pesé en dehors parfaitement de son sentiment personnel qui lui, l'eût incliné à choisir Francine de préférence à Paula.

En dehors du feu de l'action, Paula passait pour une femme réfléchie, capable plus que bien d'autres de son sexe de contrôler ses émotions, en tout cas de ne pas leur céder pour asseoir sur elles ses décisions. Mais en affaires, elle le voyait bien, on est toujours dans le feu de l'action. Et jugeote doit y rimer avec bougeotte ou alors il faut s'attendre aux pires gâchis.

– Laisse-moi la fin de semaine pour réfléchir à tout ça.

– Ah ! c'est pas moi qui te pousserai dans le dos. Je t'appuie parce que tu es sûre que ton bonheur se trouve dans la direction que tu veux prendre.

Et comme s'il avait deviné la métaphore qui vagabondait dans la tête de son épouse, il enchérit :

– Des fois, on voit un feu et ça nous tente ben gros de s'approcher. On s'approche. Et là, ça nous tente alors de s'approcher de plus près. Et là, il peut arriver que la peur de se brûler vienne nous faire reculer à distance raisonnable. Remarque bien les deux mots que j'ai choisis : « peur » et « raisonnable »... Ça, c'est de la prudence, du jugement et c'est une qualité essentielle en affaires. C'est comme qui dirait un sentiment raisonné, un sentiment qui passe par là pis qui, souvent, donne une bonne idée, une bonne évaluation de l'obstacle... des obstacles.

– Au point où je suis rendue, si j'embarque pas, c'est que je suis une pâte molle à moins d'une raison majeure comme le manque de capital.

– Non, madame ! Si un sentiment de prudence te dit au dernier moment de ne pas plonger et que tu le suis ce sentiment, tu fais preuve de courage ; et c'est en poursuivant que tu deviens une pâte molle parce que là, la peur de l'image que tu vas donner prend le dessus sur tout le reste. Le courage, ce n'est pas l'orgueil, c'est la domination de ses sentiments contre tous, même son mari. Puis je t'ai trouvée pas mal courageuse ces derniers temps.

Il avait trop raison, pensa-t-elle. En fait, tout calculé, on avait toujours attendu d'elle qu'elle soit une *superwoman*. Elle-même, la première, rêvait de le devenir et la seule façon, c'était de réussir sa vie de famille et aussi sa vie de femme individualisée. C'est à cela qu'elle aspirait depuis des années et ce n'est pas une semaine de recherche infructueuse de capital qui lui enfargerait les jambes.

Ces idées lui suggérèrent une attitude contraire et elle se tourna vers lui. Il ouvrit les bras ; elle s'y réfugia.

– On fait la fête ? dit-il.

– Pour une heure, je suis le sexe faible et tu es le sexe fort; ensuite, eh bien, on verra. ·

– Merveilleux !

***

Chapitre 11

Une semaine plus tard, il lui fallut bien se résigner. Son amour-propre avait mal. On refusait d'augmenter de façon notable l'hypothèque sur le chalet. D'autres prêteurs au nom aussi faux que Desjardins, Caisse d'établissement, Caisse d'entraide économique, avaient opposé des refus enrobés de «comprenez-nous», «nous agissons de la même façon envers tous», «dès que vous avez des garanties suffisantes, revenez et ça nous fera plaisir si vous saviez, bonne dame»…

Prêter sur une bâtisse, de l'infrastructure, voire même sur de l'équipement, mais pas sur de l'inventaire seulement. Telle fut leur réponse à tous. De plus, dit-on, votre marchandise est périssable: invendu à temps, le sirop peut s'éventer, surir, virer en sucre, perdre son goût, sa qualité initiale… «Du sirop, madame, ça peut tourner en catastrophe, ça!» argua le plus idiot prêteur de tous.

Paula avait le goût de se confier à quelqu'un, mais pas à un homme. Ni Grégoire ni son père. Ce même mur qui crée le désir physique ou affectif entre l'homme et la femme, devient un obstacle à la communication en certaines circonstances; et cela n'est pas non plus au niveau du rationnel mais à celui du sensitif… Seule Hélène la comprendrait, saurait son profond malaise de devoir baisser les bras devant un monde fait par les gars et pour les gars. Elle se rendit à Saint-Honoré. Seule. Prit sa belle-mère avec elle et on se rendit au restaurant du village situé en face de l'église.

– Surtout, redis-moi pas d'aller au cimetière parler avec maman et Lucie parce que de l'argent, ça pousse pas au pied des monuments funéraires, avertit Paula après avoir confié son total désarroi lorsqu'on eut fini d'échanger des petits propos tout en mangeant.

– Il y a beaucoup d'énergie à trouver dans un cimetière...

– Tu me l'as déjà dit... et c'est pour ça que les vieilles personnes y vont souvent... leur instinct de survie.

– Tu n'y crois pas?

– Ah! Sais pas... Des fois oui, souvent non.

– Essaie une fois encore...

– Hélène, suis pas venue pour demander de l'aide sous forme de conseil ou autrement, suis pas venue pour régler mon problème, mais pour m'en vider... Y a que mon amie Aubéline et toi pour comprendre. Même Michelle Caron ne pourrait pas... Et puis le temps s'est installé entre elle et moi... À Saint-Georges, j'ai une assez bonne et, je dirais même dangereuse amie, Suzanne, mais elle est pas mal superficielle. L'argent, le sexe, le confort, le rire, le sport: difficile de dépasser ça quand on parle avec elle... Y a des gens qui vous aident rien qu'à écouter ce que vous avez besoin d'évacuer: ce fut toujours ton cas, Hélène et je t'en remercie. Faudrait surtout pas que tu parles de ça à papa. Tu me le jures?

Hélène ne put répondre sur-le-champ; car la serveuse s'approchait pour s'inquiéter. On demanda du café. Paula revint à la charge. L'autre promit mais le cœur réticent:

– Si tu me le demandes, pas besoin de jurer.

– Je sais mais j'ai dit «jurer» pour que tu saches que je ne veux absolument pas que papa soit mis au courant.

– D'accord, mais pourquoi?

– Il pourrait se mettre dans le crâne de vouloir m'aider, et ça, je ne veux pas!

Hélène hocha la tête.

La serveuse revint armée, à bout de bras, de son silex triomphant et fumant.

*

Quelques jours plus tard, plein cœur d'avant-midi d'une journée ombrageuse, alors qu'elle se trouvait seule à la maison avec Chantal, Paula eut le plaisir de voir arriver grand-père Joseph et grand-mère Clara.

Après les banalités et politesses de circonstance, on dit qu'on était venu magasiner.

— Pour dire toute la vérité, j'avais affaire à toi, Paula, dit l'homme, et on va profiter de l'occasion pour vous vider les magasins.

Hautement étonnée, la jeune femme croisa les bras sans pourtant que cela ne signifie un mouvement de fermeture de sa part, car grand-père Joseph demeurerait toujours pour elle, comme au temps de son enfance, une sorte d'ange protecteur.

— Bon, dit-il, nous trouves-tu à bout d'âge ?

— Mais non... comme on dit, vous vieillissez pas, vous verdissez...

— Un drôle de vert-de-gris sur la tête mais du feu dans le poêle !

Clara rit clair selon sa vieille habitude acquise du temps de son maquignonnage, un éclat qui mettait les clients en confiance en les sécurisant sur leur sens de l'humour, signe d'intelligence.

— Crérais-tu qu'on pourrait se remettre à travailler, nous autres ? Pis faire de la bonne ouvrage ?

— Moi, je crois que personne devrait jamais prendre sa retraite. Adapter du travail à ses capacités, mais jamais s'arrêter. Arrêter de travailler, de produire, de créer, c'est mourir... en attendant la mort.

— Exactement ce qu'on pense depuis qu'on a vendu notre terre. Mais faire quoi, hein ?

— Barguigner des chevaux, fit Clara qui s'était vêtue en couleur et maquillée, c'est passé de mode. Pas grand-chose qu'on sait faire… Des vieux snoreaux plus bons à grand-chose.

— En réalité, on a trouvé quelque chose mais on a besoin de toi pour ça.

— Ah? Là, vous m'intriguez pas mal…

— Tu nous en as déjà parlé, dit Clara.

— Oui, pis Hélène nous a téléphoné… On veut travailler pour toi. On va acheter dans le secteur de Saint-Éphrem, Saint-Benoît, Saint-Méthode, tout notre coin…

— Acheter du sirop? s'écria Paula. Mais c'est raté… Je manque de capital pour partir…

— Nous autres, on a ce qu'il te faut pis on te le prête.

Paula s'esclaffa:

— Voyons donc, j'accepterais jamais, vous le savez.

— C'est pas la charité qu'on te fait, Paula, on a besoin de travailler si on veut pas mourir à force de rien faire. Comme ça, on va être ensemble, Clara pis moi, pis on va courir les rangs à rencontrer celui-ci, celui-là… Ça sera le paradis pour nous autres… Tu nous rends service pis on te rend service.

Paula consulta Clara du regard.

— Ma petite fille, on est parfaitement d'accord. Mieux, c'est moi qui ai fait la proposition à ton grand-père. Ça l'a enchanté pis nous v'là!

Des larmes montèrent à l'assaut du cœur de Paula. Elle hochait la tête, ne sachant que dire. Clara se pencha vers elle, prit sa main entre les siennes.

— Tu vas nous faire une réussite de femme d'affaires comme la Beauce en aura jamais vue… jamais vue!

Paula riait, pleurnichait, protestait.

— Grand-papa, chaque fois que je casse une vitre, vous êtes là pour m'aider à en poser une neuve… j'sais pas si vous êtes un homme ou si vous êtes un ange… Pis vous, grand-maman, vous êtes pire que lui…

Joseph tendit une enveloppe.

– V'là un chèque de vingt-cinq mille dollars… Paraît que t'es capable d'en trouver vingt-cinq de ton côté. Comme ça, t'auras les cinquante mille qu'il te faut. Pis nous autres, on va travailler à commission, pis tu nous paieras quand c'est que tu voudras… quand tu pourras… Là, tu vas me signer une reconnaissance de dette – pas qu'on a pas confiance, mais en cas que tu mourrais d'accident…

Un nuage passa dans l'esprit de Paula quand elle entendit ces mots, quelque chose aux vagues allures de prémonition. Mourir d'accident… Cette ombre était-elle donc un signe avertisseur? Comme l'avait dit Grégoire, devait-elle s'éloigner du feu de l'action à cause d'un signal de dernière minute?

– Si vous faites ça rien que pour moi, j'veux pas pantoute! fit-elle en acceptant l'enveloppe.

– Non, ma fille. On le fait pour nous autres. On est des vieux égoïstes pis on s'ennuie chez nous. Même que si tu veux te servir de notre gros hangar pour entreposer la première année… ou le temps que tu voudras, ça nous fera plaisir de te le louer… une piastre par année.

Paula se leva et annonça qu'elle se rendait de suite au bureau pour établir le papier de reconnaissance de dette qu'elle revint donner cinq minutes plus tard.

– Pis si jamais il te faut plus, laisse-toi pas mettre en faillite. Viens nous voir…

Une autre fois, la jeune femme se laissa aller à ses émotions puis elle les rattrapa et les enferma au fond de son âme. Maintenant, elle avait la responsabilité de faire fructifier cet argent, de le remettre non seulement intact mais avec intérêt et reconnaissance. Fini le sentiment sauvage, si bon soit-il! La raison des chiffres posa sa griffe sur sa pensée en même temps qu'elle apposa la sienne au pied de ce papier donné à ses grands-parents en guise de reçu…

*

Le soir même, elle annonça la nouvelle à Grégoire dans le bureau où elle se trouvait quand il revint à la maison. Le front soucieux un moment, il finit par dire laconiquement :

– Ce qui doit arriver arrive.

– Pour ce qui est des frais probables supplémentaires que ça signifiera pour nous, gardiennage, comptabilité de la ferme que je ne pourrai peut-être plus faire, j'en assumerai ma part...

Il l'interrompit :

– Pantoute ! Si ton grand-père te prête de l'argent pis son hangar et que tu veux payer pour des choses que t'as pas à payer, tu vas m'insulter raide. Je t'appuie, je te le dis encore, et je te demande de me croire... de me croire tout le temps, pas rien que de temps en temps.

*

Il restait peu de sirop à la traîne dans la région à cause de la faible récolte d'un printemps plutôt mesquin. Et ceux qui n'avaient pas encore vendu leur production voyaient venir les acheteurs. Ils gardaient leur produit, et justement pour en obtenir le maximum.

Pour Paula, l'important était de s'insérer dans le marché des produits de l'érable, autant comme acheteuse que comme fournisseur d'une grande chaîne de marchés d'alimentation. On la prendrait beaucoup plus au sérieux quand on verrait son produit aux quatre coins du Québec. Que la première année n'apporte pas de rentabilité, voilà qui lui paraissait normal. On le lui avait redit à plusieurs reprises.

Se faire un nom d'abord. Une belle image de marque. Une marque de commerce. Un visage.

Elle choisit d'appeler la compagnie « Reine de l'érable inc. » Il y avait un côté miel au mot reine ; et le nom révélait une empreinte féminine; il disait le meilleur, ce qui est un atout important dans une société de compétition. Par contre, cela faisait plus canadien que québécois; à cela, elle fit contrepoids en utilisant le dessin d'une femme d'autrefois, le visage animé d'un sourire-cuisine. Tout lui parut alors parfait. On associerait Reine de l'érable à reine du foyer. Le nom devenait patrimonial, aussi bien québécois que canadien. Elle pourrait vendre à Provigo et Steinberg puis aux gens de Toronto…

On transformerait le petit garage en conserverie et entrepôt apte à recevoir le produit mis en boîte. Ce travail-là ne serait exécuté qu'une fois tous les achats terminés.

Paula obtint toute la production disponible de son père. Par son ancien patron, elle trouva d'autres fournisseurs. Et de leur côté, Joseph et Clara travaillaient comme des fourmis. Leur hangar se remplissait. On gardait un contact journalier avec Paula. Elle devait prendre la décision pour chaque lot transigé. Mi-juin, on aurait terminé les achats à ce rythme-là.

*

Depuis un bon nombre d'années, les grands-parents de Paula avaient vendu leur terre de Saint-Éphrem et pris leur retraite. Ils avaient bien vieilli, en santé et en joie, s'occupant d'un jardin productif dont on vendait une partie de la récolte bien trop abondante pour eux.

Mais il manquait à chacun ce qu'ils appelaient un défi, de la communication avec d'autres gens bien plus que de parler à leurs choux et à leurs concombres. Chacun voulait vivre à bout d'âge et sans diminution de ses capacités physiques jusqu'à la mort; pour cela, ils sentaient qu'il fallait que ça bouge dans leur tête. «Mourir à rien faire, c'est pas humain», se répétaient-ils, mais sans savoir exactement la voie à suivre pour s'épanouir à nouveau au soir de leur vie.

C'est de remettre à l'ouvrage le créateur en eux dont ils avaient besoin sans savoir l'exprimer avec des mots; voilà pourquoi le jardinage ne les satisfaisait plus car il ne les rendait plus inventifs depuis un bon bout de chemin.

Créativité, créativité, assurance de longévité. Créativité qui garde les neurones en bouillonnement. Créativité par laquelle tous les circuits électriques du cerveau demeurent vivants et sans laquelle les lobes s'éteignent et meurent.

Comment le Créateur peut-Il soutenir la vie en ceux qui ne travaillent plus avec lui et ne font plus que s'étioler à regarder la télévision et jouer aux cartes? À moins que de jouer aux cartes ne devienne une solide activité mentale créatrice par la réflexion suscitée et les échanges provoqués.

Ce travail d'acheteurs les mettait en contact avec des gens, les obligeait d'imaginer à chaque fournisseur potentiel des phrases qui l'inclinent à accepter leur offre, les forçait à penser à nouveau, à organiser des éléments d'une autre façon, à inventer... Les voilà qui redevenaient jeunes, joyeux, et amoureux, et complices dans l'ouvrage...

Et, cerise sur le gâteau, ils n'étaient pas poussés dans le dos par la tâche à accomplir mais plutôt attirés par elle. Un stress positif ayant pour nom enthousiasme constructif, appelé désir. Un but. La vie.

On avait entièrement couvert la surface de plancher du hangar avec des barils de quarante-cinq gallons remplis de sirop. Il fallait maintenant planchéier leur dessus avec des madriers pour pouvoir entreposer sur un second étage. Travail que Joseph accomplit ce jour frisquet du début de juin tandis que Clara, renouant avec ses belles années de commerçante de chevaux, partit seule avec le petit camion qui servait au transport des lots achetés. Et elle riait de voir l'hébétement des gens quand ils apercevaient une femme aussi âgée au volant d'un camion. Et ce jour-là, pour faire mieux encore, elle se procura un gros cigare afin d'étonner la galerie comme autrefois. Parfois, elle saluait de la main ceux qu'elle reconnaissait ou croyait reconnaître. On se retournait de toute manière pour la voir aller.

Elle acheta cinq barils de trente gallons chez un jeune producteur de Sainte-Clothilde, ajouta vingt dollars pour qu'on les charge et qu'on les attache solidement, et elle reprit la route pour Saint-Éphrem.

Jugés ridicules par les uns, admirés par les autres, Joseph et Clara ne s'étaient jamais sentis aussi heureux de toute leur vie et ils le répétaient chaque soir à Paula au téléphone au moment de rendre compte des opérations de la journée.

Clara klaxonna à son arrivée dans la cour pour indiquer à Joseph sa présence et pour qu'il vienne la guider et l'aider à reculer vis-à-vis de la porte jusqu'à la distance nécessaire. Aucun signe de vie. Elle répéta son signal. Rien encore. S'il n'était pas dans le hangar, sans doute se trouvait-il à la maison. Mais tout était calme aussi de ce côté.

La femme arrêta le moteur en cherchant à empêcher l'angoisse de traverser les verres de ses lunettes, de courir sur les rides de son front, de crisper ses doigts sur le volant. Elle klaxonna une dernière fois. Silence. Alors elle sentit la mort. Le sentiment d'être immensément vieille l'envahit soudain, déferla sur son âme comme un raz-de-marée sur une terre basse. Elle descendit, marcha lentement jusqu'à la porte, regarda à l'intérieur, ne vit personne. Il y avait dans l'entrée un échafaudage soutenant un pont de fortune que son mari avait érigé – facile à savoir – pour rouler les barils sur la deuxième surface à garnir.

Et entre les planches, elle aperçut le corps de Joseph. Les yeux ouverts, signe évident de la mort. Tout le dessus des barils était foncé de madriers. Il avait trop travaillé, trimé trop dur et son cœur avait flanché. Aucun signe d'accident. Elle l'appela, sachant que c'était en vain, puis marcha jusqu'auprès de lui, le toucha. Sut. Il restait sur sa chemise des traces de sueur. Joseph, tout comme elle, s'était pris pour une jeune personne…

Elle prit sa main froide, sourit, ferma les yeux vides puis elle fit un signe de croix et prit une décision : elle aussi s'en irait et dans peu de temps. Dieu ne lui refuserait pas la belle aventure de l'au-delà. Son heure de traverser la grande barrière arrivait. Joseph devait attendre qu'elle vienne…

*

Paula avait passé une journée d'abeille, bourdonnant sans cesse, tout emportée par le tourbillon grandissant, exaltée, heureuse de voir se concrétiser si sûrement et si vite son grand projet.

Avant même que la compagnie ne soit formée, elle avait fait faire ses contenants et acheté un peu de produit de son père puis était retournée à Montréal dont elle était revenue avec un contrat en poche. Et les choses s'étaient emballées, emballantes…

Ce jour de grands vents aux nuages pressés par leur destin, s'achevait. On avait soupé. Les enfants d'âge scolaire rêvaient à leurs grandes vacances prochaines. Nathalie s'ennuyait déjà, par avance, de Marie-Claude. Marc faisait des progrès notables au piano à ce qu'il semblait à Paula quand elle trouvait une minute pour l'entendre entre un repas servi et un appel téléphonique. Chantal vivait dans son univers. Et Christian se prenait pour un homme alors qu'il n'était même pas un adolescent encore.

Quand la sonnerie du téléphone, traversant les cloisons et longeant les murs, parcourut la distance séparant l'appareil du bureau de la cuisine, Paula accourut. Car elle savait que c'était l'heure de grand-père Joseph. Clara parla.

— Une grosse journée ?

— Terrible… mais dans le bon sens.

— Ah !

— Et vous autres ?

— Comme toi.

– Vous me paraissez fatiguée.

– J'ai acheté un lot de cinq petits barils sans t'en parler. Une belle qualité…

– Vous avez bien fait.

– Pis j'ai autre chose que j'voudrais surtout pas que tu prennes mal…

Paula crut aussitôt que ses grands-parents se lassaient de leur travail, mais elle l'avait prévu et elle leur faciliterait l'abandon.

– J'tournerai pas longtemps autour du pot… ton grand-père… il a eu une attaque cardiaque… je l'ai trouvé mort en revenant de Sainte-Clothilde.

Paula fut saisie d'effroi, elle resta bouche bée, tout à fait interdite. Clara poursuivit :

– Il a foncé le dessus des barils étant donné que le hangar était plein… pour commencer un deuxième étage pis je pense qu'il s'est trop donné à son ouvrage…

– Mais… pour… pourquoi ?

– Son heure était venue, c'est tout. Il est mort comme il l'aurait voulu : en travaillant. J'te parlerai pas longtemps parce qu'il faut que j'avertisse ben du monde. On va l'exposer à Saint-Éphrem pis on va l'enterrer à Saint-Honoré dans trois jours.

– Maudit, mais c'est de ma faute, trépigna Paula.

– C'est pas de ta faute, fit Clara avec autorité. Je savais que tu dirais ça ou ben que tu le penserais. Mais si tu te fais le moindre reproche, tu vas me décevoir ben ben gros, tu comprends, ben ben gros…

– Oui mais…

– Y a pas de « oui mais », c'était son heure tout comme la mienne arrivera à son temps pis la tienne itou pis celle du pape pis de tes enfants pis de n'importe qui… La vie, c'est pas le bout du monde, c'est rien qu'un clin d'œil par rapport à ce qu'on sera là où c'est qu'on sera…

– Mais grand-maman, c'est comme si avec mes barils de sirop, je lui avais mis un revolver sur la tempe.

– Non! opposa Clara, la voix pointue. C'est pas comme ça que tu devras le voir. Sa mort, c'est une épreuve, c'est sûr, mais c'est quoi, une épreuve, hein? M'en vas te le dire, moi. Si sa mort t'affaiblit parce que tu te sens coupable, l'épreuve est négative; mais si sa mort te renforce, l'épreuve est positive. Si tu te sers d'une souffrance pour te détruire au lieu de t'en servir pour te bâtir, ben là, sa mort est une défaite... pour toi... Je vas te dire plus: sa mort, pour lui, c'est une victoire. Pis c'est pour ça que j'ai pas pleuré encore pis que je m'attends pas de pleurer non plus. Pis si le monde pense que je l'aimais pas, ben c'est leurs oignons parce que moi...

– Oh! moi, je le sais que vous l'aimiez beaucoup...

– Que je l'aime beaucoup pis que je vas pas retarder à le retrouver parce qu'il m'attend de l'autre bord de la barrière pis que le moment venu, ben il va m'aider à l'ouvrir.

Ce discours du cœur réconforta Paula qui raccrocha après quelques dernières banalités. Elle retourna à la salle de séjour puis fit venir les enfants et leur annonça la nouvelle. Christian courut à toutes jambes avertir son père qui était retourné à la grange après le repas.

Marc chercha à lire dans la réaction de Paula. N'y trouva que de l'inconfort moral pour lui-même. Nathalie sentit le besoin d'appeler vite sa meilleure amie; elle fut étonnée de constater que la nouvelle n'intéressait pas l'autre le moins du monde. Et Chantal, après avoir obtenu réponse aux grandes interrogations de ses regards, retourna à ses jeux et à son apparente indifférence.

Grégoire entra. Il prit Paula dans ses bras et serra.

– Je me sens assez coupable, si tu savais.

– T'as rien à te reprocher.

– C'est comme si je l'avais sacrifié à mon rêve.

– Il est allé de lui-même vers son destin.

– C'est ce que me disait grand-mère Clara.

– Et elle a parfaitement raison. Ainsi va la vie : souvent, on cherche à éloigner la mort et on se trouve à la rapprocher. C'est ça qui est arrivé à ton grand-père.

Sachant tout l'attachement de Paula pour cet homme, Grégoire la devinait et la voyait désemparée. Il serait à ses côtés pour l'aider à souffrir. Mais quelque part au fond de lui-même, loin dans l'instinct de survie et la substance mâle, un diable lui suggérait que sa femme finirait peut-être un bon matin par se dire que ça ne valait pas la peine de sacrifier trop à son rêve comme elle s'en faisait le reproche...

*

Les derniers assistants quittèrent rapidement le lieu de l'enterrement après les dernières prières du prêtre. L'abbé Plante vint serrer la main de Paula. Il lut plus de lueurs tristes dans son regard qu'il ne l'aurait cru.

Hélène était partie vite : elle recevait après la cérémonie pour un goûter de circonstance. Grégoire emmena les enfants avec lui. Il ne resta plus en fin de compte près de la fosse que la jeune femme et Clara qui se parlèrent de diverses choses excepté de la tristesse que ce départ brutal pouvait causer.

Clara désirait poursuivre son travail d'acheteuse.

– Encore plus nécessaire asteure que je vas vivre tu seule.

– Je connais un bon homme à tout faire, Gaspard Fortier, qui va se faire un plaisir de faire le ramassage.

– Ah ! mais je me souviens de lui ! Le jour de tes noces, il s'est fait casser les jambes.

– Vous vous souvenez ?

– C'est un homme qu'on n'oublie pas de même... Un homme savant, si je me le rappelle comme il faut.

– Bizarre... mais pas mauvais.

On échangea ensuite sur les arrangements financiers qui en fait ne seraient pas modifiés puis on marcha sans se retourner jusqu'au lot des Nadeau où Paula, comme elle le faisait à chacune de ses visites en ces lieux tristes, s'entretint mentalement avec les siens, sa mère, son frère et sa sœur.

Clara respecta son silence et s'éloigna vers la sortie où l'éternelle Bernadette Grégoire l'attendait en faisant semblant de travailler au lot familial.

Quand Paula les retrouva, la vieille demoiselle lui fit des yeux énormes en disant :

— Mais il est mort vite, c'est épouvantable ! Ta grand-mère me contait ça, là... Pis toi, ça va bien ? T'es de plus en plus belle chaque fois que je te vois. On dirait que tu rajeunis, ça se peut pas... Quel âge que t'as, donc, asteure ? Dis-moi-le pas, je vas le deviner. Ta mère est morte en 1953... Je l'ai vue mourir, tu sais. Pis toi, t'avais 14 ans, ça, je me rappelle comme il faut... Ça fait que tu dois avoir 33, 34 par là, hein ? Je te dis que tu viens d'une bonne famille, toi. Du bon monde, les Nadeau ! Ah ! je l'ai ben connue, ta mère. Elle est morte comme mon frère Armand. Ben, j'dirais mieux que lui parce que lui, il a fait une hémorragie... une pleurésie hémorragique comme on disait... tandis que ta mère Rita, ben elle est morte tout doucement comme une flamme qui s'éteint... on pourrait dire comme un petit poulet...

— Pis vous, la santé est bonne ? parvint à glisser Paula.

— Ah ! j'ai la vue qui baisse encore... Pour tout te dire, tout me baisse de partout...

Et Bernadette éclata de son vieux rire paroissial. Paula s'imagina que grand-père Joseph l'avait entendue par-delà la tombe et qu'il riait aussi...

***

Chapitre 12

— Au noir et au frais, c'est comme ça qu'il faut garder du sirop, disait toujours papa, déclara Paula en refermant la porte du hangar où on avait installé deux grosses unités de climatisation.

— Quand est-ce que tu veux faire faire la mise en boîte ?

— En octobre ou novembre. Pourquoi investir maintenant quand ça peut attendre ?

Grégoire sourit mais ce n'était pas à la parole entendue. Quelqu'un venait sur la route à bicyclette, et il lui semblait reconnaître le personnage.

— Mais mais c'est notre chère Suzanne, s'exclama Paula surprise de voir son amie par là.

On s'aperçut. On se fit d'abord des signes de la main. La promeneuse s'approcha, entra dans la cour, arriva au couple en saluant, la voix pleine d'enchantements.

— Hey, paresseux de sans-cœur que vous êtes, ça fait deux mois qu'on n'a pas de nouvelles de vous autres.

Paula énuméra ses prétextes : le boulot, le sirop, le deuil, les enfants.

— Vous venez faire un tour ?

La jeune femme portait un débardeur de couleur limette, très évasé, et sa position accroupie sur les poignées permettait de voir ses rondeurs dans toute leur splendeur. Elle le savait fort bien car elle ne portait pas de soutien-gorge. Pour faire prude, elle se redressa, mais, le geste faussement candide, elle se pencha à nouveau pour être sûre que Grégoire se rince bien l'œil.

Un short de cyclisme extensible s'arrêtant au-dessus du genou, de couleur noire, moulait son corps depuis la taille jusqu'aux jambes. Elle rit:

– Je m'en vas par là-bas dans le rang de Saint-Jean. Pour faire enrager l'ermite...

– Le faire enrager comment? se surprit Paula.

– Ah! je dis ça pour parler.

Grégoire et sa femme ignoraient que Suzanne n'en était pas à sa première balade dans le secteur depuis la fonte des neiges. Plus enclins le soir à regarder vers la ville que vers la route, jamais ils ne l'avaient aperçue aller par là d'autant qu'elle avait voyagé la tête basse et furtive. Elle avait visité Gaspard à plusieurs reprises, de préférence après le coucher du soleil, et lui, peu bavard sur ces choses-là, n'en avait jamais parlé devant eux.

Elle reprit:

– On a la chance d'avoir un philosophe pour rien, c'est aussi bon qu'une tireuse de cartes... et quand je passe devant chez lui, je m'arrête.

Elle se redressa une autre fois et rajusta le bandeau noir qui lui serrait la tête et avait tendance à descendre sur les arcades sourcilières.

– Bah! faut dire que ça m'est arrivé rien qu'une fois. Mon mari est au courant. Pis de toute façon, monsieur Fortier, c'est rien qu'un vieux schnoque pas dangereux.

– Huhau! huhau! c'est tout ce que tu peux dire, protesta Grégoire un peu jaloux de ces attentions révélées et aussi pour tester la conduite de Suzanne.

– Vous savez, je suis pas la première femme à aller chez lui...

Paula accusa le coup. Le souvenir de cet arrêt avant la mort de Lucie lui revint en tête. Gaspard et elle avaient-ils glosé là-dessus? Son interrogation fut coupée par un autre sujet subrepticement jeté dans l'échange par la cycliste:

— Comme ça, t'as perdu ton grand-père? Celui dont tu m'as souvent parlé?

— Oui. Mon grand-père Joseph... Et il travaillait pour moi en plus. Il s'est fait mourir à trimbaler des barils de sirop...

Grégoire intervint:

— Non, non, non, il serait mort pareil...

Suzanne soupira:

— Mes condoléances...

Puis après une pause funèbre, son visage s'éclaira.

— Comme ça, vous venez pas faire un tour? Plus de monde, plus de fun!

— Pis toi, le commerce, ça va?

— Très fort. Je t'attendais, tu sais...

— J'espère que tu m'en veux pas.

— Si quelqu'un peut te comprendre, c'est moi. Je sais ce que c'est de partir en affaires.

— Veux-tu voir ma « cannerie »?

— Ben oui, ça va me faire plaisir.

Suzanne coucha sa bicyclette et se laissa guider. Souvent spontanée, elle avait l'air de tout savoir déjà. Gaspard lui avait raconté ce qui s'y passait. Mais rien n'était au secret de toute manière.

On l'invita ensuite à prendre un verre à la maison. Elle refusa:

— J'ai juste le temps de faire ma randonnée avant la grande noirceur.

L'on n'insista pas; il semblait que la jeune femme ne se promenait pas au hasard mais qu'elle allait à un rendez-vous précis. On se promit de se voir dans les jours prochains et elle se remit en route.

— Y aurait-il quelque chose entre ces deux-là? réfléchit Paula tout haut.

– C'est ben possible.

– Je me demande si la Suzanne est pas nymphomane sur les bords.

– Attention, nous voilà en train de faire ce que le curé appelait des jugements téméraires ; et ce n'est pas bien du tout.

– Chacun a droit à sa vie et chacun a droit à ses problèmes. On a les nôtres, Suzanne a les siens et les gens ont les leurs…

On n'en parla plus mais le cerveau de chacun continua de fonctionner avec vue intense sur la vie intime de Suzanne. Vivait-elle une aventure avec un homme de plus de vingt ans son aîné ? Grégoire devait combattre l'excitation que l'image de la cycliste aux lignes chargées de *sex-appeal* faisait jaillir en lui. Sans se le dire, on croyait de plus en plus que Suzanne et Claude vivaient un mariage ouvert, comme la mode s'en répandait, disait-on, aux États-Unis et même à Montréal et Québec. Et peut-être faisaient-ils partie en plus d'un groupe d'échangistes. On leur savait des couples visiteurs venus d'ailleurs… Les neurones deviennent fébriles quand leurs aiguillons sont d'ordre sexuel.

*

Un objet frappa la cloison. Un cri de femme éclata. Cela ressemblait à un immense NON bourré de rage et peut-être de terreur. Et la porte de la chambre fut refermée avec fracas tandis que Gaspard Fortier hurlait :

– T'es pas sortie du bois, la petite, t'es loin d'être sortie du bois…

– Si tu touches un cheveu de ma tête, tu meurs, espèce d'homme, ragea la femme, la voix staccato, comme si son sentiment excessif eût été quand même nuancé par son passage dans le tamis de la raison et de la volonté.

– Je vas te toucher partout, sur tout le corps, tu entends ça, la petite, tu entends ?

Un autre objet frappa le mur et un autre cri rauque déchira les tympans comme l'eût fait affreusement le scalpel d'un chirurgien rendu fou par le refus obstiné de l'opéré de collaborer.

— Jamais, jamais, jamais, se mit à redire la voix de femme qui perçait l'air noir de la pièce.

Pas tout à fait noir, car une veilleuse aux effets inopportuns jetait dans les yeux de l'homme des reflets étranges, rouges, semblables à ceux qui zèbrent le regard d'un loup affamé se posant sur un jeune cerf vulnérable.

— C'est ce qu'on va voir! ricana-t-il.

Et, comme un fauve implacable, il s'élança vers elle qui recula et dont le dos fut plaqué au mur; mais il s'arrêta à deux pas comme pour la terroriser encore plus. Et alors, pour que dure plus longtemps le supplice psychologique, il souleva chacune de ses jambes et retira son soulier sans délacer les cordons puis le rejeta n'importe où. L'un s'écrasa contre la porte creuse et fit un bruit que le suivant empira quand il frappa un meuble.

— La petite Suzanne, t'as voulu te jeter dans les griffes du loup, tu vas y goûter, aux griffes du loup… tu vas y goûter… Et pas rien qu'à ses griffes.

Elle égrena plusieurs NON gémissants tout en se glissant contre le mur vers la porte.

— Ah! et on veut se sauver sans payer la note de visite, hein? C'est ce qu'on va voir, cracha-t-il en hachant chaque mot.

L'homme pouvait percevoir dans les yeux de sa victime des lueurs indicibles: une drôle de mixture à la démence, à la haine, à l'épouvante… Lui revint en mémoire cet épisode de *La Patrouille du cosmos* dans lequel l'entité de Jack l'Éventreur s'alimente à même la peur et se perpétue grâce à elle… Et puis ce propos de l'écrivain français qui disait qu'il y a de l'assassinat dans l'amour.

— Je veux m'en aller, je veux m'en aller, commença à pleurnicher la jeune femme alors qu'elle se rendait compte que son bourreau s'approchait de la porte au même rythme qu'elle-même.

— Tu vas t'en aller, tu vas t'en aller, mais plus tard, oui, beaucoup plus tard… Entre-temps, tu vas monter avec moi sur le vaisseau spatial *Entreprise* et on va visiter les étoiles ma chère…

Le ton était fait de chuchotements cyniques et pervers maintenant. Et aussitôt, Gaspard arracha sa chemise de son torse en écartant les pans d'un seul coup qui lança n'importe où tous les boutons. Le tissu se déchira. Il en rit. Il en fut stimulé encore plus. Et il défit sa ceinture qu'il fit glisser entre les ganses, qu'il fit claquer comme un fouet, dont il frappa ensuite le mur près du visage horrifié…

— Laisse-moi m'en aller, s'il te plaît, je vais te dénoncer…

Il éclata d'un grand rire spectral, disant:

— Qui te croira? Tu es venue de toi-même à bicyclette et tu l'as dit à Paula et Grégoire en plus… Non, non, tu vas pas m'en montrer… C'est toi qui est venue te mettre le petit nez dans la trappe à souris… La trappe se referme sur tes petits doigts, ton petit cul… Clac! Clac, clac, clac…

Et il s'esclaffa encore.

— T'as rien qu'envie de te le faire prendre, ton petit cul, dis-le donc…

— Laissez-moi m'en aller, monsieur Fortier, s'il vous plaît.

— Ah! On me supplie… et on me vouvoie… Les conseils du philosophe, ça n'intéresse plus la souris qui a couru le fromage?

Brutalement, il s'élança sur elle et l'attrapa ferme par le débardeur qu'il tira sans ménagements; la femme fut entraînée vers le lit. Il bougea vivement, se retrouva derrière elle et la poussa en avant. Suzanne fut plaquée au lit, de face, le couvre-lit étouffant ses pleurs résignés.

Il ajouta à l'attaque la pire vulgarité québécoise:

— Ma p'tite maudite agace-pissette, je vais te montrer.

Il lui retira son débardeur puis sa culotte; la femme resta entièrement nue sauf son slip.

– Tourne-toi! ordonna-t-il, additionnant le ton impératif d'un geste dur.

Elle obéit et ne se contenta plus que de se lamenter.

– Tu peux toujours crier, y a que le diable pour t'entendre, et le diable, il doit aimer voir ce qui se passe ici, tu penses pas?

Il se débarrassa de ses pantalons et s'agenouilla sur le lit à côté des cuisses tremblantes. Chacun pouvait distinguer les formes de l'autre dans la pénombre…

– Tout ne fait encore que commencer, hein! Penses-tu que le diable aime voir ce qui se passe ici?

Elle haussa les épaules. Il reprit sur un ton hargneux:

– Penses-tu?

Elle parvint à pleurer un oui faible rejeté avec des soupirs. Alors, abruptement, l'homme changea tout à fait. Il se fit tendre, caressant, sensuel. Ses mains entreprirent de pétrir la chair nue et agitée des frissons qu'il y avait déjà imprimés par son comportement.

– Non, non, se plaignit-elle en repoussant l'une de ses mains. Pas comme ça! Fais-moi peur encore, fais-moi peur…

– Écoute, baptême… un homme se fatigue de faire peur à une femme… Les préliminaires, ça peut toujours pas durer une éternité.

– Encore… s'il te plaît… Tu m'as promis un duel sauvage… Tu appelais ça la rage de la chair… Ça fait trois semaines que j'attends de réaliser ce fantasme qu'on a bâti ensemble… et tu t'arrêtes au beau milieu. C'est pas juste. Tu m'as fait des accroires. Les hommes, ça change d'idée, ça pense rien qu'à eux autres… Une bande d'égoïstes!

– Pousse pas trop, Suzanne…

– C'est vrai… vous nous excitez pis ensuite, vous nous laissez tomber… Vous nous conduisez à l'abreuvoir et vous coupez l'arrivée de l'eau quand on commence tout juste à boire…

– Bon… dans ce cas-là, on fait un compromis… Tu vas me laisser reprendre mon souffle deux minutes et je t'en promets ensuite…

Elle rit finement et fut agitée de nouveaux longs frissons.

– Attends, je reviens, demanda-t-il.

Le ton laissait présager une surprise; elle garda donc les yeux fermés. Il revint bientôt avec un exemplaire du journal du jour qu'il plia en six jusqu'à en faire un instrument de torture, un fouet afin de conditionner parfaitement la chair de cette assoiffée, pour la prédisposer, la cuire, l'apprêter, la chosifier…

Il commença à la frapper. Les coups claquaient. La femme criait, riait, laissait échapper des pets qui se succédaient comme des invocations, des oraisons jaculatoires, des avés. Lui retenait les coups. S'interrogeait. Comment un intellectuel comme lui avait-il fait pour en arriver à se laisser emporter lui aussi par la révolution sexuelle qui déferlait sur le monde occidental? C'était avec un exemplaire du *Devoir* qu'il frappait la femme, un des dix vendus à Saint-Georges de ce temps-là, dont au moins deux aux riches frères Bilodeau, qui ne les ouvraient pas mais cherchaient à soigner leur image aux yeux de leur entourage en arborant leur exemplaire à leur table du déjeuner au restaurant.

La manœuvre se mit à faire effet sur ses propres cellules. Le cœur passa au trot. Sa partenaire le toucha. Comme un cheval nerveux qui sent claquer les rênes sur sa croupe, Gaspard se tendit tel un arc écartelé par des muscles puissants. Et le cœur passa au galop. La main de l'homme se fit punitive, celle de la femme constructive. Les derniers morceaux de vêtement furent littéralement défaits, détruits. Le journal dispensait ses coups qui faisaient tous la une. Soudain, il vola au loin, se perdit dans l'abîme de l'inutile, s'ouvrit par la force d'un rien, tomba dans l'obscurité, son bruit dérisoire agonisant, enterré par les halètements du couple en délire.

Suzanne résistait à l'homme tout en le voulant à mort. Et l'homme, au pas de charge, armé et agressif, se lança à l'assaut final. Il fit une brèche dans la forteresse. Le pont-levis fut abaissé malgré lui. Mais il restait encore une porte à franchir. Le bélier fut mis en position. S'enfonça. Conquête. Domination. L'éternel combat des sexes n'était pas fini. Ce fut ensuite une chaude et longue partie, chaque combattant s'avançant et retraitant, mais un jeu qui ne ferait qu'un seul vainqueur.

Parmi toutes les sensations et vibrations, Suzanne sentait les gouttes de sueur de l'homme qui tombaient sur elle en abondance; son plaisir en était décuplé. La victoire suintait de son partenaire, s'éloignait de lui et se rapprochait d'elle.

L'orage éclata.

Le tonnerre claqua, pénétra en vrillant jusque dans les entrailles de la terre féconde, précédé par un éclair fulgurant. Une personne au laser les observant eût perçu tous ces roses vifs s'étendant à la grandeur de la peau. Une imagination rauque eût été émerveillée de tous ces sons uniques émis par des gorges hors de contrôle. La guerre prenait fin. La paix commençait d'étendre ses rameaux d'olivier sur les draps souillés. Ayant accompli son œuvre, le guerrier était vaincu.

Et Suzanne garda tout le butin.

Après un long silence, il glissa hors d'elle et s'étendit dans un grand désir de somnolence. Elle ne le laissa pas s'endormir.

– Ce fut formidable...

– Content de te l'entendre dire. Pas pire pour un vieux qui s'en va vers la soixantaine, non ?

– La valeur n'attend pas le nombre des années.

– C'est toi que cette phrase concerne, pas moi.

Il s'étira et alluma une lampe de chevet. La chambre leur parut dans tout son désordre. Souliers éparpillés, vêtements çà et là, toutes les pages du *Devoir* dispersées: un véritable capharnaüm.

– C'est chaud et humide; si tu viens souvent, va me falloir un climatiseur.

– Ah! tu n'as pas le droit de te contredire. Tu dis que tu vis dans l'environnement le plus naturel qui soit avec le bois tout autour, les bibittes et rien qui bouffe du pétrole...

– Oui, mais un climatiseur fonctionne à l'électricité et l'électricité est une richesse qui ne s'épuise pas.

– Ben... peut-être que dans ton climatiseur, y'a quelque chose de mauvais pour la nature.

– C'est un risque à prendre.

– Ben moi, j'pense que tu t'en fais trop avec la nature pis que tu devrais penser plus à la tienne, ta nature.

– C'est ce que je viens de faire, non?

– Oui, mais t'es pas toujours de même.

Il rit et fit un coq-à-l'âne:

– Et ton mari, la santé est bonne?

– Par chance qu'on n'attrape pas une maladie mortelle chaque fois qu'on change de partenaire de lit parce que lui, serait mort ben des fois... Tu me demandes ça pour me culpabiliser? Tu te trompes...

– Non, non, c'était pour parler, comme ça... Et toi, tu serais morte combien de fois?

Elle haussa les épaules et resta muette.

– Je me sens tout nue, tu veux qu'on se glisse sous les draps?

Ce qu'elle fit sans attendre sa permission. Il suivit. On s'arrangea des oreillers derrière la tête et des petits propos firent suite. Elle voulut une opinion sur elle-même, il en servit une sur la femme:

– Dans la vingtaine, elle veut être dodichée. Dans la trentaine, elle veut être dominée. Dans la quarantaine, elle veut vivre à égalité. Dans la cinquantaine, elle veut se libérer. Dans la soixantaine, elle veut acheter... du temps. Dans la soixante-dizaine, elle offre la sérénité... mais trop tard parce que le bonhomme est sauté.

Elle glissa ses doigts sur le torse velu poivre et sel de son partenaire et susurra:

– Et quelle est ta préférée ?

– Pas une et… toutes.

– Tu sais que dans l'intimité, tu fais pas mal moins sérieux que dans la réalité…

– Parce que l'intimité ne fait pas partie de la réalité ?

– Tu sais ce que je veux dire.

– Bah ! c'est pareil pour tout le monde… je pense… Pourquoi faire l'amour au sérieux ?

– Un homme qui lit *Le Devoir*, ça devrait pourtant faire l'amour avec sa tête, non ?

Il répondit à sa caresse des poils de son estomac par une semblable dans ses cheveux autour de son serre-tête qu'il fit glisser jusqu'à lui faire un faux cache-œil de pirate.

– Le philosophe, dans ce lit, est peut-être pas celui qu'on pense, hein, petite tête ?

*

Quelques jours plus tard, Paula se rendit pour la première fois au magasin de Suzanne au centre commercial. La boutique exhalait des odeurs de neuf nées de la marchandise et des matériaux utilisés lors des aménagements.

On échangea essentiellement sur des questions d'affaires. Rapports avec l'argent, avec la clientèle, les fournisseurs, avec les chiffres. En ces moments-là, Suzanne devenait un être du plus grand sérieux, elle intéressait, elle transmettait ses connaissances avec énergie, pédagogie et générosité.

Et Paula qui venait avec un esprit de réprobation et un peu de suspicion quant à la conduite de son amie envers Gaspard redevint la femme d'affaires qu'elle commençait d'être puis la petite fille qui se cachait en elle. Et elle essaya plusieurs robes. Et elle s'en choisit quelques-unes. Et elle dépensa trois cents dollars.

Quand les sacs furent prêts sur le comptoir, le préposé à la location passa dans le mail. On entreprenait de parler de lui quand, après avoir fait demi-tour un peu plus loin, il revint sur ses longs pas sûrs d'eux-mêmes et entra saluer sa cliente préférée.

Le corps droit, la tête haute mais le visage bon enfant et l'œil flatteur, il s'exclama :

– Madame va bien ? Et vous, chère madame Poulin ?

– Dangereusement bien, dirait Daniel Johnson. Mais je m'attends pas de lever les voiles dans les dix jours.

– Parlez-moi de ça : des femmes qui se lancent en affaires, c'est admirable.

Paula rit et dit, embarrassée :

– Vous savez mon nom et vous savez que je suis en affaires ! Mon Dieu, mon Dieu, Suzanne, tu me fais de la publicité…

– Mais on s'est vu, madame, cet hiver. J'ai demandé de vos nouvelles récemment et madame Suzanne m'a dit que vous étiez en train de devenir la reine de l'érable.

– Reine… c'est un grand mot… c'est surtout une marque de commerce.

– Moi, je pense que ça vous va très bien. Il était temps que quelqu'un pense à mieux mettre en valeur une de nos belles richesses beauceronnes et québécoises… une richesse unique, quasiment patrimoniale.

Quel fin causeur ! pensa Paula, mais elle dit :

– J'ai pas grand mérite, je suis née dans le sirop par-dessus la tête pour ainsi dire, et j'ai vendu de l'équipement moderne de sucreries.

L'homme fit une voix scandalisée :

– Mais madame, il faut de la personnalité pour sortir de la tranquillité et de la sécurité du foyer pour aller se battre dans un monde des affaires, je dirais dans la jungle des affaires, où chacun cherche à bouffer son semblable !

– La compétition est pas trop forte dans mon domaine et c'est pour ça aussi que je me suis lancée là-dedans.

– Ah! mais si vous réussissez, et vous allez réussir, vous verrez les prédateurs entrer dans votre territoire et essayer de vous en arracher des morceaux.

Suzanne intervint:

– Vous savez, monsieur Morissette, Paula possède des très bonnes dents...

– Et des très bonnes griffes, enchérit l'intéressée.

– Hummmmmm! fit l'homme de sa voix la plus sensuelle. Tout ce qu'une femme qui veut peut faire avec ses dents et ses griffes!

Cette phrase allusive aspergea l'échange d'eau froide. En fait, l'homme et Suzanne avaient l'habitude; et sans Gaspard et son mari dans le décor, nul doute que la jeune femme eût déblayé discrètement la piste pour que le prédateur fasse d'autres pas vers son lit. Il paraissait si viril et si sûr de sa force: elle le vaincrait comme elle triomphait de tous les hommes.

Ce fut Paula qui rentra dans ses limites à elle.

– Bon, fit-elle en consultant sa montre, faut que je me grouille parce que j'ai des gens à l'ouvrage aujourd'hui. On se prépare à mettre tout le sirop en contenants dans les prochains jours. Tu dois le savoir, Suzanne, j'ai Gaspard Fortier et y a grand-mère Clara aussi qui va travailler à ça... Elle est veuve et elle ne veut pas se faire payer. C'est de l'exploitation de ma part mais...

– Quand une personne veut se faire exploiter, il faut l'exploiter, déclara l'homme, l'œil à la certitude. Je dois vous dire que je ne suis pas un exploiteur, au contraire, j'aime mieux donner. Mais dans la vie, y a des donneurs et des receveurs. Ceux qui donnent reçoivent autant que ceux qui reçoivent... C'est comme ça.

Paula n'écoutait guère ses propos philosophiques à la petite semaine et elle désirait s'en aller, traverser la barrière de ces paroles qui sentaient l'enfermement.

Et consultant l'heure une seconde fois, elle empoigna ses sacs en saluant :

– Bon, je vais vous dire à une autre fois… Tu m'appelles, Suzanne.

Jacques recula de trois pas afin de montrer sa considération et son respect de la liberté de Paula, mais quand elle en fit un pour passer devant lui, il entrava sa route par une main subitement tendue.

– Ça m'a fait plaisir de vous rencontrer, madame Paula et si je dois passer dans votre bout, avec votre permission, j'arrêterai visiter toutes vos installations. Ça me paraît très intéressant…

Elle serra mollement la main.

– Le meilleur temps, ça sera dans les semaines qui viennent. Vous aurez qu'à demander à monsieur Gaspard de vous faire visiter… Y a pas grand-chose à voir.

– Ah! vous vous trompez! C'est l'esprit d'entreprise que je veux voir. Car cet esprit, chère madame, parle mille fois plus que la plus belle machinerie. Je suis sûr que je serai plus intéressé par votre affaire que par Canam-Manac ou par Bombardier…

Paula s'esclaffa :

– Faites-moi pas rire.

Il se scandalisa pour la deuxième fois, le regard agrandi :

– Mais, mais, vous pouvez en être sûre, tout à fait sûre…

Suzanne fronçait les sourcils. Elle faisait le bilan de ce qui la contrariait en ce moment, surtout cet intérêt excessif de l'homme pour son amie et cette volonté qu'il avait de se rendre chez elle, d'avoir donc contact avec Gaspard Fortier… De la conserverie de Paula se dégageait une odeur qui n'était pas seulement celle des produits de l'érable, se disait-elle un peu confusément.

Enfin, Paula partit.

Jacques se rapprocha du comptoir derrière lequel était Suzanne. Il dit avec conviction :

– Je vous félicite de choisir aussi bien vos amies. Quelle femme exceptionnelle !

– Vous connaissez son mari, non ? demanda suavement Suzanne pour narguer.

– Non.

– Un géant... Du moins, un bon six pieds et trois.

Elle savait à quel point les hommes sont sensibles aux mesures de longueur quand il s'agit de leur anatomie et prenait plaisir à picosser son interlocuteur au bon endroit.

– Ah ! c'est pas toujours les meilleurs au lit, jeta-t-il en tournant les talons. Bonne journée, là !

Il quitta. Elle le regarda aller de son pas absolu. Se marmotta entre les dents :

« Toi, je t'aurai à ma manière ! »

***

Chapitre 13

Trois personnes mangeaient.

Deux femmes. Un homme.

On était au cœur de septembre et du jour. Dehors, les premières feuilles mortes roulaient sur le sol, poussées par le vent d'automne, celui-là même qui inquiète le plus l'être humain et lui fait préparer ses réserves, et lui fait réparer ses pelisses, et fouille dans les mécanismes de son instinct de survie. L'été n'avait pas dit ses derniers mots que l'hiver balbutiait déjà dans les ravalements des maisons et soufflait à l'oreille des bêtes que le temps arriverait bientôt pour elles de partir, de se terrer, de s'engourdir, de bien s'emmitoufler, surtout de fuir l'homme rendu plus dangereux que jamais par les puissantes et maléfiques alchimies de son cerveau.

C'était silence.

Paix.

Que quelques chocs de couteau claquant contre les cruchons de Clara qui déclara :

— Un p'tit repas comme dans le temps, ça rappelle.

— Et ça appelle, ajouta Gaspard.

Chacun fabriquait à sa manière ses sandwichs. Il y avait sur la table six pots du nécessaire. L'un avec du beurre dedans, l'autre de la moutarde, un troisième avec du jambon haché fin et lié, un quatrième contenant des œufs en crème, un cinquième avec du fromage à la crème et un dernier ras bord de mayonnaise.

On était dans une petite pièce aménagée dans le hangar de la conserverie. Et depuis deux jours, on vidait des barils pour remplir des petites boîtes de conserve aux couleurs de la reine de l'érable. Il faudrait une semaine pour préparer la commande de Provigo.

Gaspard finit de triturer une bouchée. Il fit tourner son regard sur les deux femmes assises en face de lui et dit:

– Un romancier pourrait pas imaginer meilleure scène dans sa tête pour cerner tout le Québec... Madame Clara, le Québec des valeurs d'autrefois. Madame Paula, le Québec des valeurs d'avenir. Et votre serviteur, le Québec des valeurs... confuses.

Le visage éclairé par ce propos, Paula coupa:

– Permanentes... Gaspard Fortier, l'homme des valeurs humaines fondamentales et permanentes.

– Le pont entre les valeurs d'autrefois et celles de demain, ricana joyeusement Clara.

– On parle pour parler, parce que grand-mère, elle est plus moderne que sa petite-fille sur ben des points. Hein, grand-maman?

– C'est toi qui le dis, Paula.

Après les tristesses des premiers jours à la mort de son mari, et surtout quand elle connut Gaspard Fortier qu'il lui fallait côtoyer à cause des achats et de leur transport, Clara se remit en selle. Rouge à lèvres, parfums, teinture dans les cheveux: de dos, elle paraissait une femme dans la quarantaine tandis qu'elle en aurait bientôt le double. Et ses rides disparaissaient derrière les lueurs de son enthousiasme logées profondément dans le regard; elle arborait un visage lumineux. «Que Joseph m'attende, il est pas si pressé!» se répétait-elle maintenant.

Mais plus jamais question de cigares! Le tabac puait trop, faisait puer la bouche, empuantissait une auto, un salon. Elle avait fumé jadis pour qu'on la remarque tout comme beaucoup d'hommes d'affaires le font pour se mettre à la bouche un signe de prospérité et de contrôle de soi, parfaitement infantile et futile. Et puis ce Gaspard Fortier exerçait beaucoup d'influence sur elle avec tous ses sermons sur la vie, sur l'environnement, l'avenir, les valeurs humaines, l'argent, la paix... Le seul sujet qu'il n'abordait jamais, c'était l'amour.

La vieille dame l'avait remarqué et elle eût bien aimé savoir pour quelle raison.

Mais l'ermite ne mordait pas quand on le provoquait à se livrer sur ses jeunes années, sur les voies de son cœur et sur la nature de ses sentiments passés...

Il fut discuté du rendement à l'heure. Paula se rendit prendre la cafetière sur un comptoir près de la porte et revint remplir les trois tasses. En y versant du lait, Gaspard jeta abruptement:

– Madame Clara, vous viendrez prendre un café chez moi en fin de journée. Comme ça, vous allez voir comment ça vit, un vieil ermite comme moi...

– Vieux, qu'est-ce que ça va être à mon âge. Je pourrais être ta mère.

– J'ai dit vieux pour me faire plaindre parce qu'en réalité, moi, l'âge, je me rends pas compte de ça chez les gens, c'est drôle... Ben, ça dépend... Pour parler franchement, plus une personne vieillit, plus elle s'améliore à tous les points de vue, ça fait que... Plus t'es jeune, plus t'es monstrueux de l'âme dans un corps sain et beau; plus tu t'achètes d'années, plus tes coins s'arrondissent et donc plus ton âme s'embellit même si ton corps décrépit, lui. Ça me tanne d'entendre les gens dire et répéter: «Ah! moi, suis jeune, ah! moi, suis jeune.» On dirait qu'ils veulent conjurer le vieillissement qu'ils considèrent comme une sorte de mauvais sort. Vous pensez pas, mesdames?

– C'est un point de vue, fit Paula en se rasseyant.

Clara sourit sans rien dire. L'homme reprit:

– Bon, l'idée fera bien son chemin dans vos têtes... Et puis allez-vous venir prendre un café ce soir chez moi dans le grand bois du méchant loup?

– OK! fit Clara. Mais si je dépasse dix heures, tu viendras me chercher, Paula, avec ton petit chaperon rouge.

– Promis, grand-maman!

Et Paula jeta un œil malin sur l'homme pour lancer :

– Parce que c'est peut-être plus dangereux qu'on pense de laisser une femme libre seule avec notre bon Gaspard ?

– Une vieille de mon âge, il peut plus rien m'arriver, voyons, rougit Clara en ricanant dans sa tasse.

*

Homme de bon conseil en même temps que de bon commandement, Gaspard aida hautement Paula en cette période difficile, où elle avait à se tenir en équilibre entre les impératifs de la production, de la mise en marché et du financement. Elle eut d'autres offres, les étudia, en parla autant devant lui que devant Grégoire. La somme de leurs avis et de sa propre opinion donnait leur orientation à ses décisions. Quelque chose de profond et de puissant lui disait sans cesse qu'elle cheminait sur la bonne voie. Elle découvrait aussi avec joie que les affaires, loin de durcir une personne, la rendaient plus tolérante. Ferme mais ouverte.

Et puis chaque matin, au réveil, il y avait ce plaisir d'entreprendre un nouveau jour, ces palpitations merveilleuses dans la poitrine, et ces quelques papillons voletant parfois dans ses jambes à la veille d'une prise de décision.

C'était cela, se réaliser.

Les enfants, d'instinct, allaient un peu moins à elle et un peu plus à leur père. Ou même à leur grand-mère Clara, qui couchait souvent à Saint-Georges, voire à Gaspard, que l'on considérait comme un oncle.

L'amitié grandit entre Clara et Gaspard. Paula savait maintenant que Suzanne entretenait une liaison suivie avec l'ermite. Ces choses suintent, découlent des simples faits. La jeune femme rendait visite à son amant, en auto le plus souvent, et il semblait acquis que le pauvre homme était envahi dans sa chère solitude et qu'il devait louvoyer entre les rendez-vous amicaux de plus en plus drus avec Clara et ceux de la passion, tout aussi fréquents, et qui lui amenaient Suzanne.

Mais pas de jugements téméraires, se redisait-on entre mari et femme, visages narquois et œil pervers.

*

L'inévitable se produisit un soir de novembre.

Suzanne stationna sa voiture juste derrière celle de Clara dans la cour chez l'ermite, emprisonnant ainsi le véhicule entre le sien et la porte d'entrée.

– De la visite, dit l'homme à la vieille dame qui croyait avoir affaire à Grégoire.

Il fit de la lumière sur la galerie et ouvrit.

– Mais tu ne m'avais jamais parlé de ta mère! s'écria la visiteuse en saluant l'autre femme de la main.

– C'est que ce n'est pas ma mère mais madame Clara, la grand-mère de Paula.

– Ah! que ça me fait plaisir! Depuis le temps que j'entends des belles paroles à votre sujet...

Et Suzanne s'avança jusqu'à la dame restée assise devant le téléviseur. Clara connaissait le lien entre ces deux-là mais ne l'aurait pas fait voir pour tout l'or du monde et c'est avec aménité qu'elle serra la main de l'arrivante.

Gaspard offrit des breuvages tandis que les deux femmes s'installaient dans un certain confort de langage, l'une sur un divan et l'autre dans un fauteuil.

– Vous travaillez ensemble, je pense?

– À l'occasion. On se complète plutôt. Moi, je suis acheteuse...

– Et moi camionneur, cria l'homme de la cuisine. Elle, c'est la tête et le portefeuille; et moi, les bras.

– Le monde à l'envers!

Suzanne fit semblant de rattraper les mots :

– Je veux dire que monsieur Gaspard est d'habitude ce qu'on appelle le cerveau.

– La vente – parce qu'acheter, c'est comme vendre –, c'est plutôt une question d'expérience.

– Vous devez pas en manquer ?

Clara rit malgré cette deuxième piqûre à lui être administrée :

– J'en manque pas, non.

Lui pensait en préparant les verres. La situation lui paraissait bonne, car elle éliminerait peut-être la plus faible et vulnérable des deux femmes. Et, donc, il garderait un lien avec la meilleure et la plus forte. Ou bien il se débarrasserait des deux et renouerait avec sa plus grande et la plus paisible maîtresse, la solitude.

Chacune d'elles savait dans sa substance profonde qu'elle avait affaire à une rivale et pourtant aucune n'éprouvait pour l'homme ce sentiment amoureux qui coupe les jambes et le souffle, et qui éclaire les visages d'une luminosité hélas! tout éphémère.

Il y a dans ce qui différencie l'être humain de l'animal cette dissemblance profonde dans le processus de chasse à l'autre : chez la bête, les mâles généralement se battent pour mettre le grappin sur une ou plusieurs femelles, tandis que chez l'homme, après la brièveté de la conquête par le mâle, c'est généralement la femelle qui se bat pour la possession exclusive d'un partenaire.

Il servit les breuvages. Prit place en angle par rapport aux femmes, comme un arbitre à un match de tennis, afin de regarder passer les balles. La stratégie de chacune se dégagea aussitôt. Clara se ferait fine, attentive et furtive, souriante et maternelle, patiente et douce ; et Suzanne attaquerait vigoureusement, frapperait avec agressivité comme une jeune louve. Ce serait la ruse contre la force brutale, la subtilité contre les poings levés.

Il y avait de la grandeur sauvage dans le comportement de Suzanne, une beauté « niagarienne », la volonté de vaincre d'une jeune Abénaquise ; Clara lui opposait la sérénité, son immense capacité d'offrir au guerrier son repos, ses soirs tranquilles et doux.

Alors il eut le désir d'inverser les relations qu'il entretenait avec elles. De coucher avec Clara. De vivre des heures d'amitié simple avec Suzanne. Ou peut-être, par une magie quelconque, de les fusionner pour en sortir une femme de son âge, fougueuse et calme... Non, pensa-t-il, seule une femme peut vouloir d'un homme la contradiction la plus totale, les grands sentiments et la romance, suivis, une heure plus tard, des passions les plus sauvages et dangereuses. Suzanne en avait donné la preuve une fois encore quand elle avait voulu réaliser cet idiot de fantasme dont il n'avait parlé devant elle que pour rire et à cause d'une scène de télé dont il ne se souvenait même plus.

On en était arrivé à se parler de vieillissement qui, selon Suzanne, n'atteignait guère l'autre femme.

– Quand je leur fais essayer des robes, je rappelle à mes clientes plus âgées... je veux dire mettons dans la quarantaine ou la cinquantaine... de ne pas oublier leur dose quotidienne de calcium pour éviter l'ostéoporose. Vous n'en faites pas, madame Clara : vous êtes droite comme un soldat.

La jeune femme cherchait à marteler dans la tête de l'homme le clou du préjugé sur la différence d'âge entre lui et Clara sans pour autant penser qu'il existait à peu près la même différence entre elle-même et lui.

Clara accusait tous les coups. Et la Suzanne s'épuisait. Gaspard ne s'en mêlait pas. Soudain, la vieille dame consulta sa montre et se leva aussitôt :

– Je me couche de bonne heure... vous comprenez, à mon âge, on dort peu mais tôt... Et le matin, à même pas cinq heures, je rôde dans la maison... Et puis, faut que je me rende à Saint-Éphrem.

Elle fit quelques pas vers la sortie, suivie de Gaspard mais elle s'arrêta, comme bloquée par une interrogation qu'elle émit à l'endroit de Suzanne :

– C'est quoi le nom de ta boutique déjà ? Ah ! pis si tu est quasiment tout le temps là, je devrais ben te reconnaître… Je vas y aller avant Noël, garanti !

– Ah ! j'ai beaucoup de beaux modèles qui vous iraient.

Mais l'interrogation de Clara ne correspondait pas à la question qui l'avait fait s'arrêter et qu'elle servit à Gaspard quand il fut dehors avec elle après les dernières salutations adressées à Suzanne tandis qu'elle revêtait son manteau au vestiaire d'entrée.

– L'autre midi, tu as dit que je représente les valeurs du passé, que Paula représente celles de l'avenir, que toi-même, tu es un pont entre les deux, mais une belle jeune personne comme Suzanne, c'est quoi donc qu'elle représente. Je me le demandais en parlant avec elle…

– Disons que… qu'elle est une sorte de catalyseur.

– J'connais pas le mot, tu m'excuses.

– Un agent de changement, une de ces personnes qui font changer le monde… pour le mieux ou pour le pire. Pas besoin d'être bon, d'être connu, d'être grand, pour faire évoluer la planète ! Au fond, ceux qu'on pense les meilleurs, de ces gens comme Bourassa, Lévesque, Trudeau, le pape, c'est parfaitement insignifiant comme agents de changement si on compare avec du monde ordinaire…

Elle l'interrompit :

– Tu frissonnes de frette, faut te réchauffer, y a de la bonne chaleur en dedans… autrement, tu vas prendre ton coup de mort. C'est quasiment déjà un temps de plein hiver.

– Quand est-ce que vous revenez me voir ?

– Je me sens mal à l'aise. J'savais pas que t'attendais de la visite.

– Un cheveu sur la soupe. Je l'attendais pas pantoute.

– Ben… tu l'attendais pas à soir, mais tu savais qu'elle était pour finir par venir.

– Ben oui, madame Clara, si vous voulez savoir, elle vient de temps en temps… C'est pas péché.

La femme tendit la main qu'il serra.

– Je vas revenir, dit-elle avec un léger sourire.

Il se rendit compte qu'elle ne pourrait se dégager de l'emprisonnement dans lequel se trouvait son auto et entra pour prendre les clés de celle de Suzanne; mais la jeune personne s'apprêtait à quitter les lieux à son tour.

– Je pensais que tu venais pour plus longtemps étant donné que madame Clara s'en va.

– J'voudrais pas passer pour la maîtresse d'un homme de quasiment deux fois mon âge et qui reçoit des femmes de quasiment trois fois mon âge.

– C'est pourtant ce que t'es.

– Quand je reviendrai, je m'annoncerai.

– T'as vu qu'il y avait quelqu'un, t'avais qu'à pas entrer.

– Je voulais savoir…

– Jalouse?

– De qui?

– Jalouse tout court avant de savoir qui c'était et maintenant jalouse d'elle.

– D'une mourante, t'es malade ou quoi?

– Je couche pas avec elle, tu sais.

– Mais mon ami, fais-le, fais-le… tu seras à même de voir la différence.

Il regarda au loin dans une espèce de fausse réflexion.

– C'est peut-être une bonne idée, c'est peut-être une bonne idée…

*

« Si tu veux garder ton homme, prends-le par l'estomac ! »
avait souvent redit la mère de Suzanne. « Tant que tu as des
relations sexuelles avec un homme, aussi longtemps tu le
gardes ! » disait parfois une collègue du centre d'achats.

La jeune femme suivit les deux recettes. Elle apporta des
tartes à Gaspard, de la sauce à spaghetti, des brioches, toutes
choses faites dans une pâtisserie du centre. Et les mets s'accom-
pagnaient d'une nouvelle position pour faire l'amour ou bien
d'un autre lieu que la chambre sombre, soit la table de la cuisine,
le parquet du salon, l'escalier, le bain ou autre... Ces grandes
découvertes de l'érotisme moderne faisaient l'objet de débats
importants et d'approfondissement scientifique à la faculté de
sexologie de l'Université du Québec, mais on n'en parlait pas en
public et cela se disait sous le couvert, et finissait par remonter le
fleuve puis la Chaudière jusqu'à l'ermitage de Gaspard Fortier.

Entre ses visites, Clara venait, mais de moins en moins. Et
cela contrariait l'homme solitaire. Il avait le goût de l'entendre
dire n'importe quoi. Cela déclenchait ses processus mentaux,
l'aidait à découvrir de nouvelles vérités ou du moins des idées
qui séduisaient. En ce sens-là, la vieille femme se faisait un
aussi bon catalyseur que la jeune.

Et Clara savait qu'elle créait le désir chez lui de deux façons :
en étant là régulièrement mais pas trop souvent et surtout en
restant elle-même sans jamais flagorner, et surtout, sans miser
sur un esprit de consommation comme le faisait sa rivale.

Au fond, s'opposaient l'instinct de survie temporelle à
l'instinct de survie spirituelle et éternelle, les forces de la chair
à celles de l'esprit. La vieille dame possédait donc les atouts
majeurs et gagnerait la partie à coup sûr.

Suzanne prit peur. Elle chercha une alliance.

La seule alliance qui lui parut faisable et valable serait celle
par laquelle Paula interviendrait par sa simple complicité.

Mi-décembre. Neige grosse et molle. Sol gluant. Paula reçut la visite de son amie. Suzanne savait manifestement par l'absence de son auto que Clara n'était pas à la conserverie. Quant à Gaspard, il se transportait avec le petit camion de la compagnie maintenant; or, le véhicule n'était pas dans la cour.

Elle consulta sa montre. Dix heures du matin. Entra sans frapper. Surprit Paula qui flânait dans la cuisinette en sirotant un café et qui écoutait une musique excessive à la radio. On s'écria. On se dit de la joie. L'appareil fut mis à la sourdine.

Paula parla de ses affaires, de ses espoirs, de sa façon de marier la vie de famille et la vie professionnelle. Suzanne l'entretint de son ménage. Elle se plaignit. Son mari était un biberon. Toujours en état de boisson. Chacun n'avait plus grand intérêt pour l'autre. Elle songeait à divorcer.

Puis elle confia ce que Paula savait: elle était la maîtresse de Gaspard et pourrait s'en aller vivre avec lui. Qu'importe la différence d'âge puisque ce ne serait pas pour élever une famille.

— Tu me comprendras de ne te donner aucun conseil, aucune opinion, dit Paula en servant un deuxième café.

— C'est drôle à dire, Paula, hein, mais il y a un os... un bâton dans les roues.

Et l'empêcheuse de tourner en rond, affirma-t-elle en l'expliquant longuement, c'était Clara. Elle avait une certaine influence sur Gaspard.

— T'es folle: personne au monde exerce la moindre influence sur lui. C'est l'homme le plus autonome dans ce pays du Québec où il y en a peu.

Suzanne crispa ses doigts qui enveloppaient la tasse en disant, le regard petit et vindicatif:

— Paula, j'aimerais savoir que t'es de mon côté. Autant te l'avouer, y a une lutte entre ta grand-mère et moi; et je veux gagner. Sa vie est faite. À son âge, les sentiments, ça fait mourir personne. Mais à son âge, une femme a des moyens que nous autres, on n'a pas encore...

Paula secoua la tête.

– Mon Dieu qu'il y a donc loin entre nos propos d'aujourd'hui et ceux d'il y a seulement dix ans!

– Oh! il y a un mois, j'aurais eu honte de te raconter ces choses, mais on change...

– Mais qu'est-ce que tu voudrais que je fasse pour toi? Difficile pour moi de t'aider contre grand-maman. C'est une femme exceptionnelle. Je l'aime. Je t'aime aussi. Tout ce que je peux faire, c'est de vous regarder faire. Et c'est à monsieur Fortier d'établir son choix. Je les entends se parler. Sont bons amis mais pas plus.

– C'est justement ça qui est dangereux pour moi.

– Pourquoi?

– Ses valeurs sont meilleures que les miennes.

– L'âge est son handicap côté physique, mais sa force, du côté moral.

– C'est exactement ce que je veux dire.

– Et lui qui se trouve à mi-chemin entre vous deux...

– S'il pense à l'avenir, il va se tourner vers elle parce que son avenir à lui demande la sérénité. Et s'il pense au passé, il va se tourner vers moi parce que le passé, c'est la jeunesse... mais pour lui, c'est aussi l'illusion, pas la réalité.

– C'est très intéressant comme point de vue.

– C'est ça. Je représente pour lui des problèmes et elle représente la solution de problèmes.

– J'aurais pas cru que tu puisses aller au fond des choses de cette manière.

– On prenait Marilyn pour une cervelle d'oiseau et maintenant qu'elle est morte, on la dit très humaine. Un jour, Radio-Canada diffusera des spéciaux sur elle.

Paula était estomaquée. Pointée du doigt entre les côtes. Au fond d'elle-même, depuis qu'elles avaient fait connaissance qu'elle considérait Suzanne comme une femme puérile et superficielle, mais pas méchante ni vraiment dangereuse, et voilà que cette conversation allait au-delà de ce qu'elle-même aurait pu raisonner.

– Je te répète ma question, Suzanne, qu'est-ce que tu veux que je fasse ?

– Juste me dire que tu m'appuies… et faire en sorte que ta grand-mère vienne travailler moins souvent ici.

– Mais c'est sans bon sens tout ça. Quelqu'un lirait ça dans un livre et arriverait pas à y croire. Une jeune femme belle et sensuelle se disputant un philosophe qui vit en dehors de la réalité d'aujourd'hui avec une grand-mère qui a déjà un pied et demi dans sa tombe. Voyons donc, je rêve ou quoi ? C'est du pur roman complètement parti. Lévy-Beaulieu pourrait même pas concocter ça.

– Pourtant, c'est une situation bien réelle qui se produit dans la Beauce, ici même, et puis entre des personnes qui existent et que tu connais, et aussi que tu côtoies.

Paula s'esclaffa.

– Je trouve pas ça drôle, dit l'autre.

– Oui, mais l'aimes-tu, au moins, monsieur Fortier ?

– L'amour, l'amour, c'est quoi l'amour ? Explique-moi ça. Je couche avec. Puis je me sens à mon aise chez lui. Pis il me fait découvrir des choses sur la vie… Il me respecte. Je suis pas rejetée pour une bouteille de bière. C'est sûr que je pourrais jeter mon dévolu sur des gars de mon âge ou plus jeunes avec un corps musclé et en forme et tout, mais les cheveux blancs me parlent plus fort, que veux-tu ? Je dois chercher mon père.

Paula soupira :

– Je souhaite ben que ça s'arrange au mieux pour tous.

Suzanne regrettait déjà de s'être ainsi mise à nu. Cette situation l'humiliait. Paula ne répondait pas à ses attentes. Elle se contentait de la flatter et cette façon de faire signifiait sûrement mépris quelque part.

– Va falloir que je m'en aille parce que je commence à midi aujourd'hui. Mon employée grogne quand j'ai du retard.

– Pour ce qui est de ce que tu m'as confié, je te garantis que ça va rester mort... je veux dire secret.

– Bah! quelle importance!

– Et j'ai confiance que tout va s'arranger.

– Tout finit par s'arranger. Si Claude arrêtait de prendre un coup aujourd'hui pour demain, tout serait autrement. En tout cas. D'abord qu'il couche avec sa bouteille, moi, je couche avec un autre homme : c'est goulot pour goulot...

Et elle ricana. Puis elle partit.

Sur son chemin noir et mouillé, elle ne parvenait pas à s'empêcher de mesurer l'ampleur de ses mensonges. Car son mari ne buvait pas comme une « outre mesure », ainsi qu'elle se plaisait à le clamer. Et elle n'envisageait pas d'aller vivre avec Gaspard.

Mais elle désirait évincer cette vieille fripée venue jouer dans son jardin.

Et si elle perdait la bataille, c'est Paula qui écoperait, car alors, Suzanne finirait une tâche qu'elle avait déjà entreprise : celle de séduire Grégoire.

***

Chapitre 14

Et ce fut une guerre-éclair que cette drôle de guerre entre la vieille dame et la jeune femme.

Car le 7 décembre, la pauvre Suzanne rencontra son Pearl Harbor.

Afin de lui éviter une trop profonde humiliation, Paula, que son amie avait mêlée contre son gré à sa lutte contre Clara, se rendit au centre d'achats avec Grégoire. C'était un jeudi soir.

Discrète au maximum, elle donna congé à son mari, lui demanda de magasiner seul ou bien d'aller perdre du temps à une brasserie tandis qu'elle-même voulait faire de l'essayage chez Suzanne. On se retrouverait bien quelque part dans le mail une heure plus tard.

C'est avec un large sourire mais un regard de compassion que Paula se présenta chez son amie. On était de bonne heure et Suzanne lisait une revue de mode en attendant les clientes.

— Seigneur de Dieu, tu lis fort!

Suzanne sursauta.

— Oh! bonsoir toi! Comment vas-tu?

— Assez bien...

— Contente de te voir. T'es seule?

— Ah! Grégoire va me rejoindre plus tard.

Suzanne ferma sa revue et la jeta sous le comptoir. Elle se redressa. Paula évalua une fois encore sa beauté. Nul doute que son amie arrivait au sommet de sa grâce physique et que dans un palmarès de la plus belle Beauceronne, elle ferait excellente figure.

– Tu t'es fait couper les cheveux ?

– Oui, fit Paula, j'aime mieux avoir les oreilles libres. Sais pas, des cheveux, ça me chatouille.

– Faut les avoir courts ou faut les avoir longs.

– Moi, ça m'achale. Sur le front, non, mais sur les oreilles, oui.

– Et puis ça met en valeur les boucles d'oreille.

– Suis venue m'acheter une belle robe pour les fêtes, ta plus belle en magasin.

– J'ai un beau choix pour toi. Plusieurs nouveautés à ta taille exacte. Elles t'iront comme un gant... un gant de ta grandeur, c'est sûr ! Je me demande pourquoi on dit ça... si le gant est deux fois la grosseur de la main... Enfin ! Viens.

Elle contourna le comptoir et entraîna Paula par un bras jusqu'à un mannequin qui portait un tailleur de soirée bleu roi.

– L'étiquette dit : *splendeur princière*.

Le regard ébloui de Paula en disait long sur son appréciation de l'ensemble et Suzanne savait lire dans les yeux d'une femme, qui se posaient sur un vêtement les excitant.

– Je savais que tu l'aimerais.

– Superbe !

– Veste longue et ajustée, ouverte à la taille. Encolure en V qui sert d'écrin pour tes bijoux. Une création signée Pierre Dumoulin.

– Pierre Dumoulin ? fit Paula l'œil encore plus brillant.

– Entre nous autres, aucune idée qui c'est, mais quand on annonce une création Untel ou Unetelle, comme on dit, ça pogne. Mais comme t'es plus qu'une cliente, je t'avoue que Pierre Dumoulin...

– Je l'aime beaucoup, mais je voudrais voir autre chose...

– J'espère bien parce que sinon, je penserais avoir affaire à un homme d'affaires, et non pas à une femme d'affaires...

– Flatteuse va !

– Pourquoi tu l'essaierais pas, le tailleur ? De toute façon, l'envie va te revenir, non ?

– D'accord !

Suzanne déshabilla aussitôt le mannequin et tendit le deux-pièces à Paula qui se rendit à la salle d'essayage et le revêtit puis sortit se montrer.

– Magnifique ! Coupe parfaite pour toi. Couleur idéale pour se marier avec celle de tes cheveux et les formes de ton visage.

– Une merveille ! Suis assez contente. Tu le remettras pas sur le mannequin, je le prends… Mais je voudrais quand même voir toute ta nouveauté.

– Bien sûr, ma grande !

Puis Paula retourna derrière le rideau. En sortant, elle prit une grande respiration, décidée à annoncer à l'autre une nouvelle qui lui déplairait, mais elle se ravisa et on fit de l'essayage et du bavardage pendant plus d'une demi-heure.

Une cliente vint. Suzanne la servit. Ce fut bref. Paula pensa qu'il valait mieux en venir au fait avant que la cohue du jeudi soir ne commence. Elle paya. Le tailleur fut ensaché.

– Des nouvelles de Gaspard ?

– Pas depuis quelques jours, dit Suzanne sur un ton interrogateur.

Paula soupira.

– Tu vas en avoir… mais comme on est des amies et que… que tu t'es confiée à moi, l'autre jour, j'ai pris l'initiative de te parler avant lui… C'est que grand-mère Clara… ben elle est rendue chez lui avec ses bagages… depuis trois jours.

Suzanne joua à l'indifférence :

– Bah ! je me doutais que ça viendrait. Mais comme je te l'ai dit, suis pas en amour avec ce gars-là. Un *trip* sensuel pis même pas…

– Au fond, c'est mieux comme ça, suis certaine.

Une femme qui se sent trompée, trahie, vaincue, entre aisément dans une jungle de sentiments excessifs et noirs, vindicatifs et hargneux. Cabrée intérieurement et blessée dans son amour-propre, Suzanne, professionnelle dans sa contenance autant que dans son travail de vente, garda un sourire engageant, quoique les intentions de Paula lui apparaissaient mesquines et un peu supérieures.

— Je te remercie de m'avoir prévenue. Comme ça, je saurai garder la face comme on dit.

— C'est justement pour ça… Tu aurais pu te river le nez sur une situation désagréable.

— Se faire évincer par une grand-mère! J'peux toujours pas croire qu'il fait l'amour avec elle… maugréa Suzanne qui se reprit aussitôt pourtant.

— T'es ben fine, Paula. Pis j'espère que tu passeras de belles fêtes. Quand est-ce qu'on fait une randonnée de motoneige comme l'année passée? Voyons donc, on n'a pas eu le temps pour ça encore…

— On se verra au chalet dans le temps des fêtes, qu'est-ce que t'en penses?

— Oui, oui, excellente idée…

Une cliente entrait. Paula salua, chercha du regard Grégoire qui devait se trouver pas loin dans le mail, ne le vit pas, répéta son sourire de salutation que reçut l'autre et qui lui répondit par la pareille en rageant intérieurement:

«Que le diable emporte ta vieille chipie de grand-mère et le plus loin qu'il pourra!»

Paula prit la mauvaise direction, car Grégoire ne se trouvait pas dans le secteur de la brasserie; et sur son chemin, elle croisa le responsable du centre qui lui bloqua la route par son sourire large comme la promenade. Il prit des nouvelles. S'excusa de n'être jamais allé voir sa petite industrie en fin de compte, jura de faire un exprès pour passer par là…

Grégoire, lui, entra chez Suzanne qui l'accueillit comme un roi et mieux encore que la reine de l'érable elle-même. Elle laissa sa cliente fureter dans les étalages et se consacra toute à lui. La suggestion d'une rencontre au chalet dans le temps de Noël fut répétée. Il en sourit. Quant à lui, c'était oui-da.

— J'avais rendez-vous avec ma chère Paula et on dirait qu'elle a disparu. Un autre homme, sans doute…

— Ah! mon cher, ce n'est plus réservé rien qu'aux hommes, le droit de sauter la clôture.

— Je sais que Paula et toi, êtes des femmes rangées.

— Ça reste à voir, mon grand. Tu devrais pourtant te souvenir que sans Paula au chalet, il aurait fait chaud.

— Ben voyons donc, tu savais même pas ce que tu faisais. Claude me l'a dit. Le lendemain, tu te souvenais de rien…

— Il t'a dit ça, lui?

— Il me l'a dit pis je l'ai cru.

Elle lui fit signe de l'index afin qu'il se rapproche et dit alors à lèvres mi-closes:

— T'as bien fait de le croire.

— Eh oui! fit-il un peu déçu.

— Mais ça veut pas dire que tu as eu raison de le croire, hein!

Il devint embarrassé et, pour ne pas bredouiller, il mordit dans une ellipse:

— Farceuse, va!

— Vous avez le don, Paula et toi, de m'envelopper dans un ou deux mots et de vous débarrasser.

— J'ai dit quelque chose de pas correct?

— Non… mais moi, je vas t'en dire.

Il sourit, consulta sa montre, n'osa la provoquer. Elle mit sa main sur la hanche et parla à la Mae West:

— T'es un petit qui, toi?

— Un petit Poulin de Saint-Jean…

Et sur le ton de l'ancienne star octogénaire, elle dit sa réplique la plus célèbre:

— Ben, mon p'tit Poulin, *come and see me sometime.*

Il sourit. Mais un peu jaune de gêne cette fois. Cette diablesse n'était pas loin de lui faire des propositions directes. Et pourtant… Ça pouvait ne pas être pour de vrai. En glisser un mot à Paula et Suzanne nierait; et c'est lui qui passerait pour l'auteur de l'entreprise. Et puis il y avait quelque chose de bouleversant, de fascinant dans tout ça.

Non, il ne dirait rien. Il garderait le secret dans les tourbillons de ses désirs profonds. Il tâcherait de lire dans l'âme de cette walkyrie par ses regards, ferait bien attention d'éviter ses pièges en la laissant se découvrir tout à fait… tout à fait.

C'est la tête farcie de folies perverses qu'il s'en alla.

*

Gaspard avait laissé en veilleuse la même lumière que le soir de la grande tourmente avec Suzanne, et par laquelle toute la chambre avait été mise sens dessus dessous. Mais c'était maintenant une lumière de paix et de grand calme.

S'y ajoutait de clarté sombre, sur une tablette au-dessus, loin plus haut, un lampion qui brûlait sous une image pieuse de la Vierge Marie.

– C'est le jour de l'Immaculée-Conception, t'en souviens-tu? dit Clara dans la pénombre.

– Oui.

– Tu dois me trouver démodée de prier à notre époque.

– Démodée: oui. Mais la mode est une imbécillité. On ne pratique pas une religion ou on ne se retient pas de la pratiquer à cause d'une mode.

– Contente d'entendre ça.

– Attention… pour moi, une religion ou une mode, c'est du pareil au même: ça intoxique, ça dépersonnalise tout comme l'alcool ou la drogue. C'est pour ça que je ne pratique pas, moi, pas pour suivre une vague.

– Ça te dérange que j'aie accroché une image de la Sainte Vierge ?

– Pantoute ! On a décidé de vivre ensemble, chacun a ses droits du moment qu'il ne marche pas sur les pieds de l'autre. Tu es venue comme tu es avec ce que tu es… C'est la différence qui cimente le mieux les couples, pas la ressemblance.

Ils étaient tous deux adossés à leur oreiller. On couchait dans le même lit depuis trois nuits. On n'avait pas pensé à faire l'amour. Cela viendrait de soi, sans qu'on s'y prépare, sans qu'on y songe, sans heurts, sans offre et sans demande.

On placotait. Clara répondait longuement à ses questions sur le vieux passé. 1910, 1915, 1920 ; elle avait la mémoire pleine de souvenirs nets et détaillés. Non seulement avait-elle vingt ans sur lui, mais ses vues de femme sur les années dont ils se souvenaient tous les deux différaient totalement des siennes à cause de la différence d'âge.

On s'apportait.

Il fut question de Paula, de son commerce, de son mari, de ses enfants. Sur ce sujet, l'on se partageait des sentiments communs.

De la chaleur se répandait doucement sous les draps. L'on s'y inséra tout à fait, y glissant comme dans de la soie et les corps se rapprochèrent. Quand un désir est bien attelé, il suit son objet et il emporte son occupant avec lui quelles que soient les ornières de la route, les replis du terrain, les obstacles, et il va son chemin sans devoir être remorqué. Et l'on n'use pas les « je t'aime » quand on sait. Les mains disent. Les souffles racontent. Les frissons rassurent. Et le mal s'éloigne de la maison. Et la mort se couvre le front d'un voile de honte et cache son vieil œil creux.

Clara ne ressentait aucune sorte d'inhibition, ni culpabilité ni la moindre hésitation à voyager ainsi vers Cythère ; l'homme n'était retenu par nulle forme de disconvenance.

Tout n'était plus que douceur et tendresse au cœur du lit chaud.

La douilletterie de l'un ajoutait à celle de l'autre. Seules les voiles minces de la robe de nuit séparaient encore ce que les âmes unissaient déjà. Sympathie et empathie se mélangeaient en se confondant.

Les gestes en mesure dénudèrent les corps et les corps s'habillèrent l'un de l'autre. L'on fut longuement emporté dans des lointains vaporeux aux délices infinis.

L'union était.

*

L'enjambée vigoureuse, Marc allait des grandes boîtes d'ornements à l'arbre de Noël, y portant à sa sœur Nathalie juchée sur un tabouret, des boules, des glaçons, des cheveux d'ange que la fillette accrochait à mesure sur le sapin qui par la magie des couleurs et de la brillance se transformait peu à peu sous leurs yeux ébahis et deviendrait bientôt une lanterne éclairant un monde de rêve et d'illusions.

On était le 23 décembre. Grégoire avait coupé le sapin sur le tard. Mais le désir des enfants n'en avait été que plus aiguisé. Et c'est avec amour qu'ils le garnissaient de ses vieux artifices à la joyeuse nostalgie ainsi que de nouveaux, achetés par Paula la veille, et bourrés des promesses les plus étincelantes.

— Maman a manqué de temps pour acheter des cadeaux, cette année, les enfants.

Résignation truffée d'incrédulité.

— Il faut vous habituer : ce n'est pas la valeur de l'objet qui compte, mais celui de la pensée.

« Oui, c'est vrai, pensaient-ils. Mais... »

Paula disait la vérité quand elle affirmait avoir utilisé moins de temps pour faire ses emplettes de Noël, mais elle cachait bien le fait que les enfants recevraient deux fois plus de cadeaux. Plutôt qu'un ou deux de la part de leurs parents, ils en déballeraient un ou deux de la part de chacun de leurs parents.

La prise d'autonomie financière obligeait.

Ce qu'elle désirait, c'était faire d'une pierre deux coups. Les éduquer à l'esprit de Noël qui consiste à donner plutôt qu'à recevoir et en fin de compte, les combler quand même de biens matériels.

«Après tout, pas nécessaire qu'ils soient privés comme on l'a été, nous autres», se disait-il parfois dans la chambre des parents tout comme dans les maisons de tous les parents ayant grandi à l'époque des désirs pas toujours comblés, parents dont les enfants, eux, croissaient dans une époque de désirs comblés à l'excès grâce au clinquant «badaboum» de la consommation qui, le soutenait Gaspard Fortier, menait l'humanité tout droit à sa perte.

Les paquets avaient été emballés la veille au soir par les parents dans la cuisinette de la conserverie, et laissés là. Grégoire les transporterait sous l'arbre le matin du 24 afin d'obtenir le maximum d'effet sur la joie dans les âmes. Les jumeaux avaient bien essayé de mettre leur nez là-bas, mais on les avait bien déjoués et on ne pouvait donc pas savoir si on aurait plus d'un cadeau... à part le cadeau-mystère à découvrir.

*

Cette année, Paula recevait le soir de Noël. Il y aurait grosse tablée. On aurait en visite une partie de la famille de Grégoire plus Rosaire, Hélène et leurs enfants de Saint-Honoré de même que les nouveaux concubins, Gaspard et Clara.

Le lendemain et le jour de Noël même, Clara viendrait aider. Elle avait le goût de fricoter comme jamais, redisait-elle chaque fois que Paula s'inquiétait de la déranger ainsi.

Avant de se coucher, Grégoire et Paula se parlèrent de Noël. On convint que ce serait probablement le meilleur, chacun ayant trouvé sa place et son bonheur, y compris, au fond, grand-père Joseph. Une seule petite ombre au tableau : Marc ne verrait pas son père.

— Il ne s'en rend même pas compte, soutint Paula.

— Tu penses ?

— Cet enfant-là parle jamais de son père. C'est moins qu'un oncle pour lui maintenant.

— C'est parfaitement normal à pareil âge.

On s'était couché tôt afin de se lever à bonne heure, mais aucun ne s'endormait et chacun fouillait distraitement dans une revue, Paula dans *Les Affaires* et lui dans une revue de mode.

— C'est le monde à l'envers ! Regarde ce que chacun lit, dit-elle en pointant la revue de son mari du coin de la sienne.

— C'est symbolique… Chacun élargit ses horizons.

Paula jeta sa revue sur la table de chevet puis ôta doucement celle de son mari.

— J'ai deux mots à te dire.

Il se mit les mains derrière la tête et croisa les doigts.

— Un par oreille : je t'écoute des deux oreilles.

— J'ai des félicitations à te faire.

— Mets-en.

— Je pensais jamais que tu finirais par accepter que je me lance en affaires.

— Comme dirait Camille Samson : essaie pas de changer une roche à la gratter avec tes ongles parce que tu vas te les briser, tes ongles, pis les doigts avec.

— As-tu envie de dire que j'ai la tête dure ?

— Je dis que t'es une femme déterminée.

Elle hocha la tête.

— Si tu savais comme j'ai eu la chienne.

— Je savais.

— Tu me le disais pas.

— Tu l'aurais eue encore plus.

— La chienne ou la tête dure ?

– *Come on !*

Elle se coula contre lui qui la reçut. Chacun savait ce que ce geste signifiait. À mesure qu'on échangerait des paroles, on intensifierait les caresses jusqu'à leur naturelle conclusion.

– Je dois une fière chandelle à grand-père Joseph.

– Dans la vie, chacun doit quelque chose à quelqu'un, c'est normal, ça. Quand on fait partie d'une famille qui a de l'allure, y a toujours quelqu'un pour vous tendre la main en cas de vrai besoin.

– Je pense encore à Marc et j'imagine les pauvres enfants qui savent même pas d'où ils viennent ou ben les enfants des rues du Brésil ou d'ailleurs...

– «Quoi faire pour changer ça?» comme dirait ce cher Camille.

– On doit pas baisser les bras. C'est de l'orgueil que d'attendre forcément un résultat visible à ce qu'on fait.

– Y en a un, un résultat visible à ce qu'on fait...

– Ah oui? Laisse-moi donc voir ça... avec mes mains.

*

Gaspard se leva avant le jour.

Clara continua de dormir paisiblement dans leur chaleur commune emprisonnée sous les draps. Il se fit précautionneux. Vivre et laisser vivre : c'était l'entente, c'était la loi.

Et lui, avant l'aube, sortait faire sa marche de santé, qu'il gèle ou tombe des clous, que le vent s'affole et bouche la vue à trois pieds devant ou bien qu'une épaisse couche de neige recouvre les chemins.

Une heure à voir la nuit s'éteindre et admirer les aurores s'emparer des quatre coins de l'horizon. Une heure de paix à sa mesure, d'effort à son rythme.

Chaudement vêtu, à l'épreuve du froid le plus pervers, lampe de poche à la main, il sortit discrètement de la maison.

Qu'adviendrait-il en cas de défaillance cardiaque si loin des voisins ? lui disait parfois Grégoire.

« Ou bien je suis déjà mort parce que le cœur s'est arrêté et rien n'y changerait rien, ou bien je mourrais gelé : la plus belle fin qui soit pour un solitaire. Rapide, douce, comme quand on s'endort. De la somnolence puis l'envol vers une grande chaleur lumineuse. Qui viendra me parler de la beauté d'un cancer ? Tandis que le froid, c'est signe d'éternité. Une mort comme celle-là, c'est à faire rêver tout poète. »

Il respira un bon coup dans la noirceur sous les flocons lourds qui tombaient en abondance, cela il le savait par la lumière de la cuisine qui, avant son départ, n'avait pas pu permettre à son regard de traverser la distance séparant la fenêtre de la forêt toute proche.

Il sortit sa lampe et l'alluma. Les rayons restèrent à ras. Des brins de neige s'y mêlèrent. Le pied de la galerie parut : disparu. Il irait deux fois moins loin étant donné que les pieds s'enfonceraient deux fois plus dans la neige. Et ainsi, l'exercice serait quand même plus exigeant que d'habitude.

Les rayons baissèrent puis revinrent à leur force. Les piles s'usaient. Il en mettrait des neuves durant la journée.

– En route su'a croûte ! fit-il tout haut comme chaque matin.

Les pieds, effectivement, calèrent jusqu'à disparaître. Par chance que le bois empêchait la poudrerie, soliloquait-il, sinon une journée de grand vent enterrerait tout à fait la maison et il faudrait la Jeep de Grégoire armée de son chasse-neige pour répondre à la nature.

Il longea le petit camion de Paula, puis l'auto de Clara enfouie jusqu'aux portières et alors se perdit dans le chemin d'arrivée, laissant derrière lui des pas que la neige et la nuit comblaient à mesure.

Direction sud vers Saint-Jean. Pas mesurés, adaptés à son cœur et à son souffle. Des pensées merveilleusement claires et belles. Il se mit à fredonner des airs de Noël. Il y a un temps où l'homme doit oublier le mal qui triomphe et se livrer corps et âme à l'immense agrément de se trouver bien. Simplement. Sans même froncer les sourcils. Sans même rire dans le plus pour défier le moins. En ignorant l'ignorance du cœur.

Les rayons faiblissaient, la lumière jaunissait. Le froid ennuyait les piles déjà souffreteuses. L'homme mit la lampe dans son vêtement près du cœur, de la chaleur la meilleure. Et il poursuivit ses pas lents, guidé par sa mémoire du chemin et une espèce d'instinct de la ligne droite que seul le doute peut altérer.

Il se fit à nouveau aider par la lampe dont la lumière demeurait douteuse mais qu'il jugea devoir tenir amplement jusqu'à son retour alors que de surcroît, l'aube s'annoncerait.

Une demi-heure s'écoula. Vint la barre du jour, grise comme la nuit des vieux passés, nébuleuse comme les lointains avenirs. La lampe s'éteignait à chaque pas, à mesure que l'obscurité profonde cédait l'espace aux images imprécises comme si toute existence eût été enveloppée des voiles les plus épais et infranchissables.

Il restait des traces vagues de ses propres pas et l'homme les suivait en même temps qu'il suivait ses propres lumières de l'esprit, que l'aurore et la lampe renforçaient.

Bien sûr que sa voix ne portait pas jusqu'à l'intérieur de la maison, mais il chantonnait quand même à l'intention de Clara, au cas où elle puisse capter les ondes moelleuses de ses sentiments :

Ce sentier de neige si pur et si doux
Depuis protège notre amour jaloux.
Je t'ai dit : « Je t'aime dans la paix des bois. »
La neige en Bohème fondait sous nos pas.

Il se fit à nouveau discret pour entrer. Clara aurait une grosse journée chez Paula, qu'elle dorme encore, qu'elle dorme jusqu'à son déjeuner. Il y verrait, tiens, à ce déjeuner. Il ferait se répandre par toute la maison des odeurs de vieux matins perdus, cachés derrière les fours à micro-ondes et au fond des armoires, des senteurs de pain qui cuit et de petit lard qui grésille dans la poêle.

Mais il dut faire appel aux bienfaits de l'électricité, une fois ses vêtements ôtés et ses pieds réchauffés. Il crut entendre Clara toussoter et il se fit encore plus douillet avec la vaisselle et tout le bataclan de la cuisine. Elle se plaindrait parce qu'il l'aurait laissée dormir une demi-heure de plus, mais il lui clouerait le bec avec des crêpes à la farine de sarrasin copieusement arrosées de sirop d'érable.

Lorsque tout fut presque prêt, il ressentit un vide dans la poitrine, pas loin d'une douleur; c'était abruptement ainsi, d'habitude, que son estomac réclamait son dû après cette marche matinale. Il se mit les doigts au milieu de la poitrine et poussa, voulant dire : ça vient, ça vient.

Et il se rendit dans la chambre. Clara ne se réveilla pas. Il alluma sa lampe de chevet. Elle dormait encore. Il se dit que sa pauvre cuisine d'homme manquait de relevé puisqu'elle accrochait si peu l'odorat de la dormeuse.

Un autre désagrément se fit sentir dans sa poitrine: sorte de bulle d'air qui circulait en se tordant. Il s'assit sur le bord du lit, regarda sa nouvelle compagne, se racla la gorge pour la réveiller. Dut parler :

– C'est l'heure des crêpes…

Dut toucher.

Le front était sans chaleur. Le visage? Froid tout autant. La main qu'il retira du drap pour tâter le pouls? Il sut que sa chaleur n'était pas naturelle mais un résidu…

– Baptême à matin! jeta-t-il laconiquement.

La mort était passée durant son absence. Il n'avait pas entendu tousser Clara car le corps eût été plus chaud. Donc elle était partie pendant qu'il marchait dehors. Peut-être au moment même où il songeait à quelqu'un qui meurt gelé? Ou peut-être quand les rayons de la lampe avaient faibli? Ou encore en cette minute où il avait cru réussir à faire se neutraliser en son âme les forces du bien et du mal?

Quand donc?

Et quelle importance?! Pourquoi se torturer à savoir quand? Il fut là un long moment à ne trop savoir quoi penser. Les crêpes en train de brûler vinrent le chercher avec leur odeur excessive. Il courut les retirer du feu, tourna les boutons, revint à Clara... à ce qui restait d'elle...

*

— On va-t-il avoir nos cadeaux quand même? vint demander Christian à sa mère encore abasourdie par l'appel de Gaspard.

— Oui, oui, lui lança Grégoire. Pis viens pas nous achaler avec ça...

L'enfant retourna vers les chambres et il distribua la bonne nouvelle. Nathalie lisait, cherchant une fois encore à comprendre pourquoi on meurt, tandis que sa jeune sœur jouait à la poupée au pied du lit.

Marc, lui, eût voulu que son frère le serre dans ses bras. La mort, pour lui, c'était le goût de se jeter dans un trou en même temps que la peur d'y tomber. C'est ce sentiment vague qui s'était formé en lui dans la nuit d'un jadis lointain alors qu'il avait vu descendre le cercueil de sa mère dans la fosse.

— Qu'est-ce qu'on fait? On reçoit quand même ou non?

— Sais pas, répondit Grégoire à sa femme.

— Pas faire comme prévu, on pourrait traumatiser encore plus les enfants... Qu'est-ce que je dis là? Manie qu'on a de toujours avoir peur que les enfants se traumatisent pour ci pis pour ça tandis qu'ils font simplement leur apprentissage de la vie!

– Voici ma proposition…

– Dis quelque chose parce que moi, j'ai la volonté à plat comme une pile…

– J'appelle maman pour qu'elle vienne t'aider pis je vas mettre la main à la pâte : à trois, on va tout faire. Clara ne sera pas exposée avant après-demain, c'est Gaspard qui te l'a dit…

– Je leur porte malheur avec ma compagnie, on dirait.

– Tu sais ben que non !

Et Grégoire annonça qu'il commençait la journée comme prévu en transportant les cadeaux de la cuisinette de la conserverie à l'arbre de Noël du salon.

Paula demeura seule à réfléchir sans le pouvoir vraiment. Cette fois, elle le savait parce qu'elle le sentait, elle devait quitter la piste, prendre son envol définitif. Cette disparition, c'était la dernière roue de l'appareil qui décollait du sol.

Pourvu qu'elle ne soit pas obligée de remettre trop vite à la succession l'argent emprunté !

À la lecture du testament quelques jours après, elle apprit que sa dette était effacée par la mort de Clara. Quelques descendants lui jetèrent des regards envieux sans plus.

*

« Tant pis pour la vieille chipie ! » songea Suzanne quand Paula lui annonça la nouvelle. Mais elle dit :

– Vous viendrez quand même faire votre tour au chalet cette semaine ?

– Je croyais que tu faisais une vente à ton magasin.

– Seulement après le jour de l'An.

– Des belles aubaines ?

– Ça ira jusqu'à trente pour cent.

– Ah bon !

Il ne fut aucunement question de Gaspard. Quand Paula frôlait le sujet, Suzanne aussitôt faisait bifurquer l'échange à quatre-vingt-dix degrés ou plus. Et on se laissa sur des projets inchangés quant à une rencontre au chalet ces jours prochains.

*

Tout s'était passé comme planifié le jour de Noël, à l'exception des cadeaux. Les enfants proposèrent eux-mêmes qu'on attende le jour de l'An pour les déballer. La proposition était venue de Nathalie. Marc et Chantal avaient dit oui à leur sœur et Christian avait, quant à lui, haussé les épaules.

De proposition en proposition, il fut décidé en fin de compte de se reposer dans l'après-midi de la veille du premier, puis de défoncer l'année comme beaucoup de gens. Et c'est en s'embrassant pour saluer 1974 qu'enfin l'on saurait ce que l'on s'était donné de part et d'autre.

Il en fut fait ainsi.

Il y eut un invité exceptionnel à la petite fête de famille: Gaspard Fortier.

On le vit pleurer.

Quand cela se produisit, Marc posa sur ses larmes un regard plus appuyé que ne le firent les autres. Mais il n'osa rien dire…

***

Chapitre 15

— Ça doit vous coûter un bras en chauffage ? s'enquit Gaspard en promenant son regard sur le solarium.

— Bah ! pas plus que le reste de la maison, dit Grégoire.

— L'isolation est pas la même pourtant...

— Non, mais quand il fait soleil...

— Bien sûr, l'effet de serre réchauffe toute la place et ces jours-là, le solarium économise plutôt qu'il ne dépense de l'électricité.

— Et voilà !

— Je m'excuse de t'avoir coupé la parole pour montrer que je suis compétent, mais en fait, c'est pour montrer que j'aurais pourtant dû y penser.

On avait convoqué Gaspard, ou plutôt, l'avait invité pour le repas du soir, un repas qu'un traiteur était venu servir. Et maintenant, Paula était dans son bureau à répondre au téléphone : un appel qui s'éternisait. Et les deux hommes, qui n'avaient pas grand-chose à se dire depuis un bail, comblaient les vides avec des riens.

Grégoire n'osait parler du deuil récent puisqu'on n'était encore que le 7 janvier. Et sans doute que Gaspard ne ressentait aucun besoin de revenir sur un épisode de sa vie si bref qu'il ne saurait avoir laissé de marques profondes dans son âme.

On ne voyait guère les lumières de la ville qu'une poussière de neige emportée par un vent aux décisions farfelues, froid et indépendant comme l'hiver, masquait en partie ou bien tout à fait.

Enfin, Paula fut de retour. Elle emportait un plateau avec des verres contenant le digestif préféré de chacun.

Gaspard ne se lassait jamais de poser certains regards appuyés sur la personne de cette femme qu'il trouvait immensément belle, plaisir de la vue qui excluait cependant toute forme de désir sensuel. Si Clara avait pu devenir une amante, Paula faisait figure de mère. Ainsi vibrait cet homme étrange et imprévisible comme le vent d'hiver.

Elle reprit sa place dans le troisième angle de leur triangle. Pas un ne voulait que la rencontre ne s'éternise. Grégoire était fatigué. Paula s'inquiétait du travail de bureau qui restait encore à faire. Et Gaspard s'ennuyait de la solitude au point d'avoir conçu le projet de se faire installer un répondeur téléphonique qui ouvrirait la ligne mais ne livrerait aucun message; seulement pour le bonheur bizarre d'appeler lui-même parfois chez lui afin d'entendre le silence d'une sonnerie muette.

Ce fut Grégoire qui alla droit au but :

– Paula et moi, on a pensé que ce serait une idée profitable pour tout le monde si tu acceptais, Gaspard, de travailler pour nous à plein temps et à l'année longue. C'est pas qu'on veut s'attaquer à ta liberté, mais on pense que…

– Que ça m'aiderait à traverser mes épreuves en même temps que ça vous aiderait à régler vos problèmes ?

– On peut dire ça comme ça, intervint Paula. C'est qu'on aurait besoin chacun, Grégoire et moi, d'un homme à demi-temps et comme tu es compétent dans tout le travail qu'on a à faire faire…

– Saviez-vous que pour moi, travailler à plein temps, c'est un supplice ?

– Pour un an, pas plus.

L'homme sourit, fit tournoyer les glaçons de son verre, but à peine et posa sa main sur le bras de la chaise en disant :

– Plein temps, ça voudrait dire combien d'heures ? Quarante, cinquante par semaine ?

– À toi de décider.

– Et combien d'heures pour chacun ?

– C'est selon le temps de l'année, donc des besoins, dit Paula. On a pensé qu'on pouvait te laisser compter toi-même tes heures. Chacun te paiera ce qu'il te doit.

Gaspard rit :

– Le supplice du plein temps, le martyre de compter mes heures et la douleur de la discipline : c'est pas rien.

– On pense que t'es capable.

– Je sais que vous voulez pas utiliser l'argument, mais vous en êtes à devoir agir ainsi : si je refuse, vous devrez prendre quelqu'un d'autre. En réalité, vous avez besoin de quelqu'un sur qui vous fier à cent pour cent et je vous comprends. D'ailleurs, j'ai une dette de reconnaissance : depuis le temps que vous me prenez quand je suis prêt, il serait temps que l'employé se mette au service de l'employeur, non ?

Paula et Grégoire s'échangèrent un regard embarrassé. Gaspard l'intercepta :

– Vous savez, j'ai besoin en fait d'un grand capital de souffrances pour enfanter le bonheur et pourquoi pas l'obtenir aussi par le travail ?

– Tu aimes le travail, dit Grégoire, autrement, on te parlerait pas de ça.

– Le travail qui libère, pas celui qui enchaîne. Mais qu'on le veuille ou pas, il y des chaînes partout, de quelque côté qu'on se tourne, alors aussi bien se laisser encager par du bon monde comme vous autres...

– Pour ce qui est du salaire...

– Ça, on s'arrangera, c'est certain.

Et chacun regarda vers la ville. Et chacun y vit le reflet confus de ses propres rêves. Et le vent s'amusait à souffler sur la lumière des réverbères pour la disperser dans toutes les directions afin d'en faire un dôme flou isolant la vallée du reste du monde.

*

Malgré les appels échangés, les invitations réitérées, l'unanimité elle-même, les Paquet et les Poulin ne purent se voir qu'une seule fois, ne se regrouper qu'à la mi-janvier pour une randonnée de motoneige, une visite à l'hôtel du lac et une fin de soirée sociale au chalet.

Minuit se fit entendre par les marteaux languissants de l'horloge.

– L'heure où les lions partent pour la chasse, dit Claude.

– Moi, j'ai déjà lu : l'heure où les lions vont boire, opposa Suzanne.

On riait moins que la dernière fois où l'on avait fait la fête alors que Suzanne perdait la tête. Cela ne saurait se reproduire, songeait Paula. Il y avait eu des excuses à répétition et l'alcool avait perdu le procès qu'on lui avait intenté pour justifier l'attaque sensuelle dont Grégoire avait été alors la «victime».

On buvait lentement tout comme on avait siroté toute la soirée. À l'hôtel, on avait rejoint un grand groupe de connaissances, on avait chanté, mais pas un des quatre n'était parvenu à baisser sa garde. Qu'une seule personne de quelques-unes demeure sur la défensive et tout le monde l'est automatiquement. Qui l'était donc au départ? Pas facile à déterminer. Un observateur eût pointé Paula du doigt, elle qui s'était déjà rebellée contre une libération excessive frôlant le libertinage, et pourtant, sa réserve s'alimentait à celle des autres. Grégoire avait toujours son goût de Suzanne, mais il le chassait et le pourchassait comme un péché. En cette soirée, cela ne le rendait ni faux ni négatif.

Le problème du mur venait donc d'un des partenaires de l'autre couple. Claude avait assez bu pour que ses fantasmes quittent la route étroite de l'inhibition pour s'engager sur l'autoroute de la liberté. Il rêvait depuis longtemps d'un échange à quatre. Suzanne et Grégoire engagés dans un duel brûlant; lui et Paula livrés à une passion débridée…

La première personne à museler ses intentions, c'était Suzanne, elle, pourtant la plus délurée et la plus fantasque du groupe. Mais il y avait un plan de campagne dans sa tête. Grégoire tomberait dans sa toile, et une toile, ça se tisse avec patience et intelligence. Fallait endormir Paula, l'anesthésier tout à fait. Elle l'était déjà pas mal.

On était dans le carré du centre de la pièce, chacun occupant son côté de la figure. Personne n'avait proposé un jeu servant de prétexte à d'autres jeux. Les femmes se parlaient d'affaires. Tout était dix fois plus sérieux que lors de la dernière rencontre. Et la source d'eau froide ne tarissait pas; Suzanne lançait des signaux à Grégoire, des signaux de refus, d'un refus feint…

– C'est effrayant, les petites filles, comme la libération de la femme vous met des chaînes. Regarde-les parler comme des hommes d'affaires en plein midi, tu trouves pas, Grégoire?

– C'est une étape, dit Paula. C'est pas de notre faute si les gars nous ont mises en retard.

– C'est vrai, approuva Suzanne qui se pencha pour toucher la main de Paula. Faut pas nous demander d'aller plus vite que le violon.

– Mais c'est vous autres qui avez l'archet en main, blagua Grégoire.

– Dans ce cas-là, ajustez votre danse à nos violons, dit Suzanne qui éclata de rire.

Claude soupira, cligna des yeux, lissa ses cheveux sur ses oreilles.

– En vous attendant, on va boire, nous autres, hein, Grégoire?

– Et on revient à la case départ: c'est l'heure où les lions vont boire…

*

Jacques Morissette se pencha, sourit à travers la vitre. Suzanne chercha à tourner la poignée mais en vain. Tout était trop figé, trop gelé. L'homme ouvrit la portière en livrant une longue phrase aux mots peu mordus et dont le sens échappa à la jeune femme.

— Je sais que tu dois être un peu fâchée, mais j'ai pas pu arriver avant… et faire attendre une personne aussi exquise que toi, c'est condamnable à tous les reproches. Mais d'un autre côté, des fois l'attente rend la rencontre deux fois meilleure… hummmmm…

— Je laisse l'auto ici ? Y a pas de danger ?

— Mais non ! J'ai averti le propriétaire de la cabane qu'il y aurait une auto stationnée dans sa cour une partie de l'après-midi… Et puis, il vient rien que les fins de semaine ici.

Elle referma la porte. Il recula, mit ses mains derrière son dos. Leurs pas crissèrent dans la mince couche de neige dure. Il se laissa regarder. Son chapeau de fourrure attirait les yeux des femmes. Son col de fourrure aussi.

« Mais c'est rien, ça, quand elles voient ma vraie fourrure, c'est le coup de grâce », blaguait-il avec ses amis dans les bars.

— Bon… c'est pour jaser et se détendre, hein, mon ami parce que je suis pas une personne qui couraille.

« Elles disent toutes ça », pensa-t-il. Mais il la rassura :

— Je pense exactement la même chose.

— Tant mieux parce que sinon, je serais pas là.

— On va prendre un verre et parler d'affaires. Si ça se fait entre hommes, pourquoi pas entre un homme et une femme ?

Ni l'un ni l'autre n'était dupe de ce qui allait se passer. Mais l'amour commande un rituel menteur ; cette nécessité est inscrite dans la substance profonde. Un pas en avant, deux pas en arrière, quelques pas de côté… Négociation, approche, recul… C'est comme ça que le désir grandit. La nature rusée l'a ainsi voulu pour que l'érection mâle soit plus forte et que la semence puisse être projetée plus loin dans la vulve afin de donner le maximum de chances aux spermatozoïdes. Et la littérature de l'amour a baptisé cela «romance». L'être humain y ajoute des mots irrésistibles: feu de cheminée, tissus duveteux, brillances, chairs entrevues... La nudité est mauvaise à l'homme car elle assassine son désir; Dieu a fait en sorte qu'elle porte un tabou indéracinable.

– Woups! fit-elle comme si elle avait risqué de glisser.

Il lui prit le bras.

– C'est une petite voiture, fit-il en désignant son auto, une Peugeot bleue, mais elle est fidèle.

– On va où?

– Chez un bon ami. J'ai la clé et sa garantie qu'il ne viendra pas.

– Il me connaît?

– De vue comme ça.

– Il sait que je serai là?

– N... non... pas toi exactement, mentit l'homme. Ça le dérange pas de toute façon.

– On ferait peut-être mieux d'aller à notre chalet, c'est tout près d'ici.

– Hey, non! Vois-tu ça, ton mari arriver, il croirait que tu le trompes.

– Il trouverait ça drôle, que je le trompe.

– Y a pas un homme qui trouve jamais ça drôle.

– Lui, oui.

– Quelle sorte d'homme que c'est?

– Je t'expliquerai...

Il ouvrit la portière de sa voiture. Elle monta vivement. Il s'approcha de la route par deux ou trois pas, regarda dans les deux directions puis revint à l'auto, monta à son tour.

– Je me sentirais mieux si on allait plutôt chez moi, insista Suzanne.

Jacques fit une moue. Il aurait moins de pouvoir dans son territoire à elle. Qu'importe, il se ferait plus séducteur encore!

– OK! Si tu y tiens! C'est de quel côté?

– Du côté de la chapelle, pas loin. Je t'indiquerai…

Elle prit son manteau et le suspendit. Il l'aida à ôter le sien dans des gestes très mesurés, élégants et sans passion. Puis on enleva les bottes. Elle mit des pantoufles, lui offrit une paire de plus grandes appartenant à Claude. Jacques jeta un premier coup d'œil sur l'intérieur, mais demeura coi.

Suzanne portait un chandail à col roulé beige. Elle avait fait raccourcir ses cheveux. Sa personne exhalait un parfum appuyé qui incita l'homme à écrire dans sa tête des phrases ourlées à dire plus tard dans le feu de l'action.

Il fut invité à s'asseoir sur un divan qui faisait face à la cheminée et au pied duquel se trouvait une immense peau de fourrure synthétique.

– Tu veux que je mette le feu?

– J'allais te le demander, oui. Pendant ce temps, je nous prépare un verre. Tout est là sur le manteau de la cheminée pour le feu… En tout cas, je pense; d'habitude, c'est mon mari qui s'en occupe.

– C'est un beau chalet que vous avez là.

– Pas mieux qu'un autre! Et puis, qu'il soit beau ou pas beau, moi, pourvu qu'il soit chaud…

– T'as ben raison, t'as ben raison!

– Tu bois quoi?

– La même chose que toi.

– Dans ce cas-là, t'auras rien à redire.

– Sûrement pas!

Suzanne se trouvait dans la cuisine qui faisait corps avec la grande pièce servant de salle de séjour, un intérieur qui ressemblait à celui du chalet chez Paula et même à celui de chez Gaspard. Les décorations murales différaient fort cependant, de même que le mobilier. Suzanne adorait le moderne en tout, la nouveauté, la pointe de la mode. Des peintures abstraites et même des bibelots stylisés parlaient à l'âme sans réussir toutefois à lui dire grand-chose qu'elle ne sache déjà.

Jacques fit du feu : une flamme si faible qu'il fut forcé de souffler fort afin de la faire se faufiler entre les bûchettes frileuses et frisées.

Suzanne apporta les verres dans ses mains, des liqueurs de café qu'elle tenait haut derrière lui qui restait toujours accroupi.

— Voilà, cher monsieur, votre consommation préférée.

Il se retourna sans se lever, jaugea d'un œil exercé, nomma le contenu et s'exclama :

— En plein ça ! Je prends souvent un tia maria... Souvent, c'est une façon de dire, suis pas un ivrogne tout de même.

— J'espère bien, soupira-t-elle en pensant à son mari qui buvait trop à son goût.

Une grosse mouche, noire et pesante, dérangée dans son sommeil hivernal, dégourdie par ce feu dangereux, sortit d'entre deux briques, vola comme une abasourdie, frôla le visage de l'homme et, réveillée par la senteur de son eau de Cologne, fit ronfler ses ailes au maximum de leur capacité et fonça vers le plafond où elle se posa dans un bruit important.

— On va avoir de la compagnie, dit Jacques en se levant, l'œil accroché à l'insecte dont l'ombre longue s'étendait derrière les ailes grises.

— De ce qu'elle est écœurante !

— On va s'en débarrasser.

L'homme prit un journal dans la boîte à bois et le plia en quatre. D'un saut, il frappa l'intruse qui laissa sur le plafond une trace de sang et d'humeur blanche.

— Je l'ai pas mal effoirée...

— Pas grave : au grand ménage, on va laver ça.

Il ramassa ensuite les restes du cadavre avec un coin de journal et jeta le tout au feu. La flamme augmenta.

— Tiens, ton verre.

Il le prit avec un merci oblique et de qualité.

– J'aurais préparé quelque chose de plus… raffiné, mais il me manquait des ingrédients.

– Ça va parfaitement !

– Assieds-toi !

– Après vous, madame.

Elle sourit et se cala dans le moelleux divan puis croisa la jambe. Il fit pareil à l'autre bras. On eût pu faire asseoir trois autres personnes entre les deux. Chacun avait le goût d'une pareille distance. Jacques n'était pas de ces goinfres qui vous bouffent une femme tout crue et sans assaisonnements. Et Suzanne possédait la même sophistication dans l'approche. Il n'y avait donc pas d'attaquant et de corps défendant, pas de duel prédateur qui assaille contre une proie qui feint la fuite. Donc pas de peur. Ni chez l'un qui craint devoir se priver de repas et fonce vers la table, ni chez l'autre qui lève sa garde pour éviter une orgie dans les plats.

Un apprivoisement. Un escalier monté lentement vers les miracles de la chair, une marche à la fois et quasiment à genoux dans les premières. Quelques consommations comme béquilles. Un sens du mystère. Un sens mystique. Des mots effleurés. Des idées sans contrainte. Une liberté qui ne s'altère pas tout en se laissant enchaîner par la sensualité…

– Et si ton mari venait ?

– Il ne viendra pas.

– Supposition.

– Que ferais-tu, toi, demanda-t-elle.

– Je lui offrirais un verre.

– Et moi aussi.

– Moi, pour me tenir proche des tiroirs où il y a les couteaux.

– Il ne se mettrait pas en colère, je te l'ai dit, il rirait. Il se dit partisan de la libération sexuelle pour tout le monde y compris pour sa femme.

– Là, moi, suis contre ça absolument !

Et l'homme vida ce qui restait de liquide dans son verre.

– Un autre ?

– Quand tu auras fini le tien.

Elle but le reste. Il se leva le premier et prit son verre et le sien.

– Je m'en charge. Détends-toi devant le feu. Enlève tes... pantoufles, allonge-toi un peu...

Il marcha tout en parlant haut :

– J'aime ça, m'occuper de petites choses en cuisine. Et pas rien qu'en cuisine... Y en a qui ont le pouce vert, mais pas moi. Moi, j'ai le pouce pervers...

Il rit. Elle sourit.

– Tu es contre la liberté ?

– Pour ma femme.

– Quel macho !

– Si ma femme prenait les libertés que je prends, je la jetterais dehors.

– Affreux ! Macho mur à mur !

– Eh oui !

Elle allongea une jambe vers la cheminée et fit bouger les orteils.

– Oh ! oh ! une jambe articulée, dit-il de retour près d'elle.

– Mais pas artificielle.

Il tendit le verre qu'elle déposa sur la table de coin. Et il retourna prendre place à l'autre extrémité.

Elle se leva subitement comme un ressort qui se délie et lança en passant devant lui :

– Moi, au chalet devant un feu de foyer, ça me prend de la musique. Du rythme. J'en mets...

Il y eut une pause le temps qu'elle se rende à la chaîne stéréo qui se trouvait dans un meuble de coin, noir et brillant.

– Du Chopin, ça repose et puis ça entraîne à la fois, tu trouves pas ?

– Oui, fit-il sans conviction.

– Tu préfères autre chose ? Lucien Hétu ?

– Chopin, Chopin...

– J'ai même du country : pas compliqué… un deux trois, un deux trois… On se pose pas de questions. J'aime bien ça aussi, toi ?

– Pas beaucoup.

– Ah ! un macho snob, sur qui est-ce que je suis tombée aujourd'hui.

– J'ai mes bons côtés.

– OK pour Chopin ! Des morceaux choisis pour piano…

Elle revint et au moment de repasser devant lui, une valse en la bémol majeur commença d'être égrenée par les doigts du pianiste.

Jacques l'interrompit dans sa marche en lui prenant la main. Elle s'arrêta, demeura debout devant lui, bougeant les hanches dans sa jupe noire et soyeuse.

– Je voulais juste te dire que tout ce que tu portes comme vêtement t'habille comme…

– … Comme une valse de Chopin, acheva-t-elle pour lui, l'œil moqueur.

– Plus une flûte à champagne.

Elle se pencha en avant et fit de petits yeux pour dire :

– On fait des jeux de mots ?

– Non… quel jeu de mots ?

– Le piano, la flûte et moi, mon vrai nom, je veux dire mon nom de fille, c'est Champagne.

– C'est vrai, mais j'ai dit ça comme ça.

– J'ai pensé que tu ne t'en souvenais pas. Parce que j'ai signé le bail du centre d'achats sous mon nom de fille…

– Même que je t'ai félicitée pour ça.

– Je me rappelle, cher monsieur. Et maintenant, est-ce que je peux reprendre ma main ?

– Oui mais…

Elle tira doucement.

– Oui mais quoi ?

– Pas avant que je lui aie rendu hommage.

Et il porta la main féminine à ses lèvres qu'il y posa dans un baisemain grand style que Chopin, les doigts trop occupés à son piano, n'a sans doute jamais pu offrir à George Sand aux mains trop employées par sa plume et ses cigares.

Aux prises avec une soudaine et violente poussée de fièvre amoureuse, l'homme se contint. Il dit en lâchant cette main qui eût voulu être retenue :

— Je m'excuse d'être macho, mais c'est que ma mère m'a élevé comme ça.

Des reflets de la flamme passèrent par l'œil droit de Suzanne et elle cligna de l'autre en riant :

— La femme, c'est toujours l'excuse de l'homme de n'être qu'un homme.

Incapable d'une répartie, il tourna la tête et affirma :

— C'est vrai, j'aime Chopin.

S'épuisèrent un côté du disque, une bûche dans l'âtre et deux autres verres. Les mots, les tons, les vibrations reprirent les chemins fleuris de la sensualité. On refit le plein de musique, de feu et de liqueur. Au troisième verre, Suzanne offrit ses pieds à son compagnon qui les prit comme des objets de luxe.

— Un bon macho sait-il bien masser ?

— À toi d'en juger.

Il allongea de tournoyantes caresses fermes depuis les orteils jusqu'aux cuisses où il s'arrêtait invariablement. Chaque jambe eut son temps. Le processus fut interrompu par la jeune femme qui se tourna dans l'autre sens, coucha sa tête sur les cuisses de l'homme et dit :

— Joue-moi dans les cheveux, ça me grise.

— Volontiers ! Je ne demande qu'à t'engriser.

— En fais-tu autant pour ta femme ?

— Un vrai macho, ça prend à sa femme et ça donne à sa maîtresse.

— Ce qu'il faut pas entendre aujourd'hui.

— Suis un dinosaure… *Tyrannosaurus rex*…

L'homme possédait des mains larges et poilues bien plus mammaliennes que reptiliennes et il s'en servait avec haute délicatesse. La femme ferma les yeux. Le plaisir prenait racine dans son cuir chevelu et se diffusait par toute sa substance ; elle s'y abandonna et se livra tout entière à sa nature.

Les mains descendirent sur les tempes ; leur pouvoir grandissait, grandissait.

– Que je me sens bien ! fit-elle à mi-voix et sur le ton de la somnolence. Que je suis bien !

Il souffla en prenant garde de le dire avant de quitter les tempes :

– La médaille d'un macho a deux côtés.

– Je m'en fiche éperdument.

– Ta peau est la plus douce que j'aie jamais caressée.

– Un lys ou une rose ? questionna-t-elle sans voix.

– Les deux.

– Je vais m'endormir, perdre la carte…

– C'est le feu qui dévore l'oxygène.

– Et deux mains qui me ramollissent le cerveau.

Jacques comprit que le moment était venu. Il possédait une vaste expérience du corps féminin auquel un homme se rend aisément s'il sait passer par les chemins de l'âme tandis que la femme, quand elle veut atteindre l'âme de son compagnon, doit prendre soin de voyager d'abord par son corps.

Elle sentit l'une de ses mains parcourir son chandail, frôler son sein gauche qu'elle sut se dresser à la pointe, courir sur sa hanche, parcourir sa cuisse, revenir sur sa décision pour en prendre une plus enivrante encore…

– On n'était pas venu pour ça, fit-elle de ses lèvres frémissantes.

– Et on s'en fiche éperdument, comme tu dis si bien, répondit-il dans une certitude affectueuse.

– Et on s'en fiche éperdument, répéta-t-elle comme un écho murmuré.

Puis les mains masculines massèrent ses épaules, les deux en même temps, longuement, et les bras jusqu'aux doigts. Suzanne soupira d'aise. Déjà relâché, chaque muscle s'étalait. Elle était maintenant parfaitement offerte. L'homme pouvait et devait passer à l'offensive. Trop d'incertitude à ce stade, voire un peu de tergiversation, et la magie cesserait d'opérer. La cellule assoiffée devenait exigeante, avide...

Il devait réaliser cette prouesse de réussir à se dénuder sans interrompre la caresse : de ces performances que les femmes ignorent être des performances mais qui, quand elles ne sont pas accomplies avec art, les font se sentir mal à l'aise.

Le baiser attendu est un ingrédient que l'amant adroit sait utiliser, la minute venue. Sans cesser les caresses, l'homme se dégagea, posa la tête en douceur sur le tissu duveteux, glissa en s'agenouillant.

Elle mouilla ses lèvres, sachant que la bouche mâle y arrivait, ouvrit la sienne... Le feu de la cheminée prenait du mordant. Une main fébrile s'inséra sous son chandail, explora – main divine, créatrice. Ce n'était encore rien pourtant...

De son autre main habile, l'homme se débarrassa de son veston, défit sa cravate, les boutons de sa chemise, parvint à l'enlever sans mal, l'expérience aidant. Ceinture : dessanglée. Pantalons : partis. Il fallait qu'il soit nu le premier. Cela évite à la femme de se sentir chosifiée.

Libre enfin, le dos frôlé par la chaleur dansante de la cheminée, la poitrine musculeuse à la toison de jais, il entreprit une valse en ut dièse mineur. Pas une seule fois, Suzanne n'avait rouvert les yeux, et son imagination débordait, ses sens éclataient comme les bourgeons polychromes d'une nuit d'été. Elle avait le goût de toucher le mâle, d'être couverte, tout à fait couverte par ce nouvel amant, géant du désir, si formidable, si fougueux dans ses précautions, et qui fonçait en silence vers elle comme une comète exubérante.

– Prends-moi... vite... prends-moi...

Ce qu'elle venait de dire arrivait de sa substance charnelle qui domptait l'esprit en ce moment. Il accomplit avec elle l'exploit, bien plus simple que le précédent, de la dévêtir tout en tisonnant son corps avec des attouchements et son esprit de phrases exquisément incohérentes de sorte que l'ascension se poursuive incessamment.

Alors même qu'il procédait, elle perdit son bras hors de la couche et sa main emportée trouva la chair de l'homme qui se dressa, nerveuse, guerrière ; sa dimension lui fut donnée par ce formidable tressaillement qui agita tout l'être comme s'il eût été un arbre géant secoué par une secousse sismique. Pour donner la vie, la nature s'habille de grandiose. Et elle ne s'en départit pas même si l'exercice est factice.

Ils se rapprochèrent dans une connivence des gestes ; elle ouvrit les yeux pour le voir la couvrir. Il s'étendit sur elle, entre ses jambes, demeura longtemps à la couvrir de baisers, à faire naître de multiples impulsions électriques par le frottement des épidermes, jusqu'au moment où deux lumières célestes venues d'un concept immense à trois simples voyelles O-U-I s'allument dans les regards mêlés enflammés par les reflets de la cheminée.

Le pianiste s'élança dans une mazurka.

Mais c'était peut-être un nocturne.

Et ce n'était peut-être plus la chaîne stéréo.

Et c'était peut-être Chopin lui-même dont les longs doigts immatériels guidaient ceux-là de l'amour, tous ceux de l'amour…

Et chacun perdit la notion de son identité propre. Chopin ne savait plus très bien s'il était un homme et George Sand perdait de vue sa féminité.

En intro, il n'y avait déjà plus qu'une seule chair, qu'une seule passion, qu'une flamme, qu'un infini…

***

Chapitre 16

C'est ainsi que Paula évita la guerre.

Chaude ainsi que la Beauceronne «abénaquinisée» qu'elle était, Suzanne avait réponse à ses appétits grand ouverts avec un amant agile et fort qui la comblait. Son désir de vengeance disparut et celui qu'elle ressentait pour Grégoire baissa aussi, encore que l'occasion et l'herbe tendre aidant, elle pourrait toujours succomber...

Beaucoup d'hommes trompèrent leur femme dans la réalité de ces années-là; mais davantage de femmes trompèrent leur mari dans celle de leurs fantasmes inavoués et inavouables.

La révolution sexuelle étant encore de fraîche date, chacun craignait de se sentir coupable.

Un homme délia les consciences, car à lui tout seul, ou presque, il fourra son pays démocratiquement et le monde entier royalement. Véritable héros, Richard Nixon fit mieux que tous les dirigeants du monde réunis pour rendre cette humanité couillonne encore plus couillonne, ce qui, par contre, n'était pas tâche bien difficile. Hélas! il y perdit les couilles par la vertu de la procédure d'impeachment et il dut quitter la Maison-Blanche, l'air noir et la queue basse mais avec, prétendit-il, une victoire morale en poche et dans les doigts levés en V.

Chez les Poulin, l'argent et le succès entraient à pleine porte par les mêmes portes. Paula obtint de nouveaux gros contrats. Grégoire agrandit sa ferme. Paula s'établit ailleurs avec son commerce: plus proche de la ville, dans un local bien à sa compagnie. Grégoire renouvela ses équipements pour devenir plus productif. Paula se mit à parler de nationalisme, de René Lévesque qui, au fond, aimait bien son gentil petit pays, des tares de l'équipe tarée de Robert Bourassa. Grégoire fronçait alors les sourcils. Jean Garon vint dans la Beauce parler de sirop et de fosses septiques. Jérôme Choquette se montra lui aussi, grand manitou d'un nouveau parti bicéphale dont Fabien Roy était le siège des raisonnements financiers tandis que le politicien montréalais en assumait toute la responsabilité philosophique. La rencontre de deux grands destins.

On ne s'opposait pas chez les Poulin.

On s'encourageait. On se stimulait. On se défiait amoureusement, en toute amitié, simplement... Après tout, se redisait-on souvent, c'est pour une même bonne cause puisque c'est la nôtre, celle de notre clan familial.

Gaspard sourcillait parfois...

*

La pauvre Amérique débanda encore davantage en 1975 que l'année précédente.

Déjà à moitié rongée, sa conscience fut arrosée par une corrosive dérision. Plus de dix ans à essayer de corriger ces petits communistes jaunes et on devait retourner chez soi avec un immense coup de pied au cul après avoir perdu cinquante mille de ses propres fils. Fuite en catastrophe, énormes pertes matérielles, pertes en vies humaines, en respect de l'humanité, perte de la face: fruits de la perspicacité, des visions à long terme d'une dictature démocratique.

«Sont domptés de la guerre pour cent ans», dit un soldat du désert devant un gras officier moustachu du prénom de Saddam.

*

La personnalité de Paula eut l'air de changer. En fait, elle s'affirma. Et surtout s'accéléra. Quand les événements poussent à une prise de décision plus rapide, quelqu'un paraît différent. Tout n'est qu'une simple question de temps.

L'être humain est façonné par le temps dont il dispose dans les vingt-quatre heures de la journée. S'il découvre, comme plusieurs le font, l'art d'en tirer quarante-huit ou soixante-douze, alors il devient riche avec en prime la perte du sens des valeurs fondamentales. Et s'il ne trouve que deux ou trois minutes dans sa journée, et que le reste n'est plus que routine, conditionnement, passivité, alors il lui faut vingt ans pour vivre l'équivalent d'un petit mois et les dix-neuf autres années et onze mois sont moins que merde. Il s'anéantit par peur de bouger.

La sclérose ne guettait pas la jeune femme. Son pas devint plus rapide. Elle entrait en trombe, prenait son bain en calculant les minutes, se changeait en vitesse tout en prenant soin quand même de faire bien chaque chose. Mais plus de flânerie. De l'efficacité. On y va : on y sera !

Printemps 1976. Un gros printemps. Une bonne récolte dans les érablières. La reine de l'érable devint le roi des acheteurs de sirop. On diffusa le produit dans un nouveau contenant sans abandonner l'ancien. Du verre afin que le consommateur puisse voir la belle couleur dorée et se mettre en appétit rien qu'à regarder. La bouteille reçut la forme d'une ménagère d'antan à jupe largement évasée et à poitrine pulpeuse.

*

Avril rendait le dernier soupir. Mais il le faisait dans un grand souffle. Le vent s'époumonait, se désâmait, jouait au clown, s'adonnait au grand écart, changeait de direction, se taisait parfois puis jetait de grands mugissements.

Marc espérait le retour de Paula. Il avait eu de bonnes notes à l'école et voulait faire plaisir à sa mère tout en obtenant des félicitations qu'il savait mériter. Les autres enfants n'attendaient que la décision de Grégoire de souper sans Paula qui, semblait-il, prendrait du retard. Le téléphone sonna. L'homme répondit. Après quelques mots, il fit un signe de tête affirmatif à l'endroit de Nathalie et aussitôt, on se mit à table, mais une table où il n'y avait que de la vaisselle vide.

Paula annonçait qu'elle rentrerait dans une heure et demandait qu'on mange sans elle. Et qu'on ne lui garde rien puisqu'elle avalerait un hamburger sur le pouce au bureau de la compagnie. Grégoire s'enquit de ses occupations de la journée. Tout avait été bon, profitable. Il raccrocha, dit :

— Les enfants, maman va venir plus tard. On soupe et on met de l'ordre avant son retour. Ça marche ? Tout le monde collabore.

— C'est qu'on mange ? demanda Christian, l'œil agrandi et affamé.

— Regardons ce qui reste…

Marc fut le seul à être contrarié. Mais il se consola. Après le souper, Paula viendrait et il lui ferait part de ses succès…

La femme entra sur une ripousse. Elle ôta vivement son veston. Chantal courut, l'embrassa. L'étreinte ne contenait aucun sentiment. Marc la suivit. Sa personne timide se trouva à bloquer la voie à Paula qui l'interrogea du regard. Il annonça sa nouvelle. Reçut un sourire coupé par le milieu.

— Où est Nathalie ? Veux-tu lui dire de venir au bureau. Va…

Le garçonnet partit sur sa faim. Paula embrassa Grégoire furtivement en passant dans la salle de séjour. On s'échangea quelques paroles.

— J'ai deux ou trois petites choses à faire…

– Prends ton temps, j'ai une partie de hockey à la télévision. Tu sais, les Canadiens, ça marche leur affaire en maudit cette année, hein ? Avec l'équipe qu'ils ont, ils sont partis pour gagner la coupe Stanley durant cinq ans...

Les mots passèrent de chaque côté de la tête de Paula comme des rondelles noires qui allaient se perdre dans l'obscurité du couloir sans atteindre leur but. Elle entra dans le bureau, sortit son agenda de son sac, le posa, le consulta, prit le téléphone, commença à composer un numéro mais Nathalie entra et sa mère raccrocha sans parler.

– Assieds-toi.

La jeune adolescente s'inquiétait. Avait-elle commis une grosse bévue sans même s'en rendre compte ? Il était exceptionnel que sa mère la convoquât ainsi ; c'était même la première fois. On s'était parlé seule à seule, mais ailleurs, dans l'auto, le salon, une chambre, dehors, partout, mais jamais au bureau et jamais avec ce meuble sérieux entre les deux.

Paula consulta sa montre puis s'appuya les coudes sur le bureau et dit à sa fille sans sourciller et sans lueur dans le regard :

– Asteure que t'es menstruée, Nathalie, il faut que tu saches quelque chose. Je sais que tu sais comment un enfant, ça se fait. Mais de nos jours, une adolescente doit savoir comment pas faire un enfant.

– Ben... c'est de pas faire l'amour avec un gars, dit Nathalie en défiant son propre embarras.

– Sauf que ça, un jour ou l'autre, ça arrive. C'est donc pas le moyen qu'une mère doit conseiller. Le meilleur, c'est celui-là...

Et Paula sortit vivement de sa bourse un cadran de pilules anticonceptionnelles.

– Tu sais ce que c'est, tu l'as souvent vu dans ma chambre et je te l'ai expliqué. J'te dis pas d'en prendre demain, j'te dis que si tu tombes en amour avec un gars, tu dois d'abord prendre ça.

L'adolescente se questionnait intérieurement. Comment les aurait-elle ? Paula répondit à son interrogation sans l'avoir entendue :

— Quand ça sera le temps, tu viendras me voir et on va aller te faire donner une prescription chez le médecin. C'est simple. Et aucun problème. La dernière chose que je veux dans cette maison, c'est un bébé… Tu as bien compris ?

— Ben oui !

— C'est OK ! Dans mon temps, si les parents avaient dit ça aux filles, y aurait eu moins de bébés dans les crèches.

— Mais maman, y avait même pas de pilule dans ton temps.

— Ouais, ça, c'est vrai ! En tout cas…

— Tu me l'as dit, c'est ton amie Michelle qui a déniaisé ton groupe de filles là-dessus…

— En tout cas…

Et Paula consulta à nouveau sa montre et elle décrocha le téléphone.

— C'est tout ce que j'avais à te dire, Nathalie. Tu peux t'en aller si tu veux, maman doit faire plusieurs appels téléphoniques. OK ?

— Correct !

— Le maudit Serge Savard à marde, y est pas perçable ! s'écria Grégoire.

— C'est-il la meilleure défense des Canadiens ? demanda Christian qui écoutait aussi.

Des notes de piano se firent entendre. Paula logea un troisième appel. Elle se dit qu'elle trouverait du temps un peu plus tard pour féliciter mieux Marc pour ses notes scolaires mais elle n'inscrivit pas son intention dans son agenda.

Le son de la télé fut haussé. Sans doute que les esprits sportifs de la maison voulaient ne rien perdre de ce match capital que des mains d'artiste amateur venaient perturber grossièrement.

— C'est quasiment le meilleur de tous les temps. Ah ! y a eu Butch Bouchard… pis Doug Harvey, je te dis qu'il était solide sur ses patins... Savard, j'dirais que c'est peut-être le troisième meilleur défenseur de l'histoire des Canadiens. Y a eu Dollard Saint-Laurent qui était pas piqué des vers non plus.

— Moi, je trouve que Robinson est meilleur.

— Ben... disons... Hey, baptême que Lafleur est venu proche là... Ah! mais c'est le gardien de buts qui compte pour la moitié d'une équipe. Trétiak l'a dit, mais je le savais depuis longtemps. L'important au hockey, c'est que la *puck* rentre pas dans le but. C'est sûr que si tu fais des cadeaux à l'adversaire... Quand ton équipe fait des buts pis que l'autre en fait pas, t'as toutes les chances de gagner: c'est ça, la beauté du hockey! C'est pour ça que ça prend un coach intelligent. C'est pas facile, c'est pas facile...

— Pis les Russes, eux autres, papa...

— Pouah! on peut les moucher tant qu'on veut...

— Penses-tu qu'ils vont venir jouer dans la Ligue nationale?

Grégoire lança vers Marc:

— Marc, pourquoi que tu pratiquerais pas ton piano demain soir... y aura pas de hockey à la télévision. On s'entend pas dans le charabia...

L'enfant s'en alla dans sa chambre.

Quelques minutes plus tard, entre la première et la deuxième période, Paula vint. Elle dut attendre quelques secondes, car on repassait pour la cent troisième fois une séquence du but de Paul Henderson à Moscou lors de cette série du siècle qui avait changé à jamais le cours de la grande histoire du hockey mondial... et celle de la planète.

— Oui, c'est quoi? dit l'homme quand ce fut le message de la brasserie à l'écran.

— Vas-tu pouvoir venir à une assemblée du conseil d'administration de la compagnie demain soir?

— Ben sûr, y a pas de hockey.

— OK!

— Christian, as-tu fait tes devoirs?

– Ben oui, maman… Ben, j'en ai pas à faire…

– Ah ?

– Les professeurs disent que durant les éliminatoires, faut donner congé de devoir aux élèves, surtout si c'est les Canadiens qui jouent…

– Ils ont raison, ils ont ben raison, fit Grégoire. On apprend à gagner dans la vie à regarder faire des gagnants, pas autrement. Gagner, c'est ça l'important, pas vrai, Paula ?

– Évidemment !

Elle consulta sa montre et reprit le chemin du bureau. Avant d'entrer, elle cria :

– Pour pas l'oublier, ça va être à sept heures…

– Oui, quoi ?

– L'assemblée de demain.

– Ah ! oui, oui… c'est toujours à sept heures.

L'homme avait bien hâte qu'elle s'enferme dans le bureau. La deuxième période se mettait en marche.

*

Le conseil d'administration siégea donc ce premier jour du mois selon son habitude.

Il ne manquait plus que Paula à la table, un meuble pouvant regrouper une dizaine de personnes et qui servait aussi à des réunions d'employés.

On serait quatre avec la présidente. Gaspard Fortier, le vice-président, occupait le fauteuil face à Paula et les deux autres participants, Grégoire et la secrétaire-comptable de la compagnie étaient assis, chacun de son côté et s'échangeaient des propos badins.

On entendit Paula venir au pas de course dans le couloir longeant la pièce. Mais la jeune femme ne courait jamais. Son talon se posait fermement sur les parquets. Un chef d'entreprise doit rester en contrôle. Il eût été mal perçu de la voir courir.

Elle entra, salua en se rendant à sa place, l'attaché-case à bout de bras :

– Bonsoir. Vous êtes tous là déjà ? Je suis en retard peut-être ?

– Il est exactement sept heures, dit Gaspard.

– Mais je ne suis pas tout à fait prête...

– Là, tu exagères, dit Grégoire. C'est pas pour à peine une minute...

– Ah ! en affaires, il faut être précis, dit la présidente en s'asseyant devant son dossier. C'est ce que disent les hommes en tout cas.

– Mais les femmes doivent suivre leurs propres voies, intervint Gaspard.

La secrétaire, jeune personne de la mi-vingtaine, rousse et douce, à la peau tachetée, le nez prononcé et les lèvres accusées, regardait passer les phrases en conservant les siennes pour leur donner ainsi un meilleur poids, en fait un semblant de valeur car quoi dire quand on possède si peu d'expérience !

Mais ce soir-là, elle avait énormément à dire et le ferait le moment venu, quand la présidente le lui demanderait.

L'année fiscale avait pris fin à la mi-avril et on était en mesure de servir un bilan et une analyse pour en arriver à des projections et des projets d'expansion.

– C'est la réunion la plus importante depuis que j'ai ouvert ma compagnie, dit la présidente qui portait un ensemble blanc flamboyant et qui captait le gros de la lumière des deux néons alignés au-dessus de la table.

– En affaires, chaque assemblée doit être la plus importante, sinon, c'est le marasme... Le « maraschme », comme dirait Camille.

Gaspard approuva Grégoire :

– C'est vrai même pour une compagnie qui va mal parce que sauver le bateau, c'est encore plus important que de le faire avancer plus vite.

– Ah! mais ma compagnie se porte bien, merci, dit la présidente.

– Nous le savons et nous en sommes bien contents, dit Grégoire en détachant les mots pour leur injecter de la persuasion en même temps que de l'humour.

– Alors, on ouvre ça, Danielle? Le procès-verbal de la dernière réunion, tu l'as? Va...

La jeune femme se frotta un œil d'un pouce tournoyant et elle entreprit une lecture monotone, d'autant qu'il ne s'était rien décidé à la dernière assemblée alors qu'on avait tout mis en intentions pour celle-ci qui permettrait analyse et prévisions.

Adoption. Signatures.

Grégoire et Gaspard possédaient fort peu d'actions dans la compagnie. Mais ils étaient pourvoyeurs d'idées à débattre parmi lesquelles la femme d'affaires pigeait le bon, son autonomie, disait-elle, ne devant pas constituer un rempart contre les avis profitables.

– On pourra se pencher sur le bilan comptable plus tard mais l'important, pour commencer, c'est de vous annoncer le chiffre d'affaires de la compagnie pour l'année qui s'achève. Danielle, s'il te plaît, à toi le plaisir... Et arrondis-nous ça à mille dollars près.

– À mille dollars près? fit la secrétaire comme s'il y avait là péché.

– Ôte les surplus du dernier mille: le chiffre va mieux se retenir.

Danielle fit un regard encore plus scandalisé qui se termina par un sourire complice et malicieux. Elle sortit la langue, mouilla ses lèvres roses, leva ses yeux verts, regarda un à un les deux gars, voulant leur dire:

«Hein, vous allez voir ce qu'une femme est capable de faire!»

– Laisse-nous donc deviner, intervint Grégoire qui par là coupa dans l'émoi des deux femmes avec une hache ébréchée.

Moi, je dis deux millions deux cent mille et des poussières. Et toi, Gaspard?

— Moi, je ne reçois pas de confidences sur l'oreiller, mais c'est peut-être plus juste en se basant sur les achats... et je vais dire deux millions et demi?

Leur opinion à la baisse rebâtit la fierté et ses sensations physiques dans la poitrine des deux femmes qui se regardèrent avec des lueurs souriantes et triomphantes dans le fond des yeux.

Paula fit un signe de tête et des paupières, un signe affirmatif signifiant: dis-leur.

Danielle se racla la gorge, baissa les yeux pour lire cette phrase capitale qu'elle attendait de dire depuis des jours déjà et qui serait déterminante pour l'avenir de la compagnie:

— Notre chiffre d'affaires pour l'année qui se termine en date du 15 avril 1976 fut de deux millions huit cent mille... et des poussières si on arrondit.

— Comment? demanda Grégoire qui avait fort bien entendu mais pour que l'orgasme se répète.

— Deux millions huit cent mille...

Il émit un sifflement qui remplit la salle.

— Ça fait des cannes de sirop, ça, mes aïeux!

— C'est encore rien, dit Gaspard. Chaque deux ans, on va doubler ce chiffre...

L'homme répétait en ses propres mots ce que Paula disait souvent dans les siens qui ne dépassaient pas encore le stade du rêve. Il s'en souvenait et il le faisait expressément pour renforcer les ambitions de la femme d'affaires et l'inciter à considérer son rêve comme une possibilité à portée de la main.

— Ouais, ben... moi, je me sens dépassé, dit Grégoire, de crainte qu'on le pense de lui et pour montrer qu'il avait le contrôle de son esprit de compétition.

— On aurait dû se barder d'actions de la compagnie, dit Gaspard.

Paula voulut montrer qu'elle était maintenant imperméable à la flatterie et elle coupa :

— Ce qui est fait est fait, mais il faut s'en servir pour faire mieux. On a la canne, on a la bouteille, on a le marché : qu'est-ce qu'on fait maintenant ? On attend que les contrats viennent ou on fonce d'avant ?

— Ça, c'est ton choix personnel, dit Grégoire.

— Bien sûr et il est déjà fait. J'ai envie d'aller fureter sur le marché international. Ça débloque en Ontario et dans l'ouest du Canada, je pense à plus. Pour développer un nouveau marché à l'étranger, il me faut quelqu'un à plein temps et seulement sur ce dossier ; un investissement de cent mille dollars par année. C'est peut-être prématuré, je ne sais pas encore.

— Faire des tentatives ne coûterait pas cent mille dollars ?

— Le Québec a des maisons à l'étranger de plus en plus. C'est pas rien que pour la culture…

— Peut-être qu'on discute de manière échevelée, fit la présidente. Moi, je pense qu'il faut commencer par raisonner sur le produit eu égard aux habitudes de consommation des marchés à ouvrir et qu'ensuite, on pourra songer aux chemins commerciaux pour y arriver, non ?

— Moi, je suis d'accord, glissa Danielle.

Mais son intervention ne fut pas remarquée. Il lui aurait fallu une moustache pour être entendue si jeune. Elle retraita dans sa psychologie et se mit à l'affût. Apprendre, ce n'était pas perdre son temps. Quand elle détiendrait du pouvoir comme sa patronne, alors on l'écouterait.

On procéda systématiquement, pays par pays, en omettant volontairement les États-Unis au départ pour y venir à la fin.

La France ? Les Français se savent des maîtres en cuisine et considèrent comme suspects les produits alimentaires étrangers, argua-t-on.

L'Angleterre ? Trop conservatrice…

– Et puis, ils ont déjà leur reine, blagua Grégoire. Une reine de l'érable en plus d'une qui déraille...

Les pays méditerranéens? Des peuples qui ont pas trop le goût du sucré, jugea-t-on. La Scandinavie? Peut-être... L'Allemagne? Peut-être. Le Japon? Impénétrable. Le tiers monde? Pas capable de payer...

– Si on pouvait faire du commerce avec les Russes, opina Gaspard, on aurait là un marché gigantesque. Ils ont le même froid que le nôtre, les mêmes besoins énergétiques corporels, des forêts avec les mêmes essences mais pas d'érable à sucre... J'ai su que le consulat de Montréal se vide net chaque printemps et plusieurs fois, parce que tout le monde s'en va à la cabane... Ah! mais c'est parler pour rien.

Pourtant, ce qu'il dit ne tomba pas dans l'oreille d'une sourde et Paula qui ne s'était guère intéressée à l'humanité du temps de son enfermement volontaire dans la vie de famille buvait maintenant toute parole concernant les caractéristiques de certains peuples, les échanges commerciaux, les barrières à la circulation des biens et des personnes...

– Bon... nous faisons du blablabla parce que le marché à ouvrir pour moi, pour la compagnie, c'est, bien sûr, le marché américain. Qu'est-ce que vous avez à dire sur le sujet, messieurs?

– Les meilleurs atouts sont dans ce jeu-là, ça tombe sous le sens, dit Gaspard.

– Ils ont le bacon pour payer.

– Tout se vend aux États.

– C'est vrai, ça. Toutes les classes sociales sont capables d'acheter.

– Ils ont une variété de climats.

– De traditions.

– Oui, mais le problème, c'est qu'ils ont aussi leurs propres produits de l'érable, dit Paula. Le Vermont, le Maine, le New Hampshire... Ça coule autant là que par chez nous le printemps.

On en parla une bonne demi-heure. Un consensus se dégagea. À cause des droits d'entrée du produit mis en conserve au Québec, ce marché serait impossible à percer. La seule solution serait de l'exporter en vrac et de mettre en bouteilles là-bas, une entreprise impossible pour l'heure.

— Il faudrait une libre circulation des biens entre le Canada et les États-Unis comme ça se fait de plus en plus en Europe, fit Gaspard. Mais ça, c'est rêver en couleurs... en tout cas tant que Trudeau sera à la tête du pays. Des fois, je me demande si le petit René Lévesque a pas raison de proposer l'indépendance du Québec... Mais ça... mettre un mur entre nous autres pis les Anglais du Canada, les Québécois voudront pas... c'est comme de penser que le rideau de fer pourrait tomber ou que le mur de Berlin pourrait être démoli...

Il passa diverses lueurs d'un regard à l'autre. Comme si les paroles du philosophe eussent possédé une allure prophétique étrange, à contresens.

— Je vois pas pourquoi le Québec serait pas indépendant, moi, dit la présidente. Et je vois pas non plus pourquoi on pourrait pas faire du commerce avec les Russes un jour ou l'autre.

Paula secoua aussitôt la tête. Elle-même était surprise de cette opinion jetée sur la table comme malgré sa propre volonté.

— Tu me dis pas que tu t'en viens « séparatisse », se scandalisa faussement Grégoire en insistant sur la syllabe inélégante du mot.

— C'est à se tenir debout qu'on obtient le plus, non ?

— Parce que... un fédéraliste, c'est pas capable de se tenir debout ?

— Je dis pas ça...

— Ça y ressemble.

— Deux partenaires autonomes se respectent mieux que si un mange l'autre tout le temps. C'est vrai dans les ménages et c'est vrai dans le ménage de deux peuples...

– Commencez pas à discuter de politique, la chicane va prendre, dit Gaspard en secouant la tête. La politique, c'est le pire poison que l'homme a jamais inventé… On commence par blaguer et ça tourne à la bagarre. C'est grâce à la politique si l'être humain fait la guerre depuis la nuit des temps. Comme dirait l'autre : damnée politique, c'est un outil du diable.

– Faut dire que la politique mène tout, hein !

– Faudrait justement pas ! Tant que la majorité des gens ne feront pas passer un bon engagement social avant tout engagement politique, tout ira de mal en pis.

– Mais reviens sur terre, Gaspard, protesta Grégoire la voix lancinante.

– Vous verrez, vous verrez dans l'avenir si le vieux Fortier est aussi déboussolé que vous le pensez.

Paula se perdit un moment dans un bilan curieux. C'était la troisième fois en quelques minutes qu'une parole de l'ermite la faisait réagir profondément. Son opinion sur le marché de la Russie, sa pensée sur l'indépendance du Québec et maintenant son mépris de la politique…

Elle secoua la tête une autre fois.

Les propos utopiques, déconnectés, se sauvèrent dans des cellules lointaines de son cerveau.

*

L'avenir, ça se prépare.

Et maintenant.

Car demain, il sera déjà trop tard…

Bourassa, le premier ministre suicidaire, surprit le Québec en déclenchant une élection prématurée, sans considérer que le public n'aime guère les gens qui ne finissent pas leurs mandats électoraux et filoutent pour se faire réélire.

Paula fut sollicitée par l'organisation péquiste, dont les bases dans le haut de la Beauce possédaient bien peu de racines et de solidité, les anti-libéraux y étant pour la plupart créditistes et maintenant récupérés par le PNP.

Elle fut un moment à se demander si elle devait en glisser un mot à son mari avant de se lancer dans du travail électoral en faveur d'une pensée contraire à celle appuyée par Grégoire.

« Le nationalisme va rapporter d'énormes dividendes à tous ceux qui le pratiqueront, qu'il soit authentique et agissant ou bien simplement de surface et intéressé » s'étaient entendus pour dire devant elle Michelle Caron et André Veilleux naguère, opinion que partageait aussi Gaspard.

Bon, mettre du sirop d'érable en boîtes et le vendre aux quatre coins du Québec, et maintenant jusqu'en Colombie-Britannique, c'était du nationalisme agissant, se disait-elle. Et vouloir l'exporter, c'était encore mieux. Seulement voilà, le fédéral constituait une enfarge plus qu'une catapulte pour une invasion du grand marché américain. Elle se devait de s'engager politiquement contre Ottawa : c'était une question de fierté et d'argent. Et d'autonomie d'un peuple...

Tandis que Gaspard voyait à la bonne marche de son entreprise, que Grégoire s'occupait de la famille, la jeune femme passa octobre à frapper aux portes pour insuffler au bon peuple une fierté à la flamme trop vacillante.

Elle travailla de pair avec un couple d'enseignants qui consacrait à la cause patriotique tous ses temps libres, y compris les samedis et même, à l'occasion, quelques jours de maladie payés.

Assemblées de cuisine. Chapeau qui circule à la mode créditiste pour soutenir la grande cause nationale. Rires méprisants des militants libéraux. Contrariété des partisans de Fabien Roy qui digéraient mal ce drôle de nationalisme incapable de supporter leur maître à penser.

Novembre fut.

Un mois historique.

Une campagne historique.

Une pluie historique.

L'histoire se pétait les bretelles aux quatre coins du Québec.

Jamais le mot n'avait été plus galvaudé, mieux servi à la sauce de la flagornerie, autant dévergondé par les fabricants de pays sur mesure. Honoré Mercier et Wilfrid Laurier réunis dans leurs habits de gala n'auraient pas pu aller à la cheville de René Lévesque dans ses frusques populistes. Mais l'homme politique n'avait aucune envie de prendre le pouvoir. Par malheur pour lui, l'effet-mouton médiatique dépassa ce qu'il en attendait ; en outre, il surévalua la popularité du gouvernement sortant de sorte que lui retomba entre les mains le soir du 15 l'énorme patate chaude d'avoir à mener le Québec à une indépendance en laquelle il n'avait jamais réellement cru, son problème étant désormais d'en faire échouer l'avènement, ce qu'il devait réussir brillamment quatre ans plus tard lors d'un référendum pensé pour le perdre.

Paula en vint à manger de la politique, au déjeuner, au dîner, au souper. Tard à la maison, de bonne heure partie, la fièvre du militantisme lui fit perdre de vue certaines valeurs fondamentales.

«Le 16 au matin, on va reprendre comme avant», répétait-elle à son mari et devant les enfants.

«On fait pas d'omelettes sans casser des œufs», lui disait Grégoire en souriant et pour taquiner.

Heureusement, se disait-elle, qu'elle avait la situation bien en mains autant à la maison qu'à son entreprise, sinon elle eût abandonné sur-le-champ ce sprint vers la victoire… peut-être. Mais qui oserait reprocher aux héros de se conduire en héros ?

Et ce fut la victoire.

Presque complète. On perdait dans le comté mais on «gagnait la tête».

On était au comité quand la télé annonça l'élection du parti. Des gens pleuraient. D'autres riaient. D'autres encore pleuraient de rire ou vice-versa.

Et quand le nouveau premier ministre fit vibrer la nation jusqu'à l'érection avec son «j'ai jamais été aussi fier d'être québécois», Paula eut une vision. Son esprit plongea dans le passé, seize ans en arrière, ce soir de juin 1960 où le docteur de Saint-Honoré avait annoncé lors de son triomphe et celui de l'équipe du tonnerre que le peuple connaîtrait désormais le bonheur...

Mais il y avait eu le viol de Lucie ce soir-là. Et ce viol avait peut-être mis en sa substance profonde les ferments de la mort?

Alors Paula regretta l'absence de son mari en cette minute d'absolu. Mais l'homme avait refusé de venir. C'est que malgré tout, il demeurait libéral bien qu'il se soit tu au cours de la campagne pour ne pas saper le travail de sa femme et miner son enthousiasme. Elle téléphona à la maison. Sa belle-mère répondit:

– Suis venue garder. Grégoire est parti avec ses amis. Un soir d'élection, rester à la maison, tu comprends...

– Il aurait pu venir avec moi.

– Donne-lui du temps pour s'apprivoiser... Le Québec se bâtit pas en un jour.

Cette parole requinqua la jeune femme d'affaires. Il était vrai que tout ne pouvait pas se soumettre à sa volonté. Son entreprise l'avait gâtée et voilà que cette campagne électorale la comblait aussi. Quoi demander de plus à 37 ans quand on est femme, et surtout quoi exiger de plus à Grégoire?

La place bourdonnait.

Des mains se serraient. Des cris éclataient, fusaient de partout. C'était la pagaille du bonheur chez les gagnants. Les egos se bidonnaient.

On attendait le candidat défait qui viendrait bientôt clamer sa victoire morale et surtout célébrer la victoire de la partie la plus intelligente du peuple sur la partie la plus imbécile et pleutre.

Il entra dans la salle. Fut ovationné. Leva des bras triomphants, jeta dans toutes les directions des sourires idiots qui décuplèrent les rires et les cris victorieux. Un microphone directionnel braqué sur diverses bouches eût recueilli des mots tels que «hommage», «épaulettes», «gloire», «honneur», «courage», «grandeur»... Le vocabulaire d'un véritable procession de la Fête-Dieu des années quarante mais à l'adresse des hommes maintenant.

L'homme aperçut Paula, l'une de ses organisatrices principales, à travers la foule, debout, il fit des signes et parvint jusqu'à elle. On se serra la main, quelques larmes au bord des paupières.

– Bravo, Paula, on a dépassé nos objectifs. Et c'est grâce à des gens comme toi si le pays est désormais libre...

– Reste encore le référendum, dit-elle sans arriver à s'empêcher de se rappeler quelques passages du grand discours de triomphe du docteur de Saint-Honoré le soir de l'élection des libéraux de Jean Lesage en 1960.

Touché par des électeurs comme s'il eût été un thaumaturge susceptible de guérir tous leurs maux, le jeune politicien aux yeux bigleux cria à l'oreille de Paula :

– Finalement, as-tu réussi à convaincre ton mari de voter du bon bord ?

Elle fit une moue désolée :

– J'ai peur que non. Faut dire que j'ai pas mis une trop grosse pression non plus. Je l'ai vu trois fois depuis le début de la campagne...

– L'important, c'est la tête. Avec Lévesque, le Québec est sauvé...

– Félicitons-nous !

– À nous la victoire !

Il y avait quelque chose qui sonnait faux dans la tête de Paula, de fêlé dans son rire, d'incertain dans ses affirmations et ses célébrations. Une inquiétude. Une zone d'ombre. Un rien...

Qui serait ministre de l'Agriculture ? Sans doute Jean Garon. Il avait déjà parlé de favoriser l'ouverture de marchés européens pour les produits de l'érable. Elle eut tôt fait de chasser des pensées aussi intéressées en une minute d'aussi grande fierté nationale.

– Hip! Hip! Hourra! criait-on en chœur de partout.

Le couple d'enseignants avec lequel Paula avait passé plusieurs heures dans son travail d'organisation, la rejoignit. On demeura debout malgré la présence aux environs de nombreuses chaises inoccupées que personne ne voulait prendre. On ne s'assied pas quand tout le pays est debout.

La femme était de forte constitution; elle enseignait le conditionnement physique. Lui se présentait comme un homme de classe, moustachu, aux paroles empreintes de dignité malgré son œil juvénile. D'un naturel réservé, il savourait la victoire nationale sans grands éclats, fier des résultats et fier de sa fierté.

– On se serra la main, même si on s'était parlé le jour même.

C'était un geste de complicité gagnante.

Et on resta là, debout, à regarder et à se regarder, à sourire à la vie, tandis que le candidat défait, accompagné de sa femme que l'on pouvait voir pour la première fois depuis le déclenchement des élections, montait sur une scène devant la salle et prenait place parmi un petit groupe d'organisateurs qui l'entourèrent aussitôt et le félicitèrent.

L'homme chercha des yeux dans la foule pour retracer Paula et l'inviter à les rejoindre, ce qu'il n'avait pas pensé à faire plus tôt. Il la repéra ainsi que le couple tout près d'elle. Leur fit des signes. Se rendit au micro, les désigna, les pressa de monter sur scène...

– Parmi mes meilleurs organisateurs, venez nous rejoindre... que la Beauce sache qui a bien travaillé... Parce que si on n'a pas gagné, ça, on le savait depuis le début, mais c'est la plus grande victoire morale qui soit, hein, faut se le dire... Venez... Montez... Comme dirait le Seigneur, montrez-vous... au peuple...

Il avait gardé un ton bas et une mimique signifiant qu'il s'adressait à quelqu'un en particulier de sorte que les assistants nombreux continuèrent de se parler et que certains jeunes, les bras accrochés dans la grande solidarité des soirées électorales, dansaient et chantaient *Gens du pays*.

Le visage rougi par beaucoup de fierté embarrassée, Paula précéda le couple et se rendit emprunter un escalier latéral, tandis que le candidat retournait deux pas en arrière à son groupe et qu'un jeune maître de cérémonie allait haranguer la foule avant de présenter l'orateur attendu.

Paula avait des larmes dans les yeux. Mais ce n'était pas le bonheur, plutôt le trac surpassant les autres émotions et s'en nourrissant, et cela l'empêchait de voir l'assistance d'au moins quatre cents personnes bruyantes, excitées, euphoriques. Sinon, lui aurait sauté aux yeux ce couple particulier là-bas au fond et qui vibrait pour elle, un homme avec un cache-œil de pirate et une frêle femme au visage exsangue…

Le maître de cérémonie, un bedonnant au français châtié et qui avait entendu René Lévesque à la télé quelques moments auparavant, réclama l'attention par plusieurs «mesdames, messieurs» répétés et ponctués de vivats, d'applaudissements et autres manifestations orgasmiques d'une foule triomphante. Quand enfin la rumeur diminua, il entama :

– Mes amis, ce soir, je n'ai jamais été aussi fier d'être un Québécois…

Au fond de lui-même, il savait faire d'une pierre deux coups, car natif d'un quartier pauvre de Québec et venu travailler en Beauce quinze ans auparavant, il s'évaluait un cran au-dessus des provinciaux de la Haute-Chaudière.

On applaudit. Il rit. De ceux-là même qui criaient. Se disait en lui-même : « Gang de Beaucerons épais, vous auriez pu voter péquiste au lieu de voter créditiste ! » Car Fabien Roy, même s'il avait abandonné l'étiquette à Caouette, fort d'une solide organisation, avait obtenu une autre victoire dans le comté.

Le candidat serra toutes les mains pour la troisième fois. Et à Paula, il dit :

— Dans tout le secteur où tu as travaillé, on a triplé nos votes par rapport à 1973.

— Oui mais...

— Mais sois heureuse, t'as fait un travail extraordinaire et vous autres...

Il s'adressait déjà au couple d'enseignants. Un candidat se doit également à tous ses commettants et surtout à ses organisateurs.

Paula se retira quelque peu du groupe et c'est alors qu'elle aperçut André Veilleux et sa femme Aubéline au fond de la salle. La soirée prit un tout autre sens pour elle. Son sentiment de solitude disparut. Pourvu qu'ils ne partent pas sans venir lui parler. Mais ils étaient sans doute là pour la voir, pour la féliciter ? Ou peut-être pas. Rien qu'à faire un signe en leur direction et elle saurait...

Elle leva la main, salua, projeta son regard loin au-dessus de la foule. Des gens se pensent le centre du monde et de leur coin de pays ; certains de ceux-là crurent qu'elle leur adressait un bonsoir et répondirent. Elle ne les vit même pas. Aubéline montra qu'elle comprenait, André suivit aussitôt même s'il avait aperçu le premier le geste de Paula.

— J'ai assez hâte de parler avec elle, fit Aubéline en trépignant.

— Elle nous a vus, elle va venir, dit André en riant de son rire égal et paternel qui eût pu paraître suffisant à quelqu'un ne le connaissant pas.

Paula se mit à hésiter entre ses racines artificielles et ses racines naturelles. Devait-elle descendre et retrouver ses grands amis d'autrefois, Aubéline, à qui elle avait tant apporté, et André, cette première flamme que des riens avaient empêché de s'épanouir, ce couple d'un grand amour dont elle se sentait la « mère »...

Rappel du visage de Lucie au triomphe de 1960. Lucie lais-sée seule dans la foule méchante. Abandonnée. Perdue. Violée. Paula eut une montée de larmes. Cette fois, ce n'était pas le trac mais la nostalgie. Les souvenirs tristes…

Il lui fallait se secouer. Et la meilleure façon, c'était de rejoindre ses amis tout de suite, avant que le candidat ne commence son discours pour ne pas le froisser. Elle s'éclipsa en douce. Aubéline eut un mouvement pour aller à sa rencontre; André la retint.

– Ça va mieux parler en arrière et on va pas étouffer.

Et l'on se retrouva enfin. Des mots bourrés de joie lancés sans retenue. Accolade avec André. Étreinte des amies. Qu'est-ce que vous faites ici? On est là pour toi. Mais comment ça? Sommes venus exprès pour célébrer ta victoire. Je ne suis pas candidate. Tu le seras à la prochaine. Mais comment saviez-vous que… On a su que tu travaillais fort pour le candidat péquiste…

– Pis tu comprends, lui dit André à l'oreille, un Beauceron, un vrai, n'est heureux le soir d'une élection que s'il est en Beauce.

– Ça doit te rappeler de grands souvenirs? Tu te souviens d'avoir présenté le docteur…

– Comme si c'était hier.

– Et les enfants?

André croisa les mots:

– Grégoire est pas venu?

– C'est un super libéral…

– Comme moi, fit André.

– Tu me dis pas que t'as peur toi aussi?

– Peur?

– Ben oui, peur de voter péquiste… pour la souveraineté du Québec?

– Peur? se surprit-il. Ben là, tu me fais peur de me dire ça.

– C'est que y a ben des gens qui hésitent à voter du bon bord par peur…

– Ça, c'est de la démagogie, dit l'homme en riant.

– Ben voyons, intervint Aubéline, on commence juste à se parler pis on va...

On se rendit compte que la foule se taisait. Le candidat approchait sa vérité du microphone après avoir été présenté dans un crescendo du M.C. et les bravos de la foule folle.

– Mesdames, messieurs... je suis fier...

André fit un clin d'œil et murmura entre les dents :

– Non, mais sont tannants, les péquistes, avec leur vocabulaire : fier, historique pis tout. Comme disait mon oncle Omer, on dirait que c'est une bande d'ordilleux.

– Mais ils se tiennent debout, c'est pas comme les libéraux, murmura Paula l'œil agrandi par la taquinerie et le défi.

– Chhhhhhhhh, fit Aubéline. Écoutez donc, impolis que vous êtes !

Le regard gris de deux ou trois joints, louche par nature, de la pupille et d'autre chose, le candidat s'adonna à la sempiternelle flagornerie dont se servent les politiciens pour se faire aimer et élire. On pouvait déjà parler de future victoire péquiste en Beauce en 1980.

– Les amis, nous vivons un soir historique... nous sommes au rendez-vous que l'histoire nous donne... et nous sommes bien là.

Le laïus fut ponctué comme il se doit en ces moments-là d'applaudissements, de cris, de rumeurs... «Masturbez-vous les uns les autres», dit le candidat en substance. Et le peuple devenu grand pour quelques heures se livra à son onanisme électoral que les apparences de la démocratie lui permettent chaque deux ou trois ans en comptant les élections aux deux paliers de gouvernement.

Mais ce n'est qu'à chaque quinze ou vingt ans qu'une génération se donne les immenses plaisirs du triomphe d'une époque sur la précédente. Le 15 novembre 1976 était à l'égal du 22 juin 1960. La prochaine grande bacchanale nationale serait pour quelque part dans les années 1990.

Ces soirs historiques aux allures hystériques, les électeurs ne tiennent pas en place. Ils vont. Ils viennent. Ils cessent d'être eux-mêmes. Bougent sans arrêt. Changent vite d'idée comme pour se justifier de se croire une conviction politique appelée à la pérennité.

– On devrait retourner sur la scène tous les trois, proposa Paula.

Et elle questionna chacun du regard.

Aubéline haussa les épaules en consultant son mari de la moue. André pensa que cela lui rappellerait de grands souvenirs. Il sourit. Paula les devança. On la reconnaissait. On la laissait passer. Elle fendait la foule. On respecte les gens de pouvoir.

Et quand on fut enfin sur scène, le petit candidat, un lévêquiste jusqu'au bout des ongles, se tenant sur un pied et sur l'autre au rythme de ses envolées, achevait sa prestation en capitalisant du geste, des mots et du nez:

– Ce n'est pas la fin, mesdames, messieurs, c'est juste le commencement. Je ne vous dis donc pas adieu, mais à la prochaine... en tout cas, si je vous ai bien compris...

Il sut qu'on l'avait compris par les applaudissements qui éclatèrent et il put clore quand même:

– La prochaine étable, ce sera le référendum...

Paula et André s'échangèrent un drôle de regard. Avaient-ils bien compris « étable » au lieu de « étape »? Qu'ils se soient ainsi regardés au même instant leur confirmait qu'il y avait bel et bien eu un lapsus, mais ce n'est pas son contenu qui les fit rire et ce fut plutôt le rappel de ces nombreuses consultations qu'ils avaient l'un auprès de l'autre à la petite école de leur enfance, le vieux couvent disparu du cœur du village.

Aubéline était comblée. Depuis le temps qu'elle n'avait pas vu cette si merveilleuse amie dont rien ne l'aurait rendue jalouse. Pourquoi donc ne se voyait-on pas plus souvent? La distance, les devoirs de chacune, les obligations familiales: on n'avait pas le droit de laisser dormir un si grand et si beau sentiment que celui d'une amitié généreuse, fidèle et éternelle...

Le candidat quitta le micro, les doigts à la Churchill en signe de victoire garantie, et une fois encore, il serra les mains de ses organisateurs autour de lui. Il en trouva deux de plus et ne posa pas de questions mais Paula intervint:

— Je te présente Aubéline et André, deux bons Beaucerons venus fêter avec nous autres...

— Qui ont voté du bon bord, j'espère? dit le candidat au sourire communicatif.

— On votait à Québec, fit André. Et je dois dire qu'on a perdu...

— Ah! des bons libéraux, fit le candidat sans sourciller et même en élargissant son sourire. Nous en faut à convertir pour avoir le plaisir du désir entre ci et la prochaine élection, hein. L'important, c'est d'être entre Québécois... pis de pas trop se chicaner.

— On a un œil sur vous autres, blagua André.

— Sais-tu que t'es encore plus frisé dans tes phrases que sur la tête, fit le jeune homme politique dans un immense éclat de rire.

Quand il se fut éloigné, Paula servit un commentaire favorable:

— Il rit tout le temps. Pas méchant pour deux sous. Peut-être pas assez agressif. Il aime tout le monde et c'est vrai dans son cas, et je dis pas ça parce qu'il était candidat...

— On a l'impression de ça, ouais, fit André. C'est quoi son nom déjà?

— Pierre Pelletier.

— Ah!

Il fut à nouveau question de Grégoire et Paula se dit alors qu'il pouvait être allé au chalet pour se changer les idées. Elle se souvenait qu'il avait parlé d'aller réparer la pompe à eau.

— Savez-vous ce qu'on va faire tantôt, on va aller au chalet au lac Poulin. Je vais en parler au candidat et à un ou deux autres du comité d'organisation. Ça vous dirait de venir une heure ou deux ? On prendra un verre. Je vous inviterais bien à la maison mais les enfants sont là et ils vont se plaindre qu'on fait du bruit… Et Grégoire n'est pas là, ils sont gardés par leur grand-mère.

Aubéline réagit, elle qui avait tout le mal du monde à s'éloigner de ses enfants. Cela faisait bizarre d'entendre de telles paroles dans la bouche de Paula. De plus, elle savait maintenant que son amie avait passé les cinquante-huit jours de la campagne électorale y compris la plupart de ses soirées à préparer les élections et donc à n'être pas constamment avec les siens. L'émancipation de la femme, oui, se disait-elle, mais tout de même pas jusque-là !

Le rendez-vous fut pris. On serait huit avec le candidat. Départ de la salle à neuf heures et demie. De toute façon, il faudrait se suivre puisque personne sauf elle ne savait exactement où se trouvait le chalet, pas même André, un habitué de vieille date du lac Poulin.

C'est ainsi qu'à l'heure prévue, Paula prenait la tête d'un convoi joyeux. La jeune femme possédait maintenant une imposante Chrysler à haute consommation de carburant malgré l'augmentation de son coût en raison du choc pétrolier, et surtout malgré le prêchi-prêcha de Gaspard sur la destruction de l'environnement par la consommation excessive de carburants fossiles.

Elle ne songeait pas à tous ces problèmes du siècle prochain qui tracassaient prématurément des visionnaires à la Gaspard Fortier. On était en 1976 et plus précisément le 15 novembre, et seul le résultat des élections comptait pour le moment. Le Québec avait bien assez de se soucier de lui-même sans se préoccuper de la planète : qu'aurait-il pu faire ?

Pas une feuille dans les arbres mais aucune trace de neige encore. Un temps cru fort endurable. Une nuit étoilée. Le ciel pavoisait-il donc aussi ?

Elle conduisit plutôt lentement afin qu'on se suive à coup sûr et aussi au cas où l'un des conducteurs aurait pris un verre de trop déjà. Là-bas, elle surveillerait chacun pour que si mémorable soirée ne se transforme pas en tragédie.

L'automne collait la poussière à la route. On rencontra plus d'autos que par les soirs ordinaires. Des partisans de Fabien Roy venus du fond des rangs, pensa-t-elle. Mais aussitôt, elle eut honte d'elle-même. Quelle différence entre le fond d'un rang et le bord d'un rang comme le lieu de son enfance à Saint-Honoré ou son domicile sur le rang de Saint-Jean? Et quelle supériorité de Saint-Georges sur Saint-Honoré? Et qu'a donc Montréal que n'a pas Saint-Georges à part le quantitatif? Quoi donc, Paula Nadeau ne savait pas avoir la victoire modeste? Elle se reprit en songeant aux promesses de social-démocratie du parti maintenant au pouvoir...

Elle fut enfin sur la route entourant le lac. Une famille de mouffettes passa lentement devant l'auto à une centaine de pieds et Paula dut ralentir. Qu'importe, on arrivait! Ce n'est qu'en tournant dans la montée qu'elle aperçut la voiture de Grégoire stationnée dans la cour. Elle se félicita d'avoir deviné juste. Comme il en avait parlé, il était venu réparer la pompe à eau du sous-sol. Il serait surpris et sûrement pas si mécontent que ça; après tout, il n'y aurait pas que des péquistes dans le groupe et André le consolerait d'avoir perdu ses élections.

Tous furent bientôt là. On se regroupa sur la galerie. Paula entendait la chaîne stéréo mais si elle reconnaissait le type de musique elle la savait nouvelle dans leur discothèque de chalet.

C'était du Chopin.

Elle ne chercha pas sa clé et entra dans la maison, suivie du groupe qui se fit discret par la force des choses puisque la musique enterrait tout bruit ordinaire. Il n'y avait qu'une lampe allumée au salon et la porte donnant sur l'escalier du sous-sol était fermée.

Quelque peu transie et indécise à la fois, Paula retint derrière ses lèvres le nom de Grégoire qu'elle s'apprêtait à crier pour l'alerter; et elle marcha jusqu'à la porte de la chambre restée à demi ouverte. Elle s'avança...

Brutalement, son univers bascula.

Le lac Poulin figea d'un coup. Ou bien se transforma en lave incandescente. Il y avait en son corps, ses veines, son cerveau, son âme, sa substance profonde et la fleur de sa peau, des frissons effroyables qui la brûlaient de leurs froids insupportables. Et en même temps, le goût de rire à la scène grotesque étalée à sa vue... Comme elle trouvait ridicule et bestial cet acte qu'on appelle l'amour! Comme il est bizarre et risible quand il est accompli par quelqu'un d'autre, surtout son conjoint avec une autre femme! Comment une telle offense à toute forme d'esthétique peut-elle être source de vie... dans certains cas mais pas celui-ci...

Ils étaient au sommet de l'action puisqu'ils ne prenaient aucune conscience d'autre chose. Paula avait la gorge tailladée, le cœur écrasé comme ce jour de son adolescence où, dans l'embrasure de la porte, elle avait vu sa mère rendre son dernier soupir.

Sauf que les soupirs maintenant en étaient de plaisir et que c'était la spectatrice qui se sentait mourir. Grégoire était facile à reconnaître dans la demi-obscurité mais Paula ignorait encore l'identité de sa compagne-objet.

En de pareilles situations impossibles à soutenir, le rire sert parfois de soupape. Il lui vint une phrase en tête et qu'elle cria sans voix:

« C'est elle, ta pompe à eau? » Et elle eut un grand rire muet, dérisoire.

La raison réussit enfin à s'infiltrer à travers ses émotions tumultueuses pour lui suggérer de ne pas rester là, figée comme une momie. On se poserait des questions là-bas, à l'autre bout de la pièce où on tâchait de se trouver une attitude qui ne soit pas trop ridicule dans cette musique excessive. Aux affres de la douleur, de la peur, du sentiment de rejet et d'abandon, de la honte, de la colère provoquée par une trahison plus que haute, il ne fallait pas ajouter le scandale et donc décupler les blessures de l'amour-propre.

Mais alors quoi, la Paula Nadeau ? Comment garder le contrôle du véhicule de son âme alors qu'elle dévale un ravin, un précipice, que ses roues touchent à peine le sol, que les frappent sans arrêt les pierres que sont devenues les émotions négatives pures, non tempérées par leurs contraires ? Comment sortir de cet impossible guêpier dans lequel on est projeté malgré soi ? Entrer dans la chambre ? Fermer la porte ? Hurler de rage ? Trouver un prétexte pour renvoyer tout le monde sur-le-champ ?

Dans tous les cas, elle s'en trouvait dévalorisée… Le mot se décomposa dans sa tête par une de ces réactions idiotes et imprévues à une circonstance aux mêmes allures. Le «dé» qui avait un sens de défaite. Ce «valo» qui s'ajoutant au «dé» lui faisait s'écrier intérieurement: mais qu'est-ce que j'ai fait, pourquoi à moi ? Puis cet horrible «risée» au son de risée… Quel épouvantable coup à l'orgueil d'une personne qui se pensait en contrôle de tels sentiments par trois ans dans le monde des affaires et quand même quelques coups reçus sur le nez!

Il y avait déjà cent ans qu'elle se trouvait là à souffrir mais à peine vingt secondes s'étaient réellement écoulées. Ce fut alors son expérience des affaires précisément qui vint à sa rescousse. Les exercices de respiration et de méditation qu'elle avait appris à faire et avait répétés tous les jours depuis deux ans sur les conseils de Gaspard pour affronter une situation, plus la faculté de tenir compte de plusieurs choses à la fois qu'elle avait développée, mirent devant elle une solution possible pour sauver au moins la face alors que tout semblait perdu irrémédiablement.

D'un geste mesuré, elle ferma la porte de la chambre puis se rendit au système de son et coupa le son mais de moitié seulement, son intention étant de ramener sur terre ces porcs en train de s'ébattre, de faire prendre conscience à Grégoire que sa femme était dans la place, de leur faire réaliser en plus qu'il y avait plusieurs personnes dans la pièce d'à côté.

Possible que son mari fasse cacher sa compagne dans l'un ou l'autre des deux seuls endroits disponibles, soit la garde-robe ou le dessous du lit, qu'il sorte en s'étirant, disant qu'il s'est endormi, qu'il est venu réparer la pompe à l'eau... Les invités n'y verraient que du feu.

— S'il se réveille pas, je vais le laisser dormir encore une demi-heure, dit-elle à son monde qu'elle invita par le sourire et un geste bouclé à s'asseoir dans le grand carré de fauteuils et divans du salon-salle de séjour.

Quand cela fut fait, elle demanda à chacun ce qu'il désirait boire, une oreille à l'écoute de leur réponse et l'autre à ce qui pouvait se passer dans la chambre maudite. Mais Chopin ne lui laissa entendre que les voix de ses invités.

Aubéline avait la puce à l'oreille. Elle accompagna son amie à la cuisine pour l'aider à la préparation de ce qui avait été commandé.

— Tout va bien pour toi, Paula ? T'es blanche comme l'hiver.

— La fatigue peut-être.

— Mais à la salle, tu avais le visage éclatant !

— Les plaisirs de la victoire s'estompent déjà et la réalité du quotidien revient reprendre ses droits.

— Ça me regarde pas, mais tu sais que tu peux me faire confiance... si quelque chose ne va pas...

— Mais non, Aubéline ! Tiens, sors de la glace, s'il te plaît !

Et Paula se fabriqua artificiellement de l'exubérance. Elle devint volubile. Rit fort. D'une voix oblique au timbre qui n'échappait pas à son amie.

— Va servir, j'en prépare d'autres.

Aubéline obéit.

En son absence, Paula se mit un gros glaçon dans la bouche et mordit dedans. Puis elle but un grand verre de Parfait Amour. S'en servit un autre, l'achevait quand l'autre revint.

– Hip! Hip! Hourra! lança André à l'endroit du candidat.

On suivit et le toast fit déclarer à l'intéressé:

– Vive le Québec libre... et en fête!

À ce moment, Grégoire sortit de la chambre, la bouche tordue par un faux coin de sommeil resté collé dans ses cheveux en épis et ses yeux amincis.

– On voulait pas te réveiller, s'écria Paula de sa voix la plus pointue et avec un regard fugace.

Il mordit à son naturel et crut qu'elle ignorait, qu'elle n'avait pas vu, qu'elle ou quelqu'un d'autre avait fermé la porte de la chambre d'un geste spontané, qu'un coup de chance extraordinaire le sauvait des eaux bouillantes où un coup de malchance aussi énorme l'avait plongé.

Et il se rendit à la salle de bains voisine. S'y lava le visage avec de l'eau froide. En moins d'une minute, il avait réussi ce qu'il considérait comme un exploit. Reprenant ses esprits quand la porte s'était fermée, il avait dit à l'oreille de sa maîtresse que Paula était là, qu'elle devait se glisser sous le lit et n'en plus bouger d'une poussière tant qu'il ne reviendrait pas pousser vers elle la peau de mouton qui servait de descente de lit. Il poserait le geste à leur départ du chalet. Elle devrait alors attendre cinq minutes dans le silence avant de s'en aller. Il lui enverrait un taxi de Saint-Georges pour la ramener puisqu'elle était venue avec lui.

Il se félicitait d'avoir réparé la pompe quelques jours auparavant mais de l'avoir gardée comme prétexte par une sorte de pressentiment qui guide parfois les maris qui trompent...

Dans la tourmente de ses tourments, Paula traversait maintenant la phase blasphématoire:

«L'homme est l'erreur de Dieu. Et même un demi-dieu n'a pas réussi à l'effacer...»

Tout devenait féministe dans sa révolte immense. D'un féminisme vindicatif et hargneux… Cela passerait, se dit-elle, mais s'y adonner libère, laisse passer beaucoup de vapeur…

Et boire, et boire, et boire…

Et rire, et rire, et rire…

Elle recevait, à elle d'animer la fête, de célébrer un des gourous de cette nouvelle religion des Québécois qui prenait le pouvoir à Québec, à elle de faire la folle pour dépasser sa crainte d'avoir été faite cocue depuis plus longtemps qu'on pense…

Elle s'amena, le verre levé, chantant *Gens du pays*.

Grégoire sortit de la salle de bains, bien peigné, le pas parfaitement assuré comme celui d'un homme politique qui a quelque chose à cacher, la main hautement tendue vers le candidat défait.

Il lança joyeusement:

– Mes félicitations, Pierre! T'es pas député, mais t'es pas loin…

– Fabien, il est comme du prélart incrusté, pas facile d'ôter ça du plancher des vaches…

Ce fut un éclat de rire général. Paula en mit tellement qu'elle montra ses amygdales. Sa réaction injecta à son mari une autre dose de somnifère. Et pour se fermer la bouche, elle utilisa son verre de Parfait Amour qu'elle vida de moitié d'un coup.

Puis Grégoire serra les autres mains: celle du maître de cérémonie bedonnant, heureux de se sentir utile au nouveau pouvoir et proche de lui, celle de la compagne du candidat, puis il salua le couple d'enseignants et finit par Aubéline et André à qui il déclara sur un ton quasiment électoral qu'il n'avait jamais été aussi content de voir de si grands amis les visiter.

«Hypocrite!» grinça entre les dents de Paula mais mourut aux lèvres.

– Une soirée mémorable! lança-t-elle.

– Historique, Paula, historique, fit le maître de cérémonie.

Le candidat possédait des talents de boute-en-train ; il attaqua une chanson qu'il annonça :

– En v'là une canayenne pis vous savez c'est que j'veux dire… Du canayen pure laine, c'est pas canadien… Ah ! mais j'veux pas attaquer personne, là, c'est qu'il faut rire aux dépens de quelqu'un…

Ce fut *Pour boire il faut vendre* puis *Un Canadien errant* et ensuite *Le frigidaire*…

Les verres s'entrechoquèrent plusieurs fois. Grégoire se fit aussi nationaliste qu'un péquiste. André célébrait l'amitié plus que la politique et Paula jouait la comédie tout en se soûlant. Après le candidat, elle se lança dans une chanson à son tour et ce fut exprès pour donner une troisième piqûre à son cher homme.

Ma mère m'a donné un mari,
Ma mère m'a donné un mari.
Elle me l'a donné si petit,
Elle me l'a donné si petit,
Les jambes en l'air-e…

Et malgré les vapeurs de l'alcool, elle en profita pour analyser l'hypocrisie faite homme. Grégoire participait comme s'il eût été parmi des joueurs du Canadien.

Il y avait déjà belle lurette que Chopin avait cédé sa place à la famille Soucy. Quelqu'un suggéra que l'on danse un set carré. Paula fut la première à pousser les divans pour créer un parquet. Grégoire l'aida vigoureusement.

– Si j'avais su que les péquistes faisaient autre chose que de se vanter d'être les seuls vrais Québécois, je serais allé avec toi à soir au lieu de venir réparer la pompe…

– Elle marche bien, ta pompe ? osa demander Paula sans s'arrêter de rire.

– Ben, t'as vu : y aurait pas d'eau autrement.

– J'pense que j'vas aller me changer de souliers dans la chambre...

– C'est ceux à côté du lit ? Je vais te les chercher...

Paula ressentit un malin plaisir. Et essaya d'imaginer pire tandis qu'il courait là-bas, la peur au cul, à son cul de libéral et de mâle...

Mais qui était cette misérable qu'il avait cachée, ah ! ah ! sous le lit sûrement, puisqu'il avait eu la grande frousse à cause des souliers ? Une idée diabolique surgit en son cerveau engrisé par le goût du Parfait Amour et de la vengeance totale.

Quand il revint, elle dansait déjà sans souliers. Tournait. Riait. Chantait la victoire. Embrassait les filles, les gars, quiconque et même son mari.

– Ah ! mon premier amour, dit-elle à André. C'est à cause du placotage de village si on s'est pas mariés, toi pis moi... Mais ça fait rien parce que, vois-tu, j'ai frappé un autre gros lot... le grand Grégoire grâce à qui je suis devenue une reine... Ouais, avec toi, André, je serais une reine du foyer comme Aubéline, ben avec Grégoire, suis la reine de l'érable... comme une dinde.

– Tu déparles un peu, taquina son mari content de la voir boire de manière excessive.

Plus elle buvait, plus le pot aux roses avait la chance de rester sous couvercle et... sous le lit.

Suzanne bougeait souvent. Tant de bruits lui parvenaient qu'elle ne risquait rien à changer de position sur ce plancher dur et froid. Cela sentait la poussière et la mousse sous ce lit maintenant devenu celui du déplaisir. Elle n'avait pas honte mais se sentait humiliée. Parfois, la colère la poussait à vouloir se lever, à s'asseoir et attendre, et puis que le diable emporte Paula si elle entrait dans la chambre. Toutefois, elle demeura calme quand Grégoire vint prendre les souliers à talons bas. Il lui glissa :

– Tout est parfait : on va s'en tirer.

– J'en ai marre d'être ici.

– Toffe christ, toffe!

– Sacre-moi pas par la tête parce que je sors…

– Fais pas la folle!

– C'est ce que j'suis en train de faire justement.

Et Paula virevolta, dansa, tourna, rit, but, chanta, confia à Grégoire et Aubéline le soin des invités. Puis, soudain, elle quitta le groupe et se dirigea vers la chambre. Grégoire courut, la rejoignit.

– T'as besoin de quelque chose?

– Écoute, vas-tu venir me faire faire mon pipi asteure? Je vais aux toilettes…

– T'es sûre que ça va?

– Ben oui, mon grand lapin…

«Un lapin, ça passe son temps à fourrer», pensa-t-elle. Et elle s'arrêta le temps d'une pause pour ricaner. «Mais des fois, ça se fait faire la peau et c'est le fourreur qui ramasse la fourrure du fourreur…»

– Tu veux que je t'aide à te rendre?

– Mais non! chantonna-t-elle. J'ai bu un peu pas mal de Parfait Amour et je suis en parfaite forme sauf que… sauf que ça tourne.

Et elle repartit en tournant sur elle-même. Grégoire fut appelé. Il rejoignit le groupe en reluquant souvent du côté de la porte de la salle de bains. Aubéline surveillait, interrogeait les événements et les comportements.

Brusquement, la porte des toilettes s'ouvrit et Paula, vive comme l'éclair, entra dans la chambre. Grégoire accourut et la trouva agenouillée à côté du lit et qui commençait à vomir sur la peau de mouton.

Dans la chambre de bains, la jeune femme avait provoqué le haut-le-cœur à l'aide de son majeur enfoncé dans sa gorge et c'est donc après l'avoir fait exprès qu'elle régurgitait maintenant.

Quand son mari fut près d'elle, en proie à la panique, Paula se releva. Il l'enjoignit de le suivre à la salle de bains.

– Ça serait peut-être mieux, hein! C'est que j'ai voulu m'étendre sur le lit mais le besoin de vomir...

– Viens...

– Attends!

Du pied, elle poussa la peau sous le lit en disant:

– On viendra nettoyer ça demain matin...

En accompagnant Grégoire à la salle de bains, elle se disait que l'enfer, ce n'était pas que pour elle mais aussi pour le couple des amants maudits.

Et pour Suzanne qui fut éclaboussée par la vomissure quand la peau de mouton se rapetissa sur son corps, la situation devenait pire que l'enfer. Pourtant, elle but la coupe jusqu'à la lie...

Les invités sentirent le besoin de partir. Certains le firent. Il resta le candidat, sa compagne et les Veilleux. Grégoire vint excuser sa femme.

– Ah! ces soirs d'élections, dit le candidat. Ah! quand les élections électionnent! écrirait le poète...

Mais l'esprit de la fête s'était envolé. Et puis on avait le goût d'entendre les résultats globaux et glorieux, de se faire annoncer une plus grande victoire que celle déjà déclarée par Radio-Canada, de vibrer encore...

Il ne resta plus qu'Aubéline et son mari. André aida Grégoire à mettre de l'ordre. Aubéline visita Paula qui était assise par terre à côté du bain. Elle lui lava le visage avec de l'eau froide et lui dit qu'elle conduirait son auto pour retourner à Saint-Georges.

– C'est la pre... mière fois... j'me soûle comme ça, dit la femme d'affaires. Fallait j'gagne mes élections pour boire de même...

– Viens...

– Aussi ben, hein!

Et Paula partit en se disant qu'il valait mieux ne pas connaître l'identité de la chose là, sous le lit, et dont s'était servi son mari pour passer le temps d'une campagne électorale. Qui sait, peut-être s'agissait-il d'une vulgaire poupée gonflable! En cette époque de révolution sexuelle, qui pouvait savoir jusqu'où un homme peut aller quand il va réparer sa pompe à eau!

***

Chapitre 17

Depuis quelque temps, Paula et Grégoire se rendaient à la messe à l'occasion le dimanche. Un milieu semi-rural voit d'un bon œil le respect des traditions. On s'était dit que les enfants auraient plus de chance à l'école, à la banque, partout, s'ils étaient pourvus de certains côtés conservateurs. Et puis Paula trouvait une mystique dans un temple et à travers les rites d'une religion; l'imagination y rencontrait la royauté.

Mais l'église, ce jour-là tout comme les autres dimanches, n'était remplie qu'au tiers; et, semblait-il, tout Saint-Georges Ouest ne pensait pas comme eux.

Paula réfléchissait aux événements des derniers jours tout en posant son regard sur la tête de chacun des quatre enfants assis dans le banc devant leurs parents.

Le lendemain des élections, elle n'avait pas quitté la chambre non plus que son mutisme presque total. On s'était inquiété dans la cuisine.

– Elle est malade, disait Grégoire.

– Pourquoi elle est malade?

– Ah! elle a fêté fort les élections.

– Ah!

Puis d'autres questions avaient surgi.

– Oui, mais comment donc une victoire peut-elle rendre malade?

– Ben… c'est l'esprit de la victoire… je veux dire qu'une victoire gagnée fait perdre l'équilibre des fois… sans qu'une personne l'ait voulu.

Elle avait entendu ces paroles de Grégoire depuis la salle de bains.

«Parle donc pour toi-même!»

Non, non, non, elle se tairait. Il ne saurait jamais qu'elle l'avait surpris les culottes à terre. Et cela deviendrait une carte d'atout formidable pour négocier avec lui. Culpabilisé, il se ferait petit, petit… Et elle avait fredonné la même chanson qui avait commencé sa vengeance la veille :

Ma mère m'a donné un mari
Elle me l'a donné si petit…

Mais l'heure d'après, c'est elle qui s'était faite petite. Je ne l'attire plus. Je vieillis. Je ne lui apporte pas ce dont il a besoin. Il me rejette. Je ne vaux rien…

Les femmes trompées tiennent toutes le même discours de deuil, qu'il soit d'une forme compliquée dans un langage confus d'intellectuel ou exprimé dans les phrases simples venues naturellement à l'esprit, et génératrices de larmes et de souffrances qui rongent l'âme. Ce long et douloureux processus devient chez l'homme cocu une masse informe de violence douloureuse et de rage amère. Masculinisée par les affaires, elle avait eu de ces moments à tout casser.

Un surtout quand il était venu et avait proposé cette messe du dimanche pour ressouder la famille après la longue période électorale. Hypocrite! Crève! Étouffe-toi!

Mais elle s'était contentée de faire un signe de tête affirmatif.

– Mal aux cheveux?

– Apporte-moi une serviette imbibée d'eau froide et laisse-moi dormir, s'il te plaît…

Dès lors, elle avait senti qu'il se croyait à l'abri au secret de son crime conjugal, mais en quittant la chambre, Grégoire avait enfoncé un poignard dans la poitrine de sa femme en disant :

– Je suis content que le temps des élections soit passé : tu nous manquais. Ta victoire montre que ça valait le coup… mais on est tous contents que tu sois, comment dire, de retour à la maison.

« Mais j'étais là ! » cria-t-elle avec ses yeux.

Un homme n'entend pas de tels cris.

Elle avait eu alors une phase d'autocritique. Bon, elle avait négligé la famille, mais cela justifiait-il la trahison ? Il y avait disproportion entre la faute commise, et involontairement de surcroît, et cette réaction impossible… impensable.

Les heures avaient passé.

Elle avait joué la comédie.

Les jours amenaient dimanche.

Cette messe…

Il se pencha et dit à son oreille pour la taquiner affectueusement :

– Crois-tu que Jésus-Christ serait péquiste ?

Elle ne trouva rien d'autre à lui répondre qu'un sourire fabriqué dans de l'artificiel.

Et se perdit dans l'avenir présumé de ses enfants. Ils étaient trop importants pour faire éclater la famille parce que monsieur avait trempé son cher grand pénis dans d'autres muqueuses que les siennes. Mais que monsieur se tienne bien les couilles !

– Mes frères, l'heure est à la réconciliation, dit le prêtre en frisant ses R. Au sortir d'une campagne électorale, où, souvent, les amis se sont battus contre les amis, où les voisins ont parlé contre vos idées, où même dans certaines familles, les uns se sont élevés contre les autres, il faut se retrouver les uns les autres comme le Seigneur l'a si souvent recommandé…

*

À la sortie de la messe, sur le perron de l'église, Paula jeta un regard sur le ruban noir de la Chaudière et elle ne sentit aucune inspiration. Curieux ! La rivière, pourtant prolixe, chaque fois qu'elle lui parlait, répondait toujours quelque chose de fascinant. Mais là : silence.

C'était l'auto de Paula. Grégoire conduisait. Les quatre enfants s'entassaient sur la banquette arrière. On emprunta la rue d'un salon funéraire. On y fut bloqué un moment.

– Un mort aimé! dit Grégoire qui promena ses yeux sur ce flot de voitures qui débordait l'aire de stationnement. Ça doit être quelqu'un du gros accident.

Une pensée suicidaire vint à l'esprit de Paula. Elle revit successivement trois images : son mari brisant les liens de leur mariage en les enfonçant dans le corps de cette putain, la rivière devenue muette, Lucie exposée dans son cercueil voilà six ans. Les gens qui souffrent sont aisément romantiques. Et si c'était elle, Paula Nadeau, cette morte aimée?

– Maman, on va-t-il à Saint-Honoré aujourd'hui? dit Marc qui se trouva à interrompre la production de bile dans l'âme de Paula.

Elle se souvint d'en avoir vaguement parlé à table la veille des élections; comment cet enfant pouvait-il se souvenir de choses que tous oubliaient sitôt dites.

Et ce «maman» si rempli d'obligations morales et synonyme du mot «devoir»...

– C'est vrai : ça serait une bonne idée d'aller agacer grand-papa...

Grégoire savait que le mot «agacer» voulait dire taquiner au sujet des résultats des élections puisque Rosaire avait déclaré que jamais Lévesque ne pourrait devenir premier ministre...

Les enfants comprirent autre chose. Agacer leur grand-père, c'était rire avec lui, jouer, s'amuser, écouter ses racontars...

– Si t'as le goût, on peut y aller, Paula...

– Si j'ai le goût?

– Ouais...

– Comme tu dis souvent, mon cher mari : *why not?*

– Chhhhh! faut pus parler anglais...

*

Paula réussit à surmonter ses peines, à les museler. Un point restait acide : qui était la femme ? Comment savoir sans faire savoir qu'on sait ? Le nom de Suzanne lui vint en tête mais ces dernières années, suite à l'incident scabreux causé par l'alcool, son amie avait donné tous les signes d'une femme respectueuse.

« Justement, il y en avait trop, de ces signes montrant la distance qu'elle gardait avec Grégoire ! » Et puis Suzanne lui avait avoué posséder un amant, ce Jacques Morissette qui travaillait maintenant pour la ville... Et si c'était de la frime, tout ça ?

Paula consacra plus de temps à la famille et aux loisirs dans les semaines suivantes, et dès l'arrivée de la neige, on renoua avec l'amitié, les grandes randonnées de motoneige, les rencontres au Club, les fins de soirée au chalet.

Le 23 décembre, un samedi soir, Paula obtint sa réponse au chalet des Paquet. Elle se rendit à la chaîne stéréo pour remplacer une minicassette épuisée. Parmi celles qui se trouvaient là, l'une attira son attention. Tout d'abord par le logo de la compagnie, un dessin de lèvres noires imprimé sur l'étiquette. Elle lut :

« Morceaux choisis pour piano : Chopin. Valse en la bémol majeur, opus 42. Valse en mi bémol majeur, opus 18. Nocturne en si majeur, opus 32... »

Elle avait beau lire, rien ne s'imprimait dans sa tête sur cette image obsédante de son mari plongeant dans cette femme à la peau trop blanche... Son regard s'embrouillait ; il y avait maintenant un visage sur ce corps farineux, un nom, une traîtrise, un mensonge...

Elle tourna la cassette et lut de l'autre côté mais tout son cerveau était maintenant occupé par un acte de méditation afin de lui permettre de se reprendre en mains...

Puis, superbe, elle introduisit la cassette dans la glissière et mit en marche.

Suzanne et Grégoire s'échangèrent quelques lueurs d'inquiétude. Paula revint en disant qu'elle adorait Chopin.

Et le pianiste – Serge Petitgirard, disait l'étiquette –, fit aller ses doigts sur le clavier. En se rasseyant, Paula avait l'impression de vomir sur une peau de mouton...

*

1977 vint.

Paula se relança à corps perdu dans son entreprise commerciale avec le sentiment de le devoir aux enfants. Advenant une séparation, il lui fallait se sentir parfaitement solide sur ses patins.

Dans la chambre conjugale, après quelques maux de tête inventés, elle retrouva ses attitudes, mais un morceau du cœur restait en dessous du lit où elle l'avait vomi.

En février, au bureau, Gaspard lui annonça une fort mauvaise nouvelle. Un Américain d'origine italienne venait de s'installer dans la région et se disait grossiste en produits de l'érable. Un concurrent direct. Un bâton dans les roues.

– Il va falloir lutter de toutes nos forces, dit à la présidente son homme de confiance.

– J'avais ben besoin de ça à ce moment-ci !

– C'est jamais le bon moment, Paula. Mais c'est en se mesurant avec l'obstacle que l'homme grandit.

– Parole d'homme ?

– Saint-Exupéry...

C'était une pièce vaste, avec des meubles riches aux couleurs foncées et une cheminée que Paula n'allumait pas souvent. Devant elle, de l'autre côté de fauteuils servant aux visiteurs, il y avait un long divan où il lui arrivait de s'étendre pour méditer et retrouver de nouvelles énergies capables de transporter, disait-elle, des montagnes... de sirop.

– Comment il s'appelle donc, cet envahisseur ? Arnold peut-être ?

Gaspard sourit. Ses leçons d'histoire étaient restées gravées en la mémoire de sa jeune patronne. Il répondit :

– Gabriel Riana. Une quarantaine d'années. Très cultivé, paraît-il. Échoué à Beauceville.

– On se proposait d'envahir leur territoire et voilà que c'est eux qui...

– Ah ! mais Paula, le temps est venu pour toi de jouer dans une ligue majeure.

Elle interrogea du regard.

– T'as pas fait de la politique pour rien. Ton parti est au pouvoir. Tu as parlé avec Garon qui est devenu ministre de l'Agriculture. La voie est pavée.

– Pavée pour quoi ?

– Mais pour l'ouverture de nouveaux marchés. Tu vas prendre rendez-vous avec Garon, le rencontrer, explorer les possibilités d'ouvrir la France... Le gouvernement paiera les dépenses, subventionnera... Appelle l'Union des Producteurs Agricoles... Bouge... Tu t'es forgé un outil politique et t'as pas l'air de vouloir t'en servir...

– Pas trop pensé ! Depuis les élections, j'ai la tête autre part...

– J'ai vu ça, oui. Mais va falloir que tu te la remettes dans le sirop sinon, si tu me permets un calembour, tu vas tomber dans la mélasse.

Paula perdit son regard dans une sculpture achetée à Saint-Jean-Port-Joli. Une cabane à sucre, des arbres, un vieux Québécois à pipe en train de courir ses érables... Fini, ce passé si beau et si simple ! On en était maintenant à l'époque des tubulures... des contacts directs entre l'arbre lui-même et l'évaporateur.

– Le gars… cet Américain, il a fait parvenir une belle publicité aux producteurs. Il leur offre ses barils et leur garantit une ristourne substantielle chaque année.

– Peuh! facile à dire!

– Les Québécois aiment croire ce qui vient de loin.

– Jusqu'au jour où ils se font dompter.

– En attendant, c'est toi qui subiras des coups.

– C'est ce qu'on verra…

Et la femme d'affaires s'accouda à son bureau. Elle ferma les paupières et ne laissa de ses yeux qu'une ligne déterminée.

– Comment il s'appelle, déjà?

– Riana. Gabriel Riana.

– Tu parles d'un nom pour venir se mettre le nez dans nos cabanes à sucre…

*

La voix haute, pointue, étouffée par le gras, le ministre accueillit ses visiteurs:

– Madame, monsieur, prenez place, dit-il en tendant la main à chacun.

Paula s'assit. Son compagnon, homme à sourcils en broussaille, représentant de l'UPA, fit de même, l'air gauche, intimidé, sans trop savoir quoi dire et inquiet de ne rien dire.

– Ben, ça me fait plaisir de recevoir du monde de la Beauce. Vous savez, Lévis, la Beauce, c'est comme la main au bout du bras, un va pas sans l'autre… Pis c'est comme ça qu'on va leur mettre les doigts dans le nez à ceux-là du parlement de Québec…

Et le politicien rit. Pouvoir obligeant, l'homme de l'UPA rit aussi de même que Paula bien que la blague lui parût inconséquente.

– Bon, j'ai un mot vous concernant. Une grossiste en produits de l'érable… Formidable de voir une Beauceronne, disons une femme, qui fonce de l'avant comme sa province… faudrait dire son pays mais province, c'est plus féminin, que voulez-vous…

– On a discuté et on s'est demandé ce que le gouvernement pourrait faire pour nous aider à développer des marchés étrangers…

– Simple comme bonjour, chère madame, vous allez vous rendre à la Foire alimentaire internationale de Paris et vous allez faire goûter votre produit… notre produit national, aux intéressés du monde entier.

Et en effet, tout fut aussi simple que bonjour. Le pouvoir politique remplit les mains de certains qui le tètent de moyens financiers et l'argent peut tout. La Foire aurait lieu fin mai. Paula se rendrait à Paris.

Il y eut une ombre au tableau: ce concurrent de Beauceville serait aussi là-bas. Il avait même devancé Paula chez le ministre Garon.

– Y en aura pour tous les bons Québécois, conclut l'homme politique au départ de ses visiteurs. Mais un peu plus pour les meilleurs, termina-t-il avec un clin d'œil et un mouvement de la moustache.

*

La blessure se cicatrisait lentement dans l'âme de la jeune femme. La perspective de ce voyage lui redonnait des ailes. Voir Paris, y faire des affaires et être payée pour tout ça; elle avait su que cela se produisait dans le monde de l'édition, que les affairistes de ce milieu ne posaient plus le moindre geste sans obtenir de solides subventions des deux paliers de gouvernement, que même le papier de toilette utilisé dans leurs bureaux d'affaires était payé par l'État québécois, mais de là à ce que de tels privilèges touchent d'autres domaines que le business culturel… Après tout, la culture québécoise était autrement plus pauvre que son agriculture !

Plus les créateurs d'emplois sont prospères, plus ils créent d'emplois, commençait-on à dire dans tous les secteurs de la vie économique québécoise tout comme ailleurs dans le monde occidental. C'est en donnant aux riches que l'État enrichit les pauvres : simple, logique. Paula se surprenait, mais avec grand agrément, de voir que le parti québécois élu grâce à son discours égalitariste, pratiquait, comme tous les gouvernements démocratiques, la philosophie qui permet de garder le pouvoir : servir la richesse en ayant l'air de protéger les plus faibles.

Si tu es capitaliste à vingt ans, c'est que tu n'as pas de cœur ; si tu es socialiste à quarante ans, c'est que tu n'as pas de tête. Cette parole célèbre d'elle ne savait plus qui, transformait au fil des ans sa façon de voir la société moderne. N'était-il pas vrai que depuis qu'elle faisait des affaires, elle donnait du gagne à plusieurs personnes déjà ? Sept hommes et une secrétaire et ça ne faisait que commencer. Sans compter les retombées à gauche et à droite : maison de comptables, conciergerie mobile, gardiennes pour les enfants et quoi encore…

Sa confiance en la nature humaine en avait pris un coup le soir des élections et, cela se reflétant dans sa pensée sociale, Paula devenait vite une reaganienne avant l'heure. Mais elle n'était pas la seule…

Grégoire ne remarqua rien d'anormal dans son comportement, rien qui indiquât d'une façon ou d'une l'autre que sa femme ait appris sa liaison avec Suzanne. Il était vrai que les rendez-vous galants se faisaient clairsemés : pas plus d'un par mois, ce qui, avait-il lu quelque part, permettait à un homme de garder sa maîtresse de longues années…

Il se fit enthousiaste quand elle lui annonça son voyage en Europe. Osa lui tenir un propos choquant eu égard à sa conduite :

– Attention à toi, la petite Beauceronne ! Dans pareille foire, il y a des loups qui cherchent le chaperon rouge...

Paula se fit parfaitement désinvolte :

– Cher ami, tu m'as déjà dit que tu préférais me savoir une femme d'affaires qu'un homme d'affaires... Je ne me donne pas, comme la plupart d'entre eux, le prétexte de voyager seule pour tromper mon conjoint.

– Je sais bien... j'ai confiance.

– Et si c'était l'inverse, devrais-je avoir confiance, moi ?

– *Come on !*

– Parle français ; l'anglais cache toujours quelque chose dans la bouche d'un Québécois.

– Cache quoi ?

– Une connivence, un complot...

– Vous sombrez dans la paranoïa, là, les amis nationalistes.

– C'est grâce au nationalisme si je peux aller essayer d'ouvrir un marché en France. Attendre Ottawa...

– *Come on !* C'est l'évolution normale des choses...

– Ça évoluait pas vite avant.

– Parce qu'on se grouillait pas le cul. On hésitait pour prendre notre dû... Tu le sais, il t'a fallu quasiment quatre ans pour te décider de te lancer... Et tu t'es même fait devancer chez le gros Garon pour ton histoire de la foire internationale.

– Tu veux dire que je manque de dynamisme ? Partir d'aussi loin que les femmes partent ? Que les Québécois manquent de dynamisme, et partir d'aussi loin qu'ils partent ? T'as du front...

– Je veux dire que ce gouvernement-là est le fruit d'une époque, c'est pas un groupe de sauveurs de la nation en péril...

Elle hocha la tête, soupira :

– Le ciment... les pieds poignés dans le ciment...

*

Le goût du Québec serti de deux majestueuses fleurs de lys s'étirait en immenses lettres bleues sur fond blanc au fronton d'un long kiosque d'exposition parmi des milliers d'autres; il était l'un des plus fréquentés par le public parisien qui répondait favorablement à l'invitation que leur lançait ce nom à petite saveur exotique relevée de l'accent nord-américain.

La Reine de l'érable inc. avait droit à deux représentants officiels à la Foire, c'est-à-dire des personnes salariées à dépenses entièrement payées par l'État québécois. Paula avait naturellement choisi sa secrétaire pour l'y accompagner.

«Quand les visiteurs masculins vont goûter, on va leur jeter des regards sucrés», répéta Paula avant de partir, puis sur l'avion.

De plus, se disait-elle profondément, il y aurait dans ces flirts projetés un élément vengeur aux dépens de Grégoire qui l'avait si odieusement et hypocritement trompée. Car six mois n'avaient pas réussi à refermer la plaie; si mal en fait qu'elle se demandait souvent si l'enfouissement d'un pareil secret blessant ne faisait pas germer du chiendent empoisonné dans son âme plutôt que de permettre aux plantes de l'oubli d'envahir le dépotoir de sa mémoire.

Le kiosque comportait cinq sections. La première était allouée aux produits laitiers. Des boîtes s'y trouvaient, un réfrigérateur, mais pas âme qui vive. Puis c'était un étal frigorifié de viandes longue durée : jambon fumé, charcuterie et diverses terrines douteuses. Un homme et une femme, tous deux de blanc vêtus de pied en cap avec chaloupe sur la tête, dispensèrent leurs premiers sourires à Paula et son assistante qu'ils pensaient être des femmes françaises à cause d'une certaine hauteur qui se dégageait de leur personne.

Une joyeuse équipe de trois jeunes femmes habillées à la Maria Chapdelaine occupait la place centrale avec des produits à base de bleuets, la publicité désignant les fruits surtout sous le nom de myrtilles pour ne pas trop dérouter la France.

On passa ensuite devant des représentants de fabricants de boissons alcoolisées et de cidres, lesquels se différenciaient tout à fait les uns les autres par la disposition de leurs tables et les paravents de leurs allures. Les gens du rye affichaient un style britannique, anglophone, Club-de-quelque-chose, tandis que les deux personnes derrière les bouteilles de mousseux québécois, une femme et un homme dans bonne la cinquantaine, offraient l'air de paysans au cœur bien plus proche des bleuets que de la dignité surfaite et V.I.P. du whisky cinq étoiles.

Enfin, l'on parvint à la dernière section, celle réservée aux produits de l'érable. Elle grouillait déjà de monde et il parut à Paula qu'elle s'y présentait la toute dernière.

Beaucoup de gens mais peu de produits. Il fallut un bon moment aux arrivantes pour savoir de quoi il retournait. Tout d'abord, elles aperçurent le nom de la Reine de l'érable sur une des tables du côté gauche. Puis celui du ministère de l'Agriculture qui avait choisi d'installer ses gens au milieu du kiosque, entre les deux grossistes présents.

Et le deuxième, il était là, avec ses produits bien étalés, nombreux et tape-à-l'œil, baignés des rayons d'un projecteur qui donnait droit sur la table et faisait étinceler les bouteilles et leur sirop doré agressivement pur et transparent.

Paula eut un mouvement de défense. De quel droit pouvait-il présenter un produit même pas encore vendu sur le marché québécois. Il y avait là tricherie. Le Québec n'avait pas approuvé, cautionné ce Sucrebec ltée, fruit et créature de l'usurpateur et envahisseur américain...

Mais où était-il donc, ce concurrent qui avait ajouté à l'insulte de n'être pas un natif de la Beauce et même du pays du Québec, celle de s'établir à Beauceville, la vieille beauceronne ennemie voisine de Saint-Georges ?

Un groupe de personnes sombrement vêtues, des hommes jeunes, des femmes de divers âges, un personnage dont le visage avouait ses 70 ans, s'animait de toutes les façons. On y parlait avec éclat. Les voix s'entremêlaient. Cherchaient à se supplanter les unes les autres. Et pourtant, on avait l'air effaré de bonheur. Chacun avait à la main un verre de quelque chose ; il devait s'agir de café comme le disait la vapeur se dégageant de certains contenants.

— Des Italiens, chuchota Danielle à l'oreille de Paula.

— Pas surprenant ! Sucrebec, c'est même pas un Américain, c'est un Italien…

— Sucrebec… ça se dit mal.

— C'est pas si pire. Ça fait sucre, ça fait Québec et ça fait bec sucré…

Paula se félicita d'avoir dit cela. Accepter un bon point chez l'adversaire démontre son esprit sportif. Et ça ajoute du poids aux opinions négatives appelées à suivre. Et ça donne à la conscience un reçu pour ensuite calomnier en toute honnêteté…

Non, depuis le début, depuis l'arrivée de la concurrence nouvelle, car l'ancienne n'était pas bien féroce, Paula se promettait d'agir en *gentlewoman*. Changer de vitesse ne signifiait pas obligatoirement écraser l'adversaire. Mais de plus en plus, l'adversaire faisait preuve de rapidité. En travaillant à monter leurs tables, elle jetait des coups d'œil à la dérobée à celle de Sucrebec. On y avait déjà deux formats de boîtes et deux formats de bouteilles. De plus, elle aperçut une pile de dépliants tandis qu'elle-même n'aurait à offrir que sa carte d'affaires. Tant pis, il faudrait compenser avec de la personnalité ! En avait-il une seulement, une âme, cet importé composite ?

Les femmes voulurent disposer de leurs produits déjà sur place mais ils étaient empaquetés dans de larges boîtes sanglées par des bandes de fer. On se questionna. On reluqua du côté de Sucrebec. Personne ne semblait responsable de cette table. Sans doute étaient-ils de ce groupe d'une bonne douzaine de personnes ?

Mine de rien, un homme grand à larges sourcils noirs jetait parfois des œillades aux arrivantes. Il reconnut Paula. Elle ne l'avait jamais vu, mais lui se l'était fait désigner déjà dans une rencontre de gens d'affaires à l'Arnold quelques semaines auparavant.

«Quelle belle femme! s'était-il alors exclamé. Dommage que je doive la frapper... je préférerais la toucher délicatement, mais *business is business...*»

Il s'approcha, feignit l'inconscience:

– Bonjour mesdames. Je vois que vous êtes devant un problème. J'ai eu le même il y a une heure. Vous pourrez trouver ce qu'il faut pour couper les sangles chez les gens des produits laitiers, à l'autre bout...

– Ah! merci, dit Paula.

– Je me présente, dit l'homme. Gabriel Riana, de la compagnie Sucrebec. Et vous devez être l'excellente femme d'affaires, propriétaire de La Reine de l'érable? Je dis excellente puisqu'on m'a parlé ainsi de vous, chère madame.

Paula fronça les sourcils. Cette approche lui déplaisait. Toute autre approche lui aurait d'ailleurs déplu autant que celle-ci. Elle remarqua de lui quelques traits caractéristiques: trop grand, d'un brun trop foncé, le sourire trop large donc hypocrite. Sans ce petit air spaghetti, on eût pu le prendre pour son Beauceron de mari. Définitivement, il était trop homme, cet homme!

Elle accepta l'offre de Danielle qui voulait aller chercher l'outil requis, et elle poursuivit l'échange avec son concurrent, tâchant de non seulement rattraper son mouvement de méfiance qui avait dû transparaître mais de l'enterrer sous une montagne d'affabilité.

– C'est donc vous, ce... disons le mot, mais ce n'est pas péjoratif, ce concurrent qui nous est arrivé comme un cheveu sur la soupe dans la Beauce.

– Je ne vous ferai pas de mal, au contraire, je serai pour vous un stimulant. Et puis avec les nouveaux marchés qui s'ouvrent, *sky is the limit* autant pour vous que pour moi...

Il montra son verre blanc.

– Un café? Y en a du bon chez les bleuets au milieu du kiosque...

Pour la première fois, Paula prit conscience de ce vilain accent italo-américain, ce ton à la fois pédant et relâché, ce nasillement à la Dean Martin, ces expressions qu'il tentait gauchement de québéciser. Ah! quel mélange indigeste! songea-t-elle. Du vrai sirop noir de fin de printemps! Du sirop de sève, comme l'aurait dit son père.

– Plus tard, sinon les clients potentiels vont se mettre à arriver et la concurrence va me les enlever.

Il consulta sa montre et déclara:

– Vous avez tout le temps qu'il vous faut. Et puis, je vais vous le chercher si vous voulez.

– Plus tard quand même!

– Vous savez qu'aujourd'hui, le grand public n'est pas admis. Seulement les professionnels, pour ainsi dire. Les acheteurs de toute l'Europe...

Il vit que Paula jetait un coup d'œil à l'endroit de son groupe bruyant et expliqua qu'il s'agissait de sa parenté venue exprès d'Italie pour la foire et pour le voir. Et pendant qu'il parlait, l'homme parfois baissait les yeux pour montrer de l'humilité, et il en profitait pour capter les images que la personne de sa concurrente offrait.

Il retint celle de son chic chemisier blanc de coupe masculine classique orné d'une broderie à motif sur la poche poitrine. Son pantalon noir à plis mais que dans les replis de son imagination, il ôta pour garder le spectacle d'une jambe bellement galbée et d'une cuisse élégante.

– Gabriele, Gabriele... répéta une voix italienne.

Il se tourna, sourit à une jeune fille et indiqua par le geste qu'il était sur le point de les rejoindre.

– Bon, on aura l'occasion de se parler assez souvent puisqu'on sera face à face durant quatre belles journées. J'imagine que vous êtes aussi à l'hôtel Hilton ?

– Tous les Québécois sont là.

– Et beaucoup de Japonais aussi... À plus tard, là !

– C'est ça, et merci de votre conseil.

Paula aurait voulu lui dire de ne jamais se mettre dans la tête qu'il pourrait la côtoyer au Hilton ou en tout autre endroit que ce kiosque à la promiscuité obligatoire car défrayée par le Québec. Mais le bon sens des affaires reprit le dessus et elle se promit de lui sourire tant qu'il en voudrait, sachant fort bien que la peur constitue un très grand stimulant pour la concurrence et qu'il vaut mille fois mieux l'endormir que la réveiller.

Danielle fut de retour avec les pinces coupantes. Mais on eut du mal à trancher les sangles et Gabriel qui surveillait de loin revint mettre la force de ses poignets à la disposition de Paula.

Elle fit un peu la coupable de ne posséder que des mains de femme et put alors sentir qu'en bon Italien, l'homme semblait pourvu d'un haut degré de machisme méditerranéen.

– J'espère qu'il va maintenant nous laisser la paix, glissa Paula entre ses dents quand Gabriel eut rejoint les siens.

Et elle se dit qu'il devait avoir avec lui sa conjointe et que cela lui ferait conserver une certaine distance fort appréciée.

Une heure plus tard, les tables de la Reine de l'érable furent prêtes, remplies de marchandise et décorées. Il y avait là des contenants pleins, d'autres vides, beaucoup de mini-bouteilles qui seraient distribuées aux acheteurs possibles comme échantillons, des boîtes de carrés de sucre et même des produits qui, à première vue, n'avaient rien à voir avec ceux de l'érable mais qui en contenaient et qui pourraient séduire d'éventuels grossistes désireux de séduire à leur tour les fabricants européens des dits produits tels que certains tabacs, la sauce Chili...

Paula avait eu la bonne idée d'emporter des livres de recettes, et sur ce point-là au moins, elle battait Sucrebec. Et cela lui valut le plus grand intérêt de la part des premiers visiteurs, une acheteuse pour une petite chaîne de marchés d'alimentation de Suisse et son adjoint. La communication fut bien établie. La femme jeta à peine un coup d'œil sur la concurrence et elle repartit avec la carte d'affaires de la Reine en promettant de revenir le surlendemain avec un contrat à faire signer.

— Si jamais elle ne revenait pas, il ne faudra pas vous en faire, c'est souvent comme ça, vint dire Gabriel.

« Le jaloux, il cherche à me décourager pour essayer de s'encourager ! » pensa Paula. Mais elle dit avec un ton de grande assurance :

— Je ne fais mes comptes que le jour des comptes, c'est-à-dire le lendemain du dernier.

— Voilà exactement ce qu'il faut faire !

L'Italien possédait une bonne culture générale, mais il tâchait de ne pas l'utiliser pour assommer les gens, d'autant qu'il avait affaire aux mêmes personnes que Paula, des producteurs masculins pas toujours intéressés par plus que les grands sujets de conversation populaires, lesquels commencent généralement au temps qu'il fait et se terminent par les dernières nouvelles sportives.

Le groupe de sa parenté s'était dispersé. Il en parla aux Québécoises, dit qu'il s'agissait d'une de ses sœurs, celle qui l'avait interpellé, d'oncles et tantes, cousins et cousines. Une partie de la famille élargie.

Dans les heures qui suivirent, Paula tâcha d'éviter les sourires inutiles de cet homme douteux. Douteux comme tous les immigrants de cet âge, confia-t-elle à sa jeune secrétaire qui approuvait par devoir mais sans grande conviction.

— S'ils n'ont pas réussi à s'adapter et à réussir quelque chose dans leur pays d'origine à 40 ans, c'est qu'ils sont des gens à grands problèmes, opina-t-elle.

— Et c'est pire, imagine, pour quelqu'un qui s'est établi aux États-Unis, n'y a pas réussi et que voilà au Québec à jouer dans nos plates-bandes...

Danielle composait mal avec cette agressivité de sa patronne dont elle n'était témoin que depuis quelques mois, comme si Paula eût été préoccupée par un grave problème intérieur dont elle se délivrait en jetant de la gourme à gauche, à droite. Par chance qu'elle ne s'en prenait jamais à ses proches ! Mieux vaut un ennemi loin de soi qu'à côté !

Vinrent des acheteurs italiens. Ils s'adressèrent tout d'abord à la femme d'affaires québécoise. Goûtèrent. Parlèrent copieusement de Montréal et Saint-Léonard. Comme pour attirer leur attention, Gabriel, depuis sa table, lança à l'homme du ministère de l'Agriculture une phrase qui combla un silence et se répandit dans tout le kiosque, et dont l'accent en révéla l'origine.

L'un des Milanais laissa son collègue chez Paula et s'approcha de son concitoyen. On se présenta. On se parla en italien. L'autre annonça à Paula qu'il reviendrait plus tard pour reparler des produits de la Reine de l'érable et il rejoignit son monde.

Paula ragea. Mais elle tut sa colère et se lança dans une conversation qui n'avait rien à voir avec les affaires, et qui portait sur son interlocutrice : sa famille, son fiancé, ses pensées... Rarement leva-t-elle les yeux sur ces bruyants personnages dont ce faux Québécois au sourire hypocrite.

Quand ils furent prêts à s'en aller, Gabriel leur donna ses dépliants, sa carte et il les raccompagna jusque près de la table de sa concurrente. Les hommes saluèrent Paula et quittèrent. Gabriel prit deux cartes d'affaires de la Reine de l'érable et les rattrapa pour les leur donner...

C'était le comble pour Paula. Elle lui riverait le nez à ce Sucrebec! Mais il ne fit que saluer de loin. D'un geste, il désigna sa table, signifiant qu'il lui demandait de jeter un coup d'œil si elle le voulait...

– Non, mais t'as vu ça? Mais pour qui il se prend, ce gars-là?

Paula se leva et se mit à marcher de long en large derrière la table et Danielle tout en fulminant:

– Laisse-le revenir, celui-là, il va se faire dire de se mêler de ses maudites affaires.

Elle croisa les bras fermement en signe de fermeture totale et poursuivit:

– Si il s'est jamais fait parler en québécois, il va savoir où c'est que les vaches ont mis ça...

L'homme du gouvernement, un être terne et sans visibilité, se tourna vers l'arrière et le plancher, et il utilisa le prétexte de fouiller dans un attaché-case pour jouer à Ponce Pilate. Il ne voyait rien, il n'entendait rien. «Moi, c'est pas de ma faute!» songeait-il en brassant inutilement des papiers inutiles.

– Moi, je jouerais le jeu, Paula, osa prudemment Danielle.

– Moi, j'ai fini de jouer le jeu.

– Faut pas montrer qu'on a peur de lui, faut utiliser les mêmes tactiques.

– Gang d'immigrés: entre eux autres, ils se donnent la patte, c'est sûr. Si les Québécois se tenaient entre eux autres au lieu que... que les forts déchirent les faibles!

– Paula, tu es en train d'oublier la toute première règle en affaires: ne pas se laisser mener par ses sentiments. Tu me l'as souvent dit: chaque fois que le sentiment l'emporte, tu frôles le danger et tu fais des erreurs. Vrai ou faux?

La femme s'arrêta, trépigna:

– Vrai...

– Alors, assieds-toi! Laisse-moi t'aider et on va se moquer de lui de manière qu'il s'en aperçoive une fois rendu chez lui, à

Beauceville. Deux femmes québécoises qui le veulent doivent bien valoir un macho d'Italien, non?

– On va le faire bouillir...

– Mais c'est du sirop de *scrap* qui va en sortir.

Grâce à sa secrétaire, Paula se laissa aller à de l'humour aussi subitement qu'elle avait plongé dans la hargne. Elle savait, sentait cette arme très puissante. Elle reprit sa place.

– Tu sais, quand j'étais petite, on attachait un cochon par les pattes, on le grimpait sur une échelle, on le saignait, on l'ébouillantait pis on le grattait pour lui ôter tous ses poils...

– Mais lui, on le saignera pas et on va faire le reste quand même... Épilé vif. Avec les cheveux qu'il a, il doit avoir une toison de gorille derrière la cravate...

Paula s'esclaffa. Comme une petite fille, elle chuchota au creux de l'oreille de l'autre:

– Je le vois attaché à une échelle, tout nu, avec nous autres de chaque côté et des pinces à sourcils dans les mains... Les poils, un par un...

– Ou ben lui verser de la tire chaude sur l'estomac...

– On appellerait ça de la « spaghettire »!

Gabriel revint. Il se montra discret. Lui seul savait que le contrat avec les Milanais, c'était dans sa poche. Et il était embarrassé. Se voler des clients, ce n'est pas du vol tout de même, c'est simplement de la saine compétition! Mais un catholique ne saurait jamais se débarrasser de ce petit démon de la culpabilité toujours prêt à le chatouiller et le lutiner au fond de l'âme.

On ferma à midi.

Paula et Danielle partirent sans saluer vers une cafétéria située à l'autre extrémité du vaste entrepôt qui abritait la foire alimentaire. Il fallait établir une distance avec l'Italien pour qu'il perde l'initiative, et ensuite, on lancerait les appâts.

– De temps en temps, l'une de nous lui montrera un bout de cuisse, dit l'une.

– Et pourquoi pas une cuisse pour se battre contre le machisme ?

– Les gars mêlent ça, eux autres, la peau et les piastres, pourquoi pas nous autres ? Pourvu qu'on se fasse la peau de l'autre ?

Ce fut un drôle de repas. Très joyeux. Et aux promesses malicieuses. Danielle savait que les choses ne dépasseraient sans doute pas les intentions et les dires, mais elle songeait que les paroles ont pour vertu de désamorcer, du moins pour un temps, les bombes en puissance. «Si tu veux la paix, prépare la guerre : ça fait peur à l'ennemi et en même temps, ça te défoule, toi...» Cette maxime lui avait été enseignée par celle-là même qui l'oubliait une heure plus tôt ; il fallait la lui rappeler à petites doses.

C'est avec un sourire plus large que la table que Paula salua l'ennemi à son retour à la réouverture. Il fut sur le point de s'approcher, mais elle trancha dans son propre visage et reprit son sérieux soucieux. De plus, deux Français, hommes de la mi-quarantaine, entrèrent dans le kiosque.

La direction d'où ils venaient et leur appréciation du nom *Le goût du Québec* indiquaient qu'ils commençaient par la section des produits de l'érable. Ils parlèrent au personnage gris du ministère. L'homme leur désigna sans éclat les deux grossistes présents. Et naturellement, ils se dirigèrent, tous sourires dehors, vers les Québécoises dont les couleurs attiraient davantage que leurs produits.

L'un d'eux était petit, chétif, napoléonien. Il marchait la nuque raide, le pas dur, les narines ouvertes et qui humaient le Québec avant de le goûter. Le secondait un homme grand, au front dégarni et au regard bourré d'étincelles. Il s'appelait Laurent Marchal et l'autre Vincent Deloir.

– Madame Paula...? fit répéter le petit avant de lâcher la main qu'il tenait fermement comme pour commander mais sans excès, comme pour ne pas imposer sa volonté : juste ce qu'il fallait pour séduire.

– Nadeau. Et elle, bien, c'est Danielle Veilleux... Mes ancêtres étaient de Normandie et les siens du Pays basque.

– Des jolies petites provinciales alors !

– Le Québec cessera bientôt d'être une province.

– Non, je voulais dire provinciales par vos ancêtres.

– Ah ! faut pas vous en faire avec le mot, intervint le grand qui patinait sur les syllabes, à Paris, nous sommes tous des provinciaux... ou presque. Voyez, moi, je viens de la Loire...

– Et vous vous appelez Deloir ?

– Non, c'est lui, monsieur Deloir. Moi, je suis... je suis l'autre.

– Laurent Marchal, dit Paula pour s'excuser d'avoir si vite oublié.

– Bon, bon, maintenant que tout est clair, faites-nous goûter le Québec.

Le processus fut long. Pour y mettre du piquant et des intentions, les hommes multiplièrent les propos allusifs. Paula tâcha de vanter les vertus du Québec. Elle alla jusqu'à toucher à la politique. Ils dirent approuver hautement l'idée de l'indépendance qui allait de soi pour tous les peuples qui se respectent, mais leurs paroles à cet égard gardèrent une froideur toute philosophique tandis que leurs autres phrases étaient roulées dans du miel voire du sirop... d'érable.

– Le Québec n'a pas si mauvais goût, mais il faudrait un peu plus de raffinement, comme celui qui vous habille et donc vous habite, mesdames.

– Ce n'est pas du vin, messieurs, c'est du sirop.

– Mais encore !

Les regards touchaient sans respect les corps féminins. Des machos pires que cet Italo-américain pseudo québécois, songeait Paula. Mais elle joua le jeu.

— Peut-être aurions-nous un contrat à vous proposer, dit le petit chétif. Seriez-vous prêtes à en discuter… disons ce soir après la fermeture ? Vous êtes sans doute descendues au Hilton comme plusieurs autres exposants étrangers ?

— Nous pourrions y être à vingt-deux heures, fit le grand sur le ton de la plus grande disponibilité.

— Nous avons déjà un rendez-vous ce soir, répondit Paula pour les évincer, car cette fois, ils allaient un peu trop loin, et ce ne serait que le début, songeant qu'il s'agissait de Français.

Refroidis, ils quittèrent en promettant de revenir. Et ils se tournèrent vers la table de Sucrebec. Elles verraient bien, ces pointilleuses pointues qu'on paye le prix quand on humilie un businessman français. Ils s'étaient pourtant identifiés comme d'importants grossistes, fournisseurs de plusieurs chaînes de marchés d'alimentation. Le reste allait de soi. Elles devaient mériter un contrat par leur personnalité donc leur féminité, tout comme le font les hommes par leurs propos, leur entregent, leurs invitations à un club de ci ou ça. Bizarre, cette femme d'affaires qui ne voulait vendre que son produit !

— Quant à moi, il peut les garder, ces clients-là ! murmura Paula à l'oreille de sa secrétaire.

— Et coucher avec…

On le vit les accueillir, leur serrer la main, les envelopper de sourires à chaleur méditerranéenne. Danielle surveillait et transmettait, les dents serrées, ce qu'elle entendait sans entendre…

Après son accueil européen histoire de mettre en confiance, Gabriel s'afficha ensuite dans le grand style américain : désinvolte, légèrement supérieur, juste pour ne pas effaroucher mais pour soutenir l'intérêt et le désir, la pensée aux larges horizons. Il possédait bien une compagnie au Québec, mais le reste, tout le reste, c'était *US made*.

— Et les petites provinciales, demanda le petit chétif, elles ont un bon produit au moins?

— Excellent!

— Elles semblent plutôt indépendantes.

— Elles sentent le PQ.

— Le PQ?

— Le Parti québécois… Lévesque.

— Lévesque?

— René Lévesque… le premier ministre… provincial.

— Si, si, s'étonna le grand. L'élection qui a fait beaucoup de bruit au Canada, tu ne te souviens pas, cher Vincent?

— Si, si, je me souviens très bien! mentit le petit chétif.

On s'entretint ensuite de New York. Puis de Boston. Et un peu de Los Angeles. Les Français grandissaient. Même le petit chétif à la nuque raide devint plus droit que le I qu'il était déjà.

Finalement, ils proposèrent un contrat de cent mille bouteilles de format moyen à être livrées au plus tard en septembre pour mise en marché en France à l'automne.

— Sucrebec ne saurait vous les fournir cette année, dit l'Italo-québécois sans broncher. Mais la Reine de l'érable le peut, elle. Et ses prix sont les mêmes que les nôtres.

— Votre société canadienne est-elle donc si… petite?

— Elle n'a encore que quelques mois. Mais l'an prochain, au plus tard deux ans, nous serons en mesure d'absorber aisément notre chère reine… Dix mille bouteilles, nous le pourrions, mais cent mille, voilà une autre histoire…

— Ne pourriez-vous pas acheter de votre concurrente? fut-il dit pour l'éprouver.

Gabriel hésita un moment puis refusa:

— Le prix serait plus élevé.

— Vous lui faites consentir l'escompte qui vous est nécessaire pour assumer les risques.

– Vous ne voulez pas faire d'affaires avec la dame québécoise ?

– Bah ! une femme, c'est toujours dangereux. Il faut des papiers à toute épreuve, vous comprenez. En amour, le non d'une femme équivaut souvent à un oui, mais en affaires, son oui signifie la plupart du temps un non. Elles n'ont pas le respect de leur parole. Impossible de conclure verbalement une transaction avec elles : elles changent d'idée, craignent de s'être trompées… Vous devez sûrement savoir tout cela mieux que nous : l'Amérique est encore aux mains des hommes tout de même.

– C'est vrai, elles ne sont pas prêtes pour le monde des affaires, approuva le grand Français.

– Je pense que cette Québécoise l'est, opposa l'Italien.

– Si vous voulez absolument que nous nous adressions à elle, tant pis pour vous, dit Vincent avec une moue d'indifférence.

– C'est une femme bien, j'en suis certain.

– Une femme qui croise les jambes croise aussi les bras, reprit le petit chétif.

Le trio rit haut.

Puis le grand Laurent se rendit à la table de Paula demander sa carte d'affaires. On reviendrait peut-être ou bien on appellerait au Canada après la foire. Il salua, quitta, retrouva son collègue et les deux hommes s'en allèrent sans regarder plus en direction de la reine de l'érable.

– Les reines, on leur coupe la tête, nous, en France, dit le petit au grand.

– En voilà deux autres qui sont passés dans le camp italien, souffla Paula à l'oreille de sa secrétaire.

– Peut-être pas !

Gabriel attendit un moment puis il vint parler.

– Ils vont vous donner signe de vie. Ils aiment le produit, et moi, je ne suis pas en mesure de répondre à leurs demandes. Et je vous les ai renvoyés.

– Ils ne nous ont rien proposé.

– Non, mais ils savent à quoi s'en tenir. Ils savent que votre compagnie pourrait leur fournir ce qu'ils veulent.

– Comment ça, ils le savent?

– Mais parce que je le leur ai dit.

Cette fois Paula ne put se retenir:

– Vous m'enverrez votre facture à Saint-Georges en retournant dans la Beauce.

– Soyez bonne, Paula, j'ai fait du mieux que j'ai pu. On ne se coule pas entre Québécois tout de même...

– Je vous envoie les prochains gros clients en retour?

– Je vous ai fait de la peine et ça me fait de la peine.

– Mon cher Grégoire...

– Gabriel, coupa-t-il.

– C'est ce que je disais... si vous voulez que nous soyons de bons amis, restons de bons concurrents, d'accord?

– Le chacun pour soi en tout?

– Le chacun pour soi en tout.

– Comme vous voudrez, Paula, comme vous voudrez.

On ne se parla plus, on ne se regarda plus de toute la journée. Gabriel ferma le premier et salua d'un vague signe de la main en partant. Les deux tables avaient eu plusieurs goûteurs depuis le matin, mais pas un contrat dûment signé. Des remises à plus tard. Des probablement. On avait eu affaire à des Allemands, des Suédois, des Hollandais, des Suisses outre les Italiens et les Français nombreux, prétentieux et obstineux.

«Faut surtout pas vous attendre à revenir avec la France pis l'Allemagne dans vos poches», avait dit et répété Jean Garon lors de leur rencontre.

Le ministre serait là une des trois journées à venir, peut-être deux. Mais Paula craignait un peu que ses allures trop paysannes nuisent aux communications. Peut-être eût-il fallu un politicien plus américanisé?

– Personne va se rendre compte que c'est le ministre, assura Danielle. On va le prendre pour un gros tarla...

– Paraît que madame Payette l'aime pas beaucoup : elle dit qu'il ronfle au parlement. Malgré qu'il soit pas le seul…

On quitta.

Une demi-heure plus tard, un taxi les déposa à l'entrée du Hilton.

– Quelle malchance ! s'exclama Paula qui aperçut de loin Gabriel en conversation avec une jeune fille près des grandes portes vitrées.

– C'est la même qu'hier soir, tu te souviens ?

– C'est sûrement une prostituée. Ça me surprend pas de le voir avec elle.

On adopta un pas long et rapide, celui des affaires et de l'indifférence à ce qui ne regardait pas lesdites affaires. Ainsi, l'on pourrait frôler le couple en feignant n'avoir rien vu. Et l'on marcha, le regard rivé dans les quelques marches du long et lent escalier de béton.

Une interpellation les empêcha de rentrer simplement en toute quiétude :

– Madame Paula, madame Paula…

– Ah ! l'achalant !

Il fallut se retourner car la voix arrivait droit sur elles, toute proche.

– Le ministre est arrivé. Il nous invite à nous rendre à sa chambre pour un vin d'honneur. Je vous transmets son invitation…

– Quel numéro ?

– La 666 : une suite louée par le gouvernement.

– C'est sérieux ou c'est une blague ?

– Tout à fait sérieux, ils vont vous le confirmer à la réception.

– J'espère que ça ne durera pas trop longtemps. Le décalage horaire, ça le dérange pas, lui ?

– Je te l'ai dit, Paula, le ministre, il ronfle où il veut, quand il veut, fit Danielle en riant.

Paula regarda par-dessus l'épaule de l'Italien car il y avait deux marches entre lui et elles.

— Faut pas me juger mal parce que je parlais à la petite fille... Comme on dit à Beauceville, je parlais pour parler. C'est une Italo-française... comme moi, je suis un Italo-québécois.

— Mais monsieur Riana, s'exclama la femme d'affaires, en quoi voulez-vous que ça nous dérange ?

— Je sais que vous ne me demandez pas de comptes mais je ne voudrais pas être mal jugé, c'est tout.

Il avait envie d'ajouter: «Mais c'est une femme comme vous deux, pas un déchet parce qu'elle se vend et ce n'est pas parce que je lui parle que je désire aller coucher avec elle. Vous voulez du respect et vous nous méprisez quand on en témoigne à quelqu'un de votre sexe...» Pourtant, il contint ce que son regard disait et pensa que plus il se défendrait, plus on le croirait coupable, alors au diable !

— La 666, hein ?

— Exactement! Un numéro particulier...

— Merci, on se reverra là.

Et Paula tourna les talons. Même s'il ne s'agissait là que d'un petit deux de pique, elle mit dans son jeu la carte d'atout, soit cette conversation avec une prostituée qu'on avait surprise et qu'il avait cherché vainement à se faire absoudre. C'est comme ça qu'ils sont quand leur femme est absente. Sans l'arrivée du grand, gros, gras Garon, nul doute que l'Italien serait allé bambocher. Les hommes: tous des pareils! Elle grommela ainsi jusqu'au moment de se rendre chez le ministre.

*

Garon se montra bon garçon.

Bon papa. Il y avait chez lui tous les subventionnés du Québec présents à la foire alimentaire plus quelques gratte-papier de la maison du Québec dans la capitale française. En somme, que des enfants de la patrie qui portèrent un toast à l'égalité, à la fraternité et à leur future liberté.

Le propre des femmes étant d'agir mine de rien, Paula et sa compagne firent en sorte d'éviter l'Italien. Il y avait toujours quelqu'un à qui sourire et parler autre part que trop près de lui. Il fit plusieurs tentatives. Au jeu du rapprochement en douce, il était battu à plate couture d'avance. Alors il prit la méthode brutale : les toilettes, sortie en coup de vent et progression directe et rapide vers elles. Dès qu'il fut arrêté à deux pas, Danielle lui opposa un grand moyen qui sauva sa patronne : elle l'entraîna à sa suite tout en s'excusant auprès de l'arrivant...

— J'ai affaire à madame Nadeau une minute, vous vous reverrez plus tard...

Et plus tard, il fut trop tard. La place était enfumée. Paula se plaignait d'une irritation aux yeux causée par l'abondante boucane toujours présente aux réunions nationalistes à l'instar de la fumée d'encens des réunions religieuses d'antan ou aux regroupements de drogués qui donnaient de plus en plus le ton aux philosophies populaires.

On décida de prendre congé. Paula se rendit saluer le ministre qui décrocha ses pouces de ses bricoles pour serrer la main de la femme.

— Vous inquiétez pas si vous n'avez pas obtenu de résultats aujourd'hui, répéta-t-il, c'est l'ordre des choses. Il faudra peut-être deux, trois foires comme celle-ci pour commencer à percer les marchés européens avec nos produits de l'érable. Pensez à l'histoire des kiwis d'Australie... vous connaissez ?

— Oui, oui, mentit Paula en souriant.

Elle désirait partir et n'avait pas besoin d'entendre l'histoire du marketing des kiwis pour la deviner à partir de ce que l'homme politique venait de dire.

— Je vous souhaite une bonne foire, madame... madame qui déjà ?

— Nadeau...

– C'est vous la Reine de l'érable, bien sûr! Ah! la Beauce, quel pays dans le pays!

– Non, mais de ce qu'on peut frôler le vide absolu dans ces réunions-là! se plaignit Paula quelques instants plus tard dans l'ascenseur.

– Tu sais ce que j'ai entendu pendant que tu saluais le ministre? Notre cher Italien parlait de se trouver un interprète pour communiquer avec les Japonais.

Paula fut envahie par la peur et la contrariété.

– Il disait ça sérieusement?

– Il a dit qu'il en parlerait au ministre.

– Ah! l'enfant de nanane!

Et l'œil de Paula se mit à briller de détermination.

On s'arrêta à deux reprises, et chaque fois, des Japonais entrèrent.

– Il y en a partout, c'est comme une colonie de fourmis, marmonna Danielle à l'oreille de sa patronne.

– Suivons-les donc, peut-être qu'on va trouver le nid quelque part.

Cela les conduisit à la discothèque de l'hôtel au sous-sol, un endroit vaste, fait de multiples niveaux, encoignures et colonnes vraies et fausses. C'était la Caverne d'Ali Baba, étoilée, éclaboussée d'un fatras de couleurs sombres, à la musique à la fois ferme et feutrée qui laissait de la place pour quelques décibels parlés.

On leur désigna une table. Il y avait en effet des Japonais et Japonaises partout. Paula remarqua que ces gens avaient la capacité de ne jamais regarder qui que ce soit qui n'était pas Japonais. Pas une seule fois ses yeux ne reçurent une visite, le moindre coup d'œil. Comme si par leur seule vision périphérique, ils avaient pu repérer la nationalité des allants et venants.

– Je me demande comment faire pour établir un contact qui ne soit pas pris pour une avance…

– Adresse-toi au premier qui parle français…

– Ou anglais… Les Japonais doivent pas parler trop trop le français.

On commanda le cocktail spécialité de la maison à un serveur distant et indifférent.

– Peut-être qu'il faudrait passer par le ministre.

– Il n'a pas plus de moyens que nous autres. On va leur montrer que deux Québécoises peuvent se débrouiller, tu vas voir. Nous autres, on n'a pas affaire aux Japonais, mais le serveur, oui. Je lui donne ma carte, lui dis que je cherche un interprète pour quelques heures, et je lui demande de remettre ma carte au premier qui parle anglais ou français. Simple et peut-être efficace ! Et ça ne va coûter qu'un bon pourboire au serveur.

Le processus fut mis en marche. Le jeune homme, grand, noir et sec, parut ennuyé mais quand Paula déposa cinquante francs dans son cabaret, il fit un signe de tête oblique indiquant qu'il acceptait de transmettre le message. Et il mit la carte dans sa poche de veste.

– Plus cent francs si ça réussit, lui dit Paula d'un ton solide qui transcenda la hauteur du volume de la musique et celle des prétentions non verbales du personnage.

On le surveilla à la dérobée. Il lui fallut près d'une demi-heure pour enfin remettre la carte. Et cela donna le temps à Gabriel Riana de venir mettre son nez à son tour à la discothèque. On l'aperçut qui venait avec l'homme du ministère. Il s'arrêta, laissa ses pupilles s'adapter, reluqua vers toutes les directions comme si un flair lui eût indiqué qu'il trouverait là des connaissances à qui parler. Et il vit Paula.

– Il nous a vues, jeta Danielle, et il s'en vient par ici.

Paula avait le sentiment d'être nue. Si des Japonais devaient se présenter à la table et que l'Italien se rende compte de sa démarche, il les croirait malhonnêtes, voleuses d'idées, mauvaises concurrentes, espionnes.

L'Italien s'imposa et elle ne put s'opposer.

– Ne me dites pas que vous êtes ici pour jusqu'aux petites heures, je ne vous croirais pas. Nous non plus d'ailleurs. Si vous nous acceptez à votre table, la prochaine tournée est à nos frais.

– On allait partir.

– Le temps que vous y serez.

Alors Paula changea d'avis. Qu'il la surprenne dans sa démarche auprès des Japonais si un résultat devait se produire, et ça l'éloignerait peut-être par la suite de crainte justement de se faire piquer ses bonnes idées !

Des banalités accompagnèrent le premier verre puis Gabriel remit sur le tapis le fait qu'il avait dirigé les deux Français vers la compagnie de sa concurrente. Paula garda ses réactions prisonnières derrière un visage placide et au moment où il lui fallait dire quelque chose, un couple japonais s'approcha sans crier gare, la jeune femme tenant la carte de Paula entre ses mains.

Ils parlaient tous les deux français, mais avec un fort accent. Chacun salua dans la courbette caractéristique et le sourire parfait, *made in Japan*, presque électronique.

– Vous demandez un interprète ? dit l'homme. Le serveur nous a dit que c'est pour la foire alimentaire. Nous y sommes aussi et tous ceux que vous voyez ici. Si nous pouvons vous aider en quelque chose.

– Ça nous fera grand plaisir, dit la femme.

– Je suis du Québec... du Canada. Grossiste en produits de l'érable, et j'aimerais pouvoir entrer en contact avec des acheteurs de votre pays.

L'homme se mit à rire et dit:

– Vous savez, nous ne sommes pas ici pour acheter mais pour vendre, tout comme vous.

– Ah !

– Et puis nous sommes attachés à notre kiosque.

– Notre compagnie nous a choisis parce que nous pouvons parler le français.

– Mais comment faire pour entrer en contact avec des acheteurs japonais ?

– Là, c'est à eux de se débrouiller pour parler français. Bien sûr, si vous allez exposer au Japon, là, vous ferez bien de retenir les services d'un interprète, mais pas ici, pas ici... Nous sommes venus vendre, nous ne sommes pas là pour acheter... Et s'il y a des acheteurs de notre pays, ils ne sont sans doute pas dans cet hôtel, vous comprenez ?

– Ah !

– Je vous remets votre carte et nous vous souhaitons bonne chance, dit la femme avec un sourire large comme le Pacifique.

Gabriel riait sous cape. Il avait appuyé ses mains sous son nez afin de se pincer pour retenir ses réactions. Il savait que Danielle l'avait entendu et qu'elle avait rapporté son intention à sa patronne. Quand les salutations furent échangées, il déclara, l'air de rien :

– Croyez-le ou pas, j'ai eu aussi la même idée, mais je vois bien qu'elle n'est pas très rentable.

Le serveur s'amena et sa présence tranquille et suave réclamait les cent francs promis que lui versa Paula sans rien dire.

Gabriel comprit pourquoi elle donnait ce pourboire qui n'était relié à aucun service apparent. Il reprit :

– Monsieur Garon nous inventera bien un programme qui nous permettra d'aller exposer à Tokyo et on nous fournira gratuitement des interprètes. Ah ! quand l'État s'en mêle, le capitalisme va loin !

Il but et cacha son sourire dans la coupe géante. Paula se dit : « Peut-être que l'État québécois devra se mêler davantage d'immigration ! »

Mais elle déclara :

– On se croirait au Japon ici et ça nous a donné l'idée d'entrer en communication...

– Non, fit Gabriel en posant sa coupe, nous sommes ici dans la caverne d'Ali Baba.

À n'en pas douter, il savait qu'on avait pris son idée mais Paula gardait toujours bien à l'abri dans son jeu, pour l'inférioriser, cet intérêt discutable qu'il avait montré envers la prostituée.

Dans la conversation qui suivit, cependant, elle perdit cette carte quand l'Italien parla de sa femme restée toute la journée dans leur chambre en proie à des nausées consécutives au mal des transports et au décalage horaire. Elle le seconderait le reste du temps au kiosque du Québec.

— Vous m'excuserez, elle va se demander pourquoi je tarde tant, dit-il en se levant.

Mal à l'aise, l'homme du gouvernement lui emboîta le pas.

Quand ils se furent éloignés, Paula murmura entre ses dents :

— Ce gars-là est en train de se payer notre gueule sur toute la ligne. Il nous fait marcher tant qu'il veut. Il nous fait monter en bateau. Il nous manipule de la belle manière. On ne va plus réagir à ce qu'il dit. Il cherche à nous tromper. Tu vois qu'il triche : pas une seule fois de la journée, il n'a parlé de sa femme et il s'est tout le temps comporté comme un homme seul à Paris… Ah! le menteur!

Danielle fut envahie par des images que la géographie avait gravées en sa mémoire. Le Japon. L'Italie. Le Québec. La vallée de la Chaudière…

— Ma grande idée, c'est le marché américain, et tout le reste comme ici, par exemple, c'est occasionnel… La voilà mon affaire, à moi!

***

Chapitre 18

Ce ne fut que bardée des espoirs les plus vagues que Paula revint au pays après la foire. Son concurrent avait, quant à lui, réussi à ouvrir un petit marché en Italie.

— C'est lui ce mouflon-là qui nous a nui, confia-t-elle à Danielle sur l'avion.

On évita Gabriel. Il s'éloigna, se mit en retrait. Sentit qu'il n'était guère prisé. En fut quelque peu chagriné. Ses gestes, y compris le piège japonais, n'avaient pas été posés pour détruire Paula mais pour leur permettre à tous les deux, de trouver leur place sur des marchés où il y avait mille fois l'espace nécessaire à leurs compagnies respectives.

*

Huit jours après son retour, Paula eut une surprise de taille. Les deux Français détestables se présentèrent à son bureau, contrat en main. Ils venaient se rendre compte de ses capacités comme fournisseur et prendre sur place quelques renseignements à son sujet.

Le contrat fut signé malgré les airs supérieurs du petit homme et la trop grande condescendance de son collègue. Mais Paula fut à leur hauteur. Elle les badigeonna comme cela se fait entre gens d'affaires, les conduisit à l'Arnold, tâcha de les environner le plus possible d'excellence sans se montrer servile. Ils parurent apprécier. Et ils s'en allèrent contents. Elle ne put savoir s'ils avaient visité son concurrent et du reste ne les questionna pas sur ce sujet.

Et Grégoire, peu à peu et pas à pas, rentra dans son univers malgré cet énorme morceau en moins emporté par sa conduite frivole. Elle surveilla ses allées et venues et se rendit compte qu'il avait mis fin à sa liaison, si liaison il y avait eu. L'homme était bien plus attentionné qu'auparavant. Plus près des enfants. Et puis ce voyage en France où elle avait côtoyé les pires machos lui laissait des réflexions plus favorables sur son compagnon de vie. Shere Hite la rassura sur lui par comparaison avec d'autres hommes nord-américains de cet âge. Gaspard qui avait deviné ce qui s'était produit sans savoir exactement quand cela était arrivé, dit un jour à la blague: «Paraît que quatre-vingts pour cent des hommes mariés ont une aventure – ou plus d'une – un jour ou l'autre, que dix-neuf pour cent y pensent toute leur vie, que le un pour cent qui reste est entièrement constitué de parfaits impuissants...»

Alors quoi: se débarrasser d'un homme infidèle pour s'embarrasser d'un moins fidèle encore? Dans les soirées mondaines, elle entendait souvent la même ritournelle: les femmes n'ont jamais assez d'amour et les hommes n'ont jamais assez de sexe... Puisque la nature a ainsi fait les choses, pourquoi ne pas s'en accommoder? Pourvu que la femme ne rencontre pas une nouvelle flamme et pourvu que l'homme ne s'offre pas trop souvent une nouvelle femme!

Au nom de ses enfants, de son territoire, de sa fierté, Paula devint féroce envers le concurrent. Elle-même prit la route comme en période électorale, fit du porte-à-porte pour exposer aux producteurs les mérites de sa compagnie et de ses contrats, celui de la France surtout. Elle fit subtilement vibrer la corde nationaliste en faisant appel à la solidarité québécoise, beauceronne.

«Le Québec d'abord» devint le slogan de sa publicité, le mot d'ordre en exergue dans ses en-têtes de lettres.

Elle chercha à se mieux connaître à travers Aubéline et Michelle, ses vieilles amies qu'en cette année 1977 elle rencontra plus souvent soit à Montréal, à Québec ou dans la Beauce quand y venait l'une ou l'autre.

Et il lui apparut de plus en plus nettement que Michelle, la délurée de toujours, était une femme moins libre intérieurement que l'autre à l'apparence si vulnérable et personne si bien consacrée à sa famille. C'est qu'Aubéline, chaque jour, choisissait de poursuivre sa route tandis que Michelle devenait toujours plus dépendante de l'argent et des biens matériels. En l'une, le dosage amour-liberté relevait de sa propre volonté tandis qu'en l'autre, il était entièrement décidé par la mode, le conformisme et même, très souvent, l'esprit d'avant-garde.

*

1978 fut.

Danielle se maria. Mais elle demeura au service de Paula et lui dit qu'elle n'aurait pas d'enfants avant cinq ans.

*

1979 coulait déjà comme le contenu d'un baril de sirop transvidé dans les bouteilles de tous les jours. Et les bouteilles filaient sur la chaîne de la vie sans que Paula puisse en vraiment distinguer chacune. La qualité du quotidien demeurait toujours très égale, dorée, uniforme...

La Reine de l'érable obtint des nouveaux contrats: l'un en Belgique, l'autre en Allemagne et un autre dans l'ouest américain.

Sucrebec avait l'air de croître moins vite. Des grossistes de moindre importance de la région de la Beauce et de celle des Bois-Francs fermèrent leurs portes, ce qui permettait aux deux concurrents beaucerons de grandir sans se faire beaucoup de tort.

On se rendait même quelques services à l'occasion. Des échanges de barils, des prêts de barils, des ventes de barils vides et parfois même des fusions d'efforts au niveau du transport. Ce que se disaient à l'occasion Paula et Gabriel au téléphone, cependant, demeurait froid, technique, utile seulement.

Depuis quatre ans, la récolte printanière se faisait abondante. Paula se dit qu'on était dû pour ce que les producteurs appelaient «un p'tit printemps d'sucre». Advenant le cas, elle ne pourrait fournir adéquatement tous ses clients étrangers. Le moment lui parut le bon pour faire d'une pierre deux coups: asséner un coup de merlin à la tête du concurrent et s'assurer d'un approvisionnement abondant en mai.

Elle jongla néanmoins plusieurs jours avec l'idée, se demandant si elle devait en parler à ses conseillers, Gaspard et Grégoire. Le risque était grand. De ceux que même les hommes d'affaires les plus ferrés ou casse-cou ne prennent que rarement: celui d'y laisser tout son profit de l'année. Il s'agissait d'envoyer à tous les producteurs une lettre leur annonçant une ristourne garantie de huit cents la livre pour tout le sirop de qualité AA, celui classé A et le B. On leur ferait part de cette promesse à la veille de la grande distribution des barils de la mi-février. Le téléphone ne dérougirait pas et les fournisseurs du concurrent voudraient vendre à la Reine. Il y avait de quoi faire culbuter Sucrebec. Ce monde de la concurrence implacable ne faisait-il pas partie des raisons de la fierté virile de ces messieurs?

Une semaine avant de lancer l'opération, elle en fit part à sa secrétaire qui eut peur aussitôt. Et s'il y avait surproduction, la ristourne pourrait coûter au bas mot quatre cent mille dollars à la compagnie: un jeu très dangereux.

– Je perdrai ma chemise, sourit la présidente.

Elle jeta un regard au loin et ajouta, l'œil malin:

– Et ma petite culotte avec... Mais vois-tu, les gars aiment ça quand on perd nos petites culottes.

– Je trouve pas ça drôle. Tu as des responsabilités envers tes employés.

– Parle plus bas, Danielle, s'il te plaît.

Paula se méfiait. Les cloisons n'étaient pas aussi minces qu'au garage où elle avait travaillé avant son mariage mais elle préférait ne pas parler aux murs. Gaspard était un homme à toute épreuve, certes, mais elle ne connaissait pas grand-chose des employés : tous des Beaucerons et Beauceronnes, pas des saints du ciel.

– Et puis tu as une entente sur les prix avec Sucrebec.

– Sur le prix de base, oui, mais pas sur la ristourne. Je respecte ma parole tout à fait.

– C'est une véritable déclaration de guerre. La riposte pourrait te faire beaucoup de mal...

– J'ai longuement réfléchi. Si je me casse le bec sur une surproduction, je vais m'endetter, mais je survivrai. Si, par contre, je laisse l'Italien continuer dans son ascension, le mal qu'il me fera sera pire. Mon risque est calculé. La meilleure défense, c'est l'attaque. À condition que tu disposes d'un arsenal suffisant pour résister à la contre-attaque. Frapper maintenant, c'est éviter d'être frappée dans les années 1980. L'homme n'aura aucune pitié simplement parce qu'il est un homme et tu le sais.

Excepté pour la toute dernière phrase, Danielle ne partageait pas cette opinion. Paula comptait sans les imprévus favorables. Et si la banque prenait panique ? Et si le concurrent se trouvait des capitaux importants pour traverser la crise ? Et si les deux compagnies avaient du mal à s'en sortir et qu'une troisième venue de l'extérieur occupe alors le champ de bataille où les belligérants auraient tout le mal du monde à tenir sur leurs jambes ?

Cet avis de la secrétaire ébranla sa patronne. Paula songea à consulter Gaspard. Mais l'homme, dans son point de vue d'employé, ne saurait que s'opposer également au sien. Enfin, elle écarta l'idée de prendre conseil de son mari puisqu'il s'objecterait forcément lui aussi. Ce serait sa première vraie grande décision personnelle et le signe qu'elle était devenue une femme d'affaires accomplie jusqu'au bout des ongles.

La bombe fut lâchée.

Dès qu'il apprit la chose, Gabriel Riana sauta sur son appareil de téléphone et appela sa concurrente. Paula avait pressenti qu'il se manifesterait ce jour-là et elle avait revêtu un ensemble grand luxe tout en sachant bien que le personnage ne ferait qu'entendre sa voix au bout du fil. Elle se sentirait plus forte en femme au maximum de ses capacités, en femme de 40 ans, en femme d'avenir...

Et cette conversation eut l'effet d'une bombe tout autant que la ristourne garantie.

— Madame Paula, comment allez-vous?

— Très bien, monsieur Riana, et vous?

— Je suis un optimiste, alors je suis forcé de dire oui.

— Comment de l'optimisme forcé peut-il donc constituer de l'optimisme?

— Un bon Américain voit toujours le côté brillant des choses, *the bright side of things*, comme on dit aux États-Unis. Et comme je suis aussi Méditerranéen et que le soleil est omniprésent là d'où je viens, quand on combine les deux, pas surprenant que je me sois intéressé à un produit qui est pratiquement le fruit du soleil du printemps... et qu'on rencontre dans ce domaine d'activité rien que des personnes radieuses.

«Tiens, tiens, la grande sérénade italienne, se dit Paula, je ne m'attendais pas à ça... »

C'est de la colère et des menaces de représailles qu'elle s'était préparée à combattre. Cela viendrait sans doute en cours de conversation.

– Un appel inattendu…

– Vraiment?

– Quand l'adversaire réalise un beau coup, n'est-il pas gentleman de lui téléphoner pour le féliciter.

– Un beau coup?

– La ristourne garantie.

– Ah! ça?

– J'y aurais pensé que je n'aurais jamais osé. Il faut posséder un culot incroyable pour risquer autant. Aux États-Unis, il n'y a qu'à Las Vegas et Atlantic City que des choses pareilles se passent.

– Nous sommes en Beauce, cher monsieur.

– Inutile de vous demander, ma chère Paula, si vous avez envisagé une surproduction? Pareille décision prise par une femme: les risques ont dû être comptés, pesés, divisés et… recomptés une deuxième, une troisième fois, n'est-ce pas?

– Je n'ai pas agi dans le but de détruire qui que ce soit mais pour être sûre de remplir mes engagements…

– Tut, tut, tut, je n'ai droit à aucune explication. L'idée est de bonne guerre…

– Il n'y a pas de guerre là-dedans. C'est vous qui lâchez le mot, cher monsieur. Je n'ai attaqué personne, j'ai simplement pris un moyen pour…

– Mais oui, mais oui! Ne vous défendez pas de quoi que ce soit, je n'appelle pas pour discuter de ça. Ni pour vous donner de conseils. Mais pour vous féliciter…

Paula se raidit la nuque et la voix:

– Un peu dur à avaler.

– Laissez-moi terminer… Pour vous féliciter et pour vous faire une proposition… disons une avance.

– Je suis toujours prête à entendre une proposition, si c'est une proposition d'affaires.

– À la bonne heure, on va peut-être enfin pouvoir établir la communication entre nous.

– Mon numéro de téléphone est dans l'annuaire.

– Je sais, je sais. Bon… ce à quoi je pense depuis quelque temps, c'est à un rapprochement de nos intérêts qui pourrait peut-être aller jusqu'à la… fusion de nos entreprises. J'ai l'air de vous exposer ça de but en blanc, mais il se trouve que dans les réunions de gens du domaine des affaires, l'occasion de nous connaître mieux ne nous a pas beaucoup été donnée. Je sais que ça peut avoir l'air brutal mais…

– Pourquoi une fusion ? Si on a un gros printemps de sucre, vous n'aurez plus qu'à ramasser les morceaux de ma compagnie.

– Ça, je n'en suis pas certain. Je ne crois pas que vous ayez si peu approfondi la question et pris un aussi grand risque…

– Et je n'ai pas l'intention d'en dire quelque chose.

D'une main distraite, Paula replaça inutilement ses cheveux qu'elle laissait s'allonger depuis plusieurs mois et qu'elle voulait se voir sur les épaules pour changer de look au seuil des années 1980 et de la quarantaine.

– J'aime beaucoup votre façon de mener vos affaires. De l'enthousiasme, de la fermeté, surtout de l'audace, beaucoup d'audace…

– Bon, vous m'avez fait une proposition brutale.

– Ce n'est pas pour demain, mais disons qu'on pourrait en parler si l'occasion se présente… mettons quelque part à l'été.

– Et pourquoi pas maintenant ?

– Parce que le printemps est à la porte. Quoi donc, vous seriez prête à en parler ?

– Je n'ai pas dit ça. J'ai mis en doute l'authenticité de votre intention en disant « et pourquoi pas maintenant ? ».

– Je suis tout à fait sérieux, madame Paula, tout à fait sérieux.

– Ah bon !

– Si nos sociétés étaient fusionnées, pas besoin de prendre l'immense risque d'une ristourne garantie.

– Je sais.

– Voilà pourquoi je suis sérieux.

– Pour une Reine, fusion ne veut pas dire disparition mais absorption.

– Ah! ça pourrait vouloir dire vente de votre compagnie à la mienne ou vice versa ou encore une véritable fusion…

– Une véritable fusion ne saurait se faire que si la Reine est actionnaire nettement majoritaire.

– Cela peut s'envisager.

– Vous prévoyez traiter combien de livres cette année?

– Ben… et vous?

– Si vous me retournez la première question, ça sera pas trop facile si jamais on négocie quelque chose.

– Disons un million et demi à peu près.

– Ce n'est pas beaucoup.

– Je n'en suis qu'à ma troisième année. Et la concurrence est plutôt dure.

– Elle est ce que doit, rétorqua Paula le ton froid et la pensée classique.

– Ah! j'en doute pas pantoute comme on dit par chez nous.

– Par chez nous?

– Bien… par ici.

– Ah!

La suite fut tout aussi incertaine. Il s'avança, recula, la fit s'avancer puis reculer. Parfois, Paula se demandait si elle ne devrait pas couper court et raccrocher puis elle se disait que l'appel contenait un fond à prendre au sérieux. Ou bien cherchait-il à la manipuler pour qu'elle retire son offre de ristourne garantie et il valait mieux l'écouter jusqu'au bout pour comprendre les structures de sa toile d'araignée? Et de toute manière, il devait pourtant bien savoir qu'un tel recul de sa part eût été parfaitement impensable, impossible.

Finalement, l'appel laissa davantage de méfiance au cœur de Paula. Mais une graine avait été semée…

Elle rêva dans les jours suivants entre ses réponses personnelles aux appels des producteurs qui voulaient sonder ses reins et savoir si la ristourne garantie serait bel et bien versée. Elle rêva à l'absorption de Sucrebec par la Reine de l'érable.

Elle rêva à une grande compagnie de calibre international : non plus seulement grâce à de nouveaux contrats avec l'étranger, mais surtout avec un important pied-à-terre aux États-Unis.

Et chaque nuit, elle se réveillait pour demander au ciel d'envoyer au Québec un petit printemps de sucre, ce qui serait avantageux pour tous excepté pour le concurrent qui serait ainsi sans doute forcé de venir mettre son eau dans la bouilloire de la Reine.

Toute son eau…

***

Chapitre 19

– Quel âge as-tu, Marc, je m'en souviens jamais!?

– Mais maman, j'ai 11 ans… pis je vas avoir 12 ans là… ça sera pas long.

Paula l'interrompit:

– Je devrais pourtant m'en rappeler: tu avais 3 ans quand ta mère est morte. Les jumeaux en avaient 6 et Chantal 2. Mais comme ça change chaque année et que j'ai des chiffres plein la tête tous les jours, tu comprends.

L'auto s'arrêta devant la résidence des religieuses. Il y avait maintenant plusieurs années – Paula se demandait aussi combien – que l'enfant prenait des leçons de piano et on le disait très doué bien qu'il eut cessé depuis longtemps de pratiquer à la maison. En fait, de sa maîtresse, une vieille sœur qui tricotait en l'écoutant, il n'apprenait plus grand-chose et s'exerçait seulement devant elle. Grégoire et Paula avaient voulu que les leçons se poursuivent, car ainsi, on faisait d'une pierre trois coups: l'enfant n'excédait personne à la maison, où à part Paula pas grand-monde n'appréciait son talent; en payant pour ses leçons, on lui achetait de la motivation; et Marc aimait cela et il avait souvent dit à Paula, prise à part, son rêve d'aller au Conservatoire de musique plus tard.

L'enfant descendit et se dirigea vers l'entrée. Il se tourna vers Paula, sourit puis sonna à la porte. Mais sa mère adoptive qui le regardait pourtant ne répondit pas à son sourire. Son esprit était ailleurs.

Paula regardait le temps qu'il faisait et dont la hantise lui faisait perdre la notion de l'autre temps, celui qui s'amuse à tromper ceux qui l'oublient ou bien qui le méprisent.

On était le dernier samedi de mars. Il faisait toujours un froid d'hiver et pas un seul érable n'avait encore osé frissonner. Un temps doux à la fin de février avait mêlé toutes les cartes du ciel et de la nature. Plus cette basse température durerait plus grandes étaient les chances de passer brutalement à un degré de fin de printemps : donc peu de risques de dégels suivis de revers qui torchonnent les arbres de neige gluante durcissant un jour ou deux puis fondant sous un nouveau soleil, ce qui constitue la recette parfaite des grandes coulées dont seulement deux peuvent vous occasionner une énorme production de sucre.

Il lui prit l'idée de se rendre près de la Chaudière aux environs de l'endroit où elle avait habité durant ses études et après, avec Aubéline. Elle y trouva une entrée libre qui permettait de voir le lit de glace de la rivière. Et le souvenir du cadeau écrasé par la débâcle lui revint en mémoire. Il fut aussitôt chassé par l'examen qu'elle fit de la surface blanche afin d'y déceler un gonflement annonciateur d'un changement en profondeur dans la terre endormie, laquelle se réveille peut-être aussi par ses propres forces le temps venu grâce à une horloge biologique ou cosmique… Cet examen dut prendre fin abruptement car il lui fallait retourner vite à la maison. Chantal et Nathalie avaient besoin d'elle pour préparer un gâteau de fête et autres victuailles en vue de la réception du lendemain. Et puis elles auraient besoin qu'on les reconduise en ville pour y acheter chacune un cadeau pour la personne célébrée. Grégoire passerait tout l'avant-midi avec Christian au Palais des sports ; l'adolescent s'affirmait de plus en plus au hockey.

Le jour suivant, Paula aurait 40 ans.

Pour mieux apprivoiser ce tournant de sa vie, elle se disait de cet âge depuis déjà quelques mois.

*

Elle fut la première levée, ce dimanche. Se rendit en robe de chambre au solarium, ce lieu de recueillement par excellence, s'y assit avec un jus d'orange pour regarder la ville.

Seul le temps retint son attention. Il était clair. Le soleil montait dangereusement. Il réchaufferait la terre. Trop peut-être. Trop tôt. S'il fallait que se produise une première grosse coulée en plein mois de mars, son chien était mort.

Quel jour était-on? Ah! oui: dimanche. Pas une seule fois il ne lui vint à l'idée qu'elle entrait dans la quarantaine avant l'arrivée de Nathalie qui s'amena avec un verre de jus elle aussi.

— Salut *mom*!

— Salut!

— Bonne fête, là!

— Ah! c'est vrai!

— Tu y pensais pas?

— Non.

— Ah!

— L'habitude use, tu sais.

L'adolescente ressemblait de plus en plus à sa mère. La démarche, la finesse du menton, l'œil rieur et l'âme dans l'œil. Une sentimentale mais capable de sortir d'elle-même pour s'examiner, se juger à partir de plusieurs éléments, s'accepter et surtout s'affirmer.

— Ben, bonne fête quand même!

— Merci!

— Si ça te fait pas plaisir d'être fêtée, nous autres, ça nous fait plaisir de te fêter. Prépare-toi à des surprises.

— Comme?

— Ben… les invités.

— Si je devine qui, vas-tu confirmer?

— Non, mais devine quand même…

— Je dirais… Aubéline et André?

— Peut-être !

— Papa et Hélène ?

— Peut-être !

— Grand-maman Poulin, c'est sûr.

— Ben oui, ça, c'est sûr, elle va venir nous aider.

Paula but un peu, soupira puis jeta à sa fille un regard oblique.

— Et toi ? Tu vas être seule ?

— Ben… pourquoi pas ?

— Ton petit copain ?

— Quel copain ?

— Celui à qui tu parles au téléphone tous les soirs.

— C'est pas toujours le même… pis je parle à mes amies… ben à des filles itou.

— Je te fais pas de reproches.

— J'espère, parce que les filles de mon âge ont toutes un chum, elles. Même toi, tu me l'as conté… André Veilleux, hein !

— C'est pas pareil, c'était un copain de classe, lui.

— Ouais, ouais, on peut dire ce qu'on veut quand ça s'est passé y'a un siècle !

— Minute moumoute, j'ai pas encore un demi-siècle et ça s'est passé j'avais 15 ans !

On conversa ainsi, légèrement, pendant une heure jusqu'à la venue de Chantal qui embrassa sa mère et lui souhaita bonne fête. C'était une enfant aisément rieuse à cheveux longs châtains, gonflés sur le front jusque près des sourcils. Elle avait pris la décision de sa vie récemment : elle voulait devenir enseignante. Et ça la rendait sûre d'elle dans son quotidien.

Après la confiance en eux-mêmes montrée par Christian et Grégoire, après la force de Paula dans la lutte pour la vie, après le bien-être évident de Nathalie dans ses agissements, et après l'intention bien arrêtée de la cadette, il ne restait plus maintenant qu'une seule âme inquiète dans la famille, et c'était Marc. Comme naguère ! Et pourtant, plus il grandissait, plus il devenait un enfant modèle, un petit homme accompli, sensible et respectueux.

Il vint à son tour souhaiter bonne fête. Embrassa furtivement Paula, camouflant avec soin son désir d'être pris dans les bras de sa mère adoptive et écrasé de bonheur...

Quelques instants plus tard, on entendit de grands bruits parvenir depuis le sous-sol. Marc déclara, l'air radieux et approbateur :

– C'est papa avec Christian. Ils se lancent des rondelles de hockey dans la salle de jeu.

– Je ferais mieux de leur préparer à déjeuner parce qu'ils vont se creuser l'estomac, ça sera pas long, dit Paula qui se leva aussitôt, consulta sa montre et quitta le solarium où restèrent les enfants présents.

*

Le repas d'anniversaire eut lieu à compter de deux heures de l'après-midi. Les invités savaient d'avance qu'on mangerait tard et ils se présentèrent avec un bon déjeuner dans l'estomac.

La présence de Suzanne et Claude ajouta quelque chose au désagrément que ses 40 ans infligeaient à Paula. Les invitations avaient été faites par Nathalie et Chantal qui avaient cru bien faire, étant donné l'attitude de leur mère qui, pour neutraliser sa rivale, n'avait pas coupé court au voisinage de chalet.

Il y eut comme prévu Aubéline et André, Gaspard Fortier, Danielle et son mari.

En pleine période des sucres, Hélène et Rosaire étaient retenus à leur cabane où ils servaient le public avec des produits gardés en réserve du printemps d'avant. Il fut décidé de s'y rendre faire une virée en fin d'après-midi.

Les heures tourbillonnèrent autour de Paula qui se coucha tout à fait épuisée ce soir-là. Ç'avait été plus fatigant pour elle qu'une grosse journée à l'entrepôt-conserverie.

Dans le noir, tandis que Grégoire dormait déjà, elle réfléchissait, cherchant à s'imaginer l'avenir. Le tournant de la quarantaine et celui des années 1970-80 voudraient-ils dire un tournant aussi dans sa vie. Les affaires? Cette fusion improbable? Sa relation plutôt tiède avec son mari. Car la blessure d'il y avait trois ans s'était refermée, mais il restait une balafre durable, tout aussi indélébile que cette correction injuste par son père pour la vitre cassée et son excessive sévérité ce soir de son adolescence alors qu'il l'avait humiliée devant tous au terrain de jeux.

Elle avait le pressentiment qu'il se produirait bientôt des changements de prime importance, mais quoi...

Depuis le temps qu'elle désirait consulter une tireuse de cartes, elle s'offrirait ce caprice juste pour rire. Car une femme de tête ne saurait croire en ces choses-là et ne se rend chez les voyantes que par simple curiosité.

*

Le lendemain, elle en parla avec Danielle; mais en adoptant une attitude spontanée. Après s'être inquiétée du temps propice à une coulée abondante des érables, elle soupira :

— Si on savait l'avenir, hein?

— Des fois, on le connaît mais on veut pas le voir, dit la secrétaire qui regardait dans un lointain vague.

— Ça veut dire quoi?

— Rien, je dis ça comme ça.

Paula n'avança pas plus avant dans les paroles sibyllines de son employée et elle réfléchit tout haut une seconde fois quant aux risques encourus par la ristourne promise et le temps qui, lui, n'avait rien de garanti.

— Vois-tu, je me suis fiée à trois choses pour prédire le printemps : la déduction, l'intuition, et mon sang.

— Explique...

– La déduction. On a eu quatre années de bonnes récoltes donc les chances augmentent de frapper une petite année. L'intuition. Je sens, je flaire... Et mon sang abénaquis me dit un mois d'avance le temps qu'il fera. Mais tout ça n'est pas comme si je savais l'avenir.

– Va voir une tireuse de cartes.

Paula n'en espérait pas tant de la part de l'autre mais quelle porte ouverte, et grande ouverte!

– T'es folle! J'crois même pas à ça!

– Ça te ferait un quatrième élément pour savoir ce qui va se passer.

– Suis pas crédule à ce point-là.

– C'est toi qui sais ce que tu veux...

– Tu y es déjà allée, toi?

– Deux fois.

– Et puis?

– Elle a dit beaucoup de vrai.

– Comme?

– Ben... disons que c'est plutôt personnel.

– Je m'excuse... C'est vrai qu'on s'est dit que le bureau était pas un lieu pour parler de sa vie personnelle mais d'affaires seulement.

– Faut pas être plus catholique que le pape non plus.

– Je t'en parlerai plus tard, mais crois-moi, elle m'a dit beaucoup de vrai.

– Y en a pas dans la Beauce. Les Beaucerons sont pas forts là-dessus...

– C'est le contraire, mais sont trop orgueilleux pour le dire. Si tu voyais, la dame est bourrée de rendez-vous douze heures par jour, sept jours par semaine. Elle est plus populaire que le ramancheur Noël Lessard. Elle doit gagner une fortune.

– Elle charge combien?

– Tu donnes ce que tu veux.

– Ce qui veut dire?

– Autour de dix dollars pour une demi-heure.

– On va changer de métier.

– C'est qu'on n'a pas le même talent qu'elle pour prédire l'avenir.

– Sais-tu si elle a de l'Abénaquis dans le corps ?

– Ça, faudrait lui demander. Si tu y vas, demande-lui, juste pour voir.

– Non, mais vois-tu ça, en plein printemps alors que la présidente doit être à son poste, aller me faire tirer les cartes : je m'en irais en Floride que ça serait pas pire.

– Mais non, Paula. C'est une demi-heure, pas plus. Elle est pas loin de Notre-Dame du côté ouest, à dix minutes d'ici.

– Si tu viens, j'y vais. Mais c'est rien que pour rire…

– Ça me le dit pas trop.

– T'as peur de te faire annoncer des choses peu agréables ?

Danielle hésita, plongea ses yeux verts dans la couleur sombre du bureau de sa patronne :

– Ben… non.

– Pour l'argent, oublie ça, je paye pour les deux.

Danielle avait trop encouragé Paula à se rendre chez la tireuse de cartes pour refuser maintenant de l'y accompagner, d'autant qu'on irait là-bas sur le temps de la compagnie.

– Je vais l'appeler pour prendre rendez-vous.

– C'est juste pour s'amuser, là, hein. On va se déstresser un peu, parce que moi, croire à ces folies-là, y'en est pas question pantoute !

*

On arriva à la petite maison juchée à mi-coteau. Dans la cour, on pouvait apercevoir, fierté des fiers, le plus long pont couvert du futur pays du Québec, au vert de la vallée en ses beaux étés mais au toit rouge comme un soleil mouillé de fin du jour.

On attendit que sorte le client présent à l'intérieur et dont la voiture, une compacte grise japonaise, se trouvait à côté de celle de Danielle. La secrétaire n'avait pas eu à tordre le bras de sa patronne pour voyager avec la sienne. Car bien qu'on fût à l'écart des circuits achalandés, Paula préférait ne pas être vue en cet endroit, semblablement à beaucoup d'hommes qui se rendaient dans les bars de danseuses nues et cachaient leur véhicule à l'arrière de l'établissement ou quelque part dans le voisinage. Les seuls bateaux qui voguent aisément sur la Chaudière sont ceux des ragots et des nouvelles les plus dépourvues d'importance.

Sortirent bientôt et à l'heure entendue pour le rendez-vous des arrivantes, deux jeunes femmes qui se bousculaient en riant, les yeux brillants comme ceux d'enfants devant un arbre de Noël, le cœur rempli des plus belles perspectives... Danielle qui avait abaissé sa vitre les entendit :

– Deux enfants, t'imagines ça, moi, deux enfants. J'ai même pas de chum... Un gars pis une fille... C'est fou braque !

– Attends avant de dire que c'est fou braque.

– Pis toi, un mariage avant deux ans : t'as même pas de chum non plus !

– Ouais, mais ça...

Au-dessus de la porte de la maison s'alluma une lumière rouge.

– T'as vu, dit Paula, on se croirait au bordel.

– Comment ça ?

– Ben... la lumière rouge.

– Ah ! Ben... on y va ?

– Allons-y ! Tiens, attendons qu'elles partent...

Danielle lança vers les deux autres femmes :

– Pis ? Elle vous a dit des vraies affaires au moins ?

– Certain ! s'exclama l'une au *jacket* grand ouvert.

– Même si c'est pas vrai, c'est drôle, dit sa compagne à petites lunettes rondes d'intellectuelle fraîchement diplômée.

Tant qu'à être sous l'attention des partantes, aussi bien descendre et entrer de suite, se dit Paula qui aussitôt s'exécuta, suivie de son employée. On marcha bon pas. Et on entra sans frapper comme le disait une consigne écrite devant leur nez dans la porte.

Une voix pointue les accueillit :

– Enlevez vos bottes pis entrez !

Au premier coup d'œil de Paula, tout parut conforme à ses préjugés. Pièce sombre. Chargée d'objets insolites et hétéroclites. Odeur d'encens. Table massive au milieu sous un éclairage réduit. Musique bizarre en sourdine.

Mais la femme ne correspondait pas à ses vues. Pas de cheveux noirs comme du charbon enveloppés d'un fichu rouge feu. Et non plus des yeux profonds et inquiétants par leurs mystères insondables. Fort peu de bagues et de bijoux clinquants sur toute sa personne.

Blonde, les cheveux vagués aux épaules, le visage mince et le nez pointu, la tireuse de cartes avait une peau qui disait la soixantaine certaine. Son rire ratatiné et sa voix petite lui conféraient l'allure d'une sorte de fillette âgée.

Elle fit asseoir ses clientes de l'autre côté de la table sans s'arrêter de jaser et de retenir leur attention mais en surveillant les moindres réactions à ce qu'elle énonçait et, emmagasinant des coups d'œil brefs comme l'éclair jetés à toute leur personne :

– Danielle Veilleux, c'est ton nom de jeune fille... On se connaît déjà parce que t'es venue, tu me l'as dit au téléphone. Et madame, c'est Paula... C'est le nom que j'ai dans mon cahier de rendez-vous.

– Paula Nadeau... Poulin, dit Danielle. Pis moi, c'est Danielle Veilleux-Jacques.

– Deux vraies Beauceronnes ?

– Vraies de vraies.

– De Saint-Georges ?

– De Saint-Georges.

– Originaires de Saint-Georges?

– Moi oui, mais Paula, elle vient de Saint-Honoré.

– Au départ, je dis à tous mes visiteurs que s'ils viennent pour s'amuser à mes dépens, ils peuvent toujours s'en aller. Mon ouvrage, c'est sérieux. J'ai une réputation.

Paula perdit son œil supérieur. La femme coupa les cartes et jeta:

– Vous êtes des collègues de travail: voyez, j'ai coupé un dix de trèfle.

La relation leur parut évidente tant le ton établissait solidement un lien de cause à effet.

– Comment vous le savez? fit Danielle.

– Je viens de te le dire: le dix de trèfle.

– Ah!

– On y va... Laquelle veut commencer?

– On est là pour Paula, pas pour moi...

La femme fronça les sourcils.

– J'avais réservé du temps pour deux personnes, moi.

Danielle balbutia:

– Ben... on vous paiera pour les deux, mais moi, suis venue avant les fêtes, ça serait la même chose...

– C'est jamais la même chose. Les grandes prédictions, oui, mais tout peut très bien changer en seulement quelques mois, vous savez...

– Commençons par moi, intervint Paula.

Ce qui fut fait.

Cartes coupées en trois paquets, étendues, ouvertes, éloquentes. L'œil de la voyante brilla de tous ses feux.

– Oh! que d'argent à venir! Un vrai trésor! Jamais vu autant d'argent dans les cartes. J'en frémis...

Paula qui s'était assise sur le devant de la chaise se recula au fond. En présidente. Et elle croisa la jambe. En homme. Pas besoin des cartes pour savoir ça! C'était écrit dans ses propres décisions.

La tireuse de cartes se sentait sur la bonne voie. Paula portait des vêtements luxueux. Elle possédait une démarche, une gestuelle de personne hors du commun, de femme de classe, d'être humain capable de commander et dont les ondes dominent celles des autres. Une preneuse. Une gagnante. Une meneuse.

Et cette façon de s'asseoir si vite dans de l'aise et de l'autorité inspirait encore davantage.

– Est-ce que, madame, vous seriez dans les affaires ? Ou bien l'avez-vous été ? Ou peut-être le serez-vous d'ici quelque temps ?

– Je le suis déjà.

– C'est écrit là. Et vous allez prendre beaucoup, beaucoup d'expansion dans peu de temps. Tout est positif. Vous allez gagner, gagner et gagner encore... J'ai jamais vu rien d'aussi prometteur. Mais...

Et l'enthousiasme de la femme tourna au vinaigre.

– Mais... en dehors des questions d'argent, je vois aussi... des malheurs... plusieurs malheurs successifs. De la mort... Des morts... Attention, personne de très proche comme mari et enfants, là, mais...

Le pied de Paula avait commencé à s'agiter, ce qui chez une personne à la jambe croisée est plus révélateur que ne le serait un détecteur de mensonges. Quand la voyante la rassura sur la distance affective la séparant des morts annoncées, la jambe reprit son calme.

– Je vois beaucoup d'enfants dans votre vie. Au moins trois... non, quatre. Mais le quatrième n'est pas comme les autres. Il est... différent... Il a un avenir... un destin pour ainsi dire... pas pareil.

– Revenons aux morts, dit Paula qui d'un geste du doigt allongé montra les cartes.

– Quand on annonce ça aux gens, ils ne veulent surtout pas y croire et nous traitent de tous les noms... et ne reviennent plus nous voir.

– Je ne suis pas comme ça.

– Non, c'est vrai, elle n'est pas comme ça, approuva Danielle.

– C'est pas des proches parents.

– Vous me l'avez déjà dit.

– Laissez-moi me concentrer voyons! Quand vous réfléchissez à un projet d'affaires, que vous lisez des papiers de comptable... sais pas le nom.

– Un bilan, dit Danielle.

– C'est ça, quand vous lisez un bilan et que vous réfléchissez pour en trouver quelque chose qui parle, aimez-vous être constamment dérangée par votre entourage? Laissez-moi faire mon travail comme vous feriez le vôtre.

La remontrance n'était sévère que par le contenu et restait douce par le ton afin de lui donner le maximum d'effet et de ne pas mécontenter la cliente. Par contre, elle visait à s'emparer des volontés.

– Je vais me taire.

– Dites-moi seulement si je me trompe tant que ça. Vous avez un bon mari mais ce n'est pas le paradis. Vos enfants... combien en avez-vous?

– Quatre.

– C'est bien ce que je vous ai dit... Et un des quatre n'est pas comme les autres?

– Si on peut dire... Il n'est pas à moi, il est adopté.

La voyante ouvrit ses mains vers les cartes prophétiques et divinatrices:

– C'était écrit là.

– Vous pouvez pas lui donner des précisions sur les morts à venir? demanda Danielle qui sentait monter l'impatience chez sa patronne.

La femme fit glisser quatre cartes mais pas tout à fait hors de l'éventail des autres et, indiquant chacune, elle annonça, solennelle:

– Trois hommes, une femme… Il n'est pas sûr qu'ils vont mourir, mais la mort est là qui les visite… Trois hommes… oui, un, deux, trois… et cette dame, là, la reine…

– La reine ? osa demander Paula qui échangea un regard en biais avec sa secrétaire.

– Voyez, c'est la reine de trèfle, là…

– Je peux vous poser une question ? fit Paula.

– Ben oui !

– Y a-t-il autre chose en rapport avec cette reine… de trèfle. Je veux dire reine d'autre chose…

– J'comprends pas votre question.

– Bon, ben… mon commerce à moi, ma compagnie, elle porte le nom de « Reine de l'érable inc. »

La tireuse s'enveloppa le visage de ses mains ouvertes et y hocha la tête à maintes reprises en soupirant fort.

– La mort visite la reine… ça veut pas dire que la mort va tuer la reine… La reine est visitée, visitée, visitée, visitée par la mort… Et quatre personnes vont mourir, quatre… C'est comme ça, c'est écrit là…

Les six yeux en présence se traversèrent les uns les autres en un instant. Et la grande question circula silencieusement : qui sont ces morts, qui seront-ils ?

– On peut pas donner le nom d'une personne, on peut pas, dit la femme ridée. Une employée, une amie ou quelqu'un qui est proche d'un de vos proches… c'est tout c'est que j'peux dire…

Paula sourit par l'intérieur. Elle avait toujours pensé tout ce qu'il y a de risible de ces choses occultes qui n'avaient de scientifique qu'une invraisemblance aisément prouvable. Bien entendu qu'il y aurait de la mortalité de près ou de loin dans les cinq ans à venir ; c'est le lot de toute personne humaine d'âge moyen d'être parfois confrontée à un tel événement…

Tiens, elle venait d'utiliser l'expression « âge moyen » à propos d'elle-même pour la première fois. Et cela lui fit prendre conscience qu'effectivement, on ne pouvait se tromper à prédire la visite de la mort dans son entourage professionnel ou familial. Les frères et sœurs, beaux-frères et belles-sœurs de Grégoire vieillissaient eux aussi et au nombre... Mais de là à songer à quatre décès... Ridicule!

Et comme si elle eût deviné au bon moment cette objection temps de Paula, la devine déclara:

– Et tout ça arrivera avant la fin de vingt-quatre semaines ou de vingt-quatre mois... sais pas... un ou l'autre...

– Avant deux ans? questionna Danielle.

– C'est ça: six mois ou vingt-quatre... Mais six mois, ça peut s'appliquer à vos succès financiers... oui, ça, ça se peut ben...

Paula était plus inclinée à accueillir les prévisions heureuses que les autres. Elle demanda la permission de poser une question, l'obtint.

– Tout l'argent que vous voyez, ça va venir comment?

– Vous allez prendre des gros risques et gagner. Mais j'ai vu aussi un grand coup de chance qui se trouve comme... comme dans les bras de la mort. Ça, c'est difficile à expliquer, les affaires qui sont en même temps positives pis négatives... C'est comme... comme un fruit plein de vers d'un côté et parfaitement sain de l'autre: ça se peut quasiment pas...

Les mêmes choses furent redites jusqu'au temps écoulé. La tireuse avait servi ce que les gens adorent: des sous et des malheurs... aux autres...

– Qu'est-ce que t'en penses? demanda ensuite la secrétaire.

– Ben... l'avenir dira si elle a raison.

– Revenez me voir dans deux ans... ou avant si vous voulez.

Paula demanda abruptement:

– Vous avez pas de sang indien, vous?

– Y a pas grand-monde qui peut savoir ça.

Après un regard à sa patronne, Danielle répéta son vœu du moment de l'arrivée:

– Moi, je reviendrai plutôt. Ça fait pas assez longtemps…

Paula comprit que l'autre ne voulait pas qu'on la mette à nu, que la tireuse de cartes avait peut-être mis le doigt sur quelque chose que la jeune femme tenait à garder caché ; elle n'insista pas et remercia tout en fouillant dans sa bourse accrochée au bras de sa chaise. Elle déposa vingt-cinq dollars sur les cartes et se leva.

– Vous êtes bien aimable, madame. Si j'ai pu vous apporter quelque chose…

– Je verrai bien.

– Beaucoup de gens trouvent ça drôle, mais je vous dirai que mes prédictions se réalisent à quatre-vingts pour cent. Pis j'exagère pas en disant ça, hein ! Pis même quand c'est que je me trompe, je donne de l'espoir aux gens qui viennent me voir. C'est pour ça qu'il faut respecter ce que je fais : c'est autant utile à la société que ce que vous faites, madame…

Paula fut troublée par ces paroles. En effet, avant d'être là, elle considérait son travail de femme d'affaires donneuse d'emplois comme hautement supérieur à celui d'une recluse qui monte à une clientèle naïve toutes sortes de bateaux à vapeur.

Troublée, car la tireuse de cartes avait pimenté sa vie à la chaîne l'espace de quelques minutes et parce que ses prédictions viendraient alimenter la conversation en certaines occasions, ses pensées en temps d'ennui, ses rêves en des nuits bêtes.

***

Chapitre 20

Paula gagna son énorme pari.

Tout le printemps, il fit un temps défavorable aux grandes coulées. Deux caractéristiques du ciel figent les érables et les empêchent de couler. Un froid intense qui leur enseigne qu'elles sont encore en hiver et les fait se recroqueviller dans leur aubel, ce que les producteurs d'antan appelaient « une p'tite plie chaude ». Paula fut servie à souhait et en alternance par ces deux intempéries, pour elle bénéfiques. Mais pas une seule fois le Québec ne fut gratifié de ce magnifique temps de chien qui fait se déployer l'âme des arbres, les ouvre à la vie et au don de leur sève sucrée. Et même les pilules de drogue ne parvinrent pas à stimuler les grands arbres.

Plusieurs dirent que c'était la faute à la pollution, la faute à l'effet de serre, la faute à Ottawa. Et même si tous les intéressés savaient depuis toujours qu'un petit printemps de sucre est plus payant qu'un gros, chacun se plaignait hautement. Sempiternelles jérémiades d'un peuple non sevré.

Et l'appel attendu vint.

Les grandes splendeurs de mai avaient étendu leur long tapis vert sous les pieds humides de juin. Paula regarda dehors à travers les lames du store vertical : un crachin tranquille absorbait la vallée jusqu'au bout de son regard. Quand sur le fil, elle reconnut la voix, en même temps que le concurrent s'identifiait, elle se rejeta en arrière sur le puissant ressort de sa chaise de présidente. Et sans sa jupe serrée aux genoux, elle aurait ouvert un tiroir et s'y serait accroché un talon comme un homme.

Gabriel ne demandait qu'un rendez-vous pour donner suite à cette approche de février. Elle fit exprès de sauter des espaces vides de son agenda pour que le bonhomme mûrisse et elle fixa la rencontre au mercredi en huit.

— Mercredi le 10, ça vous va ?

— J'avais imaginé avant, mais y a pas de problème.

Quand elle raccrocha, elle s'écria en s'élançant hors de sa chaise puis en sautillant vers le petit bureau attenant au sien où Danielle travaillait dans les livres :

— Tu as entendu ça ? Notre fin finaud qui vient se mettre à genoux, à genoux, à genoux...

Danielle quitta sa table et vint à la rencontre de sa patronne, sourire à quatre-vingts pour cent. La femme s'était arrêtée et, pliée vers l'avant, elle battait des jambes tout en croisant les mains vers les genoux opposés et vice versa en répétant :

— À genoux, à genoux, à genoux... iou hou... à genoux, à genoux, à genoux... iou hou...

— Qui, l'Italien ? demanda l'autre qui savait pourtant.

Paula reprit son calme et sa dignité. Elle dit :

— S'il fallait qu'on me regarde par la fenêtre, on me prendrait pour une vraie folle. Ouiiiiiii, notre Gabriel Riana qui vient se vendre comme un... un prostitué.

— On va faire une assemblée du conseil d'administration ?

— Es-tu folle ? J'aimerais autant aller voir la voyante de Notre-Dame-des-Pins. Les hommes, on va leur annoncer ça quand l'absorption sera accomplie... C'est mon idée à moi depuis le départ et je la rendrai jusqu'au bout.

— Tu fais bien, dit Danielle qui regarda dans le lointain comme elle le faisait de plus en plus souvent.

*

Le jour J fut.

Paula demanda à sa secrétaire de fermer sa porte mais d'écouter à travers la cloison ; ainsi, on pourrait mieux se parler de l'entretien ensuite. Et elle se canta dans sa chaise, toute son attention jetée dehors au soleil qui flamboyait dans un ciel bleu comme la Méditerranée. Saint-Georges étincelait. La Chaudière s'étirait dans son train-train matinal et serein.

«Qu'il va faire beau ! Qu'il fait donc beau !» s'écria mentalement la présidente.

En biais, elle pouvait apercevoir l'entrée du terrain de stationnement et surveillait d'un œil de plus en plus attentif à mesure que le grand rendez-vous approchait, l'arrivée imminente du concurrent. Pas question de réfléchir à ce qui se passerait puisqu'elle disposait de toutes les cartes d'atout ! Elle lui avait subtilisé la moitié de ses fournisseurs et, la production ayant été minable, il ne saurait remplir le quart de son carnet de commandes. S'il devait survivre, ce serait par la peau des dents et elle aurait cinq ans d'avance sur lui. De plus, 1980 approchait. Il y aurait trois foires alimentaires, l'une à Francfort, l'autre à Paris et une troisième à Tokyo : les marchés lui tomberaient dans les mains comme des petits pains chauds. En même temps, le Québec gagnerait ses galons internationaux grâce au référendum attendu qui lui donnerait son indépendance. Rien n'offrant mieux le goût du Québec que des produits de l'érable, la prédiction de la tireuse de cartes pourrait bien faire pâle figure à côté de la réalité prochaine.

Sur la droite, dans un autre angle, elle pouvait apercevoir la toiture d'une immense maison de style canadien bâtie une dizaine d'années plus tôt par un homme d'affaires qui avait sauté d'une crise cardiaque à peine six ans plus tard. C'était la maison la plus coûteuse de toute la Beauce : une véritable église érigée à la grande gloire de la grande foi capitaliste. Un exemple embarrassant pour les fainéants. Une tentation pour les arrogants.

Un vol d'oiseaux s'arrêta sur le pignon de la résidence cossue et cela contraria l'observatrice : la moitié d'entre eux en profiteraient pour chier. Quelle malpropreté !

Elle se reprenait de réflexion pour la maison et ses êtres qu'elle avait visités déjà, planifiant des dispositions nouvelles si par magie, elle en devenait tout à coup la maîtresse...

On entra dans la cour. Elle ne put distinguer qu'une sportive de couleur rouge et répondit en se remettant à sa place. On frappa à la porte. C'était Gaspard qui requérait un papier de commande. Il repartit quelques instants plus tard et croisa l'arrivant dans l'embrasure de la porte. Il s'arrêta, jeta un coup d'œil malin à sa patronne et s'en alla.

Gabriel se montra fort décontracté dans ses vêtements pâles aussi sportifs que sa voiture. Paula l'invita à s'asseoir. Elle garda un ton réservé. Se leva à moitié pour serrer la main tendue. Il promena sur elle un regard que prévint le tailleur bien coupé : ne perds pas ton temps avec tes intentions basanées...

C'est un mauvais argument de se montrer admiratif devant une femme d'affaires. Dans sa tête, cela est suspect et met en doute la sincérité de l'interlocuteur. Et pourtant, Gabriel recevait une image fort agréable de celle-là même qui l'avait conduit au bord de l'abîme. Ces cheveux houleux et abondants lui conféraient une allure bien différente de celle qu'elle projetait à la foire de Paris où il l'avait connue.

Il aborda ce vieux sujet tout d'abord. Répéta une fois encore qu'il avait renvoyé vers elle les acheteurs français. Elle avoua qu'elle l'avait alors mal jugé. Il jura qu'il n'avait pas voulu tendre un piège avec l'affaire japonaise, la preuve étant qu'il avait englouti près de cent mille dollars depuis lors pour percer ce marché impénétrable. Elle se montra surprise.

On échangea sur une foule de détails. La quantité de barils en circulation. L'espace disponible en entrepôt. Les méthodes individuelles. De la nouvelle machinerie offerte par des compagnies américaines et qui augmentait considérablement la productivité.

Puis ce fut plus substantiel. Il parla de deux chemins qui s'ouvraient devant lui. La fusion en vue de laquelle il venait discuter. La confusion dans laquelle il se lancerait tête baissée avec tous les capitaux qu'il pourrait réunir si la fusion était chose impossible, sous-entendant par là, si Paula avait la dent trop dure.

On en vint aux chiffres. Il étala sa valeur. Dernier bilan : actif, passif...

Elle fit valoir l'évolution négative de la situation depuis ce bilan. Il acquiesça.

Leur examen minutieux des papiers les rapprochait physiquement. Elle pouvait souvent sentir son haleine, son odeur d'homme, son eau de Cologne, sa chaleur... Il feignait ignorer ce que la personne de Paula éveillait dans ses sens masculins, s'affichant un pur homme de transaction.

– Sucrebec est à vendre pour sa vraie valeur mois cinq pour cent à cause d'une situation un peu plus difficile, conclut-il finalement.

– Mais il m'est impossible d'acheter votre compagnie maintenant, monsieur. J'ai près d'un demi-million à payer en ristournes, vous devez le savoir.

– Une ristourne qui nous met dans l'impasse tous les deux, si je comprends.

– Non, qui vous met vous, dans l'impasse, pas la Reine de l'érable qui peut fort bien poursuivre ses opérations... Non, la seule avenue possible, c'est la fusion immédiate, je veux dire avant un mois.

– Une fusion, c'est plus compliqué.

– Ça l'est moins...

Il croisa la jambe, tapota les doigts devant sa bouche, dit :

– Vous savez très bien, Paula, que si je ne dispose pas de capital pour lancer autre chose...

– Vous ne devez pas en disposer. Si vous me vendez une coquille à moitié vide et qu'avec l'argent, vous vous lancez à nouveau dans le même domaine mais avec plus de modestie, alors vous pourriez m'assécher comme la chaleur assèche un érable au mois de juin.

– Je ne ferais pas cela, voyons… Battu une fois, on lance la serviette… Chat échaudé…

– Le plus faible qui se vend au plus fort et qui ensuite grignote ses bases et finit par le faire choir : voilà qui est courant dans le monde des affaires. On ne m'y prendra pas, monsieur, on ne m'y prendra pas.

– Ce que je voulais dire, Paula, c'est que si je ne dispose pas de capital, il me faudra du travail garanti au sein de la nouvelle compagnie.

– Il n'y aura pas de nouvelle compagnie : la Reine de l'érable demeurera…

– Alors disons de la compagnie agrandie.

– Disons ! Pour la question du travail, bien sûr, ça peut s'arranger. Me faudra quelqu'un à plein temps aux achats, quelqu'un à plein temps à la vente, quelqu'un à plein temps à la direction du personnel : trois fonctions bien différentes et qui vous donnent le choix.

– Croyez-vous que vous pourriez composer avec un personnage comme moi ? demanda-t-il, l'œil narquois dont les lueurs faisaient allusion à l'agressivité à peine cachée de Paula à son endroit par le passé.

Elle se surprit à lui servir les mots préférés de son mari :

– *Why not ?* Je serai actionnaire très majoritaire et je resterai le grand patron, inutile de se le cacher. Je prendrai les décisions ; et si vous faites votre travail…

Il sourit, soupira, plongea son regard dans ceux de sa future patronne qui le soutint froidement. Et il dit :

– Les choses ne sont jamais ce qu'on voudrait qu'elles soient, n'est-ce pas ?

– Ça, c'est vrai !

– Je suis venu avec deux idées en tête : la fusion ou la confusion et voilà que ce sera une transfusion…

Elle fit un signe de tête oblique et un regard profond dont Louise Marleau eût été jalouse, puis elle répondit en toute sérénité :

– Bien sûr, si nous parvenons à une entente…

*

Il fallut deux semaines seulement. Paula était pressée sans le montrer. Gabriel avait la tête sur le billot et le couperet en forme de balancier sur lequel était écrit le nom de sa banque s'approchait dangereusement de son cou chaque jour qui passait, chaque heure…

Avocats, notaires, comptables : tous y allèrent de leurs conseils et de leurs honoraires.

Le 23 juin, on en arriva à une entente de principe. On signerait le 30.

Et le 24, Paula fêta la Saint-Jean comme jamais dans sa vie. Les ténors du nationalisme chantèrent : « On est capab'! » Je vous pense qu'on est capables, ruminait-elle en assistant au défilé qui eut lieu à Saint-Georges pour la première fois depuis l'année de son mariage. À peine quarante ans et tout cet avenir devant elle !

Il était convenu que l'associé minoritaire partirait deux mois pour se reposer, pour voyager, pour faire le bilan à ses propres frais en attendant d'assumer la fonction de directeur des ventes, poste pour lequel la présidente le croyait fait sur mesure. L'homme parlait quatre langues. Il fallait bien lui concéder un certain charme. Et lui-même avait opté pour cette direction-là.

Son travail serait apprécié à ses résultats. Il commandait un salaire élevé mais que la compagnie pouvait payer.

Quand son bureau fut prêt et meublé, fin juillet, Paula revint du chalet où elle vivait depuis un mois et constata que la pièce était convenable, conforme à ses directives données aux rénovateurs.

Séparé des quartiers de la présidente par les bureaux de Gaspard et du responsable des achats, le lieu du directeur des ventes formait un coin de la bâtisse et donnait d'un côté sur la ville et de l'autre sur les hauteurs de la vallée. Mais rien n'avait été planifié pour plaire ou ne pas déplaire à Gabriel d'autant qu'il serait le plus souvent absent et ne viendrait à Saint-Georges qu'entre deux avions.

Grégoire s'était montré inquiet en apprenant la fusion des compagnies. Une inquiétude qui n'avait rien à voir avec la justesse des vues de la femme d'affaires non plus qu'avec l'ampleur de sa réussite fulgurante, mais bêtement rattachée à la présence de cet Italien dans le décor immédiat de Paula. Bien sûr qu'il avait pleine confiance en sa femme, qu'il avait conscience du fait qu'elle provenait d'une époque l'ayant formée à la fidélité, mais il y avait quelque chose de différent chez elle depuis un temps qu'il n'arrivait pas très bien à déterminer, peut-être depuis cette foire à Paris en 1977…

*

Un rêve réalisé commande un nouveau rêve.

Maintenant que tout était en place pour faire de la femme d'avenir qu'elle se sentait jusque-là, une femme de maintenant, riche et puissante, Paula s'ennuyait.

Les enfants se débrouillaient seuls. Ils avaient appris à se passer d'elle sur bien des sujets, encouragés en cela par leur père. Et c'était bon pour tout le monde. Formateur pour eux et libérateur pour leur mère.

Peut-être devrait-on acheter une nouvelle maison? Ou bien en bâtir une autre? Ou agrandir, doubler celle qu'on avait déjà depuis le mariage, mais comment rendre esthétique et pratique une construction déjà agrandie une fois ? Elle fit des plans. Les abandonna. Monotone au bout d'une demi-heure...

Un voyage ? La Russie, tiens. Cet immense marché du futur... « Quand le communisme aura fini de ronger sa patte et qu'il se libérera de son propre piège », ainsi que le répétait Gaspard. Trop tôt encore ! Et pourquoi pas le Japon ? Elle pensait à chaque pays en tant que marché à ouvrir et non comme lieu à visiter, ce qui la conduisit à tourner en rond puis à abandonner cette réflexion.

Les amies d'autrefois la visitèrent. On rit. Mais cela n'occupa que deux de ses journées. Restait tout août : quatre semaines de *farniente* à perdre son temps en cherchant comment le tuer...

Les voisins la saluaient à l'occasion ; ils se montraient plus distants qu'autrefois, comme gênés, comme rapetissés par quelque chose, mais Paula ne s'en rendait pas compte. Grégoire venait coucher. Les enfants voyageaient de Saint-Georges à Saint-Benoît : ils n'étaient plus guère attirés par les séductions plutôt ternes du lac Poulin, « une idée de vieux des années cinquante », se disaient-ils entre eux.

À la table, un midi, alors qu'elle finissait de signer des chèques devant Danielle qui était venue pour ça, la femme d'affaires regarda longuement son stylo en le faisant tourner entre ses doigts et il lui vint alors une idée.

– Toi, là, t'es sûrement en train de penser à quelque chose d'important, taquina la secrétaire en ramassant les chèques.

– Ça se pourrait bien... Je t'en parlerai quand je retournerai au bureau... si c'est encore important.

Après le départ de Danielle, Paula prit du papier dans son attaché-case et se remit à table. L'idée qui guidait ses gestes était à la fois noire et belle. D'un côté de la médaille, il y avait la perspective de signer des chèques et de signer encore des chèques. La business était non seulement enfantée, mais elle n'avait plus qu'à grandir toute seule ou presque. La créativité, désormais, ce serait l'affaire de ses seconds surtout, et pas trop la sienne. Les membres de sa famille, ses aides, tous allaient leur chemin et elle n'avait plus comme lot que celui, bien mince, de signer et signer des chèques... De l'autre côté de la médaille, il y avait la possibilité de bâtir autre chose de plus. Elle s'impliquerait davantage dans la Chambre de commerce dont certains lui avaient glissé flatteusement à l'oreille qu'elle en était la future présidente. Mais surtout, elle se raconterait, se donnerait en exemple pour inciter les plus jeunes au travail constant, à l'audace, à la réalisation de leurs rêves. Tous les hommes d'affaires connaissent ce besoin de dire aux autres : regardez-moi, faites comme moi... Et certaines publicités poussent l'indécence jusqu'à proposer : si moi je l'ai fait, vous pouvez le faire.

La femme d'affaires se sentait triste. Seule. Assoiffée de quelque chose de passionnant, de plus nourrissant que les chiffres de son bilan annuel. Elle regarda au loin dans son âme. Oui, décida-t-elle, sa vie valait la peine d'être racontée. Elle partirait de loin, de l'enfance s'il le fallait. Après tout, les gens de son âge n'avaient pas tous connu les malheurs qu'elle avait subis. Aînée de famille, responsable avant son temps par la maladie et l'éloignement de sa mère hospitalisée dans un sanatorium : c'était de l'exceptionnel.

Puis son âme changea de pied pour s'appuyer sur l'autre, celui de la logique ; et de l'œil gauche jaillit à nouveau le goût de prêcher, de servir des raisonnements cartésiens aptes à régir les sentiments, les siens, ceux des autres.

L'amour est le premier mot qui vient en tête de tous les prophètes de l'histoire, *ex aequo* avec le nom de Dieu. Et les plus affreux commencent leur sermon par : «Dieu est amour». En déduisent ensuite toutes sortes de pensées aptes à démontrer que Dieu est de leur bord et que, par conséquent, ils survivront. Le manichéisme, le capitalisme, le catholicisme, le catéchisme, tous les ismes doctrinaires ou simplement ordinaires en découlent. Et l'on justifie sa fortune et ses excès dans un monde qui laisse mourir de misère, de malnutrition, de soins inadéquats, quarante mille enfants par jour.

Conscience inconsciente ou simplement endormie par la vie, ou peut-être les irritants dans l'édifice familial, toujours est-il que Paula avait besoin de donner une définition à cet instrument multiforme qui gère, ou devrait le faire, la grande symphonie de la vie : l'amour dont personne ne se fait la même idée.

Elle écrivit donc en gros les lettres détachées du mot. Il fallait une réflexion sur le sujet, après quoi elle pourrait retourner dans son enfance, comprendre et suivre sa propre évolution vers 1979 depuis 1939.

L'amour

L'amour de soi-même est la composante fondamentale de l'amour tout court, son arrière-plan devant lequel se nuancent les variantes ou plus exactement, son terreau depuis lequel germent et grandissent les fleurs éphémères du beau sentiment.

Le besoin premier de l'être vivant est celui de la survie. Tout en découle. La survie de l'un passe par les mêmes voies principales que la survie des autres, mais pas par les mêmes voies secondaires ; la perception de ce qui assure la survie n'est pas la même d'un individu à un autre. À la limite, pour certains, le suicide est garantie de survie. C'est l'intensité de ce besoin de survie qui mesure la peur mais aussi qui mesure le mieux l'amour.

L'être aimé sécurise. S'il n'est pourvoyeur matériel, il sera pourvoyeur affectif, intellectuel. C'est donc parce que l'autre (homme ou femme) est pourvoyeur matériel, affectif ou spirituel que l'amour est un sentiment éphémère. Quand l'autre s'est livré, qu'on l'a découvert, on se rend compte peu à peu qu'il n'assurera pas notre survie, qu'il n'est pas le pourvoyeur escompté. Cela se fait à notre insu. En ce sens-là, le dialogue est un ennemi de l'amour, car il livre trop le fond de l'âme. Par contre, la personne amoureuse qui chuchote à l'oreille des mots doux – et donc rassurants – est celle qui a le plus de succès. C'est ainsi que les chanteurs de charme et de pomme, pourtant de piètres performeurs sexuels ont toujours eu beaucoup de succès auprès des femmes, même ceux qui furent des personnages aux dehors ordinaires ; c'est qu'un seul mot de trois syllabes vaut au lit bien plus que trois pouces supplémentaires de p...! Voilà pourquoi les êtres qui se font aimer avec le plus d'intensité et le plus longtemps sont les ténébreux, les femmes à mystères, celles qui montrent qu'elles ont des zones impénétrables. On imagine les insolites chambres de leur âme remplies de richesses. C'est ce qu'on croit qui compte, l'illusion qui berce. Et le symptôme de l'amour, c'est la sécurité que prodigue l'autre.

Cette sécurité ne vient pas forcément des gestes et comportements directement apaisants. Une femme que je connais fut battue pendant douze ans par son compagnon de route et elle aimait son macho d'homme qu'elle aurait d'ailleurs pu quitter n'importe quand puisqu'il n'y avait pas d'enfants en cause et que son indépendance financière était assurée. Le mécanisme mental dans sa perception était : «S'il peut me battre sans me tuer, qu'il devient doux comme un agneau ensuite, qu'il regrette, c'est qu'il est bon pour ma survie, meilleur que les autres même. Il me bat parce qu'il est fort, très fort. Et le plus fort de la harde est le plus susceptible d'assurer ma survie. Il me bat parce qu'il me préfère et m'aime.» Combien de fois n'ai-je entendu cette femme dire : «Ah! il m'aimait, il m'aimait tu peux pas savoir comment!»

Ce pattern dominant-dominé vaut tout autant au plan psychologique. Il demeure. Il se raffine, mais il demeure. Il y aura toujours des êtres aux «ondes surtout négatives», c'est-à-dire donneuses et d'autres aux «ondes surtout affirmatives», c'est-à-dire preneuses. Et ces êtres à l'électricité opposée ont une tendance naturelle à se rechercher, car, pense-t-on, chacun apporte à l'autre ce dont l'autre a besoin pour sa survie. Et lorsque l'excès s'en mêle on assiste à des abus visibles, spectaculaires comme celui des femmes battues.

Mais revenons à cette femme qui a fini par se lasser de son macho. Quand? Quand il a cessé de la battre et qu'en même temps, elle s'est rendu compte de ses immenses faiblesses cachées derrière cette virilité agressive. L'homme devenait moins excessivement mâle en vieillissant (il passait la cinquantaine) et ses forces apparentes s'amollissaient alors pourtant qu'il s'équilibrait petit à petit et devenait donc plus solide comme tout ce qui s'équilibre.

Au cours de la vie, les ondes qui dominent en soi perdent de leur intensité tandis que les moins actives en première partie de la vie augmentent en force graduellement. L'explication des amateurs d'astrologie, ou plutôt l'illustration de ce phénomène, consiste à dire que l'ascendant prend de plus en plus de place en vieillissant tandis que les caractères du signe déclinent. C'est ainsi que, de manière générale, l'homme devient plus «négatif», c'est-à-dire plus doux, tolérant, paternel en vieillissant, tandis que la femme, elle, devient plus «affirmative», c'est-à-dire plus sûre d'elle, moins maternelle, plus carriériste et moins familiale. Cela pourrait fort bien expliquer la longévité moindre de l'homme par rapport à celle de la femme. L'homme a dépensé plus vite ses énergies de survie; la femme les a davantage conservées. On explique ça par le stress du travail. La vie professionnelle use les énergies de survie, les ondes de l'affirmation de soi. La vie familiale permet de les conserver mieux.

On dit que les émotions désagréables, douleur, colère, tristesse, tuent. Je n'en crois pas un mot. De manière générale, les femmes ont l'émotion bien plus vive toute leur vie que les hommes; par exemple, elles ont des peines plus profondes, plus intenses, plus fréquentes et leur temps de survie pourtant est carrément supérieur. Ah! voilà qu'on commence à se rendre compte que les femmes sur le marché du travail ne vivront probablement pas plus longtemps en moyenne que les hommes. Stress? Quel mot stressant que celui-là! Le stress de la femme à la maison est aussi important sinon pire. Voir à tout et au temps, aux enfants et au père, aux repas, à tous les travaux, à la vie sociale, à la vie sexuelle, aux problèmes de tous, aux santés physiques et mentales, et gérer tout ça en vingt-quatre heures : ce stress-là est bien plus élevé que celui subi par la personne qui travaille à l'extérieur. Le rôle de femme d'intérieur demande l'utilisation des ondes « négatives », ou donneuses, et garde en réserve les ondes « affirmatives », les preneuses. La femme sur le marché du travail doit utiliser ses ondes « affirmatives » et elle se retrouve donc à égalité avec l'homme dans ses chances de survie.

Ma définition de l'amour est la suivante : une communication spirituelle, émotionnelle et charnelle.

Un amour n'est complet que si la communication s'établit aux trois plans. Autrement, il reste partiel. Mais complet ne veut pas dire forcément plus grand, plus intense. Car un amour n'a pas à être complet pour être intense. Qu'on pense à certaines amours platoniques !

Soudain, son stylo s'assécha. En fait, l'encre y était toujours disponible, mais la femme bloquait. Elle avait l'impression d'avoir tout livré en trois pages floues crachées d'un seul coup… Elle avait entendu des écrivains parler du syndrome de la page blanche et voilà qu'elle s'y retrouvait déjà. Mais ils soutenaient aussi qu'il suffisait de se relire pour renouer avec le fil de sa pensée ou de ses intrigues…

Elle posa son stylo, prit ses feuilles et se rendit dehors sur la galerie où, marchant de long en large, elle se relut…

L'émerveillement devant sa propre pensée fit place peu à peu à de la désillusion. C'était un texte décousu, sans structure, confus, une bouillabaisse psycho-philosophique sans grand intérêt. Une thèse d'intello ! Certes, elle croyait en ce qu'elle avait écrit, mais comme elle les trouvait plates, ces vérités désincarnées !

Elle pensa qu'elle devrait mettre cette approche de côté et recommencer en injectant ces réflexions à des personnages réels comme cette femme battue qu'elle connaissait par personne interposée puisqu'il s'agissait d'une sœur d'Hélène dont on lui avait souvent parlé.

Mais alors quoi ? Utiliser un personnage lointain et le faire entrer dans le sien propre alors qu'elle était enfant et avait subi une violente correction de la part de son père à cause d'une vitre brisée ?

– C'est idiot tout ça ! se dit-elle tout haut alors qu'elle s'enfermait les yeux dans sa main découragée.

Oui mais comment enseigner en se racontant ? Comment atteler d'autres personnes à son exemple ? Cela valait-il la peine après tout ? Prêcher lui volerait du temps de travail, du temps de famille... Août finirait par mourir et septembre viendrait faire appel à toutes ses facultés mentales.

Elle jeta les feuilles sur une chaise et rentra. Au lieu de se perdre dans les dédales du passé, elle redeviendrait femme d'avenir et penserait au futur tout en se payant une sieste du matin.

Elle s'étendit sur le divan principal du carré de la salle de séjour et son esprit ne tarda pas à divaguer dans les brumes de la somnolence. La tireuse de cartes se promena dans sa tête avec de l'argent dans une main et un crâne dans l'autre... Réussite phénoménale mais des morts, des morts... Folie ! Crédulité !

Il lui sembla vaguement par des bruits lointains qu'on montait sur la galerie, mais ces pas cessèrent et la femme demeura dans sa demi-conscience...

Puis la porte s'ouvrit doucement et quelqu'un entra avec, dans une main, les feuilles écrites qui frissonnaient et dans l'autre un objet qu'on eût dit caché... Il semblait à Paula qu'on s'approchait d'elle, qu'on s'approchait trop, mais son esprit restait accroché par l'inconscience et n'arrivait pas à faire surface malgré l'alerte que ses sens anesthésiés répétaient.

On la regardait maintenant et elle ne pouvait ouvrir les yeux, emprisonnée qu'elle était toujours dans le labyrinthe du rêve. Était-ce un voisin ? Un prédateur humain ? Gaétan venu de la chapelle, surgi d'un lointain passé pour une raison inconnue ? Rosaire avec une lanière de cuir venu la battre parce qu'elle avait voulu saluer grand-père de la main et donc poser un geste d'amour? Le mari de Suzanne obsédé par quelque chose d'innommable? Qu'avait donc dans sa main ce visiteur terrible? Que lui voulait-on? Et pourquoi tenait-il ces feuilles nerveuses? Avait-il bu sa réflexion sur l'amour, avait-il vu son âme à nu, su ce qu'elle avait toujours tu comme elle avait pu, lu ce qu'il n'aurait pas dû?

Cette ombre longue se racla la gorge. La main qui tenait l'objet se tendit vers la femme endormie tandis qu'une voix lointaine lui dit:

— Paula, j'ai oublié de te faire signer un chèque...

Paula ouvrit les yeux et sursauta. Un stylo lui était présenté. Elle se redressa. La secrétaire mit les feuilles sur la table basse et le chéquier sur les feuilles. La femme d'affaires signa sans même regarder le destinataire et le montant.

— J'ai ramassé ces pages-là que le vent éparpillait et j'ai reconnu ton écriture...

— Ah! si tu savais... Après ton départ, j'ai entrepris ma carrière d'écrivain et avant que tu ne reviennes, j'ai accroché ma plume...

— Ah! voilà bien le Bélier... Ça se lance tête baissée et ça change d'idée au bout d'une demi-heure.

— Pas en tout, pas en tout!

— Je dis ça pour taquiner...

Après la signature, Paula releva la tête et l'image de Danielle, pâle et défaite, lui traversa l'esprit mais fit aussitôt place à celle d'une secrétaire fidèle qui voyait à tout et qui méritait une augmentation de salaire.

— Les feuilles, si tu veux les lire, ça me dérange pas. Pis tu les mettras en lieu sûr c'est-à-dire... à la poubelle.

Danielle les reprit et les pages se remirent à trembler, mais Paula ne le remarqua pas. La secrétaire les avait lues avant d'entrer, mais ne l'avoua pas, et c'est pour cela que ses mains s'agitaient, à cause de ce qu'elle avait lu, à cause de son silence, de son pénible silence...

***

Chapitre 21

Où sont-ils donc ces aoûts d'antan, si doux et si lents? De quoi étaient-ils donc faits pour durer autant, si beaux et si brillants?

Mais Paula chassa vite les grands appels poétiques et elle considéra la question d'un œil raisonnable. Non seulement chaque journée se construisait sur maints petits projets mais le mois lui-même était rempli de rêves et de promesses quant à l'année à venir. Ce qu'elle avait senti dans le désœuvrement, elle se l'expliquait maintenant.

Le projet ou la décrépitude. Mais quel projet quand tout est déjà écrit? Non, pas de projets, d'échafaudages, de réflexion qui mobilise les facultés mentales et les tord pour en extraire le jus, non! Du repos. Du vide. Que du bon soleil qui vous gave d'énergie neuve. Des vacances, quoi, idiote! Comme tout le monde.

Et les jours s'égrenèrent. Calmes et longs.

– T'es chanceuse, toi, d'avoir rien à faire! lui dit Grégoire qui la surprit somnolente ce soir-là.

Elle eut un sursaut désagréable.

– Non, mais tu pourrais pas t'annoncer de manière moins brutale? Y a de quoi sauter du cœur à vivre avec un homme comme toi.

Il se rendit droit au réfrigérateur en jetant:

– C'est pas plus dangereux de sauter du cœur quand on se prend le cul sur un divan toute la journée que quand on se le grouille comme je fais…

Sans que rien de spectaculaire ne le justifie, on en arrivait à un moment charnière d'une vie de ménage vieille de seize ans et qui avait sans doute besoin d'être remuée.

Paula souffrait par l'absence de motivation, se sentait isolée de sa famille, était compressée par l'ennui, revoyait pour quelques instants la blessure de 1976 chaque fois que Grégoire apparaissait. Et sur le temps de Gaspard, elle avait dû multiplier les concessions. De toutes les manières, son mari était en dette envers elle; or, un débiteur qui ne paye pas son dû finit par lasser le plus patient des créanciers.

Lui voyait la famille comme un tout vivant. Une communauté. Une sorte de cellule communiste au sein de laquelle doit s'appliquer le grand principe: de chacun selon ses moyens à chacun selon ses besoins. Sans arrêt négocier l'égalité ne pouvait que mener à la mesquinerie et à la chicane, à l'ambition et à la destruction, ainsi que le disait Gaspard.

Elle avait picossé pour une bonne raison, mais au mauvais moment.

Il avait conduit sa réponse avec un ton machiste et méprisant, ce qui, en l'an 1979 après Jésus-Christ déplaisait au plus haut point aux femmes du Québec et les mettait au bord d'exploser, d'éclater, d'entrer en éruption…

L'image de cet homme en train d'empaler son objet de maîtresse voilà trois ans et qui maintenant éjaculait de mots aussi vulgaires, fit hurler Paula de rage, cri dont l'intensité pour le moment demeura sourde:

— Moi, à me prendre le cul, je me le grouille dix fois plus que toi…

Il sortait une bière. Tandis qu'il l'ouvrait sans précaution avec une poignée de tiroir improvisée en décapsuleur, elle ajouta:

— Pis j'pense que tu te l'es pris pas mal plus que moi depuis qu'on est ensemble…

Il répondit en éructant sans plus.

– Mal éduqué! T'as de respect pour personne... C'est pour ça que tu rentres comme un ch'fal!

– Mal éduqué, moi? dit-il en s'appuyant les reins au comptoir. Hen, hen, hen!

– Tu parles comme un ch'fal, tu ris comme un ch'fal, tu rotes comme un ch'fal, tu marches comme un ch'fal, tu pues comme un ch'fal...

– Moi, j'sors de la cuisse d'un ch'fal pis toi de celle de Jupiter... du grand grand Saint-Honoré, le trou du cul de la Beauce...

– Fais donc ton petit saint-georgeois... Lève le nez sur le monde des petites paroisses. Je t'ai montré ce que ça pouvait faire, une petite niaiseuse des hauteurs, hein, je te l'ai montré. Dans cinq ans, pis malgré toi en plus, je t'ai dépassé pis de pas mal. Suis partie dix ans en retard, t'ai rattrapé pis je te laisse dans la poussière loin en arrière... Pis ça, ça t'écœure, hein, dis-le...

– C'est pas parce que t'as de la tête que t'as réussi, c'est parce que t'as les gosses bénies, c'est tout. Tu te conduis comme un homme pis tu te sers de ce que t'as comme femme, autrement dit, t'as deux fois plus de chances au départ... pas difficile, ça.

Paula jura pour la première fois depuis le soir où son père était allé la chercher au terrain de jeux autrefois:

– Hostie de baptême! fit-elle en se levant et en le pointant de l'index, excepté le coup de pouce de grand-père Joseph, j'ai tout fait toute seule...

– Pis le chalet, qui c'est qui te l'a donné?

– Je l'avais gagné cent fois, cochon!

– Si tu ménages pas plus tes paroles, je crisse mon camp d'icitte...

– Je me greffe des couilles pour te parler, mon grand, comme ça, on est à égalité.

Il ingurgita d'un coup la moitié de sa bière en se disant qu'il ferait mieux de se taire. Elle poursuivit les hostilités:

– Je la vois ben, l'opinion que tu te fais de moi, hein! Ça finit par sortir. Ça confirme ce que j'ai toujours pensé... tes encouragements, c'était de la pure hypocrisie, c'était parce que tu pouvais pas faire autrement. D'ailleurs, tu l'as prouvé depuis un bon bout de temps déjà.

– C'est que tu veux dire par là?

– Rien, je me comprends.

– Quand on commence quelque chose, on le finit.

– Non, je finirai pas, ça te regarde pas...

– C'est logique, une femme, christ! que c'est logique!

– C'est psychologique au lieu d'être rien que logique comme vous autres...

– Pour ça que ç'a besoin d'un psychiatre...

Content de sa réponse, il but le reste de sa bière et s'en servit une autre. Paula se rassit et s'allongea les pieds sur le divan. La guerre connaissait une trêve. Chacun voulait que ça cesse et pourtant...

– Ah! j'vois pas pourquoi faire une chicane énorme juste parce que je suis rentré un peu vite... Mais je le savais-t-il, moi, que tu dormais sur le divan?

– Ben des choses que tu sais pas de moi, pis tu t'en sacres... Pis je m'en sacre que tu t'en sacres!

– Si tu me traites de mauvais mari, tu peux envoyer à la *scrap* tous les hommes de Saint-Georges, de la Beauce et d'ailleurs.

Elle ricana, jeta des regards chargés de mépris, croisa les bras, le dos appuyé au bras du divan.

– Ça serait peut-être une bonne idée!

Il prit une petite voix mesquine:

– Peut-être que... t'aimes mieux les Italiens que les gars de la Beauce?

– Maudit que t'es sale!

– Ben quoi? Pourquoi que tu l'as engagé, ce gars-là si y a pas quelque chose?

– Maudit que t'es sale! redit-elle.

– Tu réponds pas?

– Maudit que t'es sale!

– Facile de répondre comme tu réponds: un enfant ferait mieux.

– C'est pour me servir de lui, si tu veux avoir une réponse avec des couilles.

– De quelle manière?

– À la manière que je voudrai.

Il s'approcha, s'appuya un genou au dos d'un fauteuil, dit sur le ton de la retraite:

– *Come on!* On dit plein d'affaires qu'on pense même pas. Si on avait enregistré tout ce qui vient d'être dit et puis qu'on écoute ça demain, on téléphonerait tout de suite au psychiatre pour prendre rendez-vous...

– Sauf que tu penses que j'suis plus responsable, plus coupable que toi.

– Ah! recommence pas!

– Parce que c'est moi qui ai commencé peut-être.

– C'est les deux.

– C'est pas les deux, c'est toi, rien que toi... Maudit que t'es malhonnête!

– Moi, malhonnête, moi? Non, mais ce qu'il faut pas entendre...

Paula fit glisser entre ses dents pour en tailler chaque mot et en faire un objet pointu:

– Non, de ce qu'il faut pas entendre, mon cher!

Il retourna au réfrigérateur, prit une autre bouteille, l'ouvrit puis marcha sans rien dire vers la sortie. Elle aussi demeura silencieuse. Il s'en alla dehors sans claquer les portes comme à l'arrivée.

Paula n'avait pas à se demander ce qui, dans cet échange, l'avait le plus profondément humiliée, choquée, révoltée. Non, ce n'était pas qu'il mente sur son honnêteté. Ni qu'il s'en soit pris à sa paroisse natale. Pas non plus qu'il ait soulevé le doute quant à sa perception de Gabriel Riana. Et même pas qu'il attaque les femmes, ce à quoi elles sont habituées depuis le temps... Ce qui lui donnait un violent coup de piolet en pleine sensibilité, c'était qu'il se soit attaqué à sa réussite, à son mérite, à sa réalisation en tant non pas que femme d'affaires mais que personne d'affaires. Non, ça, elle ne le prenait pas, ne le prendrait jamais... jamais.

*

– Et je déclare élue à la présidence de la Chambre de commerce de Saint-Georges, madame Paula Nadeau-Poulin, notre célèbre reine de l'érable dont l'idée de mise en marché et les produits sont en train de conquérir le monde entier.

Grand-Gilles, l'œil de plus en plus politique, agissait comme maître de cérémonie devant une salle bondée qui applaudit copieusement la nouvelle présidente élue sans aucune opposition, et donc à l'acclamation.

Paula savait d'avance. On l'avait approchée. Après avoir versé quelques rires d'humilité, donné dans de l'hésitation questionneuse, elle avait accepté le poste.

Ainsi, elle atteignait un nouveau sommet. Première femme nommée à la tête de cet organisme devant tous ces machos de gars d'affaires beaucerons, elle s'en connaissait la capacité, son compte de banque en étant la preuve évidente, mais ces gens-là garderaient-ils dans leur carquois quelque sourire condescendant à lui servir à l'occasion pour amenuiser son mérite ainsi que Grégoire n'avait pas hésité à le faire quand sa propre ambition s'était sentie attaquée.

Déjà assise à la table occupée par le bureau de direction, elle se leva et se rendit au micro que le M.C. dut mettre à sa portée. Et elle mit un carton aide-mémoire sur le lutrin. Quoi dire à ces gars-là? Des entrepreneurs en construction, des propriétaires de vieux commerces établis en même temps que les avenues de la ville, des jeunes loups jouant du coude, mais ayant préféré s'installer dans les centres d'achats, des industriels solides comme les produits qu'ils fabriquaient, des épiciers réglés comme des horloges, des horlogers mal chaussés, mais pas de cordonniers dont le temps était révolu, des directeurs de caisses, des gérants et même des géants comme Dutil, le parrain en titre de sa dynastie... Plus une panoplie de professionnels en quête de clientèle : avocats, comptables, ingénieurs.

La cour de l'hôtel Arnold était remplie de grandes voitures, autant de pavillons rutilants annonçant des réussites spectaculaires ou héritées. Mais quelques compactes appartenant à des têtes connues qui savaient qu'on savait qu'il s'agissait de leur troisième voiture, se trouvaient là aussi, faisant croire aux passants qu'elles étaient des autos de professeurs.

Quoi dire donc à des gens qui pensent exactement comme vous et partagent une philosophie que Gaspard l'ermite dans son esprit ensablé, fustigeait par quatre mots liés de traits d'union : ambition-compétition-consommation-destruction ? Et comment prêcher à des convertis autrement que par la forme des redites qui sécurisent, des idées de surface sans morale profonde ?

« Chez nous, seule l'image extérieure compte, répétait le reclus récupéré. C'est comme notre littérature : une coquille brillante et qui tâche de cacher derrière le style une absence de contenu... »

Les critiques de Gaspard lui revenaient en tête parfois en les moments les moins propices et contre toute attente. Seigneur de Dieu, elle ne parlerait pas de littérature à ces gens-là, on la prendrait pour une extraterrestre, ce qu'elle-même du reste penserait aussi à propos d'elle-même...

Ce qu'elle avait à dire était là, résumé sur ce carton, et elle ne s'en écarterait pas. Mais il y avait aussi, qui rôdait à son oreille comme une mouche, ce murmure d'un voisin de table lui disant lorsque Grand-Gilles commençait la présentation de la nouvelle présidente : « C'est le chemin qui conduit à Ottawa... »

Ottawa ? Elle : député ? Députée ? Surtout pas à Ottawa ! Ou bien aller y défendre le Québec, mais ça, le référendum y verrait, et définitivement !

Il fallait plonger. On la regardait. On attendait davantage d'elle que d'un homme. On la croyait, on la voyait meilleure que les autres femmes, supérieure à celles se trouvant dans la salle : quelques petites boutiquières comme Suzanne Paquet.

Qu'elle se montre donc à la hauteur même si Grand-Gilles avait dû raccourcir le pied du micro pour elle ! Lui vinrent en mémoire les techniques du discours que Réal Caouette avait insufflées à l'âme terrifiée de Rosaire autrefois et que l'homme avait répétées à sa fille déjà. Après tout, le créditisme n'était pas tout à fait crétin, d'autant qu'il s'était dilué dans le mouvement péquiste pour lui donner un peu de couleur en dehors des villes...

C'est au moment d'ouvrir la bouche que le chaînon manquant se manifesta, ce mot-clé recherché depuis qu'elle avait commencé à préparer son laïus d'entrée en fonction. John Lennon et Yoko Ono qui s'étaient connus grâce à lui l'inspirèrent soudain, ce mot de la vérité ultime, contraire de celui du mensonge ultime :

– Oui...

Un assistant servile entama la claque mais personne ne suivit car le discours n'était pas encore assez long. Il fit rire et permit à l'oratrice de trancher dans le trac.

– ... oui, j'accepte ce poste et je veux exercer mon mandat de présidente sous l'enseigne du O-U-I, oui... Oui, nous allons réaliser des choses à notre mesure comme cela fut fait du temps de tous mes prédécesseurs depuis la fondation même de cette Chambre. Oui est un mot qui inclut toute une pensée. Une pensée de progrès, une pensée d'avenir, une pensée de croissance, et je dirais, avant le progrès, l'avenir et la croissance, une pensée de naissance...

Grégoire était à une table en biais et Paula ne pouvait le regarder sans avoir l'air de s'adresser spécifiquement à lui. Et cela était tant mieux pour l'un et pour l'autre. Il y avait aussi avec lui l'Italien et sa femme, Danielle et son mari. Quant à Gaspard, il avait décliné l'invitation sous quelques vagues prétextes parmi lesquels on décelait et respectait son aversion pour le milieu dit de la petite bourgeoisie d'affaires.

– Renaissance constante vaut peut-être mieux que naissance tout court. Car naître dépend de la nature tandis que renaître dépend de soi. Chose bizarre, nous sommes portés plus aisément à dire non que oui, à nous laisser dériver sur les flots nés ailleurs plutôt que de ramer, plutôt que de dire un grand oui à l'action. Quand je dis nous, je parle des êtres humains en général car, il faut bien se le dire sans vantardise, peu d'entre nous seraient dans cette salle s'ils n'avaient dit, un jour ou souvent : O-U-I.

L'on s'applaudit fermement à travers l'oratrice même si le discours était tout à fait creux.

La femme de l'Italien de même que Grégoire surveillaient les lueurs dans les yeux de Gabriel. Mais l'homme se sentait épié et il enchevêtrait exprès les réactions dans son âme, les mélangeait avec des sentiments préfabriqués afin qu'on doive forcément en conclure à son indifférence la plus totale envers sa patronne et associée en dehors d'un intérêt normal pour une cause commune soit l'expansion de la Reine de l'érable.

Paula était vêtue de flambant neuf en noir et rouge. Un ensemble sérieux composé d'un blazer à couleur éclatante sur une jupe flatteuse à plis souples. Comme le font les roses et les bulles sans cesse renouvelées d'un champagne de classe, sa chevelure devenue abondante inclinait les hommes de bon goût à la sensuelle rêverie silencieuse.

C'est avec le même mot qu'elle avait lancé son discours qu'elle y mit le point final.

– C'est ben de valeur que les femmes disent pas toutes des vrais beaux oui comme ça, lui glissa Grand-Gilles en lui serrant la main.

Elle fut accompagnée d'applaudissements jusqu'à sa place. En s'asseyant, elle jeta un œil à la table des siens. Chaque personne voulut y lire quelque chose s'adressant spécifiquement à elle.

«Tu vois ce que ta femme peut réaliser, mon grand, hein!» crut entendre Grégoire dans ce grand regard noir.

«Je ne vais pas toucher à ton mari», tâcha de saisir la femme de l'Italien.

«C'est que tu me veux, à moi?» perçut le mari de Danielle.

«Après t'avoir battu, je veux te consommer», crut se faire dire l'Italien.

«Je sais que tu me comprends», recueillit Danielle au creux de son âme.

Et pourtant… les yeux de Paula n'avaient rien dit à personne. Ils avaient regardé de ce côté simplement pour montrer un intérêt plus appuyé aux gens de son entourage et leurs proches.

*

Dans les semaines qui suivirent, Gabriel multiplia les occasions de rencontrer Paula. Il avait toujours une nouvelle idée à proposer, à discuter, une étude de marché à expliquer avec de longs tenants et aboutissants.

Sauf le temps d'une semaine où il se rendit au Japon, tous ses efforts portaient sur l'Amérique du Nord. Il se rendrait travailler sur l'Europe au printemps suivant. Octobre le conduisit à Montréal, Toronto, Calgary, Vancouver, San Francisco, La Nouvelle-Orléans, Denver.

Ce mois-là, Grégoire sonda sa femme en disant qu'il ne savait pas trop s'il pourrait assister à l'assemblée mensuelle des administrateurs de sa compagnie; Paula se glissa par la porte entrouverte et lui dit que désormais, il n'aurait plus à se déranger, d'autant qu'il y avait souvent du hockey ces soirs-là et que Geoffrion, un grand gagnant, venait d'être nommé entraîneur des Canadiens, ce qui doublait le feu des fans.

— Riana saura t'aviser mieux que moi, jeta-t-il désinvolte.

— Non, étant donné qu'il n'assistera pas à trois réunions par année. Ce mois-ci, il court le Canada et les États-Unis… Non, mais je connais si bien mon affaire, mes dossiers, que je n'ai pas besoin de vues… souvent trop lointaines pour valoir quelque chose.

— C'est justement ce qui leur donne de la valeur, à ces vues-là. Souvent, elles pourront paraître idiotes à la personne qui est dans le bain tous les jours, mais elles ont le mérite de la faire réfléchir.

— Dans ce cas, tu me donneras tes conseils n'importe quel soir et pas forcément un soir cédulé où on presse les cerveaux pour en faire sortir du jus. C'est bon en enseignement, ça : un prétexte syndical pour faire perdre du temps aux professeurs.

— C'est pareil en affaires.

— C'est ce que j'ai fait, mais ce temps-là est révolu. On arrive à 1980 et les temps changent.

*

Paula réfléchissait à cette conversation tandis que les fêtards se trouvaient quelque chose à boire et une place pour s'asseoir dans son bureau sombre.

Après les rénovations qui avaient donné à chacun ses quartiers, la présidente avait eu du regret. Seul son bureau était resté ordinaire, sans attraits particuliers, surtout sans grande différence avec ceux de ses adjoints. Il fallait y remédier.

L'entrepreneur revint en septembre et la pièce fut agrandie, meublée à neuf, redécorée. Une moquette double épaisseur, des divans double confort, un éclairage double usage, travail et relations sociales, un bar double portes et triplement garni.

C'était le 20 décembre, jour du party de bureau du temps des fêtes, un simple cinq à huit avec cocktail, buffet, discours des uns et des autres. Un groupe de douze personnes en tout, des secrétaires, la présidente et ses trois adjoints, quelques personnes de l'entrepôt invitées pour meubler les meubles et créer un certain anonymat. Mais pas de conjoints. L'organisation parfaite et au moment idéal pour susciter intrigues amoureuses, aventures d'un soir, relations extra-maritales : la Saint-Michel d'un Québec libéré sexuellement, où tous les ânes changent de poil au moins une fois par année.

Assise à son bureau, Paula regardait, écoutait, se remémorait.

Depuis août, rien à part les bureaux n'avait paru changer, rien d'autre que le chiffre d'affaires n'avait semblé évoluer, et pourtant...

Il ne s'était jamais produit une grande réconciliation après la grande chicane avec Grégoire. En fait, tout le problème avait sa source dans ce coup de hache qu'au soir tapageur du PQ, il lui avait asséné dans sa fierté, et peut-être ce silence ayant ensuite servi de mauvais fossoyeur à cette mort d'une époque... et d'autre chose aussi.

Et ce Gabriel Riana qui s'infiltrait dans ses veines chaque jour un peu plus, comme un revers de printemps qui fouette un érable puis se transforme en rayons chauds afin d'aspirer doucement la force vitale vers le haut, le ciel, les extrémités...

Elle posa ses lèvres sur le rebord de son verre mais ne but pas de suite et, ainsi cachée, elle posa ses yeux sur la personne de l'Italien pour y boire sans gêne dans le secret de son imagination.

L'homme s'entretenait avec Gaspard. Ils étaient voisins de fauteuil et, pour s'adresser l'un à l'autre, présentaient le profil de leur visage à l'observateur. Pour ne rien risquer, Paula promena son regard autour de la pièce et vivement, afin de surprendre les scrutateurs éventuels; tous se partageaient les uns les autres. Elle toucha le vin; il en resta une goutte sur son rouge à lèvres: geste sensuel que lui inspirait à son insu un personnage du cinéma des années 1930 soutenu par Hedy Lamarr.

Gabriel sentit qu'on l'épiait; il leva un doigt pour appuyer un dire et abuser Paula, car au même instant, il tourna la tête vers elle de manière tout à fait inattendue. Et il surprit son échappatoire furtive vers le vin.

En bon Méditerranéen, l'Italien aimait sa femme d'une part et il était fidèle à toutes les autres d'autre part. Il avait, il est vrai, multiplié les occasions de rencontrer son associée, de l'approcher, mais toujours s'était arrangé pour trancher net dans un entretien afin de laisser des barrières, des obstacles à franchir… du désir montant.

Et voilà que ce désir, s'il ne devait pas être comblé avant le printemps, se transformerait en frustration, se disait la présidente en goûtant le sucre du liquide. Qu'est-ce que cela serait d'être approchée en douceur, d'être demandée, d'être voulue par une chair aussi excitante, d'être baignée d'odeurs exotiques, d'être touchée, enveloppée, d'être aspirée… De renaître?

Elle soupira. Dans sa poitrine, son souffle descendit un escalier; elle le fit asseoir pour se rétablir et remettre à son ordre coutumier le rythme de son cœur.

Et pour mieux y parvenir, elle pensa aux enveloppes de bonus qu'elle aurait plaisir à remettre à chacun dans quelques minutes pour ouvrir les appétits mieux encore que par le vin. Cinq mille dollars au total dont mille à deux adjoints et mille à sa secrétaire. Danielle le méritait plus que tous malgré son drôle de moral ces derniers temps car une colonne de chiffres tristement alignée valait autant en bas qu'une autre. Il faudrait qu'elle ait une bonne conversation avec la jeune femme. Problème de ménage sans doute! Pourtant, son mari donnait tout l'air d'un bon garçon. Le soir de son élection à la présidence de la Chambre de commerce, elle avait eu l'occasion de s'entretenir longuement avec lui et il donnait bonne impression, et il semblait proche de sa compagne...

Tant d'êtres se trouvaient dans les préoccupations de Paula : les enfants, Marc surtout, au cœur de ses inquiétudes à long terme, Grégoire, la parenté, les employés, cet envahisseur étranger dont elle ne parvenait plus à se défendre très bien sans pour autant avoir subi de sa part la moindre attaque directe.

Elle fit pivoter sa chaise. Ainsi, elle ferait dos à Gaspard et Gabriel, et pourrait faire éclater sa pensée en la plongeant dans l'arbre de Noël qui occupait le coin de la pièce à côté du bar. Sa mémoire l'entraîna par carriole tintinnabulante dans un lointain passé sur la patinoire de Saint-Honoré. Martine Martin, André Veilleux, le vicaire, Denise, Roger Leblond avec sa fiancée tournoyant dans leurs patins de fantaisie, la musique éraillée crachée par deux vieux haut-parleurs : tous les souvenirs se juxtaposaient, devenaient des cartes postales de l'imaginaire, des larmes de nostalgie s'étirant avec le temps jusqu'à devenir des glaçons accrochés aux branches vertes.

« Le passé, c'est le regret ; l'avenir, c'est la peur, disait parfois Gaspard. Et toute la vie, c'est ça, pas plus ! Rions donc, c'est l'heure ! »

Paula but plus sûrement. Un homme attentif passant pour se rendre au bar ouvert lui offrit de la servir, de remplir son verre. Elle accepta et pendant qu'il s'y affairait, elle réclama l'attention et procéda à la distribution des chèques de bonus.

Chacun s'approcha en respect et en embarras, remercia de la bouche et de la pupille, se retira pour ouvrir l'enveloppe prometteuse. On entendit des exclamations de joie, de surprise. Et l'on épia les réactions des autres... Le tour de chacun passa. Il ne resta plus que Gabriel. Paula prit la parole :

– Chacun comprendra, lui surtout, qu'en tant qu'associé dans l'entreprise, monsieur Riana n'a pas droit à un bonus.

A-t-on déjà vu un patron se donner une prime de fin d'année à lui-même? Ce serait à la fois bizarre et... comment dire...

– Indécent, lança l'intéressé, qui reçut les rires de tous.

– Disons ça comme ça! Mais il y aura une petite compensation sous l'arbre de Noël tantôt...

Et les minutes redevinrent bourdonnantes dans la pièce, impersonnelles, comme en dehors de la présidente qui se sentait seule à la tête de son pouvoir ascendant et de sa richesse se décuplant.

Puis ce fut la distribution des cadeaux échangés. L'homme prompt à servir s'offrit pour procéder. Gabriel qui s'attendait à une attention particulière à cause des mots de Paula ne reçut qu'un calendrier 1980 monté sur un hexagone de bois dur.

– J'espère que c'est pas de l'érable, dit-il en montrant à tous l'objet reçu d'un homme d'entrepôt que le hasard avait désigné pour le lui offrir.

Devant les regards chercheurs, il ajouta:

– Ben, c'est que plus ils sont en bois, les érables, moins ils sont bons pour produire du sirop...

Après le buffet, les gens s'écoulèrent vite. Gaspard fut le premier à s'en aller. Et peu après, ce fut Gabriel qui vint saluer Paula revenue dans son bureau. L'échange fut distant et bref. Elle le crut froissé pour avoir reçu si peu de reconnaissance tangible. Elle l'avait voulu ainsi. Chacun saurait qu'il ne représentait rien de plus qu'un autre pour elle, Gaspard surtout, qui allait toujours trop vite trop creux dans les cœurs. On se le dirait. Ainsi, des positions seraient établies: officielles et nettes.

Bientôt, elle fut seule.

Reprit place à son bureau après s'être servi un double aux allures de triple. Tout s'était passé si vite. Tout passait toujours si vite. Elle renoua avec son enfance en regardant encore cet arbre multicolore. Sa tête dodelinait au rythme d'un vieil air de la bonne chanson qu'elle fredonnait en se laissant étourdir par l'alcool et par le rêve.

Il lui sembla tout à coup qu'un fantôme l'observait. Elle pensa à tous les morts : grand-père Joseph, grand-mère Clara, sa sœur Lucie, son frère Herman, son amie Martine et au bout, sa mère… Qu'elle eût aimé, voulu entrer en contact avec toutes ces âmes passées, évanouies !

Fermant les yeux, son esprit l'emporta dans l'antre de la tireuse de cartes et une prévision noire lui revint : des morts, des morts, des morts… La femme avait dû prendre le passé pour le futur. Erreur de temps !

Une voix venue de nulle part, un mot feutré glissa dans son oreille :

– Paula…

Elle garda les yeux clos. On répéta son nom. Le son n'était ni celui d'un esprit ni d'une femme, d'un vieil homme ou d'un enfant, mais bien celui d'une bouche masculine à la pleine force retenue et marchant sur le bout des pieds pour ne pas faire sursauter.

Pendant une fraction de seconde, le souvenir de Grégoire pénétrant dans le chalet avec ses gros sabots lui revint en tête. Elle ouvrit sa conscience. Ses yeux montèrent vers un être penché sur elle et qui, les bras et le sourire ouverts, occupait tout le dessus de son bureau.

– J'ai oublié de souhaiter la bonne année à mon associée…

– Ce… ce n'est même pas Noël encore…

– Non, mais je ne reviendrai pas avant janvier de l'an prochain, souviens-toi…

– Je… m'en souviens… Tu veux peut-être quelque chose à boire, sers-toi…

Paula disait ce qui lui passait par la tête et il ne lui venait pas grand-chose. Elle cherchait à cacher son trouble intérieur sans trop y parvenir.

– Excepté tes folies, as-tu autre chose à me dire ? Je dois retourner à la maison.

– Si tu avais su que j'étais pour revenir, serais-tu partie ?

Elle haussa les épaules, fit une moue, posa son verre, jeta :

– Ben, c'est selon…

– Selon quoi ?

– Selon ce qui restait à faire ici.

– Et il restait quelque chose à faire ?

– Ben… non.

– Serais-tu partie ?

– Quoi, tu es venu chercher quelque chose ?

– Non, je ne suis jamais parti. J'étais dans mon bureau en attendant que les autres partent.

– Et ton auto est sur le stationnement ? On va jaser…

– C'est l'auto de ma femme et en arrivant, je l'ai garée de l'autre côté de la bâtisse, à l'abri de la lumière de la sentinelle.

Paula fut choquée. Il avait des intentions derrière la tête. Elle devait le remettre à sa place et vite.

– C'est vrai, mais je l'ai pas fait exprès. Je t'assure… Je prends un soupçon de scotch et je pars retrouver Gina à la maison. On me croit un de ces Italiens un peu trop chaleureux, mais je suis un homme fidèle…

Il coupa dans ses paroles, son sourire, sa gestuelle et se rendit vivement au bar. S'adonna à du petit placotage sans importance. Revint. Prit place sur un divan profond face à son associée-patronne. Paula avait eu le temps de se ressaisir.

On parla d'affaires, mais peu. D'enfants, mais pas très longtemps. Puis il se leva.

– Tu veux que je t'aide à faire un peu de ménage. Y a plein de verres à laver… Il faudra pas dix minutes. Comme il est pas encore neuf heures…

– C'est pas de refus. L'eau chaude est là. T'as ce qu'il faut pour laver sous l'évier du bar…

Il se mit au travail sans tarder et en parlant sans cesse. De Gaspard tout particulièrement qu'il qualifiait d'homme exceptionnel et de visionnaire.

Paula le voyait de dos avec un linge à essuyer sur l'épaule et de la bonne humeur plein la voix. Et de nouveau, le démon du désir revint la hanter. Elle but et but encore en l'écoutant.

– Il a ce qu'on pourrait appeler une morale sociale de type européen... Il a le sens de l'histoire en même temps que le sens de l'avenir et c'est peu commun chez la même personne. Sauf qu'il faudrait pas que tu deviennes comme lui parce que les affaires, ça se brasse pas avec de la morale sociale...

Les verres cliquetaient. L'eau chuintait depuis le robinet et frappait l'acier avec énergie. L'homme se mit à chanter *O sole mio* dans le style du bel canto.

Elle le laissa faire. Garda sa question. Il y répondit de lui-même sachant que son discours précédent demandait plus.

– Parce que la morale sociale est anti croissance économique. Les dominateurs, ceux-là qui créent de la richesse pour eux-mêmes et pour les autres, doivent être motivés par leur instinct de prédateur, sinon c'est le grand marasme, c'est la Russie, la stagnation, la pourriture... Ce sont les oppositions riches-pauvres qui rendent les peuples féconds... en autant bien sûr que la survie soit assurée à tous. Bref, l'égalité dans la survie mais la différence dans la vie... Qu'en pensez-vous, chère patronne, qu'en penses-tu, chère associée ?

Le sang bourdonnait trop fort sous les tempes de Paula pour qu'elle puisse réfléchir. Son univers devenait émotions et sensations : un monde du temps des fêtes. Sa raison n'avait pas le goût de raisonner.

Et puis ce qu'il disait ne lui apprenait rien par sa trop claire évidence... Elle posa son verre, croisa les doigts, ferma les yeux, jeta à mi-voix :

– Oui...

Il se tourna, la vit calée dans son fauteuil, abandonnée à quelque chose, comme offerte : le moment ne pouvait être mieux choisi. Il s'approcha pour dire à voix confortable :

– Tu ne m'écoutes pas, mais quand on est patron, ce n'est pas une impolitesse ou un manque d'intérêt, c'est une simple distraction ou... de la fatigue peut-être ? L'année fut, disons, excitante, n'est-ce pas ?

– Je t'ai répondu, fit-elle sans ouvrir les yeux.

– Tu as dit...

Mais il ne finit pas la phrase qui ne demandait que le OUI, un oui qu'il réalisait devoir signifier beaucoup plus qu'une réponse à de la philosophie-détersif à vaisselle... Il fit deux pas, se plaça derrière elle, mit les mains sur le dossier de son fauteuil de cuir, parla à mi-voix :

– Un bon employé qui voit son patron fatigué doit faire de son mieux pour soulager cette fatigue, non ?

– Oui... non... noui...

Les mains s'emparaient des épaules. Il se pencha légèrement et son linge à vaisselle se balança près de la chevelure féminine ; il l'arracha et le rejeta n'importe où derrière lui.

Elle fut contrariée qu'il interrompe son geste quelques secondes à peine après l'avoir entamé ; et dans la colonne des oui et des non, la somme des oui l'emporta. Nettement.

– Je ne sais pas trop si c'est bon pour les affaires... marmonna-t-elle.

– Ça n'a rien à voir avec les affaires.

Et il enveloppa les épaules, serra, glissa ses mains jusqu'à la nuque sous les cheveux, massa en retenue et pourtant en profondeur.

– Tu penses à moi comme à un masseur, un coiffeur, un... serviteur, un esclave... comme du temps de Rome... Tu es une patricienne et moi un plébéien.

– Quoi ? Une péripatéticienne ? répliqua-t-elle pour lui donner le change.

– Non, tu es une grande aristocrate, riche et forte, et au sommet de sa beauté… La plus belle de la Beauce.

– Je ne crois pas à ces flatteries-là, sers ton violon…

– Je sais bien que tu n'y crois pas, mais ça fait partie de la symphonie de… l'amour, et ça aussi, tu le sais. On joue nos partitions et quand c'est fini, on range nos instruments.

Le contact des mains sur sa nuque, son cou, des doigts qui respectaient un certain ordre établi dans les cheveux, diffusait dans la substance féminine les fluides les plus doux, et les mots enveloppants tout près de son oreille lubrifiaient sa pensée étendue…

Il n'arrivait à l'esprit de Paula aucune réticence de celles que sa culture aurait pu lui dispenser, pas le moindre obstacle à son désir exacerbé, traître et entraîné par la tornade gigantesque de l'irrésistible et de l'absolu.

Il sut que le temps de l'homme était. D'un geste machiste et calculé, il fit couler des mains énormes, de celles qui créent, puissantes et impériales, sur les bras nus et tombés, sur les cuisses aux pudeurs en fuite, sur le ventre pour qu'il appelle selon sa nature profonde et violente…

– Je te désire depuis le premier coup d'œil à Paris… Bon Dieu comme je te désire, femme lumineuse !

Par son haleine à odeur de scotch frais sur les joues et le cou enflammés, il commandait à la bouche de se tourner vers la sienne pour que la moitié du grand pas fût fait sans crainte d'un ultime retour en dernier recours. Elles sont si rares, les femmes capables de dire un vrai, un pur OUI à la caresse, à la sensualité, un oui non négocié, un oui souverain…

Paula haletait, noyée d'oxygène.

Elle tourna doucement la tête.

Ce fut un contact démentiel des lèvres et du cœur.

Passion créatrice sur passion créatrice.

Parmi les flammes, naquit une flamme nouvelle, une âme qui, telle l'esprit d'un lutin se rendit prendre place dans le corps de l'homme comme sur un tremplin de skieur, prête à s'élancer vers la féminité pour lui réclamer le grand voyage vers la vie.

Il fit une pause pour alimenter la suite :

– Faut être folle pour me rendre aussi fou...

Elle fit une pause pour abreuver la suite :

– Faut être fou pour me rendre aussi folle...

Il lui toucha les seins, le sexe ; elle répondit en y ajoutant des intérêts. Et quand tous les instruments furent en accomplissement de leur divin rôle, que l'orchestre des sens fut prêt pour l'attaque déchaînée d'un 1812, l'homme introduisit ses bras, l'un sous ceux de la femme et l'autre sous ses genoux, et la souleva puis la transporta vers le divan de la fusion céleste et dantesque...

Emportée, Paula multipliait les oui intérieurs comme ces grains de son rosaire d'autrefois. Elle se vit, sortant toute neuve du confessionnal avec une pénitence en prières à dire au plus tôt pour que le sacrement soit agréable au ciel et agréé par l'adjoint de Dieu préposé aux affaires de l'absolution des péchés.

Nostalgie du ridicule en cet instant sublime où l'amant vous porte à l'alcôve régénératrice, au lit des plus rares fleurs aux odeurs inconnues.

La radio diffusait des airs de fête. Alors qu'on la posait en précaution, John Lennon lançait en sourdine son « *So this is Christmas and what have you done...* »

Tout l'être de la femme cria alors depuis les sources profondes de l'imprévisible :

– NON...

Et elle se faufila, s'esquiva, se remit debout en répétant son refus. Il restait de l'acceptation en elle, mais pas plus de quarante pour cent... Et l'Américain crut bon ne pas insister. Elle devait mûrir encore... Il resta agenouillé près du divan, hochant la tête, et il finit par déclarer sa résignation :

– Si j'comprends bien, tu me dis « à la prochaine fois » ?

– Pense plutôt jamais! fit-elle en regagnant son fauteuil tout confort de la présidente de la Reine de l'érable inc.

Il continua de hocher la tête et soupira:

– Tu sauras jamais ce que t'as manqué...

*

Au pied de l'estrade, un bébé, dans les bras d'un homme, cherchait à comprendre pourquoi son père reniflait si fort. Il ne pouvait se rendre compte, le pauvre, que la moitié du parterre pleurait...

Paula, comme tout le Québec, était rivée à l'écran de télé. L'image l'éprouvait. Pas loin, Grégoire riait comme à un but des Canadiens compté contre les Nordiques.

L'œil accablé, l'âme soulagée d'avoir perdu le référendum, René Lévesque fit taire la clameur par quelques grimaces bien composées afin d'exhausser son éloquence médiatique, et il réussit, la voix rauque, à lancer à l'Histoire par-dessus la foule au lamento lancinant:

– Si je vous ai bien compris, vous m'avez dit «à la prochaine fois»...

– Tu peux ben aller chier avec ta prochaine fois, fit Grégoire, si l'indépendance se fait un jour, ça va faire longtemps que les os te feront pus mal, toi...

Paula prit l'insulte pour elle-même. Le moment où Gabriel, cinq mois plus tôt, l'avait posée sur le divan lui revint en mémoire et elle murmura entre ses dents:

– La prochaine fois, je vas dire oui sans aucune hésitation, espèce d'homme...

– Quoi c'est que tu dis?

– J'ai dit: à la prochaine fois...

– Ah!

***

Chapitre 22

C'était juillet.

Paula sirotait un gin fizz, assise au solarium, histoire de s'ennuyer… Ce serait sans doute pire au chalet. Par bonheur, on l'avait vendu en juin.

Elle exceptée, seul Marc était à la maison. Il pianotait de l'autre côté.

Au loin là-bas, très loin, l'Arnold dans ses habits du vieux Québec, surveillait l'arrivée des Américains au Canada et leur faisait des clins d'œil par toutes ses lucarnes. Maintenant, la femme d'affaires regardait plus souvent de ce côté que vers la ville. C'est que ses horizons s'élargissaient et que ses espaces, eux, manquaient de profondeur.

Depuis Noël, ses relations avec Gabriel étaient restées figées. Elle avait mis entre eux des distances importantes, souvent des océans.

Les enfants grandissaient. Grégoire demeurait égal à lui-même. Le chiffre d'affaires annuel de la Reine avait assassiné toutes les espérances en les comblant trop, en les gavant de hauts profits.

Elle examina son corps, ses cuisses dans cette jupe menthe, cuisses fermes et basanées, sa poitrine dans son léotard noir, poitrine raisonnable et vivante. Un corps sans usure, un corps sans usage…

Le téléphone sonna.

— Je vais répondre, moi, maman, s'empressa de crier Marc au loin.

Elle n'avait même plus à lever le petit doigt que tout se produisait, que tout arrivait comme prévu, comme pensé, comme planifié. Quel besoin de se rendre consulter une tireuse de cartes qui vous assommerait de menteries avec sa brochette de morts. Rien de cela ne s'était produit, et la dernière fois que Danielle avait parlé de leur visite à la dame de Notre-Dame, Paula avait bien ri en disant: «C'était même pas drôle!»

– Maman, c'est grand-papa Nadeau.

– Je le prends ici, merci.

L'appareil était là, au bout de sa main. Elle décrocha.

– Papa? C'est Paula...

– Paula, ça marche, toi?

– Attendez un peu...

Et elle cria à Marc de raccrocher:

– C'est pas bien d'écouter les conversations des autres.

– Mais c'est rien que grand-papa...

– Ça fait rien.

– S'il était là en personne, tu me jetterais-tu dehors?

– Raccroche...

Le jeune adolescent obéit, mais il vint se mettre à l'affût au bord de la porte. Il lui avait semblé que son grand-père avait à dire quelque chose de particulier; il avait senti de l'abattement dans la voix.

– J'ai une... maudite nouvelle à t'apprendre.

– Voyons, c'est qui se passe?

– Un accident... encore la mort qui nous fesse par la tête...

– Qui ça?

La voix de l'homme s'étouffait. Paula entendit sa plainte.

– Prenez le temps qu'il vous faut, tout le temps qu'il vous faut... dites-moi rien que oui pis non... C'est pas Hélène?

– Non...

– Les enfants non plus?

– Non...

– Ah! oui, je sais... j'aurais dû y penser... c'est Julien n'est-ce pas? Maman, Herman, Lucie et là, ben ça doit être Julien...

– Oui... c'est ben lui!

Il y eut une pause qu'elle interrompit:

– Bon... va rester vous pis moi, au moins le Bon Dieu éparpille ça même s'il nous frappe tous avant notre temps, avant même la fleur de l'âge... C'est arrivé comment?

– Bêtement en traversant la rue à Détroit... Nous ont dit qu'il sortait soûl raide d'un bar...

– Faites-vous venir le corps?

– Ben certain! Va être arrivé demain. Pas de service à l'église... juste une cérémonie au cimetière. La fosse est là qui l'attend. J'ai su ça à matin. Je t'ai pas appelée pour avoir le temps de digérer ça un peu moi-même...

– Je comprends, je comprends... Je vas être à la maison de bonne heure demain. C'est de valeur qu'il soit pas exposé, les deux derniers l'ont jamais vu...

– Ils ont dit qu'il était tout défait en bouillie... Il aurait été écrasé par l'auto qui l'a frappé pis écrasé une deuxième fois par un gros camion-remorque à dix-huit roues. Ils ont mis les morceaux dans un sac... comme un soldat de la guerre frappé par un obus.

Paula crut défaillir. Elle émit une longue onomatopée d'horreur. Il fallait couper court à cette conversation, elle dit:

– Je vais être là demain de bonne heure. Là, je vas essayer de rattraper tout mon monde...

Après avoir raccroché, elle resta là à penser. Marc entra respectueusement et questionna doucement. Elle lui répéta la nouvelle en la dépouillant de son côté morbide.

– Ça veut dire qu'il reste pus rien que toi pis grand-papa dans la famille des Nadeau? dit-il en reprenant ce qu'il avait entendu de la bouche de Paula et que Rosaire lui-même répéterait à sa fille plus tard au cimetière.

Elle soupira :

– C'est ça que ça veut dire, c'est ben ça que ça veut dire…

*

Août mouilla tout.

Paula ne voulut pas finir l'été comme le précédent : dans le désœuvrement générateur de chicane. Les relations avec son mari étaient redevenues normales. Depuis l'aventure avortée avec Gabriel, elle se sentait kif-kif avec son mari. Ou presque… Elle se rendit au bureau tous les jours et de plus en plus souvent le soir.

Il était temps de diversifier ses intérêts. Question d'impôt. Ambition démesurée. Il lui avait été offert d'acheter une usine d'assemblage de machinerie industrielle de Thetford Mines. Plusieurs millions de chiffre d'affaires annuel. Une faible rentabilité depuis trois ans mais, disait-on sans trop de conviction, de grandes possibilités d'avenir.

Gabriel Riana était sur le point de percer enfin le marché japonais avec les produits de l'érable. Sans doute pourrait-il travailler là-bas sur ce projet avec moins de délais et donc de coûts. En fait, il ne s'agissait pas d'ouvrir le marché nippon, mais de s'assurer la collaboration d'une firme japonaise afin de produire mieux et à meilleur compte. Car les débouchés pour le produit fini se trouvaient bien plus dans les pays en voie de développement que dans les pays industrialisés. De sang latin et ferré en espagnol, l'homme possédait tous les atouts pour agrandir considérablement les horizons de cette industrie vacillante.

Paula avait confié l'étude de ce dossier à son directeur des ventes et associé. Ce soir-là, Gabriel venait discuter avec elle des résultats de son expertise sur la valeur réelle et potentielle de l'entreprise. Par mesure de précaution, elle avait invité Grégoire à venir entendre le rapport. Elle le dirait à Gabriel

dès son arrivée. Ce serait une assurance contre l'infidélité...
Grégoire ne pourrait être là que passé neuf heures : excellente
perspective car le temps serait donné à Paula de faire sienne
l'étude, car son associé garderait ses distances, car son propre
désir resterait emmuré malgré sa colère vengeresse du soir du
référendum.

Elle s'était vêtue comme de jour, proprement, sobrement,
de manière classique : en beige et brun. Et elle crayonnait sans
penser à autre chose qu'à des riens : la peine d'amour de Nathalie
qui se résorbait, les muscles de Christian qui se raffermissaient
de plus en plus, selon ce qu'en disait Grégoire, Chantal qui
aimait chanter en se faisant accompagner par son demi-frère,
et Marc à l'âme si mouvante, à la sensibilité à fleur de peau...
Le quotidien de la croissance qui s'étend sur des mois, qui se
modifie sans qu'on s'en aperçoive. Et les clichés qui durent...

Dans le silence de la pièce parvenait à l'occasion le bruit d'une
voiture qui accélérait au sortir de la courbe devant la bâtisse.

Paula se sentait bien dans sa vie, dans son corps, dans son
esprit, dans ses désirs et leur satisfaction. À 41 ans, on la disait
dans le peloton de tête des gens d'affaires de toute la région.
L'amour n'était pas comme à 20 ans, mais il y a un temps pour
la passion et un autre pour la sérénité ; elle se croyait en transition... Certes, Gabriel continuait de bouleverser sa chimie
intérieure, comme André dans sa jeune adolescence, Gaétan
plus tard, puis Grégoire, mais pas au point de faire sauter un
mariage qui traversait la vie sur une mer le plus souvent calme.
Ce sont les mers d'huile qui font mourir d'inanition et d'insola-
tion et quelques bonnes tempêtes sont essentielles à ce que l'on
appelle le bonheur conjugal. Avec son intellect, elle arrivait à ne
plus considérer l'aventure de Grégoire et Suzanne que comme
une fredaine et un feu de paille vite éteint, mais l'intellect ne
domine pas toujours même si on est une femme d'affaires au
commencement de l'âge mûr. Consolation : le pauvre homme
avait beaucoup plus à perdre qu'elle dans une séparation et il

le disait quand, inévitablement, on se parlait de lointaine possibilité d'un divorce ainsi que le font de temps à autre tous les
couples réalistes du dernier quart de ce siècle bizarre.

Elle tourna la tête vers le bar aux portes fermées. Tant qu'à
ne rien faire de ses dix doigts, aussi bien se servir à boire. La
femme ne s'en rendait pas compte mais elle glissait peu à peu
dans l'habitude de l'alcool. Pas une journée ne se passait sans
qu'elle n'ait bu trois ou quatre verres. «C'est mon seul vice»,
répétait-elle chaque fois, comme le disent tous les viciés de
la société de consommation outrancière, surtout ceux-là du
tabagisme.

En versant la boisson lui revinrent des images de ce soir
des fêtes où la femme d'avenir qu'elle était, aidée par son
vieux passé, avait dit non au présent. Gabriel avec son linge à
vaisselle sur l'épaule, sa grandeur dans l'ordinaire, sa splendeur
dans l'extraordinaire. Puis ces cris de la chair en feu, ces appels
frénétiques...

Lui parvint un bruit de catastrophe, infernal, effrayant...
Les pneus d'une voiture crissaient, gémissaient, cessèrent de se
faire entendre dans un impact sourd. Un accident venait encore
de se produire dans la courbe de la mort.

Elle y accourut, y fut la première. Un phare resté allumé,
aidé de ce qui restait encore du soir tombant, jeta son âme dans
l'horreur, dans l'impossible. Il s'était produit un face à face mais
les voitures restaient à faible distance l'une de l'autre comme
se guettant après s'être rejetées... Deux hommes. Un dans
chacune. L'un la tête affalée sur le volant, sanglante, immobile.
L'autre rejeté vers l'arrière en dehors de son appuie-tête. Paula
se souvint de l'accident survenu à André Veilleux, puis de cet
autre près de chez elle et qui avait coûté la vie à un jeune homme
quelques années auparavant. Elle ne défaillirait pas. Elle avait
l'habitude...

Une voiture s'amena, s'arrêta, braqua ses phares sur la scène. Paula lança un cri qui se termina en des mots de refus tandis que les arrivants s'empressaient de venir au secours des accidentés.

Elle examina l'auto de celui qui se trouvait dans une position grotesque, la bouche ouverte comme à la recherche de son souffle et elle gémit à nouveau :

– Mon Dieu, non, mon Dieu, non...

– Vous les connaissez, madame ? dit quelqu'un près d'elle.

– Celui-là, oui...

– Il est peut-être pas... mort...

– Mon Dieu, c'est pas possible...

– Qui c'est ? demanda l'autre sauveteur.

– Quelqu'un qui travaille avec moi... pour moi...

Ce qui suivit ne fut que bourdonnement aux oreilles et sous les tempes de Paula. Des larmes de glace restèrent figées dans son âme. D'autres autos s'arrêtèrent. Quelqu'un se rendit téléphoner aux ambulanciers, à la police... Tout n'était plus que désordre sur ce chemin de malheur ; tout n'était plus que chaos dans l'esprit de Paula.

Elle retourna au bureau et appela à la maison. Grégoire répondit. Elle lui demanda de venir et lui dit que son associé italien était mort dans l'accident.

*

Le jour des funérailles, la veuve donna à Paula les papiers que son mari avait préparés pour elle. La femme d'affaires retourna à son bureau et les étudia à fond. Elle décida de faire l'acquisition de l'entreprise de Thetford. La mort de Gabriel ne devait pas constituer un empêchement de poursuivre son ascension, mais plutôt un signe lui indiquant la voie à suivre.

Puis elle contacta sa compagnie d'assurances. Il y avait une police mutuelle et la mort de son associé lui rapporterait plus d'un quart de million de dollars, ce qui n'était pas une consolation pour la perte d'un adjoint aussi utile, d'une fenêtre sur le monde, d'un souffle exaltant...

Après l'appel, elle se servit à boire et réduisit l'intensité de l'éclairage au minimum afin de mieux rentrer en elle-même. Le souvenir de la tireuse de cartes se jeta alors sur ses mémoires...

*

Quelques jours plus tard, le dernier des vacances du personnel, des policiers se présentèrent au bureau. Paula les fit asseoir après les salutations d'usage. Nul doute qu'on venait lui parler du terrible accident. Elle accusa la courbe, la chaussée mouillée, le destin...

– C'est surtout à cause de l'ivresse au volant, dit un des hommes, gros, grand, blond. Celui qui a frappé l'auto de Gabriel Riana avait le sang bourré d'alcool...

– Oui, j'ai entendu parler de ça. C'est quelqu'un de Saint-Honoré?

– Un homme du nom de Nolin.

– Je le connais bien trop... Je suis native de là-bas... Autrefois, il battait femme et enfants... il aurait dû mourir vingt-cinq ans plus tôt.

Tout en parlant, Paula, en femme d'affaires, songeait aussi à autre chose. Que voulaient d'elle ces policiers? Elle n'avait été que le premier témoin de l'accident. Et le soir même, elle avait donné son témoignage à la police.

– On est ici pour pire que ça, dit un des hommes, un ventru moustachu. On a une histoire de meurtre sur les bras et... ça vous concerne.

Il vint aussitôt à la mémoire de Paula l'accident survenu autrefois au vicaire de Saint-Honoré et au refus d'alors de Lucie de prêter secours à une personne en danger, ce qui pouvait être considéré au voisinage du meurtre... Quelle idiotie! lui cria sa raison. Jamais elle n'en avait soufflé mot à qui que ce soit.

– Un meurtre? s'écria-t-elle. Et ça me concerne?

– Indirectement...

– Madame Danielle Jacques, c'est votre employée?

– Oui mais... mon Dieu, qu'est-ce qui est arrivé? Pas Danielle...

– Pas elle, mais son mari.

– Tué d'un coup de fusil... et elle a disparu. On vient vous voir au cas où vous pourriez nous aider à la retrouver. Vous ne l'avez pas vue depuis hier soir?

– Non.

– On nous a dit qu'elle travaillait pour vous depuis plusieurs années comme secrétaire particulière: ça vous donne des chances de savoir certaines choses...

– Est-ce qu'elle vous a parlé de sa relation avec son mari? Croyez-vous qu'elle ait été une femme abusée, battue?

– Avez-vous déjà vu des marques indiquant cela?

– Depuis quand elle travaillait pour vous?

– Des marques sur les poignets si vous n'en avez pas vu sur son visage?

– Ou peut-être qu'elle vous l'a dit indirectement?

Paula leva les mains, dit, la mine effarée:

– Minute, minute, si vous voulez que je réponde, arrêtez de questionner. Une chose à la fois...

– Dites oui ou non, fit le grand policier, et ça va suffire.

– C'est non... pas vu de marques sur elle, pas entendu parler de rien...

– Vous êtes sûre de ça?

– Voulez-vous que je vous dise le contraire ou quoi?

– On veut la vérité.

– C'est ça, la vérité.

– Quand même drôle que vous, sa patronne, ayez rien vu? Nous autres, on a des témoignages à l'effet que madame Jacques était une femme menacée et abusée par son mari...

Paula les désigna d'un doigt réprobateur.

– Écoutez, savez-vous, vous, ce qui se brasse dans la marmite de votre collègue de travail ? Et vous, je vous pose la même question… Tant qu'à faire, arrêtez-moi donc pour ignorance des affaires personnelles de mes employés !

– Des fois, il se crée des liens d'amitié…

– Pas jusque-là, messieurs !

*

Quelques heures plus tard, Danielle se livra à la police. On l'incarcéra à Québec. Le surlendemain, lundi, Paula se rendit à la prison. Les deux femmes se rencontrèrent dans une pièce nue où elles purent s'asseoir de chaque côté d'une table froide.

On parla du bureau, de l'accident survenu à Gabriel, de riens. Danielle rit à quelques reprises. Elle donnait l'air d'une femme libre, bien plus libre en prison qu'auparavant. Des souvenirs rôdaient dans la tête de Paula, de ces choses qu'on ne remarque pas sur le coup mais qui viennent s'insérer plus tard dans l'analyse qu'on fait d'une situation nouvelle. Trop tard…

Puis elle en vint au fait :

– J'ai jamais vu de marques mais peut-être que oui sans vouloir les voir ? Dis-moi…

Danielle bifurqua :

– Tu te souviens des prédictions de la tireuse de cartes ? Je te l'avais dit qu'elle se trompait pas, hein ! Ton frère, ton associé et maintenant le mari de ta secrétaire…

– Ah ! laisse-moi la paix avec ces folies-là, t'es en mauvaise posture, ici…

– Mais non ! Y a juste que je vais m'ennuyer de mon travail, du bureau, de toi et des autres de là-bas, mais que veux-tu, tout change…

Paula hochait la tête, cherchait quoi dire, une suite, des recommandations, n'importe quoi n'ayant pas trop l'air ridicule dans les circonstances.

– Pourquoi ne m'as-tu pas parlé de tout ça? Qu'est-ce qui s'est passé? Non, ne réponds pas…

– Il me menaçait de mort, me frappait en ayant soin d'ajuster ses coups pour que les marques ne paraissent pas. La première fois, ce fut après seulement six mois de mariage… Ensuite, il s'excusait… La même chose que font tous les abuseurs… J'avais peur qu'il finisse par me tuer et… j'ai pris les devants. Tu disais souvent que la meilleure défense, c'est l'attaque…

– Je disais ça pour le monde des affaires ou de la politique… ou de la guerre.

– C'est vrai dans tous les domaines, Paula.

– Mais si tu m'en avais seulement parlé…

– Je t'ai parlé à mots couverts, mais j'avais pas le courage de faire plus… sauf un soir et… ben, t'étais pas toute seule au bureau… c'était après le party de bureau avant Noël… Je suis revenue pour te voir, te parler, mais Gabriel était encore là et le courage m'a manqué pour attendre que tu sois… libre…

Effondrée de regrets, Paula ne savait que dire. Elle entendait vaguement Danielle qui continuait de parler, de s'excuser pour cette façon brutale de quitter son poste de secrétaire.

– Ce n'est pas si important, ça! Et quand tu sortiras d'ici, tu auras ta place, je vais t'attendre…

Danielle s'esclaffa:

– T'es folle ou quoi? J'en ai pour vingt ans…

– Ben non… t'es même pas jugée encore. J'ai entendu dire que dans des cas semblables, si la personne suspecte est trouvée coupable, ça ne dépasse pas trois ou quatre ans avec, souvent, libération sur parole après dix-huit mois.

Danielle dit à mi-voix:

– Mais moi, je n'ai personne pour témoigner sur mes marques, sur des coups reçus… J'en ai parlé avec ma sœur mais qu'est-ce que ça vaudra comme témoignage?

– Mais j'ai vu, moi, que t'étais pas dans ton assiette et maintenant que ça est arrivé, je me rappelle bien des choses... suis sûre qu'à tâcher de me souvenir, je vais...

– On verra, on verra à mesure... J'ai un avocat...

– J'allais te le demander. Qui as-tu?

– Maître Lessard.

– C'est le spécialiste des chicanes de ménage, mais penses-tu que c'est le meilleur pour toi dans les circonstances?

– Il m'a appelée pour m'encourager, je pense que j'ai choisi le bon...

Paula soupira:

– Bon, ben tant mieux!

Un sentiment de culpabilité naissait en l'âme de la femme d'affaires. Comme l'avaient laissé entendre les policiers, n'aurait-elle pas dû voir, sentir, deviner? Puis elle repoussa vivement du revers de la main ce remords impromptu; elle n'était tout de même pas la gardienne de ses employés.

La matrone avait eu la décence de rester à l'extérieur, mais elle frappa deux coups pour indiquer que le temps de la visite prenait fin. Danielle connaissait déjà les règles et les dit à sa visiteuse. Paula salua en regardant longuement la nudité des murs sans savoir que derrière eux, des pensionnaires, déjà, avaient offert leur compréhension et leur soutien à la nouvelle prisonnière.

– Si t'as besoin de quelque chose, tu connais le numéro... les numéros, même à la maison, tu sais.

Danielle comprit une certaine réticence derrière les derniers mots.

– Je sais que je pourrai toujours compter sur toi.

– Et si je peux témoigner...

– J'en parlerai à l'avocat.

Paula repartit vers sa grande liberté qui chaque année, chaque mois, chaque semaine, devenait de plus en plus étouffante.

*

Une tragédie se produit invariablement au mauvais moment mais ce temps de l'année requérait le moins de travail de bureau d'une part et il permettait de l'autre de procéder à un recrutement apte à conduire vers la compagnie de bonnes candidates. Paula se promit de choisir la nouvelle secrétaire avec le plus grand soin, c'est-à-dire en tâchant d'éviter les êtres trop vulnérables. Car quand on est entré dans les ligues majeures des affaires, il faut du personnel de calibre supérieur. Physiquement. Intellectuellement. Émotivement, surtout.

Fut sélectionnée parmi quinze une jeune femme de 35 ans déjà divorcée, responsable, joyeuse et compétente, possédant solide expérience et bonnes recommandations. Paula la conduisit au bureau de Gaspard pour la lui présenter. L'homme avait les talons accrochés à un pouf et il était calé dans son fauteuil à bascule en train de lire un roman… On entra par la porte entrouverte en s'annonçant au même moment.

— Juste une minute, dit Paula. C'est pour faire les présentations de la nouvelle secrétaire… Francine Drouin… Gaspard Fortier, directeur du département des achats et principal bras droit de la présidente…

— La compagnie vient de se faire arracher le bras gauche plus un morceau de langue, dit Gaspard en se redressant.

Paula comprit l'allusion à Gabriel et Danielle ; elle trouva son langage désagréablement imagé. Mais c'était ça, du Gaspard Fortier, et ça le présentait de la meilleure façon à la nouvelle secrétaire.

— Le roman, c'est bien ? demanda Paula.

Il montra la couverture. C'était *Le Bouchon de cristal* de Maurice Leblanc.

— Ça fait travailler les neurones. Pas beaucoup, mais un tout petit peu…

— Tu veux connaître sa théorie ? Il soutient que lire une heure par jour, ça prolonge la vie d'une journée par heure de lecture…

– Je lis mon journal chaque matin, blagua Francine, une blondine aux joues creusées par des fossettes enfantines.

– Ah! ça ne compte pas! Un journal livre une pensée toute faite ou un événement, et ne demande pas à l'imagination de faire un effort. C'est comme pour la télé: elle laisse passif. Même beaucoup de livres gavent d'idées, de techniques, de mots sans faire appel à l'imagination créatrice. Mais un roman, madame, voilà l'article! L'auteur ne saurait donner tous les détails à moins de dix mille pages; il faut que l'imagination du lecteur compense. Et c'est là que commence l'exercice mental. Pour ceux qui n'ont pas un métier qui exerce leur créativité, voilà le meilleur exercice des neurones qui soit: lire un roman à son propre rythme sans se faire bousculer dans un univers d'images comme le cinéma vous en met de force dans l'estomac de l'âme. C'est rare que vous entendrez ça dans la bouche d'un homme, n'est-ce pas? Mais ils vivent dix ans de moins que les femmes aussi... Leur pauvre imagination ne travaille pas assez.

– Moi, lire, ça m'endort, dit Francine.

– Parce que vous lisez fatiguée. Parce que vous lisez après la journée. Étant donné que ça requiert de l'effort mental, on doit lire reposé, soit le matin, le dimanche ou en vacances. L'idéal, c'est comme ça, en plein milieu de la journée de travail...

– La patronne gronde pas trop?

– Il a bâti la compagnie avec moi: il a établi ses règlements particuliers, dit Paula en riant. Ah! mais faut dire qu'il compense en travaillant après l'heure, aussi bien le samedi, le dimanche que n'importe quand.

L'homme leva un doigt éloquent pour déclarer:

– Faut dire aussi que Gaspard travaille à l'heure et qu'il soustrait son temps de lecture...

– C'est vrai, soutint Paula. C'est rare, un arrangement comme celui-là, mais c'est vrai... Alors, on va te laisser à ta lecture qui prolonge la vie...

– Et la santé physique, et la santé physique! J'ai pas inventé, vous savez. Les artistes qui créent tous les jours vivent tous très vieux et en santé, pourquoi pas le commun des mortels?

– Y a grand-père Joseph et grand-mère Clara qui disaient pareil dans leurs mots.

– Les vieilles personnes savent mieux ce qui est bon pour le corps. Y a quelqu'un qui disait voilà trois cents ans: «La lecture est à l'esprit ce que l'exercice est au corps!» Rappelez-vous de ça!

– Et il ne facture pas ses conseils, lança joyeusement Paula à l'endroit de Francine.

Les femmes se retirèrent.

Gaspard se remit à sa lecture. Il en était à la page 242.

Lupin retrouvait l'enchaînement de ses idées, et les faits se rangeaient dans son cerveau selon leur ordre logique et selon leurs rapports secrets.

Il leva les yeux vers la porte laissée par les visiteuses comme à leur arrivée, et une lueur indéfinissable au fond d'une détermination à toute épreuve jaillissait depuis une âme qui appelait tout son être à la renaissance.

*

Quelques jours plus tard, Paula entra en trombe dans le bureau de Gaspard.

– Tu es le premier à qui je veux annoncer la nouvelle, lança-t-elle, excitée. C'est comme si je le disais à grand-père Joseph et grand-mère Clara… Viens, suis-moi dans mon bureau…

Il composa une ride sceptique et l'ajouta aux autres de son front.

– J'ai assez hâte de te montrer ça, dit-elle en trépignant de la voix comme une fillette de 8 ans.

– Bon...

Il lui emboîta le pas. Dans son bureau, elle tira les tentures et le fit se tenir debout devant la vitrine.

– Tu vois ça ?

– Quoi ? La ville ? Les bâtisses ? Il y a là la main de l'homme et celle de son créateur...

– *Come on !* Fais pas de philosophie en un moment pareil !

– Qu'est-ce que tu penses que j'ai acheté dans tout ce que tu vois ?

– Le séminaire ?

– *Come on !* Tu lis du Arsène Lupin, devine...

La suggestion intéressa l'homme tout à coup. Il dit :

– Donne-moi soixante secondes de réflexion.

Il les prit puis annonça sur un ton de certitude :

– La grosse maison canadienne.

– Ah ! ben t'es bon !

– Doit coûter le motton ?

– Bah ! j'ai donné le comptant à même le montant des assurances sur monsieur Riana...

– Maintenant qu'il est mort, tu dis « monsieur ».

– Gabriel, si tu veux.

Gaspard recula. Ce geste de Paula venait de mettre le point final à sa décision.

– On va prendre quelques minutes, je voudrais te parler.

– J'espère que tu vas venir te baigner... On aura là une belle grande piscine au sous-sol...

Il ne répondit pas et prit place devant le bureau sur le divan mou. La présidente ferma les tentures et retrouva son âme d'affaires et sa place.

– Je ne voudrais pas gâcher ta journée, mais je vais le faire quand même. Simplement parce que le moment est arrivé... Je démissionne de mon poste.

Elle lança un regard parfaitement incrédule.

– *Come on !* Fais pas de farces plates !

– Je suis parfaitement sérieux.

Cette fois, elle le crut. Mais l'argent arrangerait ça.

– Bon, admettons! Je te donne l'augmentation que tu veux, parles.

Gaspard se mit à rire et à hocher la tête.

– J'aurais pas cru que tu puisses en arriver là.

– En arriver où?

– Là où tu en es rendue.

– Mais rendue où? Réponds. Tu esquives la question. Tu affirmes et tu ne démontres rien.

– C'est à toi de trouver…

– Gaspard, c'est toujours pas par moi que t'as été le plus maltraité. Tu voulais garder une bonne part de ta liberté et en même temps, il fallait que tu gagnes ton sel : grâce à la Reine de l'érable, tu as pu être gagnant sur les deux tableaux. Comme tu l'as dit, j'ai perdu mon bras droit et un autre gros morceau en même temps avec le départ de Gabriel et Danielle, et voilà que tu me lâches toi aussi. Et volontairement, au contraire des deux autres. Sais-tu que… après ce que j'ai fait pour toi…

L'homme rit davantage.

Elle le laissa faire, se contentant d'un regard appuyé empreint de dureté.

– Je croyais jamais que ma p'tite Paula, comme le disait Clara, en arriverait là à cause de l'argent… Le pire, c'est que le Québec s'en va tout droit vers cette façon de penser et de faire.

Elle se hérissa :

– Mais c'est qu'il en faut, mon cher ami, des comme moi pour créer de la richesse. Il faut des personnes qui prennent la tête, la direction des travaux et ces gens-là doivent posséder et développer certaines caractéristiques. Et quand elles deviennent créatrices de richesse, on les critique, on les considère comme des aveugles, des sans-cœur, des tout ce que tu voudras… Ça va faire! Tu veux démissionner? Eh bien, démissionne! C'est pas moi qui vais te retenir de force.

– Paula, le capital est fruit du travail, pas l'inverse, comme on le proclame de plus en plus. Trop de gens d'affaires se prennent pour des dieux tandis que plusieurs ne sont rien de plus que des gens d'argent...

– Et qu'est-ce que tu prêches donc, dis-moi? Le communisme peut-être? Non et je le sais. Carnegie alors? Donne tes biens ou alors ta vie est un désastre. Ou Jésus? Donne ce que tu as aux pauvres et suis-moi? Ah! c'est vrai, ça s'adressait seulement aux apôtres, ça. S'humilier, se rapetisser, se nier, se dépersonnaliser? C'est pas ça que Dieu veut de l'humain; Dieu veut que l'humain se réalise pleinement selon ses capacités réelles.

– Ce sont les meilleurs qui se trompent le plus sur eux-mêmes et tu fais partie des meilleurs...

– Mon idéal devrait être quoi? Le tien? Celui des autres? Ou le mien?

– L'idéal, c'est la bonne mesure. Peut-être que toi et moi, nous sommes dans la démesure. Tu es peut-être devenue trop masculine dans l'âme, et moi, trop féminin: et ça ne peut que donner un mariage que la raison ne saurait faire tenir.

– On est comme on est.

– Tout le problème est là: Paula, tu n'es plus Paula, tu es devenue la Reine de l'érable inc. Surtout inc.!

– Qu'est-ce que cette histoire? Dois-je à 42 ans me conduire, penser comme à 20 ans? Je suis rendue en un temps de ma vie où cette Paula dont tu parles a évolué vers celle que je suis... et je ne m'en plains pas du tout.

– Sauf que celle que tu es doit évoluer vers celle que tu seras... et mon départ va t'y aider. Et peu à peu, grâce à beaucoup d'intempéries, tu reviendras aux sources: c'est une question de temps et j'espère le raccourcir, ce temps, en m'en allant d'ici...

– «Les sources», mon doux Seigneur, quel beau grand petit mot d'intellectuel! Les pieds dans les sources et la tête dans les nuages.

– Tu vas vendre ta belle grande maison québécoise et tu passeras à d'autres tous tes bilans...

– Mon cher ami, Paula Nadeau va mourir sur le champ de bataille et pas ailleurs.

– Mais peut-être pas celui que tu penses.

– Les sources? Tu crois que je vais régresser? Peut-être aller habiter dans le rang de Saint-Honoré d'où je viens?

– D'une manière, oui. C'est que la grande québécoise et les bilans vont céder la place à une chaumière et un cœur...

– On prêche, on prêche... On voudrait que l'humanité en vienne à nous ressembler. C'est un signe de profonde insécurité devant la vie et devant la mort... Moi, je n'ai peur ni de la vie ni de la mort.

Il se fit une pause. Paula brassa des papiers comme pour lui signifier de s'en aller. Il dit:

– Rappelle-toi de deux choses, que je te répète d'ailleurs. Un: toute forme de capital est le fruit d'un travail, y compris le capital moral. Deux: tant que tu resteras une femme d'avenir, le bonheur t'échappera... Mais tu as besoin d'un capital de souffrances pour y arriver et te voilà en train de le bâtir.

L'homme se leva et dit avec un regard dans le futur:

– Un jour, tu vas t'engager sur ton chemin de Damas, parce que la vraie Paula ressurgira. La vraie Paula est enterrée six pieds sous les billets de banque, mais elle n'est pas morte et elle renaîtra un jour ou l'autre...

Piquée, elle devint méchante:

– Si ça te fait pas de savoir que je me suis acheté la plus grosse maison de la Beauce, retourne à ta petite misère du rang de Saint-Jean! Que veux-tu?

– T'es sûre, en disant ça, que quelque chose ne t'agace pas l'âme ? Tu sais, cette sensation bizarre qui nous dit qu'on est dans le tort ? Non ?

– Pour ça, mon cher ami, il faudrait que tu me dises qu'est-ce que j'ai fait de travers. T'as l'air de me prendre pour une aveugle et tu ne veux pas éclairer ma lanterne. Tu raisonnes comme un inquisiteur : tu me condamnes avec ta philosophie, tu me prédis tous les malheurs si je ne retourne pas en arrière, tu voudrais que j'avoue mes crimes et… à y penser, tu es pire qu'un inquisiteur parce que lui, au moins, il proclamait les accusations… Toi, tu ne démontres rien… rien du tout.

– Il y a beaucoup plus que des preuves à la base de ce que j'avance, il y a toutes sortes de perceptions, il y a un ensemble d'éléments…

– Au moins un, Gaspard, sainte bénite !

– Pense juste à Danielle. Si t'avais été le moindrement attentive et moins submergée par tes pensées en forme de signe de piastre, elle ne serait pas en prison.

– Elle serait pire qu'en prison… prise avec son malade. Si j'avais été au fait, peut-être que je l'aurais encouragée à le tirer six mois avant… Et vous, monsieur le philosophe qui savez tout, qui creusez tout, qui examinez tout dans tous les sens, pourquoi n'avez-vous pas vu que Danielle était dans une situation grave ?

Ce vouvoiement après des années de tutoiement signifia à l'homme qu'une barrière venait de s'ériger entre eux et que Paula avait peur maintenant. Peur de lui. Peur d'elle-même sans doute. Peur d'une vérité autre que la sienne.

Au dernier instant, elle eut un sursaut et courut se mettre en travers de la porte.

– Reste, j'ai encore besoin de toi. Reste encore jusqu'au printemps… Si Gabriel était mon bras droit, toi, tu es mon alter ego depuis la fondation de cette compagnie.

– Non, Paula, non! Si je pars, ce n'est pas pour mon plaisir, mais parce que je t'aime beaucoup. Je sais que ça sera bon pour toi à moyen et à long terme. Laisse-moi passer, s'il te plaît...

Elle s'écarta. Il quitta. Elle dit à voix forte:

– Laissez-moi le chiffre de vos heures, on vous enverra votre paye...

Et après une brève pause, elle ajouta plus fort encore:

– C'est entendu qu'il pourra pas y avoir de bonus annuel pour quelqu'un qui finit pas son temps.

Le regard triste, l'homme commença à ramasser les quelques objets personnels qu'il avait dans le bureau. Il les déposait dans une boîte qu'il avait apportée exprès pour ça. Quand ce fut terminé, il retourna voir Paula, sachant que déjà, leur relation reprenait sans doute son cours d'autrefois.

Elle travaillait sur le bilan de l'entreprise de Thetford. Il posa sur son bureau un trousseau de clés.

– Je laisse le camion de la compagnie sur le stationnement.

– En ce cas-là, je vais aller vous reconduire.

– Non, non, je vais marcher.

– Il y a trois milles, argua-t-elle sans passion.

– Parfait, merveilleux! L'air de la Beauce est encore assez propre même si l'eau est de plus en plus sale.

– Comme vous voudrez, soupira-t-elle.

Il fut sur le point de tourner les talons:

– Allez-vous continuer de travailler pour mon mari?

– Si ça fait son affaire, oui.

– Ça fera sûrement son affaire.

– Faut pas que tu le prennes pour une insulte... Y a trop d'heures à faire ici; après tout, suis dans la bonne soixantaine, pas un jeunot, moi.

– Oui, oui, fit-elle indifférente.

– On va se revoir comme auparavant.

– Sûrement.

– En ce cas-là, bonne chance et bonne journée.

– Pas besoin de se donner la main puisqu'on va se revoir comme auparavant.

– En effet!

– Bonne route, là!

Il partit.

Quelques minutes plus tard, la présidente courut à la cuisinette, seul endroit d'où on pouvait apercevoir la route dans la direction de Saint-Jean. Elle resta en retrait pour le regarder aller avec sa boîte dérisoire sur son épaule.

«Il a l'air d'une femme africaine qui retourne à sa cabane avec son fardeau de misère sur la tête», pensa-t-elle avec une tristesse sur laquelle elle ne réfléchit pas.

Et Gaspard allait, regardant ses pas en se disant qu'il les retrouverait aussi longs qu'avant. Et il respirait à pleines narines l'air doux de la vallée.

Elle se plongea à nouveau dans l'étude d'un bilan. Plus tard, elle eut besoin d'un renseignement. Aussitôt, elle appuya sur le bouton numéro sept de son téléphone, celui du bureau de Gaspard. Son front se rida quand au bout d'une seconde nerveuse, elle se souvint de son départ. Alors elle marmonna:

– «Une chaumière et un cœur»... Va dire ça aux pompiers: vont t'arroser, Gaspard Fortier.

Et elle rédigea une note pour la secrétaire:

Réserve un quart de page dans le journal. Section offre d'emplois...

***

Chapitre 23

On s'acheta également un deuxième chien lorsqu'on emménagea dans cette immense demeure. Un énorme saint-bernard qui pourrait prendre tous ses aises et qui s'entendit bien avec la chienne labrador dès le premier coup d'œil et d'un simple flair mutuel des organes sexuels respectifs.

De plus en plus de gens fréquentaient la maison cossue. Chaque enfant avait un tas d'amis assidus. Paula un paquet de connaissances à cause de ses compagnies, mais surtout de ses relations sociales. Grégoire recevait du monde presque tous les soirs. La grande vie! Du Hollywood saint-georgeois. Grand prix, grand luxe! Piscine, champagne, avec lumières-sentinelles et systèmes d'alarme.

Souvent, Paula rencontrait aux abords de la piscine, ou à un étage ou l'autre, de parfaits inconnus, jeunes ou moins jeunes. Au début, elle demandait leur identité. Après avoir été embarrassée à quelques reprises, elle cessa de le faire et se contentait de leur sourire comme à de vieux amis de ses vieux amis.

Un dimanche matin, Christian annonça à sa mère qu'il quittait l'école.

« T'as 18 ans, c'est ta décision. En as-tu discuté avec ton père? Tu vas travailler pour lui? Tant mieux! Si tu veux reprendre l'école plus tard, on sera là pour te… financer. L'argent est un excellent diplôme et vaut même… plusieurs diplômes. »

Grégoire refusa de vendre leur ancienne maison. Paula l'accusa d'être cloué dans l'utérus de sa mère. En 1983, Éva mourut subitement tandis qu'elle jouait aux cartes avec un groupe d'amies. Grégoire ne voulut pas vendre la maison paternelle non plus. Paula tâcha de le convaincre. Faute d'entretien suivi, elle perdrait du prix. Il la loua de même que l'autre. Il dit qu'il attendait son prix : argument auquel sa femme ne put que souscrire puisqu'il était d'ordre financier.

Paula respecta ses cheveux blancs dont il apparaissait des ruisselets çà et là dans l'image de son miroir. Ce serait honteux d'en avoir honte, alors pourquoi les camoufler ? «Parce qu'on est en 1984, pas en 1934», lui dit Michelle à ce sujet au cours d'une conversation téléphonique, l'une des très rares qu'elles eurent dans ces quatre années floues où tout l'esprit de la femme d'affaires fut pris par son ascension.

Elle investit dans l'immobilier. Acheta des terrains prometteurs près de la Chaudière. Tout un secteur sur le chemin de Saint-Benoît non sans avoir obtenu des solides garanties morales de ses contacts au gouvernement que les quarante arpents ne seraient pas rattachés à la zone agricole de la vallée.

La politique l'intéressait beaucoup moins. Lévesque s'était prostitué avec Ottawa. Sa popularité s'effritait. Certains de son propre parti faisaient même couler le bruit que le petit homme était atteint d'un sérieux mal mental confinant à la confusion, ceux-là même qui seraient les premiers à glorifier le personnage après son décès et à favoriser un culte de la personnalité posthume, lequel permettrait d'entraîner les masses malléables.

Le passage de Paula à la présidence de la Chambre de commerce l'avait guérie de la tentation de se présenter candidate à une convention péquiste. Il y avait du côté libéral trop de gens intéressants avec qui faire de bonnes affaires. Quant à virer capot, même si les politiciens beaucerons s'y adonnaient allégrement depuis un siècle, elle ne pouvait pas l'envisager.

Nathalie avait changé de cap durant ses études et elle poursuivait maintenant son cours d'infirmière en dépit des oppositions de sa mère. «Tu vas torcher les autres pour une pitance», lui répétait Paula. «Tu seras jamais indépendante et libre, tu vas dépendre de ton conjoint, des médecins, des autres...» La jeune fille tint à son idée. Elle ne se sentait pas les talents ni surtout la personnalité écrasante de sa mère pour la suivre dans le secteur des affaires. En novembre 1984, elle annonça son mariage pour l'été suivant. Ce fut une surprise pour ses parents qui considéraient son amoureux comme un des nombreux passants dans la maison et dans la vie de leurs enfants.

– On va faire une grosse noce! déclara Paula.

– Maman, je voudrais ça plutôt simple.

– Occupe-toi du reste et laisse-moi m'occuper de la noce.

*

Chaque fois que Nathalie protestait sur l'ampleur des préparatifs, sa mère réagissait en exagérant davantage. «De quoi tu te plains: c'est moi qui paye.»

Et ce fut un beau mariage.

Il fut béni en l'église de Saint-Georges Ouest un samedi de juillet. Convoi nuptial de première classe. Les mariés et les parents dans des autos antiques. Non seulement l'argent ne diminue-t-il pas le sens patrimonial qu'on veut donner aux choses, mais il permet de l'exhausser.

Il fallut la grande salle de l'Arnold tant il y avait d'invités tous azimuts. Certains que Nathalie ne connaissait même pas et qui l'embrassèrent comme une sœur. Des connaissances de Paula, des relations d'affaires... Seule Michelle, qui pourtant eût revécu sa propre noce ce jour-là, ne vint pas. En recevant le faire-part, elle appela Paula et lui dit qu'elle passerait une partie de l'été en Australie avec son mari. Un voyage planifié longtemps d'avance.

Même Gaspard fut de la fête. Depuis deux ans, il ne travaillait plus pour Grégoire, mais il avait fait partie si longtemps du décor familial qu'on insista pour qu'il accepte l'invitation.

Quant à Danielle, elle ne sortirait de prison que le mois suivant...

Durant l'après-midi, un verre à la main, Paula sortit de l'hôtel. La femme avait le goût de se souvenir – et on se souvient avec plus d'émotion quand on est seul –, de se rappeler du jour lointain où son cœur avait basculé de Fernand à Grégoire. Lors de quelle noce cela s'était-il produit ? Celle de Michelle, de Francine, d'Aubéline ?

Elle marcha lentement parmi les voitures puis sur le chemin des unités de motel. Commença à mettre de l'ordre dans les images d'autrefois. Francine n'avait pas eu sa noce à l'Arnold mais au Manoir Chaudière et c'est au Manoir que Paula avait vu Grégoire pour la première fois. Et Aubéline, où donc s'était passée sa noce, elle ?

Ah ! l'oubli, ah ! le temps...

Soudain, elle sursauta. Un personnage surgi de nulle part – en fait que cachait une grande épinette bleue – apparut devant elle. C'était Gaspard à qui elle n'avait jamais vraiment parlé que pour des choses strictement nécessaires depuis son départ de la compagnie quatre ans auparavant.

Des bribes de leur dernière conversation lui revinrent en tête à mesure qu'ils se rapprochaient. À chaque pas, elle le trouvait vieilli. Ils se firent des signes de reconnaissance de la main et du visage. Et c'est lui qui entama la conversation :

– D'une noce à l'autre, n'est-ce pas ? La dernière fois, ben c'était il y a vingt-deux ans à Saint-Honoré et j'ai failli y perdre mes deux jambes...

– Comment allez-vous, monsieur Fortier ?

– Bah ! Disons nostalgique...

La distance les séparant se rétrécit sur un petit exposé du vieil homme :

– L'Arnold, c'est le symbole de tout le Québec. Un établissement-frontière, un peu comme les *frontier town* de naguère... L'argent, la finance, la fête, la cuisine, les affaires, la vie économique, l'accueil à tout ce qui est américain. C'est plus qu'une fenêtre, c'est une porte ouverte aux valeurs des autres sur nos valeurs... Qu'est-ce que t'en penses?

— Il me semble, moi, que j'ai déjà entendu quelque chose de semblable.

— Ah! en vieillissant, on se répète et c'est pour ça que le temps ratatine... Comme nos pauvres visages. Ben, pas toi encore, là.

Ils furent l'un en face de l'autre.

— Quoi de neuf? demanda-t-elle.

— C'est ce que je disais: tout se répète... Par chance qu'on finit par mourir.

— Tu parles d'un discours un jour de noce!

Elle voulut rattraper son exclamation, une phrase comme celles qu'elle lui servait autrefois et que la distance entre eux ne devait plus autoriser.

— C'est pas un reproche quand on dit ça à un homme de votre pensée.

— Même la pensée s'use.

— Jamais chez Gaspard Fortier! Il trouvera toujours des idées neuves.

— Tu crois?

— Hors de tout doute.

— Et les affaires?

— Extraordinaire.

— De nouvelles acquisitions?

— Depuis... heu...

— 1981.

— Mon doux Seigneur, des acquisitions, des ventes... Je ne sais plus où j'en suis, moi. Par chance, je peux compter sur des bons adjoints... comme vous, comme monsieur Riana et les autres de... de jadis... 1981? Ça fait si longtemps déjà? Qu'est-ce qui s'est donc passé depuis?

— La quarantaine, c'est le temps des années floues.

– Vous devez trouver que ma pauvre vie est pas mal… comment dire… dépoétisée ?

Le soleil plombait mais la chaleur restait supportable. Paula portait des verres fumés et un ensemble blanc hiver à la discrète élégance soulignant les courbes sans les appuyer. L'homme dont la chevelure avait maintenant la même teinte sans nuance pour rappeler un peu de son passé, apprécia la femme d'un regard et d'un geste.

– Toute la personne d'une femme reste poétique si elle le veut… et toi, tu l'as toujours voulu…

Subrepticement, comme si la pensée avait surgi du néant, Paula demanda malgré sa propre volonté :

– Vous avez jamais eu envie de me faire des avances toutes ces années où on s'est côtoyés, n'est-ce pas ?

– C'est la première fois que tu te poses la question ?

– Oui, et elle m'embarrasse déjà.

– Tu sais que je vais te répondre la vérité.

– Je le sais.

– La réponse est non. Parce que pour moi, tu as toujours été le mélange de trois femmes : une mère, une sœur, une fille. Jamais autre chose, jamais un seul instant !

– Suis bien contente d'entendre ça.

– Je te crois.

Elle vida ce qui restait dans son verre et jeta les glaçons sur la pelouse.

– « Les années floues », hein ? fit-elle, le ton joyeux au défi espiègle.

– Transition, changement… Affirmation et questionnement. Comme écrivait Lamartine : « Mais il reste à jamais au fond du cœur de l'homme deux sentiments divins plus forts que le trépas : l'amour et la liberté, dieux qui ne mourront pas… »

– C'est… flou.

– Le cheminement qui va depuis l'amour vers la liberté, depuis la dépendance vers l'indépendance, de la sécurité vers la sérénité, il est complexe, embrouillé et à cause de ça, il nous échappe... Et plus tard, on le regarde et on croit qu'on l'a perdu... Mais on ne l'a pas perdu, on l'a juste perdu de vue.

— On marche un peu?

— Je veux bien...

Les réflexions sur la vie cessèrent. Il posa des questions sur les affaires de Paula, se réjouit de ses succès. Lui vivait toujours dans son ermitage. Elle l'ignorait. Il ne passait pas devant la grande maison; ce n'était pas sur son chemin quand il allait à bicyclette. D'ailleurs, il avoua qu'il faisait des randonnées quotidiennes mais toujours vers le petit Saint-Jean et jamais vers le grand Saint-Georges.

Au bout du chemin, on fit demi-tour et on revint à petits pas. Au moment de se quitter, une fois dans le lobby de l'hôtel, l'homme fit un coq-à-l'âne:

— Te souviens-tu de ma prédiction la plus vraisemblable te concernant?

— Vous m'en avez souvent fait, des prédictions.

— Une en particulier?

— Non.

Les yeux de l'homme se mirent à briller. Des lueurs en sortaient comme des gerbes de rayons lumineux. Il suggéra dans un souffle:

— Une chaumière et un cœur...

— Celle-là? Oui, je me souviens. Mais c'est pas encore pour demain.

— À plus tard, là!

— C'est ça, à plus tard!

Paula s'engagea dans l'escalier menant au bar. Quand elle mit le verre sur le comptoir, quelque chose de net lui apparut soudain. Elle avait l'impression de ne pas connaître ses propres enfants. Secouant la tête, elle se dirigea vers la salle de la noce. Voyons donc! Voir si elle ne connaissait pas Christian,

Nathalie, Marc et Chantal! C'est encore ce Gaspard Fortier qui lui avait viré les idées de bord.

Elle n'avait pas fait trois pas entre les tables qu'on lui tira la main.

— Salut maman! De bonne humeur?

C'était Marc. Paula remarqua ses paupières bridées. Mais quoi, il les avait toujours eues...

— Pis vous autres, ça marche?

La femme s'adressa autant à l'amie de l'adolescent qu'à lui-même. La jeune fille était d'à peu près son âge... Sans doute 17 ans, se dit Paula.

— Chantal, où est-elle?

— Là-bas, à la table de grand-papa Nadeau avec Vicky.

— Amusez-vous bien... et pas d'abus là!

Marc fumait de la mari, sa mère le savait. La femme de ménage avait vu, senti l'odeur rauque. Paula avait eu peur en l'apprenant. Il fallait sévir, lui couper tous les vivres. Pas d'argent, pas de pot. Puis elle s'était dit que ça lui passerait, qu'il devait traverser cette étape de son adolescence comme tout le monde. Rendu à son âge, avec toutes les informations fournies par les moyens de communication et l'école, il devait s'affirmer lui-même. Lui donner plus d'attention comme l'eût proposé un psy, ce serait encourager sa faiblesse. On resterait à l'affût afin qu'il ne passe pas à des drogues plus dures.

De la famille de son père, seule Hélène se trouvait à table en ce moment. Elle jasait avec les deux jeunes filles. On s'était vu, salué, parlé à quelques reprises depuis le matin.

— Maman, les hommes te regardent comme si c'était toi la mariée, taquina Chantal.

— C'est que je suis en blanc...

— Virginale, dit l'adolescente.

Paula s'appuya les mains sur la table pour parler un moment mais elle demeura en position debout. Elle aurait voulu avoir ses quatre enfants auprès d'elle pour quelques minutes, comme à la table autrefois, avant leur vie dans la grande maison québécoise… Oh! il y avait bien encore des occasions de-ci de-là, aux fêtes ou pour célébrer quelque chose de spécial…

Hélène avait maintenant les cheveux entièrement gris et ils contrastaient avec son visage toujours presque jeune. Elle questionna Paula sur ses affaires. L'autre fut peu loquace. Pour le moment, elle n'avait guère le goût de parler d'argent. Elle avait soif. On échangea sur des gens présents dans la salle et qu'on n'avait pas vus depuis tout un bail. À un moment donné, Chantal, qui restait à l'écoute, s'écria :

– De ce que vous êtes drôles, vous autres, on dirait que vous êtes obsédées par l'âge pis le vieillissement… Mais c'est ce qu'il y a en dedans qui compte, non ?

Paula rétorqua :

– On dit ça à ton âge. Facile quand on a la jeunesse et la beauté de se moquer des personnes passées de mode comme Hélène et moi…

Leurs propos furent tronqués par l'arrivée de la mariée qui annonça, la voix brillante :

– Suis déjà divorcée.

Paula fronça les sourcils. Cette parole était de mauvais augure même s'il s'agissait d'une blague. Et puis non, comment savoir ce qui est néfaste ou ce qui ne l'est pas…

– Maman, Stéphane te fait dire qu'après la danse de la mariée tantôt, c'est avec sa belle-mère qu'il veut danser… Il te demande de l'inscrire dans ton carnet.

Les gens aiment les vedettes et les jeunes mariées le sont, ce qui les rend populaires le jour de leurs noces. On s'arrêta lui serrer la main. Une tante de Grégoire vint faire sa fine. Le photographe s'approcha à son tour afin de lui parler.

Paula écoutait et surtout regardait intensément sa fille. S'inquiétait un peu aussi. Est-ce qu'on a idée en 1985 de se marier à tout juste 21 ans et au beau milieu de ses études ? Au moins, le spectacle qu'elle offrait en valait la peine. Nathalie était radieuse dans toute la splendeur de sa jeunesse, ce visage aux joues fraîches, au front lumineux, aux lèvres petites mais bien découpées comme des fioritures légères... De ce qu'on est belle à cet âge ! pensa la femme. Et dire qu'on se croit ordinaire !

De nouveau, elle sentit la soif. Se redressant, elle dit à plus tard et s'en alla. Cette fois, elle trouverait Christian qu'elle n'avait presque pas vu depuis le matin sauf à la sortie de l'église à travers d'autres têtes et parce que la sienne les dépassait toutes.

On la salua. Elle distribua des signes de tête. La femme était remarquable parmi la foule. Elle dégageait des ondes d'une grande amplitude. On l'admirait sans même la connaître, simplement à cause de sa manière d'être... comme une reine à portée du populo... mais pas trop... Un pas en avant, deux en arrière dans sa relation sociale et un pas en arrière, deux en avant dans sa relation d'affaires ! Les salutations la touchaient et elle y répondait par un admirable sourire toujours égal et bien mesuré.

André Veilleux l'arrêta au passage.

– Tu viendras t'asseoir avec nous autres. Aubéline avait assez hâte de te jaser ça...

Elle promit de revenir plus tard.

Quelques pas plus loin, elle fut sur le point de rebrousser chemin. Une idée lui était venue. Pourquoi Chantal ne pensionnerait-elle pas chez Aubéline à l'automne puisqu'elle irait au cégep de Sainte-Foy ? Elle leur en parlerait. Pour le moment, elle désirait voir Christian et ne l'apercevait nulle part. Peut-être qu'au bar du sous-sol... Elle y ferait d'une pierre deux coups.

On lui servit sa boisson favorite sans qu'elle n'ait eu besoin de la nommer, juste sur un signe de la main. Les pupilles ajustées au clair-obscur, elle commençait à boire quand on la toucha à l'épaule.

– Ah ! mon Dieu, si c'est pas notre cher député fédéral ! fit-elle en se retournant.

– Toujours aussi belle, la plus québécoise des Beauceronnes s'exclama Grand-Gilles.

Elle serra vivement la main tendue et l'on engagea une conversation chaleureuse mélangée d'affaires et de politique. On s'était côtoyé non seulement à la Chambre de commerce mais au sein du comité du OUI dans la période référendaire de 1980 et Grand-Gilles avait eu la bonne idée en 1984 de mettre sa *surf board* sur des eaux électorales ; la vague bleue l'avait conduit tout droit au Parlement d'Ottawa. La Reine de l'érable inc. avait généreusement contribué à sa caisse électorale, somme qu'elle commençait à récupérer grâce aux gens du bureau du député qui fouillaient tous les programmes susceptibles de rapporter quelque chose à la Beauce et surtout aux supporters prodigues.

Même Grégoire avait voté pour lui. « Trudeau parti, on pouvait prendre congé du parti libéral pour une élection et prendre un beau risque avec Mulroney », avait-il dit en riant pour se justifier de supporter les bleus.

Tandis qu'on échangeait ainsi, un personnage aussi grand que le politicien entra dans le champ de vision périphérique de Paula. Elle fut sur le point de se tourner comme mue par instinct mais le propos la récupéra, Grand-Gilles ayant commencé à exposer que le ministère de l'Agriculture canadien venait de commander une étude importante sur le dépérissement des érables à sucre au Québec.

– Tant mieux, parce que la situation s'aggrave vite !

– On est en retard ; c'est la faute des rouges...

– Ah ! les rouges ! Ah ! les rouges !

Le personnage près d'elle quitta le lieu où il s'était immobilisé un instant et contourna le bar où il entra dans le champ de vision direct de Paula.

– Mon Dieu, c'est lui que je cherchais. Christian...

Le jeune homme n'entendit pas, le bar étant très achalandé.

– C'est le grand fils ou quoi ? demanda Grand-Gilles.

– Oui... et il a voté pour vous lui aussi.

– Merveilleux !

– Bon, ben je le verrai plus tard… Comme ça, le ministère a des projets…

*

Deux mois plus tard, Danielle se présentait au bureau de Paula après avoir fixé un rendez-vous. La jeune femme avait pris beaucoup de poids. Et elle semblait mal à l'aise. Il y avait quatre ans déjà.

– Tu sais, tout est informatisé maintenant. Moi, je suis encore la reine, mais c'est l'ordinateur qui est roi. As-tu appris à travailler sur informatique en… là où tu étais.

– Malheureusement non ! Mais on dit que pour une secrétaire d'expérience, ça va vite ?

Paula hocha la tête, fit une moue exprimant le doute.

– Ça dépend… C'est pas si facile qu'on le dit. Ceux qui en mangent le prétendent mais eux, c'est pas pareil, tu comprends… À part de ça, comment ça va, toi ? T'as l'air en bonne forme.

– La santé, ça va bien…

– Depuis quand es-tu sortie ?

– Un mois.

– T'as dû me trouver paresseuse. Suis pas allée te voir souvent, mais si tu savais comme ça bourdonnait dans ma vie. Suis en train d'acheter la moitié de la ville. On m'appelle la Japonaise de Saint-Georges, imagine ! En tout cas… Parle-moi donc de toi.

– Difficile de s'en sortir quand on a fait de la prison. Je me cherche du travail. Je dois vivre d'aide sociale en attendant…

Les mots tombaient lourdement dans l'oreille de la femme d'affaires comme du plomb fondu. Prison, aide sociale… Et ce siècle de quatre ans écoulé depuis son départ…

– J'aimerais bien te reprendre, ma pauvre vieille, mais tous les postes dans toutes mes compagnies sont remplis… Difficile de congédier quelqu'un pour te donner sa place!

– Je comprends ça.

– Ce que je vas faire, je t'inscris sur ma liste de candidates et s'il se libérait quelque chose…

Puis Paula lui présenta sa remplaçante, qui informa sa patronne du prochain rendez-vous dans quelques minutes. On l'attendait déjà.

– Ça sera pas long: Danielle et moi, on va se revoir plus tard… Prépare un chèque de mille dollars…

– À quel nom?

– *Cash*…

Deux minutes plus tard, la secrétaire vint porter le chèque et retourna dans son bureau. Paula se leva et le tendit à Danielle.

– Un petit bonus pour t'aider à repartir à neuf.

L'autre prit le chèque, la larme à l'œil.

– Mais en quel honneur, Paula? Je ne suis pas venue ici pour quêter…

– C'est pas la charité, c'est un remerciement pour ton travail à l'époque… Et essaie donc de prendre des bons cours d'informatique, tu veux?

– J'essaierai…

Paula la reconduisit et à la porte, elle dit après un rire composé:

– Danielle, une bonne fois, appelle-moi et on ira voir la tireuse de cartes à Notre-Dame…

L'autre soupira:

– On pourra pas, je pense…

– Ah?

– La madame… elle est morte.

– Ah! bon, que veux-tu, c'est la vie. Comme disait notre Séraphin national: «On vient au monde, on vit, on meurt…»

– Ce qu'il y a de dur, c'est d'essayer d'aimer au travers de tout ça.

– En effet, en effet! Tu m'appelleras, là...

Danielle quitta.

Paula retourna vite à sa place et donna le signal à sa secrétaire qui fit entrer le visiteur.

***

Chapitre 24

Un mouvement pour le droit des femmes qui insistait pour ne pas être qualifié de féministe, puisque le mot s'était lui-même assassiné par ses propres excès au cours des dix dernières années, demanda à Paula de prononcer une conférence. Il y aurait deux invitées ce soir-là : Andrée Ruffo, juge, et Paula Nadeau, femme d'affaires beauceronne. Une heure chacune. Ou plus à leur goût et convenance. Cela se passerait au cinéma de Saint-Georges Ouest un jour de relâche des activités normales.

On attendit leur arrivée pour déterminer un ordre au micro. En tant que vedette, c'est la juge qui aurait priorité, mais il fallait trouver un terrain d'entente.

– Avant ou après, c'est pareil pour moi, dit la femme.

– Même chose pour moi, fit Paula.

– Tirez à pile ou face…

– Tiens, que celle qui a le plus de lettres dans son nom commence la première, dit la présidente du mouvement, un petit personnage à la dentition supérieure proéminente.

La présidente compta. C'était pareil, égal.

– Y a-t-il deux lettres F à Ruffo…

– Choisissez donc, madame Nadeau, coupa la juge un peu excédée par cet égalitarisme tatillon, mais sans se départir de son air engageant, je veux absolument que vous choisissiez, c'est un ordre du tribunal !

– En ce cas, commencez sinon je pourrais gâcher votre auditoire.

On présenta donc la magistrate, qui vint offrir son large sourire, sa culture et sa chevelure sidérale à un parterre hautement fleuri. Femme de cœur capable en toute tendresse de tenir tête aux hommes, elle parla surtout du manque de ressources à la disposition de la justice pour les enfants en difficulté.

Paula fut émue par plusieurs cas racontés. Mais surprise aussi par une opinion de la juge voulant que ce net manque de ressources ne soit pas une question politique.

— Si c'est pas une question politique, c'est quoi ? demanda-t-elle à la conférencière quand celle-ci regagna la coulisse à la fin de son exposé.

— C'est une question d'organisation, c'est aussi une question d'imagination, c'est une question d'utilisation judicieuse des ressources existantes, c'est…

Mais Paula ne put écouter davantage puisqu'à son tour, elle devait entrer en scène.

— Mesdames, dit-elle après les applaudissements, j'ai intitulé mon propos «Les années floues». Et ce titre-là me fut suggéré par un ancien collaborateur que j'ai rencontré tout récemment au mariage de ma fille. En fait, cet homme a voulu me démontrer qu'en tant que femme, j'ai perdu mon temps ces quelques dernières années à bâtir quelque chose de… relativement important dans le domaine des affaires.

Une rumeur désapprobatrice à l'endroit de cet inconnu parcourut la salle. La femme d'affaires avait le bon ton en lançant son exposé sur la note de l'opposition entre les deux sexes et on voulut le lui faire savoir. Paula poursuivit :

— Je ne pouvais pas repousser du revers de la main une telle opinion venue d'un tel homme; aussi, dans les minutes, les heures, les jours qui suivirent, je l'ai bien approfondie et j'en suis venue à la conclusion – et honnêtement – qu'il se trompait, qu'il avait tort. Et je vais vous expliquer pourquoi j'en suis arrivée à penser comme cela.

La femme parla de réalisation personnelle, de succès malgré les obstacles de départ, de ses enfants qui n'étaient pas pires que les autres, de la normalité de son ménage, soulignant au passage à l'intention d'une presque majorité de l'auditoire qu'un divorce ne constituait plus une anormalité en 1986, de ses valeurs qui étaient en bon accord avec leur temps.

Elle relança ses cheveux vers l'arrière, changea de mémo sur le lutrin, dit:

– On m'a demandé de chiffrer ce que l'on a appelé ma réussite financière, eh bien, je dois vous dire que ce n'est pas si facile. Mon rêve en 1980, c'était d'en venir à siéger chaque jour du mois sur deux différents conseils d'administration de compagnies dont je serais la principale actionnaire; j'en suis arrivée à trente et il m'en faut encore dix. Pour celles que la chose intéresse, voici la liste de ces sociétés et leur domaine d'activité lequel a souvent une allure de gros bras... Bon... la Reine de l'érable, c'est la plus connue, c'est la plus rentable, c'est la base. Il y a Uranus inc, de Thetford et Plessisville: machinerie industrielle. Marchés Audet de Québec: douze magasins d'alimentation. Immobilière de Beauce inc., qui achète et vend de l'immeuble dans toute la Beauce. Informaxi ltée, trente boutiques de micro-ordinateurs réparties dans tout le Québec.

La liste se poursuivit. Elle accompagnait chacun des noms d'une moue signifiant: «ben, c'est pas si gros que ça». Et elle conclut:

– Ainsi que vous pouvez le constater, les années 1980 ne furent pas trop floues... Mais si vous voulez savoir combien tout cela vaut, il faudrait vous adresser à mes comptables. Disons soixante millions de dollars. Ce qui est peu, très peu... Ce n'est encore que le dixième de l'emprise... pardon, de l'empire Péladeau.

Le lapsus en fit rire quelques-unes.

– Soit dit en passant, je me suis rivé le nez à Quebecor lors de l'achat de l'imprimerie de Beauceville. Et c'est tant mieux puisque j'aurais dû me battre contre Quebecor; or, on perd son temps à se battre contre les géants. J'ai appris il y a longtemps déjà que pour briser une pierre, vaut mieux de la dynamite que ses ongles...

Elle omit de mentionner qu'elle redisait souvent cela, qu'elle avait entendu la première fois de la bouche d'un créditiste convaincu du vieux temps passé, bien révolu.

On applaudit. Chaque femme de l'assistance faisait sienne la réussite de Paula. Pas une ne se rendait bien compte que le contenu de son discours se situait à l'extrême opposé de celui de la juge. On lui disait OUI d'avance comme on avait dit oui à la précédente conférencière avant même qu'elle n'ouvre la bouche.

– Eh bien, que mes chiffres ne vous impressionnent pas, mesdames! Si les femmes savaient donc comme ça devient facile quand on a le pouvoir. Pouvoir politique, financier. Les femmes ont le droit de s'emparer de la moitié au moins du pouvoir; elles ne le gâteront pas, vous savez... Quand vous avez le pouvoir, les gens, hommes ou femmes, se précipitent pour vous servir, et alors, eux se cassent la tête pour pondre et vous exposer des idées nouvelles parmi lesquelles il ne vous reste qu'à choisir. Plusieurs têtes valent mieux qu'une et les risques de se tromper qui étaient très élevés dans les débuts, diminuent considérablement à mesure que vous grandissez. Après les premiers cent mille dollars, tout se fait tout seul. Le génie du millionnaire, c'est simplement l'art d'utiliser les talents des autres. Et cela ne signifie pas écraser, brimer, bien au contraire... Tu ne t'empares pas de la personne des autres comme autrefois, tu laisses les gens se donner: ils aiment ça. Ils ont besoin de se valoriser et ils sont prêts à te céder quatre-vingts pour cent de leurs valeurs pour ça... C'est humain. Et c'est bon pour la société!

Paula dit ensuite qu'elle n'était pas là pour parler de questions familiales mais de relations entre patronnes de sexe féminin et subordonnés de l'autre sexe, et aussi de certaines difficultés qui, chez celles qui veulent se lancer en affaires, relèvent très souvent de leurs propres peurs. Les regards approbateurs se firent alors un peu moins appuyés. Mais elle rattrapa son auditoire vers la fin de son exposé en lui servant le plat préféré des Québécois et Québécoises : de la bonne grosse fierté nationale. Et elle prit soin de l'assaisonner d'un zeste de vieux féminisme agressif, lui-même additionné de quelques poussières d'un intellectualisme sentimental. Une concoction digne de Suzanne Lévesque, Denise Bombardier et Lise Payette enfermées dans un même sac de jute et parlant toutes à la fois comme depuis une seule tour de Babel.

On l'applaudit autant que la juge.

Chaque assistante se sentait stimulée, enorgueillie par la réussite spectaculaire d'une personne lui ressemblant, en fait en plusieurs points. Phénomène d'identification naturel : on n'aime pas une star de la politique ou du monde artistique pour ce qu'elle est en tant que personne humaine mais pour ce qu'on est à travers elle.

— Vous êtes une femme comblée, dit la juge en recevant sa collègue dans une étreinte. Non, je vous dévalorise en disant cela. Vous vous êtes comblée par votre travail, vos talents, votre détermination.

— Comblée, je ne sais pas, mais je ne me plains pas... en tout cas, pas encore.

*

— Et tu m'as demandé de venir te rencontrer à ton bureau pour m'annoncer ça ?

— C'est un endroit comme un autre.

— Non, c'est pas un endroit comme un autre. T'as choisi exprès. Ici, tu domines toutes les situations. Ici, le monde est à tes pieds. Ici, tu es la reine de l'érable, la reine des affaires, la reine de la Beauce...

— La rupture d'un mariage relève plus des affaires que des sentiments ou en tout cas le devrait. Si j'ai voulu t'annoncer ici mon intention de demander le divorce, c'est pour que nous puissions négocier sans nous arracher des membres ou des morceaux de peau.

— Mais Paula, t'es complètement dingue : qu'est-ce qui va pas dans notre vie de couple ?

— Ai-je dit que ça n'allait pas dans notre vie de couple ?

Il se leva du fauteuil où il s'était assis tranquillement quelques minutes auparavant sans se douter le moindrement que sa femme lui assénerait le pire coup de massue de toute sa vie.

— Ah ! bon… ça va et puis on se dit bebye comme ça un bon matin… *Come on !* Qui c'est l'autre ?

— L'autre ?

— Crache, crache… l'autre homme dans ta vie. Une femme veut le divorce quand elle a un autre… chevalier servant dans sa vie.

— J'ai une petite nouvelle à t'apprendre, mon cher époux : y a personne dans ma vie… et y a jamais eu personne non plus. On peut pas en dire autant de toi.

— Qu'est-ce c'est ça ? défia-t-il en cachant bien qu'il était intérieurement sur la défensive.

— Ça s'est passé il y a dix ans et ce n'est pas la raison de notre séparation prochaine. Le soir du triomphe du PQ, je t'ai surpris à faire l'amour avec une autre femme. J'ai enterré tout ça… Et aujourd'hui, bien, ça ne me fait ni chaud ni froid, et je peux t'assurer que je ne demanderais pas le divorce si cette blessure n'était pas non seulement guérie, mais encore si la cicatrice elle-même n'était pas tout à fait disparue.

Nier serait entrer en guerre ouverte ; Grégoire se défendit par la guérilla :

— Et toi, tu vas me faire croire que t'as jamais couché avec l'Italien ? Tu l'as acheté pis ensuite tu l'as mis à tes pieds…

Elle dit froidement en même temps qu'elle crayonnait de l'inutile sur une tablette à carreaux utilisée à cette fin et qu'il fallait sans cesse renouveler :

— Je vais te décevoir, mon cher, mais je n'ai jamais couché avec l'Italien. Il m'a fait des avances mais j'ai refusé. Et j'ai refusé même si je savais que mon cher mari, lui, tristement abandonné le temps d'une campagne électorale importante pour moi et pour le pays, s'était laissé aller dans les bras d'une parfaite hypocrite.

— C'est arrivé une fois comme ça et il a fallu que tu t'en rendes compte. Une femme aussi forte, aussi intelligente, aussi puissante que toi est bien au-dessus de choses aussi… ordinaires. C'est pas pour ça que je t'aimais moins ensuite. Et puis l'autre était pas mieux que toi…

— Tu pensais, toi, qu'elle serait mieux.

— Différente… comme tout homme pense au sujet de toutes les autres femmes et que les femmes pensent de tous les autres hommes.

— En tout cas, on renote pas ça : c'est du vieux passé tombé en poussière.

Il ne la croyait pas, surtout à la façon dont elle avait parlé de Suzanne. Il fallait à tout prix demeurer dans le champ des sentiments car il savait très probablement immuable la décision de cette femme d'affaires irréductible que Paula était devenue.

— Et les enfants, hein ?

— Ils sont élevés, partis…

— Les deux derniers sont toujours là…

— S'en vont au cégep tous les deux et en dehors… Au cas où tu l'ignorerais, Marc s'en va étudier à Matane. Il veut devenir photographe professionnel.

— Tu parles d'une idée !

— C'est son talent.

— On arrive au meilleur de notre vie de couple et tu veux tout laisser tomber ? Bon, la passion amoureuse, on le sait tous les deux, c'est pour des plus jeunes que pour des vieux de quasiment 50 ans comme nous deux, mais… mais il me semble qu'on peut pas trancher tous les liens qui nous unissent.

— On tranchera pas tout, Grégoire. Tu vas vivre de ton côté. Tu vas connaître autre chose, d'autres personnes. Tu vas rebâtir à partir de ce que tu possèdes. Je te vois très bien reprendre la petite maison… La petite, c'est une manière de dire à cause de l'autre, de la mienne. Je vais vivre de mon côté à moi, et puis… on se verra très régulièrement. Je peux même te réserver une chambre à la maison… une chambre de visiteur. Et quand les enfants se regrouperont, eh bien, on fera une fête.

Grégoire hochait la tête.

— Une fête quand les enfants se regrouperont: non, mais t'es tombée sur la tête que ça me surprendrait pas du tout. C'est pas de même que ça marche. C'est pas ça, une famille.

— La famille, de nos jours, c'est ce qu'on veut qu'elle soit. Même pas besoin d'un mariage et d'une maison commune pour en former une… Ça te dit quelque chose, la souveraineté-association, cher ami…

— T'as pas du tout été élevée comme ça. Tout ce qu'on a bâti ensemble, c'est pas rien, ça.

— On va pas débâtir quoi que ce soit en divorçant.

— Ben voyons donc!

— Grégoire, tu n'as pas plus besoin de moi maintenant que j'ai besoin de toi. T'es indépendant de fortune, t'as une bonne santé, bonne apparence… Et moi, c'est la même chose si ce n'est que j'ai un petit peu plus de capital. La stagnation nous guette.

— Mais on a fait l'amour voilà même pas trois jours encore! Vingt-trois ans de mariage… Je dois rêver…

L'homme se promenait de long en large devant le bureau, cherchant à percer la carapace dure de sa compagne. Il reprit, la mine incrédule:

– On divorce demain et il va rien se passer dans toi ? Tu parles de ça comme d'une simple affaire à traiter. Le cœur, l'amour... Je ne suis peut-être plus le chevalier romantique d'autrefois, mais quoi, je ne suis plus rien pour toi ?

– Tu représentes beaucoup au contraire. Et c'est pour ça qu'il ne faut pas gâter l'avenir...

– Qu'est-ce que t'en sais, de l'avenir ?

– Tout le monde me dit depuis quinze ans que je suis une femme d'avenir. Je prévois, c'est tout ; alors que tout le monde se laisse vivre au jour le jour... C'est probablement mon enfance qui m'a disposée à ça.

Elle se recula sur sa chaise et invita son mari à reprendre sa place. Il obtempéra.

– Écoute, je n'entends pas essayer de te convaincre de penser comme moi. Il est normal que tu t'opposes, mais tu dois savoir que ce divorce-là se passera sans chicane. On a les moyens financiers et aussi les moyens moraux de se payer un divorce paisible.

Il éclata de rire :

– C'est le bout du bout : ça fait des siècles qu'on voit des mariages de raison, nous autres, on va s'offrir le premier divorce de raison.

– J'aime t'entendre dire ça, fit-elle en souriant. Pour nous autres, ça ne sera pas une chirurgie comme pour les autres couples.

– Mais une thérapie...

– Voilà !

– Pas d'accord pantoute ! Un divorce, ça peut pas se faire à l'amiable, pas plus que le Québec pourrait se séparer du Canada sans bagarre.

– Ça, c'est une autre histoire !

– Et c'est tant mieux !

– S'il y a bagarre, ce sera parce que tu l'auras voulu.

– C'est toi qui me tires la première balle en m'annonçant ça... surtout comme ça.

La femme soupira, examina distraitement son stylo, le posa sur la tablette.

– Je vais l'annoncer aux enfants ces jours-ci. J'ai déjà mon avocat. Si on s'entend, on pourra prendre le même. Je paierai la facture. Ce que je propose : chacun ses biens comme on les possède déjà. Je ne te dois rien. Ce que tu me dois, je t'en fais cadeau...

– Ce que je te dois ? Moi, te devoir quelque chose...

Elle mentit pour esquiver l'attaque :

– J'ai dit ça pour blaguer... Chacun ses biens : ça te va ? Tu gardes tes parts dans la Reine de l'érable inc. Tu gardes ta ferme, la maison du rang. Je garde ma maison qui, de toute manière, m'appartient légalement.

Il ouvrit les mains en signe de résignation :

– C'est l'évidence : si ton choix est définitif, ce n'est pas moi qui contesterai quoi que ce soit. Reste que c'est... bizarre, cette décision-là. On est du même monde...

– Je suis des hauteurs et toi de la vallée...

– On parle le même langage...

– T'es un homme, je suis une femme.

– On possède beaucoup, beaucoup de choses en commun, des habitudes, des souvenirs...

– Ça, c'est le passé !

– Mais qu'est-ce que tu veux au juste ?

– Le divorce.

– Oui, mais pourquoi ?

– Parce que je veux me réaliser toute seule.

– Mais pourquoi ?

– Parce que c'est comme ça.

– Qu'est-ce que j'ai donc fait de pas bien envers toi ?

– Tout… et rien. C'est difficile de mettre le doigt sur ce qui allait et ce qui allait moins… Mais là n'est pas la question, le nœud de la question.

– Il est où ? s'impatienta-t-il en se renfrognant dans ses bras croisés en signe de fermeture.

– C'est la même chose que le jour où je me suis lancée en affaires : je veux de l'air, de l'espace…

– T'as tout ce qu'il te faut. Tu vas où tu veux, quand tu veux. Tu sors quand tu veux. Tu reviens aux heures que tu veux. Tu rencontres qui tu veux. Tu pars seule pour l'Europe, l'Asie… Si tu me dis que tu préfères que je ne t'accompagne pas, je suis d'accord. *Goddam !* comme dirait ton père, j'aurais peut-être dû te brasser les affaires.

– Ça ?

– N'importe quelle autre femme que toi aurait au moins préparé le terrain en provoquant toutes sortes de chicanes, en me jouant sur les nerfs jusqu'à ce que je pose des gestes excessifs dont elle se servirait comme prétexte, mais toi, tu m'invites gentiment dans ton bureau pour me dire encore plus gentiment : ça y est, mon agneau, demain, on divorce… Tabarnac ! Si je conte ça de même au monde, on va rire de moi le restant de ma vie.

– Je le raconterai pour toi.

– Je te reproche pas de trop boire…

– Qu'est-ce que ça vient faire là-dedans ?

– Ben… peut-être que tu te le reproches et que tu refuses cette culpabilité… et que tu veux t'en débarrasser par une voie détournée.

– Depuis quand fais-tu de la psychologie, toi ? Moi qui pensais que ton grand livre de psychologie et de psychiatrie, c'était celui des records des Canadiens de Montréal !

– C'est ça : frappe…

– J'ai pas de bâton dans les mains, tu vois…

Le match s'arrêta là subitement. Grégoire pensa que les enfants pourraient peut-être sauver le bateau. Paula avait des appels téléphoniques à faire. Son mari quitta en soupirant :

– On en reparle.

– Pas avant que je l'aie annoncé aux enfants.

Et elle se plongea dans de la paperasse puis demanda à la secrétaire d'organiser une conférence téléphonique réunissant quatre gérants d'Informaxi.

*

Dans les prochains jours, Grégoire tâcha de soupeser froidement toute la question. Il n'obtenait la concentration nécessaire qu'à l'écurie de ses chevaux de race. Une fois de plus, ce matin-là d'un soleil frais et prometteur, il se rendit dans la bâtisse aux grandes portes ouvertes et s'appuya sur la partie supérieure de la clôture métallique retenant dans une stalle une grande jument noire et son jeune poulain encore chevrotant sur ses jambes.

Peut-être, après tout, que les avantages de la séparation l'emporteraient sur les inconvénients. Excepté la blessure intérieure, le prix à payer ne serait pas si terriblement élevé. Il continuerait de voir Christian tous les jours puisque son fils travaillait avec lui. Nathalie était mariée. Les deux autres s'éloigneraient dans quelques jours…

Mais le maudit problème, c'était l'amour. Il se rendait compte qu'il aimait Paula et très profondément. Un amour tout à fait enterré de quotidien, de routines, d'habitudes, mais que réveillait brutalement l'idée de la séparation. C'est peut-être ça que voulait sa femme : brasser les braises et tisonner la flamme. Elle ressentirait la même chose quand il faudrait faire face à la musique. Cet atout serait sans doute plus fort que tous les autres, y compris les enfants. Mais quoi faire ? Le lui dire avec des fleurs ? Il faudrait être exagérément naïf pour croire que Paula se laisserait séduire comme les autres avec un morceau de romantisme aromatisé de valorisation et baigné des parfums de l'amour physique. Elle était une femme non seulement de son temps mais d'avenir, pas une Juliette à qui il suffit de chanter la sérénade.

La jument s'énerva soudain. Elle trépigna. Ses naseaux battirent. Elle hennit en secouant la tête. Dans la porte, un étalon beige venait d'apparaître. Qu'il entre et ce serait pire! Sans la barrière, elle foncerait déjà sur lui pour le chasser loin de son rejeton.

Grégoire prit entre ses doigts le cure-dents qu'il avait à la bouche, il le mit sur son pouce contre l'ongle de son index, fit une pression et la relâcha. L'objet se perdit dans la paille de la stalle. Il s'en alla. Plus loin, une jeune jument blonde gardée à l'intérieur à cause d'une blessure se fit entendre par un hennissement clair et nerveux...

– Tu voudrais sortir, hein? Mais faut que tu restes là: c'est pour ton bien, c'est pour ton bien... Comment va la jambe?

*

Paula convoqua ses enfants un à un à son bureau de la maison et leur annonça sa décision. Elle reçut des questions techniques, mais pas une seule objection de fond. On savait qu'elle avait raison simplement parce qu'elle avait toujours raison, parce qu'elle était l'être fort de la maison, parce qu'elle avait toujours eu réponse à tout, parce qu'elle savait ce qu'elle faisait, parce qu'elle avait toujours su ce qu'elle faisait, parce que la Chaudière coulait vers le Saint-Laurent et pas dans la direction contraire...

Inspirés par Nathalie, ils s'entendirent pour recevoir leurs parents à un repas que l'on prendrait dans quelques dimanches dans la grande salle à manger de la maison. Un repas de divorce au lieu d'un repas de noce, leur dit-elle. On croyait que la décision se transformerait peut-être en une autre, grâce à cela...

Et puis que leur mère aurait tout autant raison de vouloir traverser la crise du silence et de la nostalgie que provoquent la quarantaine et le départ définitif des enfants de la maison.

Quelques jours avant cette drôle de fête, Grégoire revint sur la question une dernière fois même si les procédures légales étaient déjà engagées. Plutôt de maquiller le propos avec le mot amour, il utilisa le bon, le mot propre : « solitude ».

— Tu vas te sentir très seule. Tu vas vouloir refaire un bout de chemin avec un autre, mais tu vas te sentir encore plus seule. Et tu vas finir ta vie dans vingt, trente ans : fine seule...

— Bah ! quand on a l'argent et le pouvoir, on n'est jamais seul, tu le sais bien. C'est la misère qui isole les gens : c'est une vérité vieille comme le monde.

Il n'en dit pas plus long.

Tout était fini. Bel et bien fini. Il retourna donc dans sa chambre, car ils faisaient chambre à part depuis le jour de l'annonce du divorce. Et il pleura. Doucement et longtemps...

*

— Prenez pas une tête d'enterrement ! Nous ne sommes pas réunis autour de cette table pour célébrer des funérailles. C'est un divorce heureux, paraît-il.

Grégoire tournait le fil métallique de la bouteille de champagne qu'il débouchait. Il avait résolu de montrer à sa femme un visage détendu voire de l'enthousiasme. C'était sa chance ultime. La prendre à son propre jeu. Qu'elle sente donc qu'elle perdait un homme équilibré et fort !

— Eh oui, votre père a raison, fit Paula qui avait les mains croisées sous le menton et les bras accoudés sur la table longue éclaboussée de lumière.

Le mari de Nathalie, jeune comptable à la voix lente, calculateur et observateur, crut bon, pour se mettre lui-même en valeur, de répondre au vœu exprimé par les deux futurs divorcés au discours prétendument gai.

– Qui c'est qui a entendu la dernière ? C'est Mulroney qui dit à Confucius : c'est vrai que j'ai pas l'accent « egu » dans mes mots, mais j'ai l'accent grave dans la voix... pis quand je regarde les sondages, j'ai l'accent pas mal circonflexe.

– Est bonne, est bonne, dit Grégoire aussitôt.

– Ah ! moi, je la comprends pas trop, dit Marc.

– Ben voyons, fit Christian, pas besoin d'une grammaire pour comprendre ça !

Grégoire retint le bouchon pour éviter qu'il ne saute et alors risque de frapper le lustre brillant au-dessus de la table.

– Papa, le champagne, on sert ça au dessert, pas au début d'un repas, dit Chantal, un œil espiègle et l'autre sérieux.

– Mais, mais, mais, mais... y en aura aussi au dessert. Celle-là, c'est la mienne et celle d'après le repas sera celle de Paula. Hein, Paula ?

– *Why not ?* dit sa femme avec une moue dégagée.

– C'est nous autres, les enfants, qui vous avons invités, protesta Nathalie.

– Oui, dit le père, tout le reste, ça vous regarde, mais le champagne, la célébration, la grande proclamation de notre indépendance, c'est notre affaire... et le peuple n'a plus qu'à fêter ça, lui, qu'à se réjouir.

Il se leva et servit chacun en retenant sa cravate pour qu'elle ne trempe nulle part.

On avait garni la table du nécessaire le plus cossu, le plus brillant, de la vaisselle à fioritures, de l'argenterie, et engagé spécialement pour l'occasion le cuisinier de l'Arnold, en vacances ce jour-là, de même qu'un serveur de l'établissement. Serait servi en plat principal ce mets célèbre dans la maison à cause de plusieurs souvenirs s'y rattachant : le châteaubriant.

On était sept à table, soit la famille entière et le nouveau venu et mari de Nathalie, Stéphane Lacroix, un descendant de la grande lignée issue du petit père de la Beauce des années trente et quarante, Édouard Lacroix lui-même, grand homme de finance, de bon commandement, de politique, de prestige. Et de foi.

D'un côté, depuis Grégoire, il y avait Nathalie, son mari et Marc; de l'autre, Christian à la droite de son père et Chantal.

– On fera ça au moins une fois par mois à l'avenir, dit Paula en soulevant sa flûte pour porter le toast.

– À quoi on boit? demanda Christian.

– À l'avenir peut-être, dit Grégoire.

– Ben moi, je bois au présent, intervint vivement Chantal.

Et elle fut la première à porter le champagne à ses lèvres tandis que ses yeux se promenaient doucement pour savoir qui la suivrait.

– Bonne idée! s'écria Nathalie qui but à son tour, suivie de son mari.

Marc se montrait hésitant. Il attendait que Paula boive. La femme sourit enfin en disant:

– Oui, c'est une bonne idée... et c'est ce qu'on fera... à l'avenir... c'est-à-dire boire au présent...

*

Moyennant compensation, Grégoire obtint du locataire de la maison qu'il s'en aille; et il occupa les lieux. Non, il ne quitterait jamais cette demeure qu'il avait fait construire, fait agrandir et où ses enfants et leurs parents avaient connu des années fructueuses et belles. Elle était mille fois plus précieuse que la maison paternelle, mille fois plus chaude, mille fois plus triste aussi, tellement remplie de souvenirs, de plaisirs et de rires.

L'automne sifflait ses avertissements sévères à toutes les oreilles de la vallée. Qu'on se renfrogne, qu'on se calfeutre! Les feuilles mortes pourchassées par le vent malin roulaient sur les champs jaunes et inertes. Collines hirsutes piquées de futaies, arbres isolés, aulnes inquiets se chuchotaient des conseils pour passer l'hiver sans trop de mal.

Grégoire était seul. Seul devant la vallée nue.

Le jour déclinait vite et l'homme prenait un verre au solarium. Comment vingt-cinq ans avaient-ils pu passer si rapidement ? Pourquoi cette folie des saisons, cette fuite infernale du temps, tous ces bonheurs assassinés, pourquoi la vie, pourquoi la mort ? Dieu riait-il dans sa barbe à propos des hommes ?

Assis, abattu dans sa chaise, perdu, l'homme cherchait à comprendre, à disséquer son âme, ses sentiments, sa vie passée. Il but mollement. Les glaçons tintèrent. Alors des bruits se succédèrent dans ses mémoires. Une chicane des jumeaux en bas âge. Les cris de Chantal à son demi-frère. Et, tiens, les notes de piano qui sonnaient bien meilleures que les cris de la foule d'amateurs de hockey à la télé. Et la voix si chaude, si invitante de Paula qui annonçait le souper prêt.

Plus que le silence et le soir tombant.

Après d'intenses serrements de cœur, il n'y tint plus, décrocha le combiné du téléphone, hésita un moment, se ravisa, raccrocha. Puis il serra fort les mâchoires et cette fois composa un numéro : c'était celui de Gaspard.

Une fois de plus, l'ermite lui conseilla de vivre pour lui-même et de laisser Paula continuer sa vie comme elle l'avait décidé, sans exercer sur elle aucune sorte de pression.

*

Au même moment, dans son immense maison remplie d'objets de luxe, mais où ne circulaient pas d'ondes humaines, Paula réfléchissait, assise à son bureau, le regard sur une bibliothèque pleine de livres reliés dont elle n'avait pas encore eu le temps de lire cinq exemplaires.

Elle se demandait si comme l'enveloppe du corps, la peau du cœur n'en venait pas à être flasque avec les années. C'est qu'elle s'adaptait plutôt bien à son univers de solitude. Et puis quoi, c'était comme ça! Pourquoi devrait-il en être autrement? Pour oublier cette voix intérieure qui lui adressait des reproches, elle sortit un dossier de son tiroir de bureau et l'ouvrit.

Depuis six mois qu'elle n'avait pas vérifié ses billets de loterie. Qu'elle se trouvait négligente! Elle ramassait les dépliants de Loto-Québec annonçant les numéros gagnants et les jetait à mesure dans cette chemise verte avec les billets eux-mêmes. Et de temps à autre, Grégoire y jetait un coup d'œil quand elle le lui demandait.

Quand ce fut fait, elle calcula ses gains et ses pertes. Il y avait là pour quatre cent vingt-quatre dollars de billets et ils en rapportaient vingt-quatre…

– Ouais, c'est vrai que ça change pas le monde! s'exclama-t-elle en jetant le contenu du dossier à la poubelle.

***

Chapitre 25

Ce que Paula avait voulu et prévu se produisit. Chaque dernier dimanche du mois, l'on s'offrit un copieux repas de famille éclatée.

Chacun des parents semblait retombé sur ses pattes. Car la mère aussi avait dû traverser des moments difficiles qu'elle avait cachés derrière des masques nombreux et sophistiqués. On devinait chez elle un sentiment de solitude s'aggravant. Mais on n'en était pas sûr. L'idée venait de Grégoire qui la répandait auprès des enfants afin qu'ils soient plus vigilants, pour qu'ils veillent sur elle.

Lui-même sortait, tuait le grand ennemi : l'ennui. Il se noyait de travail. Et chaque soir, il visitait un bar de l'amitié parmi les nombreux de Saint-Georges. « En recherche d'une belle Beauceronne à l'herbe », confiait-il, jaune, à son entourage.

Il passa la Noël chez une de ses sœurs. Et le jour de l'An chez une autre ; cette fois, accompagné d'une personne qu'à son oreille on qualifia de trop jeune pour lui. « Je voudrais changer ma femme de 48 ans pour deux de 24 », répondait-il à la blague.

Il cacha comme un péché à Paula et aux enfants le fait qu'il fréquentait régulièrement une amie. En réalité, il se le cachait à lui-même. « Si on couche ensemble, ça veut rien dire, là, hein ! » dit-il à la jeune femme la première fois. « Qu'est-ce que tu penses ? J'ai 29 ans et toi 48... » répondit-elle.

Mais les rencontres commencèrent d'être enchaînées par des appels téléphoniques et cela était signe de quelque chose à surveiller. « Attends-toi une bonne fois que je te dise : là, c'est fini, hein!» «Attends-toi la même chose, mon cher!» On se servait mutuellement toutes les vieilles scies du père Jos, histoire de se mettre à l'abri, et la nature, elle, accomplissait en sourdine, en silence et en mesure les desseins millénaires du Créateur.

*

Par des calculs simples, Paula jugea bon remplacer le personnel irrégulier s'occupant de la maison par un couple de Français. Un homme dans la cinquantaine, gris, réservé, stylé, et sa compagne de 32 ans, blonde, et qui ne posait jamais son regard sur quelqu'un hormis un cas d'absolue nécessité. Ils verraient aux choses de la cuisine, de l'environnement, du ménage, des réceptions, du cellier et du bar, de la piscine et de l'agenda privé de la femme d'affaires, c'est-à-dire le temps dont elle disposait en dehors de ses fonctions rattachées à toutes ses présidences et commandées chaque jour par elles.

Ils entrèrent en fonction le premier février 1987.

– Je vous appellerai Albert et Maryse, leur dit simplement Paula afin de résumer en six mots le type de relation qu'elle voulait tenir avec eux.

Peu de temps après, elle leur demanda d'organiser une première réception pour souligner le quatorzième anniversaire de son entrée dans le monde des affaires. Ce fut une soirée gratinée. Des bras droits de ses compagnies, les députés, des gens d'affaires nouvelle vague aux sourires médiatiques et démocratiques mais tout aussi snobs que ceux de naguère, les enfants, sauf Chantal qui servit à sa mère un prétexte faible, d'autant qu'elle avait la chance de venir de Québec avec Aubéline et son mari.

– Tu n'es pas fière que ta mère soit devenue, avouons-le, une femme d'affaires importante? lui demanda Paula au téléphone.

La jeune fille jeta platement:

– Maman, t'es pas une femme d'affaires, t'es une femme d'argent...

*

Le printemps fut exceptionnel. Un temps de chien comme l'aiment les érables et qui les fait « pisser comme des folles ». Une production surabondante de sève. Mais il y avait déjà beaucoup de réserves des deux années précédentes. Et ce qui devait arriver arriva : ce fut le krach du sirop d'érable. Les prix chutèrent, tombèrent si bas que d'énormes pertes étaient inévitables. Se fiant à sa vieille bonne étoile, Paula avait fait risquer à la Reine de l'érable de garantir des prix qui s'avéreraient trop élevés, bien trop hauts. Comme ces joueurs téméraires, elle avait abusé de sa chance, misé trop gros. Pour sauver cette compagnie, elle devrait imposer un tribut aux autres. Ou bien la vendre.

Mais vendre la Reine de l'érable inc. qui, depuis la petite cabane à sucre du rang de Saint-Honoré, avait fini par rayonner dans plusieurs pays du monde, c'était se séparer d'une partie d'elle-même, c'était vendre le rêve magnifique fait pour elle par Lucie, c'était aussi vendre l'enthousiasme de grand-père Joseph, c'était se défaire d'une pensée, d'une culture que les pionniers comme Gaspard avaient imprimées aux bâtisses et à tous les actifs de la compagnie, et que des gens comme Gabriel avaient projetées aux quatre coins de la planète au nom même de la Reine et à son image...

Quel homme d'affaires ne vivait pas ses heures sombres une année ou l'autre ? Howard Hugues, Robert Campeau, Robert Maxwell, Pierre Péladeau, Donald Trump, Griffin, Édouard Lacroix, Armand Hammer, tous ceux-là et les autres avaient connu l'échec déjà et, pour ceux toujours vivants, le connaîtraient encore. C'est le piquant du métier et sa plus belle valeur... Elle tâchait de se convaincre, mais n'y parvenait guère. Que lui aurait signifié la perte de n'importe quelle autre compagnie et même de plusieurs à la fois, mais pas la Reine de l'érable si bien enracinée dans le sol de son âme, dans la chair de son cœur !

*

– J'aimerais mieux vivre en enfer qu'ici durant le mois de juillet.

Le gros homme prit place péniblement sur un fauteuil proche du bureau de la présidente. Il sortit un mouchoir et s'essuya le front :

– Par chance que c'est frais ici, ajouta-t-il. C'est que j'ai un problème avec la climatisation de ma voiture et qu'il fallait que je sois ici aujourd'hui…

L'homme représentait la compagnie Heinz. Il venait faire signer un protocole d'entente à Paula en vue de la cession de la Reine de l'érable à la société multinationale.

Paula aurait pu attendre encore plusieurs mois, voire un an, mais elle avait pris la décision dès mai de procéder sans tergiverser à la chirurgie nécessaire comme celle qui avait prévalu lors de son divorce.

Et puis une offre intéressante lui était parvenue. Une chaîne de boutiques de vêtements pour dames dont un maillon se trouvait dans le centre d'achats Carrefour à deux pas du magasin de Suzanne, était à vendre. On n'achète pas un éléphant pour écraser un moucheron, mais si le moucheron irrite trop, on est au moins motivé à étudier les parties du pachyderme.

Tout le temps que dura l'entretien avec ce gros lourd, c'est à cette chaîne qu'elle pensa. Le mal de perdre devait être compensé par le plaisir de gagner. Ou bien on n'est pas «un véritable homme d'affaires»…

Et puis, elle continuerait de gérer la Reine de l'érable inc. au nom de Heinz. On ferait peu de publicité sur la transaction. Elle garderait son bureau, sauf qu'elle ne serait plus propriétaire de la bâtisse désormais. Au fond, se redit-elle pour museler la nostalgie quand le bonhomme fut parti, cet échec est au fond une belle victoire... Quand on est une vraie Québécoise, on n'admet pas l'échec et on parle de victoire morale... Et puis quoi, Gaspard parlait bien de capital de souffrances, lui.

*

Elle annoncerait en personne à Suzanne son acquisition. Le ferait à la mode féminine : en sourire, en sourdine, sourdement...

– Comment ça va ? Hey ! que ça fait un bail qu'on s'est pas parlé !

Paula entrait dans la petite boutique, la main tendue vers Suzanne qui lisait un journal.

– Ah ! mais c'est Paula !

– Ah ! ce n'est pas, ma chère, que je ne suis pas venue... t'encourager, là, mais tu n'étais jamais là. Je me disais : la chanceuse, elle a du temps pour batifoler et moi, j'ai le temps rien que pour me diviser en vingt, courir à gauche, à droite, signer ci ou ça, passer la moitié de ma vie au téléphone ou sur les ailes d'un avion... Tu sais, je mène une vie infernale tandis que toi, tu as eu la sagesse de rester petite... As-tu su pour mon divorce ? Ah ! mon mari, un bon garçon mais... sais pas, il manquait un peu d'envergure... comme tu disais du tien... Toujours avec lui ? C'est drôle, des ménages ont l'air de pas marcher et ils tiennent tout le temps tandis que d'autres comme le mien qui semblent aller sur des roulettes, en perdent une un bon matin et ils détraquent...

– On entend beaucoup parler de toi... J'ai même su que tu avais invité l'orchestre métropolitain pour donner un concert autour de ta piscine et je me suis dit... non, pas Paula, c'est pas son genre même si elle est noyée d'argent...

– Mais quoi, encourager l'art et la culture, c'est faire de mal à personne...

Suzanne fit un bref rire vif et tordu :

– Tu sais comment sont les gens : ils disent que tu pètes plus haut que le trou, mais moi, je me dis que tu fais bien de t'en servir de cet argent-là ; après tout, on l'emporte pas dans sa tombe, hein !

S'il restait encore un soupçon de remords au cœur de Paula quant à son dessein un peu pervers, il fut emporté par l'attitude mesquine de Suzanne.

– Et toi, ça va, les affaires ?

– J'ai une bonne et belle clientèle égale. Je dirais de classe moyenne supérieure. Disons un peu plus haut que le monde ordinaire, mais plus bas que toi, c'est sûr.

Paula se mit à rire et elle prit la main de l'autre.

– J'en ai une bonne à t'apprendre… Sais-tu, on va devenir des concurrentes ? Tu sais pas, mais j'ai acheté toute la chaîne Rosabelle et je suis venue visiter mon magasin de Saint-Georges…

Suzanne pâlit un peu, mais le maquillage cacha son trouble intérieur que Paula surveillait, tous ses sens dehors et à l'affût.

– T'as pas à t'inquiéter, on ne touchera pas à ta clientèle. Surtout que tu dis qu'elle est établie depuis longtemps. La grosse différence d'avec avant, ce sera la promotion. Mais ça, tu vas en profiter autant. Les gens viendront chez nous puis chez toi… Ceux-là attirés par la promotion, je veux dire. Tandis que les autres, ils viendront chez toi puis, peut-être, chez nous… C'est donnant donnant, c'est kif-kif…

Suzanne retira sa main avec le prétexte de fermer et ranger le journal.

– Je ne m'inquiète pas. Comme je te l'ai dit, j'ai une bonne clientèle solide…

– Je suis contente que tu le répètes une fois de plus, comme ça, tu vas me soulager la conscience. Tu comprends, je ne pouvais tout de même pas m'empêcher d'acheter le réseau Rosabelle parce qu'il y avait un magasin de la chaîne à deux pas du tien. Puis je me suis dit que ça t'aiderait. En tout cas, je vais tout faire pour ça, tu me crois?

– Sûrement...

Paula pencha la tête.

– On a assez de choses en commun, toi et moi. Le lac Poulin, le chalet et tout... Là, tu vas m'excuser, ma vieille, mais faut que je me rende à ma boutique et ma journée est remplie de rendez-vous. On se téléphone?

– C'est ça, oui...

En empruntant le vaste couloir, Paula maugréa:

– Tu fais une vente, on en fait une meilleure. Tu ne fais pas de vente, on en fait une. Tu mises sur la qualité, on prouve la nôtre... Dans un an, tu vas t'en aller ou bien, ma salope, tu vas venir t'agenouiller.

*

Une fois de plus, Paula se mettrait à genoux près d'un cercueil. Tout Saint-Honoré se trouvait au salon funéraire. Tout Saint-Honoré la regarda avec curiosité quand elle entra et se dirigea vers la défunte. Certains qui en avaient entendu parler firent un tour dehors pour voir de leurs yeux si c'était bien vrai que leur ex-concitoyenne se faisait conduire en limousine.

– Je pense que c'est fait ici à Saint-Jean, ces autos-là, dit Marcel Blais à Fernand Lapointe.

– Ben oui! Ils prennent une Cadillac, ils la coupent en deux au chalumeau pis ils la rallongent par le milieu.

– Pas plus dur que de rallonger une maison, je gage.

– Ben moins dur, ben moins dur...

– Coudonc, ça serait-il la petite fille à Rosaire Nadeau qui se promène là-dedans?

– Elle a fait du chemin depuis le Grand-Shenley[1], hein!

1   Le rang 8 de Saint-Honoré.

Le chauffeur descendit. Il voulait entendre ces gens. Il n'eut pas à prendre l'initiative. L'un des curieux l'interpella :

— On se demandait… c'est bien madame Paula Nadeau qui est arrivée dans cette limousine ?

— Oui, et moi, je suis Albert Auvergnat, à votre service, répondit le Français en tendant une main à la haute dignité.

Paula ferma les yeux. La rumeur disparut. Une autre la remplaça. Non, non, ce n'était pas une rumeur, c'était la multitude pieuse, silencieuse et tousseuse là en bas, dans la nef de l'église. On était à la messe de minuit. Si loin jadis. Toute la paroisse chaudement vêtue se trouvait réunie pour célébrer une fête dans un même esprit, dans la même splendeur de l'innocence. Et au jubé de l'orgue, le vicaire Dumont et Esther Létourneau s'échangeaient par le miroir des regards intenses dont personne ne parlerait jamais autrement que sous un épais manteau de sous-entendus compréhensifs.

Puis les cris des enfants dans la cour du vieux couvent, leurs courses gratuites et folles, leur salut respectueux au drapeau fleurdelisé avec, sur la galerie haute, Esther en noir qui veillait sur leur avenir.

« Esther, la solitaire du presbytère », avait-on répété de nombreuses années. Voilà un bail qu'elle vivait ailleurs, dans sa propre maison qu'elle s'était bien méritée par toutes ces années d'enseignement. Elle y demeurait seule avec ses souvenirs, toute à sa retraite et à son arthrite, et avec la vieille Bernadette Grégoire pour unique et rare visiteuse.

Et pourtant, tout Saint-Honoré se trouvait là au salon funéraire pour prier près de son corps exposé. Tout Saint-Honoré y avait été conduit par un même sentiment qui ne s'est jamais urbanisé : le respect.

On respectait le dévouement d'une femme, ses grandes souffrances, sa fidélité, sa bonté, sa profonde solitude, ses valeurs, son attachement au passé… Le langage du cœur l'accompagnerait jusqu'au fond du cimetière par-delà les préoccupations du quotidien et tout Saint-Honoré serait là aussi par un représentant de chaque famille.

Hélas! Paula ne pourrait pas être là pour les funérailles du lendemain, obligée par une affaire de première importance, de se trouver à Montréal pour midi le jour suivant...

***

Chapitre 26

Grégoire et Christian entrèrent au restaurant, une bâtisse noire en plexiglas et ciment.

Le jeune homme lut tout haut sur un écriteau:

— *Choisissez votre place.*

— J'aime mieux ça que quand ils disent: «On vous place où c'est qu'on veut parce que ça fait notre affaire...»

— Pis qu'ils écrivent: «Laissez-nous le plaisir et l'honneur de vous assigner une place.»

— Ah, la politique!

— La diplomatie!

Le père marcha devant, vers le fond d'une des sections de la salle à manger.

— On doit avoir les épaules assez larges pour mériter une banquette de coin, dit-il en se glissant derrière une table en arc de cercle.

Le fils s'assit en face. On se dit quelques mots sur une pièce d'équipement qu'il faudrait faire réparer le lendemain, mais le propos était superficiel et ne servait qu'à boucher un trou. Chacun avait l'œil aux serveuses qui promenaient leurs cabarets fumants en roulant des hanches.

— Papa, ça va te prendre une blonde ben vite, autrement, la mauvaise humeur va te sauter sur le dos comme la misère sur le pauvre monde.

— Bah! j'me paye une p'tite vite de temps en temps.

— Ah, bon?

— Que ça reste entre toi et moi!

– Que quoi reste entre nous ?

– Ben… ce que je viens de te dire.

– Mais, as-tu honte de ça ? On n'est pas en 1957, on est en 1987…

Arriva une serveuse que les deux hommes sans aucune gêne examinèrent de pied en cap, à telle enseigne que la femme ne savait plus où jeter son centre de gravité. Elle posa le menu devant chacun et prépara son calepin pour y inscrire ce qu'ils voudraient en apéritif.

– Moi, une petite légère, dit Christian. Et la marque que vous voulez.

– Moi, j'sais pas, dit Grégoire en plongeant son regard dans ceux de la femme.

– Je vais vous laisser y penser et revenir un petit peu plus tard, peut-être ?

– Non, non… je prendrai une légère aussi… Mais je voudrais savoir à qui je parle.

– Sylvie.

– Sylvie ?

– Sylvie… tout court.

Elle rit et fit aussitôt demi-tour. C'était une personne tout à l'opposé de Paula : blonde, cheveux courts, les traits accusés comme une femme allemande.

Grégoire confia à voix mesurée :

– Une ben belle créature, ça, hein, dirait mon grand-père. Malheureusement, elle est trop vieille pour toi et trop jeune pour moi.

– Ce qui veut dire qu'elle a quelque chose comme 33 ans…

– Je croirais.

Grégoire songea qu'il sortait en secret avec une personne plus jeune et ça le fit sourire. Christian avait raison : pourquoi avoir honte de ça ? Et puis, ça ferait du bien à sa fierté de le dire à son fils. Il avoua qu'il avait une amie, révéla son âge, rit de contentement. Les bières arrivèrent. Le bruit sourd et doux du liquide tombant sur sa propre écume les incita à un autre sujet de conversation : le hockey. Le père regretta à nouveau cette blessure qu'avait subie son fils en skis à l'âge de 16 ans et qui l'avait sûrement empêché d'entreprendre une carrière professionnelle.

– C'est un demi-million par année que t'as perdu ce jour-là, dit Grégoire en essuyant la broue qui s'était collée à sa lèvre supérieure.

– Bah ! papa, y a assez de maman qui est mariée avec l'argent.

– Je te pense : elle est comme Bourassa, son petit catéchisme, c'est l'argent.

– L'argent va détruire le hockey, tu verras.

La serveuse revint prendre les commandes. Grégoire dit à son fils de choisir le premier et quand lui-même eut fait son choix, il ajouta en redonnant le menu :

– Et avec un beau grand sourire brûlant !

Elle en dispensa un à chacun.

Après son départ, Grégoire dit à mi-voix :

– Elle te regarde d'un drôle d'air : pour moi, elle a un p'tit œil sur toi...

– Je pensais la même chose.

– Tu vois...

– La même chose à ton sujet... C'est toi qu'elle regarde avec un drôle d'air.

L'autre fit la moue incrédule :

– T'es malade : un vieux lièvre comme moi ?

– Les femmes de cet âge-là aiment mieux jouer à la fifille à papa qu'à la maman à son ti-gars.

– Prenons une gageure : le premier qui réussit à sortir avec elle...

– Est probablement mariée.

– On prend la gageure ? Y aura pas de honte à perdre : l'honneur restera dans la famille...

– OK !

– Combien on se donne de fois à venir manger ici ?

– Tant qu'on l'aura pas fait tomber dans un ou l'autre de nos grands filets.

– Parfait ! Je vais tâcher de connaître son horaire… Comment elle s'appelle déjà ?

– Sylvie… tout court.

– Tiens-toi ben, ma Sylvie tout court, parce que tu vas te faire faire la cour.

Et chacun termina son verre de la complicité, le gorgoton espiègle.

Après le repas, on se rendit à un bar-salon situé pas loin de chez Paula. Grégoire y allait plusieurs fois par semaine, espérant y croiser « comme par hasard » celle qui, malgré les immenses changements que la vie avait provoqués en elle, garderait la première place en lui.

Il lui arrivait de penser que deux personnes qui couchent ensemble et dorment l'une près de l'autre durant des années, s'unissent par des champs de force du cerveau, des courants d'ondes qui deviennent semblables pour l'éternité, et que de telles forces ne peuvent être séparées que temporairement par les circonstances, et qu'après la mort, rien ne saurait plus les empêcher de se fondre à jamais…

Et alors, il souriait à une réflexion aussi peu rationnelle.

« T'as vu Rodrigue ? T'as vu Jean-Noël ? » Du *small talk* succédant à du *small talk*, Grégoire fut à la maison au bord de la douzième heure. Il n'était pas couché depuis un quart d'heure que le téléphone sonna et le réveilla.

– Où étais-tu passé, je t'ai appelé toute la soirée ?

– Ben, j'étais sorti…

– Ah !

– As-tu de quoi de spécial pour appeler à cette heure-là ?

– Te parler, c'est du spécial.

– On peut toujours faire ça plus de bonne heure.

– Quand le monde est de bonne heure à la maison.

– Tu me fais des reproches ?

– Non, c'est toi qui m'en fais.

– Je te reproche rien : je me demande seulement pourquoi tu m'appelles si tard.

– Pis moi, je te réponds que c'est parce que tu rentres tard.

– Comme ça, tu me le reproches.

– Je te le reproche pas…

Cette conversation qui piaffait et qui tournoyait, irritait Grégoire à chaque mot. Le ton y contribuait. Comment un homme comme lui, frisant la cinquantaine, en était-il venu à se faire picosser par une jeune femme de pas 30 ans. Dans quelques mois, elle chercherait à le mener par le bout du nez ; elle avait besoin de quelques chiquenaudes sur les dents d'en avant.

– Ben, suis là, dis-moi ce que t'as à dire et laisse-moi dormir : j'ai une grosse journée demain…

Elle rit :

– Une grosse journée et tu cours les bars le soir ?

– Qui t'a dit que j'étais allé au bar ?

– Tu me le dis, là.

– Pis après, c'est là qu'on s'est connus, toi et moi.

– Chercherais-tu une autre Beauceronne à l'herbe ? dit la voix défiante et haute.

Impatient, il demanda :

– Mais qu'est-ce que t'as donc ? T'es menstruée ou quoi ?

– Mon espèce… les menstruations, ça rend pas une femme folle… macho !

– Écoute, suis fatigué : on reparlera de tout ça demain si tu veux.

Et il raccrocha.

Quinze secondes s'écoulèrent. La sonnerie se fit entendre de nouveau. Il savait que c'était encore elle, hésita un moment, répondit.

– Ouais…

– On s'était dit à quoi s'attendre… Qu'un bon matin, on se dirait que c'est fini… Bon, ben, on aurait pu se dire une bonne nuit au lieu d'un bon matin…

– Je m'en crisse donc, si tu savais.

– C'est ça, un homme! Asteure que t'as eu ce que tu voulais, tu me laisses tomber.

– Non, mais pour qui c'est que vous vous prenez, vous autres? Mon cul vaut ton cul, si tu veux savoir.

– Ça, j'en doute, mon cher.

– Comme si ton petit sexe féminin était le trésor des Caraïbes, pis moi, l'homme, le pirate chasseur de trésor, hein? C'est-il de ma faute si une femme a les engrenages à basse vitesse pis si l'homme, c'est le contraire, hein? C'est-il ça qui rend votre cul si précieux? Vous en faites une affaire de petite négociation ou quoi? C'est pas mal plus digne de se faire dire que c'est cent dollars pour une heure que de se faire jeter au visage: «T'as eu ce que tu voulais et là, tu me laisses tomber»…

– T'es même pas capab' de faire l'amour…

Grégoire avait souffert d'une petite défaillance quelques semaines auparavant. Puis une autre et une troisième. Il avait trouvé mille raisons pour expliquer cela. Sa copine en avait fait une flèche pointue et brûlante et voilà qu'elle la lui décochait en plein ego, jusqu'au cœur du fond de l'ego, et elle tourna le fer:

– Tu te sens moins homme, c'est pour ça que tu me laisses tomber?

Il se sauva la face:

– Je te dirai que n'importe quel homme a de la misère à faire l'amour avec une morte. C'est flasque et frette…

– Bon, ben, c'est ça! T'en as assez dit, là? T'es content, je te laisse le dernier mot.

– Si tu veux me rappeler de jour et ne pas me demander de comptes, gêne-toi pas.

– Tu peux toujours dormir, mon coco, pis te faire cuire un œuf demain matin…

Elle raccrocha. Il rejeta le combiné à sa place et grommela en se calant dans son oreiller :

– Non, mais baptême, elles te donnent un peu de sexe pis en retour, elles voudraient que toi, tu te donnes corps et âme... Un ch'fal un lièvre, leur kif-kif...

Il se redressa et lança à pleine voix au silence de la maison :

– En plus de ça, elles te traitent de macho pas capable de bander... ben baptême, vont voir de quel bois se chauffe un vieux lièvre de la Beauce, vont voir...

*

Le surlendemain, lui et son fils Christian firent plus ample connaissance avec Sylvie, la serveuse.

– Ah! bien sûr que je ne suis pas riche comme votre ex-compagne, madame Nadeau, dit-elle au moment du dessert. Voyez le métier humble que je fais !

Malgré d'autres clients qui remplissaient la moitié des tables, Grégoire sortit de la banquette et s'assit par terre sous les regards curieux et étonnés.

– Regardez comme on est assis bas quand on est assis rien que sur un portefeuille, dit-il pour que tous puissent entendre.

Il se releva et reprit sa place sous les applaudissements.

– Qui c'est? chuchota quelqu'un.

– Pense que c'est le mari de Paula Nadeau, la super femme d'affaires.

– C'est Grégoire Poulin : sa femme l'a sacré dehors... Sa femme, c'est elle qui reste dans la grosse maison québé... cana... la grosse maison beauceronne à Tit-Clin autrefois...

– Ben oui, sa femme, elle est riche à craquer. Limousine, chauffeur pis tout. Elle vaut cent millions, si c'est pas le double... Plus riche que Pomerleau...

– Une femme a pas besoin d'un homme en plus, tu comprends ben...

Les deux hommes firent le bilan quant aux réponses obtenues de la part de Sylvie sur des questions bien enrobées d'approches sucrées. Elle était divorcée, mère d'une fillette de 10 ans, apparemment contente de son sort. Trente-quatre ans comme jaugé.

– Mais papa, il faudrait que tu me fasses profiter d'un handicap… autrement, je suis battu d'avance. Je te jure qu'elle doit se chercher un homme comme toi!

Grégoire sourit. Il se rendit aux toilettes. Sur le chemin du retour, servi dans son dessein par le hasard qui les situa à l'abri des regards de Christian, il adressa quelques mots à la serveuse :

– Mon fils, il aimerait sortir avec vous, mais il se trouve trop jeune et comme il est du type fanfaron en public, mais gêné en privé, je vous confie le secret… Que ça reste entre nous deux!

La jeune femme fit une moue désolée.

– J'ai déjà quelqu'un… et il est du même âge à peu près.

– Ah! Tant pis pour mon fils! Il va s'en remettre…

Sylvie jeta un coup d'œil à la personne de Grégoire quand il s'éloigna. Des lueurs lointaines et mystérieuses jaillirent depuis les profondeurs de son âme, tiédie par la couleur bleue de ses yeux…

Le reste du temps qu'ils furent encore au restaurant, la femme en fit pleuvoir sur eux, de ces ondes chaleureuses : sur le père plus que sur le fils.

*

On oublia bien vite ce pari. Quand Grégoire allait au restaurant avec son fils, il choisissait un autre endroit. Et il se mit à fréquenter celui où travaillait Sylvie, mais seul. Il avait le goût, l'intention secrète de détrôner ce jeune-là qu'elle avait avoué être dans sa vie.

Et il voulait tester ses attraits de vieille branche dans la cinquantaine.

Sylvie l'observait comme une chatte guette une souris qui s'agite à quelques pas de ses vibrisses sans même les voir. Il devrait attendre, se battre pour gagner la partie. L'homme multipliait allusions, propositions indirectes, suggestions. Jeu qu'il avait souvent pratiqué comme bien des hommes mariés mais en s'arrêtant le moment voulu venu. Elle apprit beaucoup de choses à son sujet. Libre, bien nanti, beau, grand, un peu meurtri : pareille chance, pareil spécimen ne court pas les rues, même dans la Beauce chaleureuse et riche.

Quand elle crut le fruit mûr, elle lui annonça sa récente rupture avec son ami. Elle choisit le début d'un repas alors qu'il avait faim et le disait par les yeux et les mots. Il fut choyé, dorloté... Elle eût voulu ronronner. Lorsqu'il fut bien repu, une autre faim se fit sentir. Il n'avait pas fait l'amour depuis des semaines.

Elle mit son café sur la table. Il dit :

– Peut-être que...

Il consulta sa montre.

– ... que si tu finis pas trop tard, tu pourrais venir prendre un café à la maison ?

– J'sais pas si je pourrais.

– Tu finis tard ?

– C'est ce qu'il faudrait que je sache et puis... y a ma fille à la maison.

– Ah ! pas longtemps, quinze minutes. J'aimerais ça te montrer mon petit coin...

Elle soupira, regarda sa montre, fit une moue avertisseuse :

– Juste un café, hein !

– Mais bien entendu, voyons !

*

La voix de l'homme se fit entendre dans la pénombre, le ton fut doux :

– Écoute, je suis un gars de promesse, mais… c'est venu malgré moi… quand on est arrivés dans la chambre. Quelque chose s'est déclenché, j'sais pas.

Ils étaient nus sous les draps après l'amour. Sylvie se désola :

– Je vais devoir partir : y a ma fille à la maison…

– C'est de valeur que tu puisses pas rester.

– Oui, c'est de valeur.

– On pourrait recommencer.

– On pourrait recommencer.

Elle se désola encore en quittant leur chaleur :

– C'est la vie !

– Eh oui !

*

Noël fut un vendredi cette année-là. Paula se rendit à la messe de minuit à Saint-Honoré avec Marc et Chantal. On réveillonna à la maison paternelle, comme autrefois.

Pas tout à fait.

Toute la maison avait été rénovée, refaite depuis longtemps. Plus de cheminée qui risque de flamber. Pas de fournaise à chauffer. Pas de boîte à bois. Ni Lucie, ni Julien. Pas de réunion autour du piano pour y chanter *La voix de maman*. Même Rosaire qui dépassait les 70 ans avait perdu ses façons de voir d'antan. Il était un homme moderne, grand-père n'en ayant pas l'air.

Ni Toupette, ni Grippette : pas de chien dans la maison. Et à la table du réveillon, aucune voix d'enfant. Un univers d'adultes : un monde achevé. À quelques reprises, Paula se souvint de nuits de Noël de naguère. Celle où Esther était venue. Une autre avec Martine à table. Et celle-là si lointaine maintenant où grand-père lui avait donné des patins pour la consoler de la mémorable punition…

Paula voulut retrouver sa mère à travers Hélène comme elle l'avait fait souvent dans les années soixante et soixante-dix, mais ce fut peine perdue.

Lorsqu'aux aurores, elle repartit pour Saint-Georges, qu'elle traversa le village silencieux dans l'auto que Marc conduisait, en passant devant l'église, elle prit une grande décision : elle entreprendrait au cours de l'année un long, un très long voyage autour du monde. Depuis plusieurs mois qu'elle y songeait, elle devait le faire.

L'avenir l'appelait… L'avenir toujours l'appelait…

*

Paula recevrait le jour de Noël.

Tous les enfants seraient là de même que leur père qui avait accepté son invitation pour être un peu avec eux. Tout se passerait comme autrefois.

Pas tout à fait.

La maison n'était pas une maison.

La famille était disloquée.

On serait servi par des immigrants bien trop stylés et silencieux.

On ne saurait quoi dire dans un univers artificiel.

Paula sentait bien ces choses-là, mais elle refusait de les verbaliser. Et puis les enfants donneraient une âme à la fête, à la demeure, chacun y apportant son petit coin de pays : Marc de Matane, Chantal de Québec, Nathalie de Saint-Georges Est et Christian de Saint-Georges Ouest.

On célébrerait l'autonomie de chacun et la solidarité de tous.

On puiserait comme jamais aux traditions de jadis.

En y ajoutant le bon vin de France.

Le regard tourné vers l'avenir…

Chantal et Marc étaient arrivés de l'avant-veille, mais ils n'avaient pas pu se rendre à la piscine, le sous-sol au complet ayant été bouclé...

«Pour y effectuer des réparations majeures», argua Paula.

Ni l'un ni l'autre ne se dit que cela pouvait cacher quelque chose. Chaque année depuis toujours, Paula avait donné à chacun un cadeau-surprise à Noël. Cela se passait après le dépouillement de l'arbre. Elle soufflait à l'oreille de Nathalie l'endroit – toujours difficile d'accès, quoiqu'accessible – où les trésors étaient cachés, et les enfants se précipitaient là-bas, d'où ils revenaient émerveillés même si les cadeaux n'étaient pas aussi beaux et gros que ceux déjà déballés. Et alors chacun embrassait sa mère. Cette idée originale était venue à Paula à Noël 1967 alors que les jumeaux avaient 3 ans; elle s'était perpétuée depuis lors. Le moment venu, les deux autres enfants s'étaient joints à la course. En fait, c'était la formidable surprise que lui avait faite grand-père Joseph quand elle avait 9 ans qui avait inspiré ce manège. À ces cadeaux se rattachait un immense extra d'amour comme aux patins d'autrefois.

La veille de Noël, Marc osa se rendre fouiner dans une porte donnant sur la piscine, mais on avait bouché la vitre, et Albert intervint en lui disant que tout à l'intérieur était défait, poussiéreux, rempli de matériaux, etc.

On dormit tard.

Pour s'assurer de leurs services le jour de Noël, Paula avait consenti à donner une semaine additionnelle de congé au couple français en janvier. Ils furent les premiers debout afin de poursuivre la préparation des mets dont la liste leur parut un mélange hétéroclite de plats sophistiqués et de grosse cuisine du pays: une table de joual, se dirent-ils sans sourire. Félix Leclerc servi à la Michel Tremblay. «De toute façon, ils mangent n'importe quoi, ces gens-là!» conclut Maryse. «Surprenant qu'ils aient pas demandé un chausson aux pommes avec ça!»

Marc se leva une heure avant sa sœur et sa mère, et il se rendit faire une longue marche qui le conduisit à la résidence des religieuses où il avait appris le piano si longtemps, puis sur le chemin qui menait à sa maison de jadis occupée maintenant par Grégoire tout seul, s'il l'était encore, car le bruit lui était parvenu que son père avait quelqu'un dans sa vie. C'eût été trop long de s'y rendre et il rebroussa chemin près des bâtisses de la Reine de l'érable.

Deux routes s'offraient à lui. Celle, tout à fait sécuritaire, par laquelle il revenait dans ses traces. Ou bien l'autre, celle de l'incertitude et de l'inquiétude... Il emprunta celle-ci, l'œil rapetissé...

Christian arriva à la maison en même temps que son demi-frère. La rencontre fut sans beaucoup de chaleur comme toujours depuis le début de leur adolescence. Une jeune fille accompagnait l'aîné. Il fit les présentations. Elle s'appelait Julie. On entra.

Puis ce fut Grégoire. Il embrassa Chantal, serra la main de Marc et de Paula, et donna un coup d'épaule à Christian qui le défia de chausser les patins contre lui...

Chantal fut demandée au téléphone. Elle répondit à son ami qui arrivait à Saint-Georges depuis Québec et cherchait son chemin pour arriver chez Paula. Il ne tarda pas. Elle le présenta à chacun. C'était Nicolas, un universitaire, futur homme de loi.

Enfin, Nathalie et son mari fermèrent la marche des entrants.

Paula avait donné une cédule à Maryse pour n'avoir pas besoin de commander à mesure chaque chose. Après un temps libre jusqu'à deux heures de l'après-midi, on servirait un cocktail dans la grande salle de séjour où se trouvait le sapin de Noël. Puis il y aurait la remise des cadeaux. Et à quatre heures, on passerait à table dans la salle à dîner.

Tandis que les enfants s'échangeaient des nouvelles, qu'on apprenait à connaître les deux nouveaux venus, Julie et Nicolas,

Paula convoqua Grégoire dans son bureau. Il prit place dans un fauteuil haut de gamme d'un style qu'il ne connaissait pas, sans doute scandinave. Depuis son départ, une partie du mobilier de la maison avait été changé. Il s'y mit en attente. Elle avait un apéritif à la main.

— Tu t'es rien apporté ?

— Non...

— Tu veux que je te fasse apporter quelque chose ?

— Non, merci.

— Certain ? Faut pas te gêner : j'ai qu'à sonner.

— Certain.

— Et alors, toi, ça va ?

— Ça va.

— Qu'est-ce tu fais de bon ?

— Tu le sais, toujours du pareil au même. Suis le Beauceron le plus ennuyeux de la planète.

— Tu penses que c'est pour ça que j'ai opté pour une autre voie que la nôtre ?

— Je le pense, oui.

— Ah !

— Et alors ?

— Y a de ça ! Je te l'ai dit : t'es un homme on ne peut mieux et tu sais que je le pense sincèrement, et c'est peut-être pour ça que tu t'es pas livré à de grandes crises de colère à cause de notre séparation. Mais « on ne peut mieux », ce n'est pas forcément compatible avec ce que je suis maintenant. Je suis la J.R. de la Beauce. « Une femme d'argent », m'a dit ma propre fille Nathalie. Mais au fond, je ne voulais pas t'imposer mon style de vie puisque ça ne te ressemble pas. Tu ne t'es jamais senti chez toi dans cette maison, tu étais dans la maison de Paula, n'est-ce pas ?

— C'est vrai.

— Et... tu as quelqu'un dans ta vie ?

— Ben... non, pas tout à fait.

– À moitié ? Elle couche chez toi mais n'y dort pas, c'est ça ?

– Sais-tu que t'es pas mal questionneuse ?

Grégoire n'en revenait pas d'entendre de Paula des questions jetées avec autant de désinvolture comme si elle était en train de traiter une affaire quelconque.

– Non, c'est pas une curiosité morbide, je veux juste savoir si tu t'en tires, et si c'est le cas, tant mieux.

– Je m'en tire, je m'en tire...

– Alors, je redis tant mieux.

Elle vida son verre et en commanda aussitôt un autre par intercom. Puis elle mit une clé sur le bureau devant lui en disant :

– J'ai voulu que tu viennes pour que tu veilles à notre vieille tradition des cadeaux-surprises après le déballage des autres...

– Ah ! bon, je n'aurais pas cru que tu puisses y penser.

– *Why not ?*

– Pourquoi la clé ?

– Le cadeau de chacun est près de la piscine en bas. Les portes sont barricadées. C'est la clé de celle à côté de la porte des toilettes en avant. Au lieu de Nathalie, c'est toi qui vas entraîner tout le monde à la découverte des trésors...

– T'as acheté quoi ?

– Tu verras... Et moi, je vais rester ici... comme on a toujours fait et tu me les enverras.

– Quand est-ce...

Elle coupa, consulta sa montre, dit :

– Je te ferai signe...

– C'est grand, la pièce de la piscine...

– Les cadeaux sont visibles. Il y a une carte sur chacun. Tu verras. C'est facile. Tout est facile... Ah ! et n'oublie pas surtout d'allumer toutes, absolument toutes les lumières avant d'entrer : c'est important, ça va ajouter beaucoup à la fête, pour ainsi dire. Tu comprendras pourquoi...

Maryse vint servir.

– Tu voudrais pas quelque chose ?

– Ben…

– Apportez-lui un gin fizz… C'est ce que t'aimes le mieux, hein ?

Tout se déroula comme prévu. À trois heures, dans une pièce jonchée de papiers multicolores déchirés, Paula donna à son ex-mari le signal requis. Il demanda l'attention, rappela la tradition, prit les devants.

Paula se hâta de regagner son bureau. Elle s'y enferma, souleva un couvercle sur un petit bureau à côté du grand, eut accès à une console ; elle appuya sur un bouton puis sur un autre et sur un troisième. Et fit glisser électriquement un panneau qui découvrit trois écrans de télévision dans le mur au bout de la bibliothèque.

Pour plusieurs raisons, cambrioleurs à surprendre, visiteurs à « examiner », employés à mesurer, argent à dilapider, et même sécurité à assurer aux baigneurs, Paula avait fait installer un système électronique invisible qui permettait de voir et d'entendre ce qui se passait dans plusieurs des pièces de la maison. Des caméras cachées surveillaient la piscine, la grande salle de séjour, certaines chambres et même la salle à manger. Et, bien entendu, les quatre directions depuis les quatre faces de la maison à l'extérieur.

Les écrans demeurèrent noirs un moment puis s'allumèrent par à-coups à mesure que Grégoire touchait aux interrupteurs, livrant ainsi à l'observatrice trois angles de la pièce de la piscine.

Apparurent, flamboyantes sous d'innombrables pieds-chandelles, quatre voitures, deux de chaque côté de l'eau où leur image se reflétait après s'être multipliée par la vertu de miroirs obliques haut perchés, et dont personne n'aurait pu savoir qu'ils camouflaient des yeux électroniques.

Puis diverses exclamations entrèrent dans les micros dissimulés et ressurgirent en gerbe sur la mère attentive qui buvait à petites gorgées de son mélange alcoolisé, les yeux attendris, le cœur fier, les lèvres souriantes.

Au milieu du toit de chaque voiture, il y avait une carte surmontée d'un chou rouge en ruban. Grégoire était estomaqué, mais il se faisait obéissant. Quelle autre attitude adopter dans les circonstances ? Il prit la première et la tendit à Christian en lui demandant de lire le contenu, ce que fit aussitôt le jeune homme :

– *Au sportif de la famille, une sportive qui le mènera loin...* Je vous pense, batêche, une Pulsar XE... La mère, elle y va pas à petits coups...

Paula filtra les mots pour le dire et ils s'adoucirent en elle.

La suivante était une Safari à belle finition similibois, une grande familiale.

– Je gage que c'est pour Nathalie, lança Christian qui hésitait entre l'attrait de son cadeau et le plaisir de découvrir celui des autres avec eux.

Grégoire prit la carte et la tendit à Marc qui fit toutes sortes de gestes pour inciter à rire.

– À l'artiste de la famille, pour ses longs voyages et ses importants bagages...

Chantal était la seule qui n'avait pas encore de véhicule. À la maison, elle s'était toujours servi de la deuxième voiture de sa mère, et maintenant qu'elle vivait à Québec, c'est l'autobus qui l'accommodait.

Ce fut quand même son tour. Elle reçut une Mercury Tracer que sa mère dit destiner à la prudente de la famille.

Le groupe se déplaça vers la dernière auto...

– Nathalie, c'est toi qui as le gros lot, lança Christian qui courut devant son père prendre la carte sur la Honda Prélude rouge vif avec petit toit ouvrant et ouvert.

Stéphane battait des mains comme un enfant. Sa réaction parvenait à Paula à qui il tardait de voir Nathalie sur l'écran. Elle entendit Christian crier à sa sœur :

– Ben quoi, tu viens pas voir ?

– J'en veux pas, j'ai pas besoin, cria sa jumelle aussi fort que lui.

– Non, mais ta femme est tombée sur la tête ou elle fait de l'humour ? demanda Christian à Stéphane.

– Sais pas... Voyons Nathalie, viens voir un peu...

Paula ne pouvait apercevoir son aînée sur aucun des trois écrans. Elle crut que la jeune femme s'opposait comme ça, momentanément. Ça lui passerait dans quelques secondes. Devant l'unanimité du bonheur, elle cesserait de se sentir mal à l'aise à cause de la grosseur du cadeau ; après tout, on devait bien savoir que pour le portefeuille de leur mère, une Prélude pesait aussi lourd qu'une plume sur l'eau de la piscine.

Grégoire entra sur l'écran deux. Il marchait lentement, les mains derrière le dos et le dos courbé sans savoir, semblait-il, quelle attitude adopter. Mais qu'il dise donc son mot, s'impatienta Paula. Nathalie finirait bien par se laisser influencer...

Christian commença à battre des mains en cadence et à répéter sans cesse :

– Na-tha-lie, ton ca-deau... Na-tha-lie, ton ca-deau...

Stéphane s'approcha de sa femme qui s'éloignait et entra dans le champ de la caméra trois ; et une vive discussion s'engagea qu'un micro bien placé véhicula tout droit à Paula.

– Un cadeau, c'est toujours une dette cachée, dit la jeune femme. Un petit, un moyen cadeau, ça passe, mais une auto dont on n'a même pas besoin pour vivre ?

– T'es folle : tu vas faire de la peine à ta mère si tu refuses. C'est une auto, pas un cheval de Troie. Ta mère n'essaie pas de te piéger : c'est pas une Grecque, c'est une Beauceronne, une Québécoise...

– Non, elle ne veut sans doute pas me piéger, nous piéger tous les quatre, mais elle a une tumeur sur son instinct maternel et elle ne s'en rend pas compte. Et moi, je vais lui dire aujourd'hui. Je ne vais pas accepter ce cadeau-là, je ne vais pas l'accepter...

– Ah! reviens-en! Tout le monde va te dire que t'es folle raide de la refuser. C'est donné: t'as qu'à dire oui...

– Non, c'est non!

Et Nathalie quitta les lieux de son pas le plus déterminé.

Paula sut qu'elle venait vers elle et fit disparaître console, écrans et très haute contrariété. Quand la jeune femme eut frappé, qu'elle fut là, elle ne lui laissa pas une seconde pour parler:

– Je dois te faire une confidence: c'est pas à vous autres que j'ai fait un cadeau en achetant ces voitures, mais à moi, à mes compagnies. Vois-tu, c'est déductible d'impôt, en tout cas la dépréciation de la première année, et au point de vue comptable, c'est un actif de plus pour chacune des quatre compagnies qui sont en fait propriétaires du véhicule... pour un an. Après quoi chacun de vous en aura la propriété entière et exclusive. En réalité, c'est à moi de te remercier et de remercier les trois autres enfants d'accepter ce cadeau. Viens, on va aller vers eux. Je suis contente que tu sois contente. Viens, Nathalie...

– Maman, je...

– Viens, qu'est-ce que tu attends?

De son pas le plus solide, Paula quitta la pièce. Nathalie demeura sur place un moment à réfléchir, à chercher... Elle s'écria:

– Mais maman, tu veux nous acheter, nous clouer à toi avec de l'argent, nous endetter envers toi comme tous les parents qui en donnent trop ou inutilement à leurs enfants sous prétexte qu'eux ont eu la vie dure dans le temps... Mais ils nous ôtent les défis, les obstacles et sont en train de faire de nous des mollusques, des mous et des incapables... Maman, attends! Redeviens une bonne mère: écoute au moins un de tes enfants.

Paula avait une bonne avance et elle parlait pour ne pas entendre:

– Tu sais, il y a eu des problèmes pour faire le choix des voitures; il fallait que je tienne compte de la personnalité de chacun, mais aussi du fait que je fais des affaires avec plusieurs des concessionnaires de Saint-Georges et que je voulais encourager chacun… En plus que je tenais à tout prix à ce que les cadeaux entrent dans le sous-sol par la porte double. Tiens, une fourgonnette, par exemple, n'aurait pas passé sous le châssis de la porte… Les autres sont-ils aussi contents que toi?

Nathalie se tut. S'arrêta net. Se rendit aux toilettes. Croisa Maryse en sortant. La Française lui proposa un autre apéritif. La jeune femme soupira, accepta. Et resta dans la salle de séjour.

À la piscine, Paula fut étreinte par des remerciements. Grégoire s'exclama :

– Rien de trop beau pour la classe agricole !

Paula dit :

– *Why not ?*

Stéphane lui demanda où se trouvait sa femme; Paula lui dit qu'elle semblait un peu embarrassée de recevoir un si gros cadeau et qu'elle était quelque part en haut… Il courut la retrouver, la rejoignit dans la salle de séjour; elle était assise en bouddha au pied de l'arbre de Noël parmi divers papiers froissés et rubans cassés, l'air désabusé, le regard perdu dans des lumières qui s'éteignaient et se rallumaient sans cesse.

– Voyons, a-t-on déjà vu ça, quelqu'un qui boude pour avoir reçu une Prélude en cadeau : c'est le monde à l'envers.

Nathalie but sèchement mais ne dit rien.

– T'as l'air d'une fillette de 4 ans déçue par le père Noël… Une petite démunie qui n'a rien eu en cadeau et qui se fâche au lieu de pleurer.

Il s'agenouilla derrière elle, la toucha à l'épaule. Les brillances de l'arbre se reflétèrent soudain dans le regard de la jeune femme. Elle sourit. Son mari venait de lui donner la solution au problème…

– Je le sais, ce que je vais faire… Je l'accepte, la Prélude, je l'accepte… Mais ensuite, je la revends et je donne l'argent aux démunis, exprès pour donner une leçon à maman… C'est la meilleure façon de lui bien faire prendre conscience qu'elle fait fausse route dans sa richesse égoïste.

Stéphane se scandalisa :

– Mais t'es folle à mettre à l'asile d'aliénés. Les démunis, les démunis… On commence notre vie, on est des démunis !

– On travaille tous les deux, on n'est pas à la grande misère noire que je sache…

– Les misérables, ils ont pas besoin de Prélude, ils aiment ça, la misère et c'est pour ça qu'ils sont misérables…

– Tu parles exactement comme maman, mon pauvre ami, exactement comme elle !

– Mais je parle avec ma tête, avec mon bon sens ! Les choses sont ce qu'elles sont.

Nathalie vida son verre et se lança dans une diatribe :

– Maman, c'est pas une mauvaise personne, mais la vie, la pensée de sa génération l'ont complètement pourrie, pis je veux pas que ça t'arrive à toi aussi. Elle a laissé papa parce qu'elle est complètement sous l'emprise de ce que monsieur Fortier appelait ambition-compétition-consommation, ce qui conduit tout le monde, collectivement et individuellement, à leur perte, à la solitude, aux pires malheurs. Monsieur Fortier disait aussi que la solution, c'était de remplacer cette pensée-là par partage-utilisation-activité-créativité, mais il s'est découragé de prêcher à maman qui… dans le fond d'elle-même comprend, mais ne veut rien savoir. J'ai entendu monsieur Fortier dire qu'il s'en allait pour son bien et je ne comprenais pas trop alors, mais aujourd'hui, je dis qu'il faut que j'essaie de sauver maman avant qu'il ne soit vraiment trop tard. En tout cas, je dois lui tendre une petite perche et si la vie lui en tend d'autres, peut-être qu'un jour…

De plus en plus irrité par cette philosophie ennuagée, Stéphane jeta :

– Non, mais tu es complètement partie… Vouloir donner une Prélude aux démunis !

Nathalie s'insurgea :

– Et ma mère, elle a raison de nous la donner, à nous autres qui ne le sommes pas ?

– Mais ça, c'est pas pareil...

– Tu te contredis au besoin.

– C'est pas question de se contredire ou non, c'est question que t'es une infirmière au cœur trop sensible : tu veux sauver le monde, jouer au messie... au détriment des tiens. Ce que tu donnes à d'autres, c'est à tes propres enfants que tu l'ôtes.

– De la misère à croire ça...

– Non, mais as-tu déjà vu du monde crever de faim dans la Beauce, toi ? Tu vas faire profiter de toi, voyons...

Et c'est ainsi que la Prélude offerte par Paula donna lieu à la première chicane de ménage majeure du couple Nathalie-Stéphane.

Coincée par tous, la jeune femme finira par céder.

De toute façon, quelle différence dans la vie des misérables qu'une Prélude atomisée, en arrivera-t-on à se dire en guise de conclusion de l'affaire.

*

Quand vint janvier, Paula se sentit seule.

Plus que jamais.

Personne dans la grande maison québécoise.

Les enfants repartis à leur propre quotidien.

Les serviteurs français rendus sur une plage du Sud.

Et la patronne qui devait rester au Québec pour voir à ses nombreuses compagnies. Pour organiser des assises lui permettant d'envisager de partir enfin pour de vrai elle aussi, d'entreprendre son grand voyage autour de la planète Terre faute d'en avoir complété un autour de sa planète tête...

Ses 49 ans approchaient. On entamait 1988 et jamais encore elle n'avait fait l'amour avec un autre homme que Grégoire. Le moment de procéder s'imposait. Et puis un château sans prince, c'est comme un cadeau sans emballage, comme un gâteau sans glaçage...

Sur les entrefaites, en cette époque où elle se trouvait en réflexion sur l'organisation de ce côté de sa vie, elle apprit que Grégoire vivait avec une femme. Elle le sut par un appel téléphonique de Suzanne qui en profita pour la féliciter d'avoir vu juste :

« Tu avais raison, hein : la publicité pour Rosabelle m'a valu la plus grosse saison des fêtes depuis que j'ai ouvert ma boutique. »

Paula ragea ce soir-là.

Elle appela chez Grégoire. Une voix de fillette répondit. Elle raccrocha. Elle rappela sur le tard. Une voix de femme se fit entendre. Elle raccrocha. Elle rappela le midi suivant. Son ex-mari parla.

Elle lui fit des reproches :

– Tu aurais bien pu me le faire savoir que tu vivais avec quelqu'un : j'ai l'air d'un beau coq-d'Inde à l'apprendre la dernière. As-tu peur de moi, de mes réactions ou quoi ?

Il hésita :

– Un peu, je pense. J'ai comme l'idée que... ben, c'est comme un point final.

– Notre divorce fut un point final, pas une virgule.

– Je sais, mais...

Après avoir raccroché, chacun de son côté souffrit pendant un long moment. Quelque chose de plus leur semblait détruit entre eux : non pas un mur mais une chaîne...

***

Chapitre 27

Paula multiplia les réunions en février, en mars, et surtout, en avril. À chacune, elle chargea quelqu'un d'une responsabilité supplémentaire.

Le jour de son anniversaire de naissance, en mars, elle reçut de nombreuses cartes de vœux, des communiqués par télécopieur, des télégrammes et aucun appel téléphonique. C'est que toute cette journée-là, elle fut occupée par les exigences encore très importantes, surtout en ce début de printemps, de la bonne gestion de la Reine de l'érable inc. La secrétaire avait ordre de noter les appels qu'elle retournerait le lendemain, y compris ceux provenant des enfants.

Elle résolut de quitter à l'automne ce poste écrasant et le fit savoir aux gens de la compagnie Heinz qui lui demandèrent des suggestions pour un remplaçant éventuel. Rapidement, elle élimina dans son esprit les candidatures des principaux cadres de l'entreprise. Il aurait fallu celui qui avait été si longtemps son alter ego : Gaspard Fortier, dont elle n'avait plus entendu parler depuis nombre de mois, ou peut-être davantage, elle ne se souvenait pas.

Par un beau soir de mai, après avoir pris plusieurs verres, elle se rendit chez Gaspard. Seule dans sa petite sportive blanche, vêtue de rouge et de noir, elle fit route lentement en laissant sa penser vagabonder parmi ces paysages si familiers et si étranges à la fois, dont elle était si remplie et si vidée.

À l'approche de chez Grégoire, elle accéléra. Elle n'avait guère le goût de voir le bonheur tranquille et ennuyeux de son ex-mari. Pourtant, elle crut apercevoir la tête d'une fillette dans le solarium. Et des images d'antan la pourchassèrent jusque dans le rang de Saint-Jean: Nathalie, Chantal, aux enfances à jamais enfuies, les petites Fortin du voisinage, Marie-Claude et toutes les autres qui étaient venues jouer... jouer et rire.

L'ermite avait exercé sur elle une influence régénératrice par le passé même si elle avait rarement suivi ses conseils. Il lui donnerait de la force une fois de plus. Elle en avait besoin. Et sans savoir pourquoi...

L'auto s'engagea dans l'entrée chez Gaspard tandis que le regard de Paula s'attardait sur des images intérieures. La réalité lui sauta au visage à la toute dernière minute au moment de s'arrêter. Elle freina brusquement; ses yeux s'agrandirent, laissèrent passer de la peur, de l'anxiété, de la colère, un galimatias de sentiments incontrôlables... et tous noirs.

La maison n'était plus que décombres calcinés, désordre charbonneux, poutres rongées et laissées de travers comme les chicots d'un abatis avorté, témoins grotesques de l'inutile, restes abstraits, désolants, sombres plus que le soir qui tombe...

– Mon doux Seigneur!

Après un moment d'abattement, la femme se laissa aller à la colère. Elle fit avancer l'auto brusquement, tourna, stoppa, recula... Les roues mangèrent le sol mou. Des gravats frappèrent la tôle.

Elle se rendit chez Grégoire à train d'enfer. Sonna. Sonna encore sans se rendre compte qu'elle n'avait pas donné la moitié du temps qu'il aurait fallu à quelqu'un venu répondre.

– Lâchez-vous donc, sortez du lit pis venez répondre...

La porte s'ouvrit doucement. Une fillette interrogea de son regard un peu creusé dans les orbites des yeux.

– Ton pè... je veux dire Gré... Bon, ta mère est là?

– Une minute.

Et Paula entendit l'enfant crier plus loin:

– Maman, maman, je pense que c'est la madame Tupperware!

Sylvie s'approcha et elle reconnut aussitôt Paula, un visage familier à tous dans la région car très médiatisé ces dernières années. Son front s'assombrit.

– Je peux voir Grégoire quelques minutes?

– Bien sûr, entrez!

Sylvie pensa que cette visite serait profitable en lui permettant de mesurer la relation des ex-époux.

– Je reste au bord de la porte, c'est rien qu'un renseignement que je veux...

– Mais non, venez vous asseoir, madame Nadeau, venez vous asseoir.

Paula se fit autoritaire:

– Une minute seulement! Qu'il vienne, s'il vous plaît!

– Très bien, ça sera pas long.

Et la femme cria à sa fille:

– Lucie, dis à Grégoire de venir! C'est madame Nadeau!

– Votre fille s'appelle comment? Lucie?

– Lucie, oui...

– Ah!

– C'est un vieux nom, hein?

– Non, non...

Grégoire arriva. Il s'exclama, tendit la main.

– Veux-tu me dire ce qui est arrivé chez Gaspard Fortier? J'avais affaire et la maison est brûlée.

– Tu le savais pas?

– Ben non.

– Je croyais t'en avoir parlé. Le bonhomme est parti de Saint-Georges pour s'en aller Dieu seul sait où. Une bonne nuit, l'automne passé, sa maison a passé au feu... Tu veux pas venir t'asseoir pour en parler?

– J'ai pas trop le temps.

– En tout cas... Entre nous autres, il m'a dit une semaine avant, que le temps pour lui de mettre son chapeau et de s'en aller était venu. Ça fait bizarre que le feu ait détruit la maison quelques jours plus tard, mais faut pas calomnier quelqu'un non plus... Étant donné que les pompiers avaient pas été demandés et que le Gaspard était absent au moment de l'incendie, des inspecteurs sont venus. Ils m'ont parlé... Mais vois-tu, y avait pas une cenne d'assurance sur la maison, ça fait que...

– Il ne t'a pas laissé d'adresse ?

– Non.

– La compagnie Heinz le voudrait pour gérer la Reine...

– Tu laisses tomber ?

– Faut...

– Je te comprends, tu dois être écrasée... Mais dis donc, je ne vous ai pas présentées. Paula, c'est Sylvie, Sylvie, Paula...

Les deux femmes s'échangèrent une poignée de main. Sylvie osa redire :

– Venez vous asseoir un peu...

– Je vous en prie, je dois retourner au bureau. Grégoire sait, lui, combien mon temps est pris...

– Ah ! quand Paula décide, faut pas insister pour la faire changer d'idée.

– Entêtement ou détermination ? questionna Paula.

Il esquiva :

– Esprit de décision nécessaire pour qui veut réussir en affaires et en général dans la vie.

– Contente de te l'entendre dire. Merci.

On s'échangea quelques banalités encore puis Paula se retira.

– Y en a pas deux comme elle ! soupira Grégoire après avoir refermé.

– Tu peux le dire... Jamais vu ça, moi, une personnalité aussi... écrasante.

Il sourit :

– Marche vite dans la chambre, et je vais t'écraser avec la mienne.

– Plus tard, il reste de l'ouvrage à faire... Ah! si tu viens m'aider... De toute façon, j'aime pas faire ça tant que Lucie dort pas.

*

Paula se rendit à la maison. Elle laissa l'auto dans l'entrée et partit à pied. Il fallait absolument qu'elle parle à quelqu'un; or, les Français ne lui apporteraient rien malgré tout leur savoir et les fioritures de leur langue. Et c'est tout à fait abasourdie à propos d'elle-même qu'elle se vit bientôt au bar-salon l'Intimité. Pour la première fois, elle s'y retrouvait sans personne avec elle. On la désignerait sous le surnom de « Cœur brisé », comme le voulait cette expression populaire masculine devant une femme seule dans un bar. Du gibier facile! Qu'on s'y essaye donc avec elle!

On la connaissait de vue parce qu'elle y venait deux ou trois fois par année, toujours avec des gens, mais pas comme une habituée.

Elle prit place dans un coin pour mieux garder pour elle le champ de force de sa pensée. La barmaid, qui assumait aussi la fonction de serveuse, s'approcha. Elle qui connaissait de vue sa cliente se fit particulièrement avenante et prévenante par le sourire et le ton sucré:

– Bonsoir! Je peux vous servir quelque chose?

– Oui, ce sera une bière. Légère.

– Quelle sorte?

– Aucune préférence.

– On a de la...

– Aucune préférence! affirma Paula avec un regard dont l'autorité ne laissait planer aucun doute.

– Ah! d'accord! Je vous sers une...

– À qui il appartient, ce bar?

La serveuse eut peur et se mit sur la défensive:

– À monsieur Veilleux, pourquoi?

– Ah! pour rien du tout, je me demandais comme ça. Et votre prénom, mademoiselle?

– Moi, c'est Lucie…

– Ah, ah, ah! fit Paula sur un ton presque indigné.

– Y a quelque chose qui va pas?

– Non, c'est rien. Ne vous en faites pas.

– Ce nom vous rappelle des mauvais souvenirs?

– En effet! Mais pas comme vous pourriez le croire. Pour tout vous dire, vous êtes la deuxième Lucie que je vois dans la même demi-heure, et même si ce n'est que par le nom, ça me rappelle ma sœur Lucie, morte il y a dix-huit ans… Ça me vient à retardement, vous allez me dire…

La serveuse était tout à fait rassurée. Elle serra sur son ventre son plateau noir qu'elle avait apporté inutilement et s'appuya davantage sur la jambe gauche.

– Ah! j'ai perdu une petite sœur, moi aussi… J'sais pas si vous vous souvenez… Un accident, trois morts au pied des quarante arpents… ah! ça fait pas mal longtemps… C'était en 1976, au mois de novembre… y avait des élections cette journée-là… Elle était avec mon père, mon père avait pris de la boisson… un face-à-face. Lui a rien eu. Dans le fond, c'est injuste. Deux morts dans l'autre auto et… ma petite sœur qui avait 12 ans… Elle était venue au monde en 1964… Aujourd'hui, elle aurait 24 ans… Elle avait une belle voix, cette petite fille-là, c'est pas croyable; elle aurait pu faire une carrière de chanteuse… Mais les élections, hein, souvent, ça fait plus de mal que de bien… en tout cas à certains…

Paula avait la gorge qui serrait. Tous ces hasards de la soirée avaient l'air planifiés par une sorte de main hautement diabolique. Elle vivait de ces moments où l'être humain a l'impression très nette qu'il est une machine programmée d'avance, un ordinateur parlant et capable d'affirmer qu'il pense. Pour elle, ce jour était mémorable, certes; il avait signifié un point de rupture entre son passé et son avenir. Il s'était produit un accident bien mineur dans sa vie, ce jour bizarre, et son inconscient avait bien pu lui donner des dimensions exagérées. La jeune sœur de la serveuse n'était pas morte par la faute de son père ce 15 novembre mais qui sait, Paula était peut-être morte, elle, par la faute de Grégoire?

– C'est vous, madame Paula Nadeau?

– On le dit, soupira la femme.

– Ça doit pas être trop décourageant de s'appeler de même.

– L'argent fait pas le bonheur.

La serveuse fit un rire pointu.

– Tous ceux qui en ont disent ça, c'est le fun...

– Si je vous offrais tout ce que j'ai et que le monsieur qui entre là-bas vous disait, lui, qu'il peut ramener à la vie votre petite sœur, mais que vous ne pouvez pas prendre les deux?

– C'est entendu que je voudrais que Nathalie revienne en vie.

– Nathalie?

– Ben oui, Nathalie, ma petite sœur qui est morte...

Paula se pinça le dessus de la main. Et fort. Elle devait rêver. Toutes ces similitudes dans les prénoms: impossible. En même temps, elle se dit que les hasards n'étaient pas si excessifs, car dans la moitié des familles québécoises, il y avait une enfant des années soixante baptisée sous ce nom-là. Mais ce fait s'ajoutant aux autres la troublait fortement. Peut-être que cette serveuse devrait aller chercher la bière commandée? De toute façon, le client nouvellement arrivé prenait place au bar et il faudrait bien qu'elle s'y rende.

– Donc, votre petite sœur faisait bien plus votre bonheur que des millions de dollars, une grosse maison québécoise et le reste?

– Bien entendu!

– Alors voilà: il y a sûrement d'autres Nathalie dans votre entourage...

– Elle était unique…

– Je veux dire des gens que vous aimez et qui vous apportent du bonheur…

– Ah ! ça, oui, c'est sûr !

– Tout est dit, alors.

– Je m'excuse, mais va falloir que je me rende au bar. Je reviens…

Après son départ, Paula se parla à elle-même :

« Non, ce n'est pas ainsi qu'il faut poser le problème. L'argent est un outil de réalisation personnelle. Je l'ai toujours dit, ça. Il donne le pouvoir de changer des choses, de les améliorer, d'améliorer sa vie. Mais si à cause de lui on souffre, ça n'a pas d'importance… Ou plutôt, comme dirait Gaspard Fortier, ça s'ajoute à son capital de souffrances. Donc, dans un sens ou dans l'autre, quoi qu'on en dise, l'argent est bon, bénéfique. Il construit. Il fait. Il peut tout. La question de choisir entre des millions et une vie humaine est un piège de personne riche ; je n'aurais pas dû le tendre. Pourtant, le raisonnement ne laisse pas de place au doute. Non, je n'ai pas préféré l'argent à Grégoire. Ce n'est pas comme ça qu'il faut poser le problème. Ce n'est pas comme ça qu'il faut poser le problème. Non, ce n'est pas… »

Une voix masculine interrompit sa réflexion. Le nouveau venu avait fait trois pas dans sa direction.

– Comment allez-vous, madame Nadeau ? Vous ne devez pas me reconnaître, j'ai pris un peu de pneu…

– Je ne me souviens pas, non.

– Le centre d'achats… Jacques Morissette…

– Ah ! oui, oui. C'est que j'ai la tête pas mal perdue…

– Ça fait pas mal d'années, mais vous ne changez pas, vous. Toujours aussi resplendissante de santé !

– Je vous remercie.

– Vous vivez toujours pas loin, dans la grosse maison canadienne ?

– Y en a qui disent «québécoise»... Mais le mot est un peu passé de mode.

– Ça va revenir, ça va revenir, même si le petit père du peuple est mort; son esprit survit et il est même plus fort mort.

– Vous croyez?

Il s'approcha de deux autres pas. La serveuse le doubla et se rendit porter la bière à Paula.

– Toujours dans le domaine du sirop d'érable?

– Comme ci, comme ça.

– Ah?

– J'ai vendu la compagnie mais je la gère toujours.

– Les temps sont plus difficiles dans ce secteur-là?

– Beaucoup plus, oui. Mais maintenant, bien ce sont les problèmes de Heinz.

– La chaîne Rosabelle, c'est vous aussi? Les roulottes Grand-Air? Informaxi? Uranus?

– Mais vous en savez sur moi.

– Ah! vous savez, j'ai une grande admiration pour les gens qui réussissent et doublement s'il s'agit d'une femme. Suffit de lire le journal et on voit un article parlant d'une nouvelle acquisition par vous. Notre Péladeau beauceronne...

L'homme charmait aisément. Il se tenait droit, la tête haute, une main sur la hanche, la rose entre les lèvres... Paula eut une idée tout à coup. Peut-être que cet homme, fine fleur de la Beauce et très communicatif, pourrait devenir le gestionnaire de la Reine de l'érable?

Il fit encore deux pas. La serveuse lui dit en passant:

– Tu veux que je t'apporte ta bière ici, Jacques?

– Bonne idée, tiens! répondit-il solidement. Si je bois debout, ça va descendre plus vite et je pourrai en commander une deuxième.

– Vous pouvez vous asseoir si vous voulez, intervint la femme d'affaires.

– Je suis très flatté; c'est pas de refus.

Pas question de mettre sur le tapis, d'entrée de jeu, ce poste qu'elle quitterait bientôt! Elle devait en savoir sur lui. À quoi occupait-il sa vie depuis le temps? Possédait-il une part des caractéristiques de ses adjoints à la compagnie, et de Gaspard, le candidat idéal, et d'elle-même, la fondatrice et administratrice de cette entreprise qu'elle avait fait rayonner sur le plan international?

Après avoir jasé avec lui pendant deux heures, elle en vint à un jugement quelque peu éméché: non, il ne possédait pas grand-chose de tous ceux qu'elle savait capables, les uns moins que les autres, d'assurer sa succession à la tête de sa compagnie la plus chère.

Par contre, il lui rappelait, et en tout craché, Gabriel Riana. L'œil qui lançait tout le temps des lueurs à la fois sensuelles et confiantes. La voix: bienveillante et défiante au même instant. Un mélange de grande assurance et de peur enfantine dans le propos.

Visiblement ébranlée par l'alcool, elle consulta sa montre vers minuit et déclara qu'elle voulait partir mais qu'elle ignorait si elle pourrait se rendre chez elle dans cet état.

Galant homme, il lui offrit son bras et sa voiture.

Dans l'entrée du garage, avant de descendre de l'auto, elle jeta des mots titubants:

– Mon cher… cher Jacques, savez-v… vous nager?

– Comme un requin.

Elle rit:

– Si quelqu'un… se baigne et cale trop… creux, vous le dévorez… ou vous le sortez de l'eau…

– Si c'est une jolie femme, je la sors de l'eau et je la dévore ensuite…

– Un bain de minuit, ça… vous intéresse?

– Y a personne qui va… rouspéter? Les enfants…

– Mon cher ami… Paula Nadeau a de comptes à rendre… à personne… à part le Bon Dieu… Pis le Bon Dieu… si… Il était contre les bains de minuit, n'est-ce pas qu'Il ferait disparaître complètement... l'eau... heu... l'eau... à onze onze heures et demie...

– C'est plein d'allure.

– Ce que je dis est toujours plein d'allure... c'est ce que je dis pas qui a pas d'allure...

– Bon, allons-y!

– C'est que... tu vas dire à ta femme?

– Que j'ai participé à un naufrage puis à un sauvetage: personne peut être contre ça!

Paula rit doublement et descendit en hoquetant. Il arrêta le moteur et la suivit sous les projecteurs inondant de leur lumière forte tous les alentours. Elle contourna la maison pour entrer directement au sous-sol par la descente arrière qui donnait sur les portes doubles de la pièce immense abritant la piscine. Elle dut se faire aider pour mettre la clé dans la serrure. Alluma quelques lumières. Indiqua à son compagnon où se trouver un costume de bain. Jeta sa bourse sur un banc et se déshabilla.

– Alors, le sauveteur, il est prêt à me sauver?

L'homme sortit d'une cabine et il s'approcha, les bras croisés. Elle l'examina de pied en cap.

– Vous êtes poilu comme un... vrai gorille, mon cher monsieur.

– Ça aide à flotter.

– Ben moi, je cale vite... et on va voir ça... C'est rare que je prends... un bain... Albert pis Maryse, eux autres, ils se saucent... tous les jours... Moi, j'aime mieux... ma chambre de bains... Je me sens moins toute nue... Ha, ha, ha...

Elle ôta le dernier morceau de linge qui lui restait et marcha jusqu'au bord de l'eau tandis que son invité la jaugeait à son tour.

– Ha, ha, ha... c'est la pre... première fois que... qu'un homme... me voit à poil... Pis toi, mon ami, t'as du poil... mais t'es pas à poil...

– Si ça peut vous rassurer…

Il se délivra de son costume de bain. Elle se tourna vers lui, leva les bras et se laissa tomber vers l'arrière. Son dos frappa l'eau. Et alors son esprit se moqua totalement de la réalité. Elle se laisserait langer par l'eau, manipuler par les mains masculines… Un total sentiment d'abandon s'empara de toutes ses cellules.

L'homme se fit chevalier servant. Il la soutint dans l'eau, frotta son corps en prenant soin d'éviter les parties sexuelles afin de ne pas gaspiller le désir et au contraire plutôt pour l'aiguiser. La femme avait l'impression de se trouver hors d'elle-même, comme dans un long rêve, et cela était agréable ; pourtant, ses sens conduisaient à son cerveau les plaisirs que l'abandon du corps entre ces mains expertes lui procurait.

Elle dit n'importe quoi et rien de cela ne lui restait en mémoire de sorte que le propos était parfaitement décousu. À lui, de coudre les idées ! Qu'il pense, qu'il agisse ! Elle lui servait les données. « Frotte-moi les jambes, mais… attention de ne pas trop… monter… » « Et le dos… rien que jusque… rien qu'aux reins… » « Tu vas venir ensuite me reconduire à ma chambre… c'est facile, facile, je vais te guider… et tu vas me guider… »

En effet, tout lui paraissait facile, surtout quand dans la chambre sombre, après un quart d'heure de caresses savantes, il la pénétra. Elle eut alors un petit rire.

– Me demande ben… pourquoi j'ai attendu… quarante-neuf ans pour… avoir un autre homme… Ça fait pas mal pantoute…

– J'espère, dit-il en s'enfonçant par un violent coup de reins.

– Je dirais même que… ça s'endure…

– Je vais te faire une fête digne d'une millionnaire.

– En retour, j'te donne… tu sais quoi ?

– Non, je devine pas…

– Ma vir… virginité… ma… ma deuxième virginité… Les femmes ont deux… deux virginités… C'est tout comme une maison à deux… deux hypothèques…tu comprends?

– Deux virginités?

– Ouais… La première quand c'est… la première fois avec leur premier amant… et pis la deuxième quand c'est la première fois avec leur deuxième amant… facile… C'est dans la tête que ça se pas… passe…

Elle hoqueta longuement tandis qu'il multipliait les coups de boutoir. Le plaisir monta en sa substance et se diffusait par tout son corps comme s'il eût été un nuage de quelque chose, des vapeurs polychromes imprécises et indécises…

Marquée par de véritables coups de bélier, la conclusion se posa comme un double point de suspension… Il dit à travers son souffle coupé:

– Faudra recommencer…

Elle rit:

– Tu sais à quoi… je pense?

– Non…

– Moi non plus… et c'est la… première fois que j'sais pas… à quoi j'pense… depuis… le jour que… que ma pauvre mère est morte…

– En tout cas, faudra se reprendre, redit-il en se laissant glisser à côté d'elle.

– Quand… après que j'aurai… dormi…

Et comme frappée par une lourde masse, elle perdit conscience.

***

Chapitre 28

– Marc, je vais te confier une charge plutôt lourde pour un jeune homme de 21 ans et c'est celle de t'occuper de cette maison en mon absence.

– Albert et Maryse, eux autres?

– Vous collaborerez ensemble, mais c'est toi qui auras la haute main et la première responsabilité.

– Je les aime pas beaucoup, moi, les Français, tu le sais, maman.

Paula montra un certain étonnement à travers ses mains croisées à hauteur de sa bouche:

– C'est la première fois que tu m'en parles.

– Sont prétentieux, orgueilleux, hautains, snobs.

– Sont obligés de montrer du style, c'est comme un cru de qualité. Des Anglais et ça serait à peu près la même chose. Et des Anglais de par ici, ce serait trois fois pire…

– Sais pas… j'aime ça du monde comme nous autres, qui parlent comme nous autres, pis qui pensent comme nous autres…

Paula s'esclaffa:

– Mon doux Seigneur, qui, penses-tu, pense comme ta mère dans le haut de la Beauce?

– Ben quoi, mais tout le monde a de l'admiration pour toi, maman.

– Et qu'est-ce qu'on dit?

– Ben… que t'es une femme forte, intelligente, belle, supérieure à l'homme…

– Tu m'en diras tant! Fais-moi pleurer sur ma fierté!

Marc avait terminé ses études. Paula lui avait prêté les sous nécessaires pour qu'il puisse ouvrir son propre studio de photographie à Saint-Georges. Il continuerait de vivre à la maison et administrerait un budget entretien et nourriture, et même toucherait un salaire pour cette tâche absolument aisée.

Contrairement aux trois autres enfants de la maison, le jeune homme avait glissé doucement, sans jamais s'en rendre compte, dans le mode de pensée et de vie de sa mère adoptive. Des quatre, il était resté le plus dépendant et le plus vulnérable. Cela faisait partie de son caractère de base, hérité de sa vraie mère. Et surtout, il se sentait le plus endetté de tous envers Paula à cause de cette adoption. Par contre, la responsabilité qui lui incombait le séduisait fort, mis à part l'indésirable fait français qu'elle incluait. Et Paula, qui avait juré à Lucie de veiller sur son fils mais ne pouvait pas l'emmener avec elle autour du monde, désirait organiser la vie du jeune homme pour le temps de son absence. Et c'est la grande maison québécoise qui la relèverait pour protéger le fils incertain qui ne semblait toujours pas avoir trouvé sa vraie voie comme Nathalie, Christian et Chantal.

Et puis Paula resterait toujours en communication avec la maison. Elle avait planifié, prévu un appel téléphonique par semaine. Un itinéraire fabriqué avec une agence de voyages indiquait les lieux où il faudrait faire parvenir le courrier pour que celui-ci la devance au besoin. Et en troisième lieu, elle reviendrait chaque trois mois le temps de quelques jours afin de voir aux affaires urgentes difficiles à régler autrement qu'en personne, et surtout pour en avoir le moins possible à penser quand elle serait à l'étranger.

Son trajet passerait par tous les continents et quatre-vingts pays; mais cela ne valait, par sa rigueur, que dans le projet et, comme en affaires, si un pays tel une compagnie l'appelait plus longtemps, elle y resterait plus de temps. Car comment prévoir à l'avance qui on va rencontrer en route et jusqu'à quelle profondeur on va découvrir ces personnes ! C'est le lot du voyage bien organisé mais sous l'enseigne de la souplesse de l'itinéraire. On ne peut bien improviser que si l'on s'est bien préparé, redisait-elle souvent à ses interlocuteurs. Pour elle, cela valait dans tous les domaines de sa vie.

– J'ai justement parlé avec monsieur Morissette hier... il a l'air de bien te connaître.

Paula rougit. Après sa nuit folle de l'été précédent, elle avait opposé divers prétextes aux tentatives de l'homme pour « recommencer ça à froid », comme il le proposait.

– Et qu'est-ce qu'il avait à dire, ce monsieur ?

– Ben... qu'il avait bien apprécié jaser avec toi. Des belles choses, rien de négatif, au contraire. Il paraît avoir une haute impression de toi... Disons qu'il a l'air impressionné, c'est le mot. Je sais pas comment les Français diraient ça, eux ?

Paula se sentit soulagée. Certes, les Français savaient ce qu'elle avait fait en cette shakespearienne nuit d'été, mais il se trouvait, parmi leurs plus hautes caractéristiques, une de ces discrétions à toute épreuve. Cela faisait partie de leur image de marque, de leur marque de commerce...

– Bon, je compte sur toi pour tout. Tu pourras prendre toutes les initiatives... raisonnables que tu voudras. La maison t'appartient. Et tu t'y comporteras comme si tu étais moi... enfin presque. Tu comprends ?

Il sourit :

– Bien sûr, maman !

Paula fut remuée par un souvenir. Elle dit :

– Y a quelque chose de spécial qui se passe quand tu me dis ce mot-là... Et c'est pas ce que tu penses, là ? Rien à voir avec le fait que tu sois le fils de Lucie...

Il y eut une pause. Paula se demandait si Marc n'était pas devenu son enfant préféré même si elle ne l'avait pas porté dans son sein ; mais elle chassa cette pensée si peu en conformité avec la nature humaine.

Marc raidit sa voix :

— Je ferai ce qu'il faut. La maison sera bien gardée.

Elle lui révéla ensuite le secret du système électronique de surveillance de la maison. Il ne devrait l'utiliser qu'à très bon escient, jamais autrement. Elle lui fit promettre de taire à tous l'existence de ce matériel, et ce, même aux enfants qui viendraient en son absence.

« C'est afin que tout le monde reste au naturel ! C'est comme une police secrète... bienveillante. »

Et elle lui confia la clé de la console.

*

Quelques jours plus tard, Paula donna un souper. Elle annonça la date de son départ : le 2 avril, donc peu après son anniversaire de naissance, celui de ses 50 ans.

Même Grégoire fut de la fête et il vint avec sa compagne, qui tâcha de se rendre agréable à l'autre femme. Paula dit qu'elle serait de retour pour quelques jours à tous les trois mois et elle révéla le soin qu'elle avait mis entre les mains de Marc.

Albert servait quand il entendit ce propos et il fronça les sourcils. On applaudit. Paula l'interpella. Traqué, il dut bien sourire.

C'était le bonheur total chez les Nadeau-Poulin. Paula partirait l'âme en paix. Nathalie filait l'amour aux trois quarts parfait. Chantal montrait le plus grand optimisme face à l'avenir. Christian devenait de plus en plus carré comme son père, et son père semblait tout à fait remis de son chagrin, comme un joueur de hockey échangé malgré lui et qui s'est trouvé un nouvel instructeur qu'il aime bien.

Et Paula jouissait du bien le plus précieux de tous : la liberté et l'avenir.

Ceux qui ne purent la visiter lui téléphonèrent la veille de son départ. Grégoire fut le plus chaleureux. Elle comprit qu'une douleur couvait sous les cendres ; cela ne pouvait qu'aider à son bonheur.

Ce jour-là, un soleil à faire pisser les érables avait pris rendez-vous avec la vallée. Loin de songer au temps des sucres, Paula était fébrile. Elle avait choisi un départ grand style avec limousine et chauffeur. Albert la reconduirait à Montréal ; et en route, elle pourrait encore finaliser certaines affaires par le biais du téléphone.

Marc laissa son studio fermé pour la journée. Il voulait embrasser la voyageuse une dernière fois, lui dispenser une image confiante et sereine.

Quand il ne resta plus qu'à monter en voiture, Paula fit une tournée ultime des deux étages puis elle se rendit à la piscine. Elle s'accroupit et trempa sa main comme pour vérifier la température de l'eau, mais c'était pour faire de la vague sur la surface tranquille, pour que s'agitent les reflets vert pâle venus du fond... Le geste lui parut spontané, et pourtant, il était commandé par quelque chose loin dans l'inconscient comme si la main avait questionné le passé... ou bien le futur.

C'est dans une classique élégance qu'elle voulait quitter un monde pour entrer dans un autre. Elle portait une veste quadrillée à devant croisé, épaules rembourrées, tons pastel sur un pantalon à glissière de couleur taupe.

Elle revint au rez-de-chaussée où elle se rendit au vestiaire y prendre un imper qu'elle garda sur son bras. Maryse qui avait prêté attention à ses allées et venues sut que le moment était arrivé. Elle s'approcha, portant la bourse de sa patronne, et salua.

– Ce voyage sera pour vous, madame, comme une nouvelle adolescence, vous verrez.

– Pas trop tout de même !

– Mais pourquoi pas, madame Paula ?

– En effet, pourquoi pas ?

On se serra la main. Paula prit sa bourse, mit son manteau sur ses épaules sans l'endosser puis elle sortit. Marc s'entretenait avec Albert qui était au volant, lui posait des questions ; c'était sa manière de le flatter sans que l'insincérité ne suinte.

— Tu m'excuseras, il faut que j'ouvre la portière de madame, dit Albert qui ne put s'exécuter en raison d'un ordre double.

— Laissez, je m'en charge, dit Marc.

— Restez là, Albert, je vais ouvrir moi-même, commanda la femme.

Elle marcha d'un pas ferme sur l'entrée de pierre puis la montée noire d'asphalte où attendait la limousine bleu foncé.

Marc ouvrit. Elle s'arrêta à lui. Il tendit la main. Leurs yeux se rencontrèrent. Les rayons du soleil suivirent les rigoles que formaient les pattes-d'oie accompagnant le regard profond de la femme et y pénétrèrent pour la réchauffer en s'y conjuguant avec une émotion belle.

— Dans une semaine, je t'appelle.

— Ça me fera penser à cette chanson que tu m'as montrée quand j'étais petit, *La voix de maman*…

Paula eut un regard très profond vers un temps perdu à jamais… Peut-être que l'imagination aidant, elle pourrait frôler les sentiments que sa mère avait dû ressentir autrefois lorsqu'elle téléphonait à la maison chaque dimanche depuis sa prison du sanatorium.

Poussée par une image indélébile, celle de Lucie dans ses bras de 9 ans tandis que la cheminée flambait, Paula entraîna le jeune homme sur elle et l'étreignit. Mais elle ne dit pas ce qu'elle ressentait et voulut que le geste soit utile :

— Tu embrasseras tous les autres pour moi.

— J'y manquerai pas…

Puis elle monta, tandis que Marc rentrait en frissonnant et accompagné de reproches pour ne s'être pas assez bien vêtu. Pas une fois Paula ne tourna la tête pour jeter un dernier coup d'œil à la maison. C'est qu'elle se trouvait déjà au téléphone…

Marc se rendit tout droit au bureau.

Tout là lui parut différent. La bibliothèque. Les meubles. Les tentures. Toutes ces choses qu'il avait toujours respectées prenaient un air banal. Il se demanda pourquoi. Il se sentait comme un enfant devant un jouet nouveau. Pas tout à fait. Un jouet nouveau sans doute mais qui appartenait à un frère auparavant, et qui changeait de mains…

Il marcha devant les livres et lut des titres à voix haute. En retira un, l'ouvrit, le remit à sa place. Respira. Fit des flexions pour atteindre ses souliers avec le bout de ses doigts. Puis marcha de long en large, les mains dans les poches, comme un grand propriétaire heureux, brassant sa monnaie tel un fier adolescent des années cinquante… Ses doigts identifièrent une clé, la sortirent de sa poche droite. Il la regarda avec intensité. Et il se rendit derrière le bureau où, après avoir hésité un moment, il prit place dans le fauteuil.

Il hésita encore. Devait-il demander à Maryse de lui servir quelque chose ou bien s'amuser avec la console cachée? L'électronique d'abord, la Française viendrait plus tard. La clé fit son travail avec tant d'aisance qu'il le remarqua. Tout était si facile dans le fauteuil de la présidente…

Les images parurent à l'écran. Une le surprit tellement qu'il fut sur le point de tout refermer. Elle n'avait pourtant rien d'exceptionnel puisque c'était Maryse qui, en costume de bain, s'apprêtait à plonger dans la piscine. Le jeune homme pencha la tête et mit l'ongle de son pouce entre ses dents. Il réalisait que pour la première fois, il serait seul pendant toute une journée dans la maison avec cette femme qu'il aimait encore moins que son mari. En même temps, il prenait conscience de tous ces boutons autour de lui et qui lui conféraient une grande puissance. Il se renfrogna. Son regard rapetissa pour ne devenir qu'une ligne. Les questions se bousculèrent en sa tête, des scénarios s'écrivirent, des photos d'un futur hypothétique devinrent presque réalité.

Maryse étira les bras au-dessus de sa tête, sauta sur le tremplin, corps gracile, geste élégant ; elle s'enroula sur elle-même puis se déroula pour pénétrer dans l'eau comme l'eût fait une nageuse olympique magnifiquement racée.

Marc se dit qu'il devrait oser l'approcher et lui demander de poser pour lui ; il le ferait gratuitement, et même, exposerait les photos dans sa vitrine pour quelque temps. Aussitôt, il s'en voulut. Comment expliquer un tel attrait simplement parce que cette femme d'au moins la mi-trentaine lui apparaissait en tenue de bain sur écran ?

Il vit son casque blanc se rapprocher de la surface de l'eau puis émerger. Elle nagea jusqu'à un escalier et sortit de la piscine. Se croyant seule, la femme aida son vêtement à la mouler le plus confortablement possible : elle introduisit ses doigts sous l'élastique entre les cuisses près du sexe et tira, puis elle poussa avec ses paumes sur chacun de ses seins.

Marc fut troublé. Et plutôt content de l'être. Il lui fallait absolument se libérer de son vieux démon l'obsédant depuis la jeune adolescence et qui avait établi sur sa vie une emprise insupportable lors de son séjour au cégep alors qu'il avait cohabité avec un autre étudiant. Il y avait trop d'interdits attachés à la voie empruntée : les préjugés, le sida, l'autre partie de lui-même…

Maryse, mouillée, monta à nouveau sur le tremplin. Cette fois, l'observateur délaissa ses formes pour concentrer son attention sur son visage. Le nez fin, pointu, délicat avec un grain de beauté sur l'aile droite. Des lèvres assez petites, mais longuement ciselées. Et pommettes saillantes. Il entendait sa voix par la mémoire : un timbre mélancolique, discret et délicieusement parisien…

C'était sa hauteur, sa distance et sa froideur qui gâchaient ses atouts de la même manière qu'un sourire engageant rend belle toute femme des plus ordinaires. Mais peut-être avait-il tort de sentir du mépris de sa part ? L'approcher avec une caméra tandis qu'elle se trouvait à la piscine et seule avec lui, surtout après le départ de la maîtresse de maison, changerait peut-être toutes les données du problème.

Le jeune homme changea sa position et s'accouda sur l'autre bras du fauteuil. Et il mit de travers entre ses dents son autre pouce qu'il mordilla alors que la plongeuse disparaissait sous l'eau.

Il se demanda ce qu'il avait à risquer ; après tout, c'était lui, le nouveau maître absolu des lieux, et Maryse ne saurait l'envoyer promener comme naguère. Il se ravisa encore pourtant en pensant qu'il n'avait dans sa chambre que des caméras d'amateur et qui le feraient paraître suspect et trahiraient des intentions cachées...

Il resta ainsi à tergiverser tout le temps que la jeune femme se livra à son exercice quotidien. Quand elle eut terminé et disparut des écrans, il ferma la console et ragea devant sa propre indécision et son impuissance.

Il se leva et quitta le bureau avec le dessein de circuler dans la maison pour sûrement croiser la femme et parler avec elle. On discuterait d'il ne savait quoi... tiens, peut-être des attitudes nouvelles à prendre l'un envers l'autre.

Dans le couloir, il l'entendit monter l'escalier, non par son pas léger feutré par la moquette mais par son fredonnement d'un air qu'il ne reconnut pas. Ils se retrouvèrent face à face en haut, elle sur la dernière marche et lui devant elle, ce qui indiquait son intention de descendre.

— Ah ! re-bonjour ! dit-elle en serrant la ceinture de son peignoir bleu poudre tout de plis qui camouflaient ses formes.

— Je pense que nous voilà... seuls en ville.

— En effet ! Une femme courageuse que votre mère, de partir seule ainsi à travers la planète !

— Ah ! elle a les moyens pour se faire bien entourer.

— Si, si, bien sûr !

La femme s'écarta par deux pas de travers.

– Ah! je voulais…

Mais il fut interrompu:

– Même en son absence, je respecterai à la lettre mon temps de travail, soyez sans crainte, monsieur Marc et le moment de reprendre la tâche est venu.

– En fait, ma mère a dû vous le dire, j'ai maintenant autorité pour vous demander certaines choses comme de ne pas reprendre votre travail tant que je n'ai pas fini… de vous parler. Vous offusquez pas: ce que je veux dire, c'est qu'avec moi, vous n'aurez pas à être plus catholique que le pape… si vous voyez ce que je veux dire.

– Très bien, monsieur Marc… Au fait, dois-je vous appeler monsieur Nadeau, monsieur Poulin ou encore monsieur Boutin? Nous n'avons jamais bien su, Albert et moi, dit-elle en riant. Difficile de se démêler dans votre héritage culturel. L'identité, votre identité est… disons mal définie.

– Mon nom officiel, c'est Marc Poulin.

– Justement, nous inclinions à le penser. Eh bien, bonne journée, là!

Elle le laissa en plan et courut à l'autre escalier qu'elle grimpa en souplesse et en vitesse pour se rendre à l'étage des chambres.

Le jeune homme était désarçonné, pantelant, empêtré dans de mauvais sentiments et une recherche d'identité qui n'aboutissait nulle part, tout comme ses orientations sexuelles indéfinies…

***

Chapitre 29

— Veux-tu ben me dire qui c'est ça, le petit blond frisé qui est assis avec toi ? demanda une voix fine derrière la tête de Marc.

Le blondin en question était parti aux toilettes et c'est Nathalie, que son frère n'avait pas encore aperçue dans le restaurant, qui le surprenait par cette manifestation de sa présence.

— Lui ? Ah ! c'est qu'un employé. Entre nous deux, je me demande si je vais le garder ou le renvoyer… Je l'ai emmené ici pour peut-être lui faire perdre sa nervosité… et le savonner comme il faut. T'étais où ?

— Là-bas dans la section non-fumeurs.

Marc étira le cou et il aperçut Stéphane qui le vit aussi. On se salua de la main.

— Quoi de neuf ? Des nouvelles de maman ?

— Justement, elle a appelé hier encore. Elle est rendue à Cuba, imagine !

— Elle tient pas en place pantoute. Une vraie queue de veau à travers le monde.

— Tu te souviens que le premier pays où elle est allée en début d'avril, c'était la Bolivie ? Bon, ben ensuite, elle a fait le Brésil, l'Argentine, le Venezuela, la Jamaïque et la voilà à Cuba. Elle a suivi exactement l'itinéraire prévu, si tu te rappelles.

— Bah ! le paquet de pays qu'il y avait sur sa route : difficile de garder ça en mémoire et surtout dans l'ordre. C'est un peu compliqué…

— Y en a pas deux comme elle !

— Quand est-ce qu'elle revient ?

– Le 18 juin… pour sept jours, et ensuite, elle part pour l'Europe.

Nathalie avait la démangeaison de faire savoir à sa mère qu'elle était enceinte, mais elle désirait lui annoncer elle-même la nouvelle et si possible en personne.

Il suffisait d'attendre le mois prochain. Néanmoins, ça ne l'empêchait pas de le révéler à son frère en exigeant de lui qu'il ne le répète pas.

– Bon, ben… La soupe doit être sur la table, je vais y aller avant qu'elle refroidisse…

Le petit blond revint et il reprit sa place sur la banquette. Marc ne le présenta pas. Il préférait que Nathalie ne lui parle pas, car elle sentirait que ce garçon n'était pas un employé sur le point d'être renvoyé.

– Depuis que maman est partie que j'ai pas eu de nouvelles de vous autres.

– C'est qu'on a une grande nouvelle… qui couve.

Elle se mit la main sur le ventre. Marc comprit et son visage s'éclaira :

– Tu me dis pas que je vais être mononcle ? C'est pas rien, ça !

– Exactement… mais je te défends ben de le dire à maman. Je veux lui apprendre moi-même.

– Ça se comprend… J'imagine que si on est enceinte, on veut le dire soi-même…

On termina l'échange par des banalités puis Nathalie regagna sa place. Marc dit à son copain :

– On avait ben besoin de les voir ici ; parle-moi le moins possible le temps qu'on va manger, et surtout, ris pas. De toute façon, c'est pas drôle…

*

La semaine suivante, Paula appela. Son séjour à Cuba prenait fin le lendemain et elle partirait pour Haïti où elle vivrait les trois semaines à venir jusqu'à son retour au Québec. Marc lui dit de Nathalie qu'elle avait une grande nouvelle à annoncer à sa mère.

Quand Nathalie lui dit qu'elle attendait un enfant, Paula feignit la surprise et elle exprima le double de l'émotion qu'elle ressentait puisque les dix-huit jours passés l'avaient accoutumée à sa joie de devenir grand-mère, surtout avec ce qu'elle avait pu voir et entendre dans le pays le plus pauvre de l'hémisphère occidental.

*

Au mois d'août, Christian reçut un colis venu de France par avion. Julie, la jeune femme qui partageait maintenant sa vie et son logement, l'ouvrit pour lui alors qu'il se trouvait encore au travail en compagnie de son père malgré l'heure tardive.

L'envoi était de Paula qui l'avait posté depuis Paris. Il contenait quatre vidéocassettes de film huit millimètres et une lettre que Julie n'osa ouvrir.

— Elle me demande de faire copier les films sur VHS et de faire cadeau d'un exemplaire de la vidéocassette à chacun des enfants, annonça Christian après avoir lu la lettre à son retour.

— Comment ça se fait qu'elle ne s'adresse pas à son homme de confiance ? s'enquit la jeune femme qui ne faisait que répéter ce dont son compagnon s'était plaint à quelques reprises.

— En plus que c'est pas mal plus du domaine de Marc que du mien, que de taponner avec des vidéocassettes... De toute façon, y a un chèque pour couvrir trois fois ce que ça va coûter. Pourquoi s'obstiner ?

Il y avait sur les films des images de tous les pays visités. Richesse, misère. Nouveaux amis. Connaissances de voyage. Assez peu de paysages ou de monuments. Bien sûr, Notre-Dame de Paris... Des prises de vue souvent originales. Huit heures en tout...

Personne n'en visionna plus que des parties. Chacun avait trop à faire, trop à voir... Ses propres richesses et misères, ses propres amis, ses connaissances, ses paysages de la vallée, bien sûr le pont couvert de Notre-Dame-des-Pins, son travail, ses amours, sexualité, déplacements, alimentation, sorties : sa vie quoi...

Personne sauf Grégoire, qui mit de côté plusieurs soirées de hockey et s'enferma dans le bureau où il retrouvait souvent l'âme de sa Paula de naguère, afin de la regarder évoluer à travers le monde.

Pour ne pas priver Sylvie et Lucie de leurs émissions de télé, il avait fait installer dans ce bureau, sous le prétexte, du reste valable, des Canadiens à suivre, un téléviseur et un magnétoscope. Et en l'absence de Sylvie qui continuait de travailler deux soirs par semaine, il en profitait un peu pour questionner les agissements de son ex-femme à travers ses essoufflantes pérégrinations à la Shirley MacLaine ou à la Marco Polo.

Sur les dernières images, Paula annonçait, au pied des tours de Notre-Dame, son départ très proche pour la Suède. Ensuite, elle irait en Finlande puis au Danemark avant de revenir au Québec le 20 septembre pour seulement quatre jours.

*

Chantal et Nicolas visitaient Aubéline et André à leur demeure de Sainte-Foy. La jeune femme leur apportait des nouvelles de sa mère. Des cartes postales. Des photos. Une lettre avec des passages pour sa plus vieille amie.

On était tous les quatre à la table de cuisine, un endroit où Chantal aimait se trouver ; « le plus beau lieu de la convivialité », disait-elle souvent.

« Quand on est au loin, dans un lieu voisin du paradis, on pense à ceux qu'on aime, à tous ceux-là qu'on aime, et on voudrait qu'ils soient à côté, tout près, pour partager ces beautés incroyables... »

– Elle a mis des accolades en regard des bouts qu'elle veut que je vous lise... Y a rien de secret dans le reste sauf que ça vous intéresserait peut-être pas... Bon... mmmmm... ah! « Un vieux rêve, c'était d'aller visiter l'île de Pâques, mais je ne pourrai pas le réaliser tout de suite. C'était prévu mais les circonstances étant ce qu'elles sont, je dois m'arrêter plus longtemps que prévu à Tahiti. André aurait de quoi se rincer l'œil par ici... T'es pas jalouse, Aubéline, je le sais... Les jeunes filles sont vraiment belles ici, belles du caractère autant que du corps et si j'étais un homme de leur âge... »

Puis on regarda les photos après quoi André déclara avec une joyeuse autorité:

– Ta mère, Chantal, a voulu te livrer un message, à toi et aux autres de ta famille, et elle a choisi le vieux André pour le transmettre à travers son œil exercé... Ta mère, Chantal, est en amour, oui, oui, oui, et avec cet homme-là, tu vois? C'est comme ça.

– Ben voyons donc? contesta Aubéline en lui arrachant la photo des mains. Pourquoi pas un autre? Les photos sont remplies de beaux Tahitiens.

André leva un doigt rempli de sagesse et de perspicacité et il dit:

– Pour plusieurs bonnes raisons. D'abord Paula, c'est une personne de ma génération et une femme de ma génération qui a divorcé annonce pas à sa famille comme ça de but en blanc qu'elle est tombée en amour avec un homme beaucoup plus jeune qu'elle et à l'autre bout du monde en plus. Deux, elle a pensé que la filière serait: Chantal, le vieux André pour éclairer Chantal, et ensuite, les autres de la Beauce. C'est simple. Trois, ça fait longtemps que Paula ne s'exprime plus par les sentiments et écoutez-la parler des beautés de la nature, de la sensualité, etc. Quatre, le sourire des Tahitiens sur les photos sont tous ordinaires sauf celui de cet homme qui s'adresse spécifiquement et totalement à la personne qui tient la caméra... Regardez, regardez...

Chantal reprit la lettre et la parole :

– Il y a un post-scriptum pour André... *PS Cher André Veilleux, joues-tu toujours au détective*?

L'homme éclata dans son vieux rire de 50 ans, paternel, expérimenté, mais généreux.

– Ça, c'est la preuve par neuf de ce que j'avance! Tu peux le dire aux autres de la Beauce, Chantal; je prends le risque de faire rire de moi si je me trompe...

*

Marc ne possédait pas les forces requises pour accomplir sa tâche convenablement, même si au fond tout était dicté par la voix de sa mère adoptive au téléphone ou lors de ses brefs retours saisonniers. Son âme était devenue une sorte de jungle inextricable bourrée de plantes vénéneuses, de bêtes venimeuses l'empêchant de renouer avec les vrais élans de l'accomplissement, ceux de la beauté, de la créativité... Sa vie devenait inesthétique malgré lui.

Son homosexualité elle-même avait odeur de vinaigre parce qu'il l'haïssait au lieu de l'accepter et de la vivre de manière à en tirer les bénéfices ainsi que de toute chose existante, même la mort des plus aimés, il y a des fruits à extraire. Pour lui faire contrepoids, il bascula dans l'usage de drogues. Ce fut d'abord la mari, qu'il avait utilisée au secondaire et au cégep. Ensuite, un *pusher* flairant l'argent et la vulnérabilité lui refila de la cocaïne. Un essai. Un autre. La répétition. Quelques doses de fin de semaine puis ç'avait été l'assuétude. L'escalade classique et bête.

Au studio, il se donna deux employés bien choisis qui se tournaient les pouces la plupart du temps, mais répondaient à ses attentes privées.

Il devint arrogant avec le couple français sous prétexte que leur attitude le valait bien. Les altercations se multiplièrent. Albert se plaignit à Paula lors de sa venue en septembre 1989, et elle procéda à une réconciliation. Devant elle, chaque partie amenuisa la gravité de l'opposition.

Marc reçut ses amis de plus en plus souvent à la piscine. On buvait. On fumait. On riait. On criait. On vomissait. Tout était laissé dans le désordre et la saleté. Il conduisait le bal, donnait l'exemple, incitait les autres à plonger dans tous les excès.

Mais il se garda de se livrer à des orgies sexuelles dans la maison, sauf en l'absence des Français quand ils partaient en vacances. Car c'était moins pour le plaisir qu'il se conduisait ainsi que pour inciter le couple à démissionner et à quitter la maison à jamais. Quant aux ébats d'un style particulier, l'on s'y adonnait au studio en même temps que l'on se filmait dans l'action tout en visionnant de la porno à l'avenant.

*

Nathalie, Christian et Chantal ne venaient plus à la maison que durant les brefs séjours de leur mère ; par contre, ils prirent l'habitude de se rendre chez leur père où Sylvie les accueillait toujours les bras très largement ouverts.

Malgré tous ses efforts, la compagne de Grégoire sentait qu'elle ne parvenait pas à le libérer du souvenir de son ex-femme, à bien combler son vide intérieur qu'elle surprenait parfois dans ses yeux alors souffrants.

L'homme se montrait fort affectueux avec Lucie, et il s'adonnait avec elle à de la taquinerie qui passait toujours à du contact physique, à tel point que la mère s'inquiéta. Il devina ce souci et l'en délivra par des mots rassurants et une attitude plus détachée envers la jeune adolescente.

Mais il en eut du remords. Sylvie en parla à une amie qui lui dit que son compagnon cherchait sans trop le savoir à compenser pour son passé perdu, pour toutes ces fois sans doute où il s'était privé d'étreindre ses enfants comme la plupart des pères n'osent le faire.

Un soir, Grégoire reçut un appel de Paula. Le fit-elle exprès, mais c'était le 15 novembre et il le remarqua. Elle lui demandait de lui rendre un service, de se livrer à une enquête discrète sur ce qui se passait à la maison, car il lui semblait que Marc agissait de travers et que sa cohabitation avec le couple français avait quelque chose de pernicieux. Grégoire, argua-t-elle, était sans aucun doute le mieux placé pour voir et comprendre.

Il se rendit au studio de Marc. Conversa. Puis à la maison et parla aux Français. Mais demeura dans la plus grande expectative. Ce n'était pas un mariage d'amour, certes, entre ces trois-là, mais le mariage de raison et d'intérêts n'avait pas l'air à la ruine complète non plus.

*

À son retour de Tahiti au mois de décembre, Paula entra en communication avec son ex-mari. Il ne put ajouter à ce qu'elle savait déjà sur les choses de la maison.

Dès qu'il en eut la chance, Marc rencontra privément sa mère et avoua qu'il s'était mal conduit à quelques reprises envers les Français, que cela tenait au fait qu'il avait des problèmes financiers avec son commerce, qu'il n'était pas facile de vivre dans cette immense maison silencieuse et comme morte depuis le départ de Paula.

Il avait réfléchi à son discours qui atteignit son objectif comme un missile intelligent à tête chercheuse. Paula rassurerait le couple. Et elle sortit son chéquier afin de renflouer les poches de son fils. Amoureuse, elle se fit généreuse mais raisonnable.

*

Nathalie donna naissance à son premier enfant. Pour l'occasion, Paula lui fit un cadeau qui étonna par sa modestie. Ce fut pareil à Noël. Elle accusa les coûts élevés de son voyage, mais on sentait bien autre chose derrière ses agissements...

Au repas de famille, elle annonça simplement qu'elle poursuivrait son voyage en la compagnie de quelqu'un rencontré à Tahiti. Chacun comprit.

Sur son agenda 1990, il y avait l'Allemagne, l'Italie, l'Albanie, le Maroc, l'Égypte, l'Éthiopie, les pays de l'Est avec un séjour appuyé en Union soviétique et à l'été, le Proche-Orient, Jordanie, Iran, Irak, Arabie. L'automne l'enverrait en Extrême-Orient, Japon, Chine, Thaïlande, Indonésie, Australie...

Elle repartit non seulement l'âme en paix mais le cœur à la fête. L'homme de Tahiti serait au rendez-vous fixé à Hambourg. Les appels à la maison se feraient plus espacés : tous les quinze jours. Marc avait les choses bien en mains et cela la libérait de certaines inquiétudes.

*

Le jour même où Albert se rendit reconduire Paula à Mirabel, Marc eut un violent affrontement avec Maryse. Une agression physique voulue, pensée, planifiée. Ce qu'il n'avait osé entreprendre en avril, il le tenta cette fois.

La femme le repoussa vertement mais elle subit blessures, contusions et peurs, peur coléreuse, peur douloureuse, peur rageuse...

Cependant, elle répondit à l'attaque physique par une contre-attaque psychologique. Le jeune homme fut méprisé, traité de mollasson, de drogué homosexuel, de fainéant, de raté et de taré.

Au retour d'Albert, le jeune homme avait quitté les lieux par crainte de représailles. Il téléphona cependant et ordonna au couple de s'en aller. Les Français savaient qu'ils ne pourraient gagner la bataille et ils préparaient déjà leurs affaires personnelles. Pour se faire protéger, Marc emmena ses deux employés à la maison. Il s'enferma dans le bureau en leur compagnie en attendant le départ de ces gens. Le chèque de paie final fut signé, le chèque de vacances, les reçus, préparés et même une somme pour leur chambre d'hôtel le premier soir et un taxi qui les reconduirait à Québec le lendemain matin.

La maison devint un véritable capharnaüm cette nuit-là. L'excès de consommation dont elle était la fine fleur fut exprimée par une musique assourdissante d'Iron Maiden et autres fabricants de décibels, de l'alcool qui coula à flot, du sexe, des cris sauvages et de la saleté partout.

Le surlendemain, Marc fit insérer une grosse petite annonce de journal pour obtenir du personnel à temps partiel qui viendrait s'occuper de la maison de jour et quitterait les lieux avec le soir tombant.

*

Paula regretta ce départ que Marc attribua à un coup de tête imprévu de la part des Français. Il dit avoir tout fait pour les retenir. Elle lui réitéra sa confiance. Il redit son souci de la bonne marche des affaires à la maison.

Les communications entre elle et lui s'espacèrent et elles manquèrent de régularité dans les mois qui suivirent. Des cartes postales, des films, des lettres parvinrent parfois aux enfants. Des nouvelles fraîches la concernant tandis qu'elle se trouvait en Éthiopie leur apprirent que son compagnon de voyage ne se trouvait plus à ses côtés et qu'il avait regagné son pays.

En mars, elle poursuivit sa route sans revenir au pays. D'Afrique, elle se rendit en Europe de l'Est afin de voir, écrivit-elle, «la transition de ces peuples depuis la vieille oppression vers la jeune liberté».

Elle demeura en Roumanie plus longtemps que prévu puis entra en Union soviétique pour y faire un séjour de quatre semaines après quoi elle reviendrait chez elle pour quelques jours.

Marc prépara la maison avec soin pour son retour. Elle aurait le tapis rouge devant la porte, il concocta des pensées bien frisées à lui servir. Tout aurait l'air impeccable, dans son meilleur ordre à elle, mais avec une touche additionnelle, un cadre de plus, une chambre décorée à neuf, le fond de la piscine repeint.

– Pourquoi donc vas-tu au Moyen-Orient en plein été? lui demanda-t-on unanimement lors du souper de famille super bien servi et préparé par les gens de l'Arnold comme autrefois et pour le plus grand plaisir de chacun.

– Parce que c'était prévu comme ça! Et aussi… l'intuition féminine : il me semble que c'est le bon moment pour voir le monde du sable et du pétrole…

– Attention aux couteaux dans le dos : les Arabes, on sait jamais, la prévint Grégoire au téléphone.

– Le monde n'est pas ce qu'on l'imagine en regardant la télévision, répondit-elle de façon énigmatique.

On reçut un appel téléphonique le 30 juillet, depuis Téhéran. Paula prenait l'avion le matin suivant pour Bagdad. Le 2 août, le monde apprit que l'Irak venait d'envahir son voisin. Ce fut la consternation dans la famille de Paula. Le téléphone ne dérougissait pas. Chacun appelait chacun. Marc reçut pour mission de tout tenter avec l'agence de voyages pour la rejoindre à l'hôtel où elle devait loger.

Après six jours d'angoisse, on reçut enfin des nouvelles. Paula choisit d'appeler d'abord Nathalie plutôt que Marc ou quelqu'un d'autre. Elle seule des enfants, parce que devenue mère, pouvait posséder l'instinct protecteur nécessaire pour se faire rassurante et transmettre en l'amplifiant le réconfort que Paula voulait dispenser aux siens.

Deux mois de séjour forcé en Irak suivirent.

On sut davantage ce qui lui arrivait en déduisant à partir des nouvelles quotidiennes télévisées. Elle fut libérée avant les autres otages avec un petit groupe de femmes anglaises et leurs enfants.

Elle appela Marc depuis Francfort. Malgré les émotions, la fatigue et un certain écœurement du voyage, elle dit qu'elle retournait en Afrique où elle était déjà allée au printemps. Mais cette fois, au Sénégal et au Mali.

Fin octobre, elle annonça son retour dans la Beauce pour le 3 novembre.

Et elle y fut.

Durant les deux mois qui suivirent, elle s'enferma dans son bureau et fit des affaires, mais n'en souffla mot à personne.

Marc ne la voyait presque jamais. Tout au plus lui parlait-il à l'occasion par téléphone. Moins souvent que lorsqu'elle courait autour du monde.

«Vu que Saddam Hussein m'a retardée de trois mois, je vais me rattraper en 1991», annonça-t-elle aux enfants durant les fêtes.

Début janvier, elle partit pour le Japon. Elle avait déjà des connaissances là-bas, des clients de la Reine de l'érable. Puis elle irait en Chine et en quelques pays du Sud-Est asiatique avec l'Australie en bout de ligne.

Et au deuxième anniversaire de son départ, le premier avril 1991, Paula descendit d'une voiture de taxi devant chez elle. Tandis qu'on s'occupait de ses bagages, elle se rendit à l'écart et regarda la ville. Sa ville.

«J'ai 52 ans et j'ai mon voyage!» fit-elle simplement en entrant, accueillie par Nathalie venue exprès pour lui montrer sa fille.

***

Chapitre 30

À nouveau, Paula plongea dans les affaires sans dire à personne ce qui mijotait dans sa marmite. Elle vivait le plus clair de son temps enfermée dans son bureau où elle travaillait fébrilement au téléphone.

Par inadvertance, un jour, Marc l'entendit se battre avec, lui sembla-t-il, des fonctionnaires du gouvernement provincial. Et il crut comprendre que sa mère cherchait à obtenir une entrevue avec le premier ministre Robert Bourassa. Jamais il n'aurait osé lui poser des questions, ni directes ni indirectes.

D'ailleurs, à la maison, il se conduisait maintenant comme un gentil garçon. Et puis Paula l'aida par une journée complète de son temps où elle lui trouva des clients pour deux mois, geste par lequel non seulement elle désirait lui rendre service mais aussi lui donner l'exemple sur la meilleure façon de moissonner efficacement.

Quand parfois ils échangeaient entre eux, les enfants se questionnaient sur leur mère. Elle semblait devenue une sorte d'étrangère. Hermétique. Insondable. Très réservée. Hantée, croyait-on, soit par Tahiti ou bien par son expérience en Irak ou peut-être qu'il lui fallait redresser certaines compagnies qui avaient périclité en son absence prolongée?

Un événement majeur dans la vie de Paula se produisit à la fin d'avril. Elle apprit que son père était atteint d'un cancer du poumon.

Rosaire avait avoué son malaise physique et moral au réveillon de Noël. On entendait alors sa toux sèche qu'il tâchait d'aller épancher dans une autre pièce, aux toilettes, tout comme il s'y rendait pour cacher des larmes autrefois. Pendant plusieurs semaines, en homme de son temps qui se croit indestructible, il avait refusé de se faire examiner. En mars, avant les grosses semaines de travail à la cabane, il avait passé des tests. Les résultats qu'il refusait d'anticiper furent néanmoins implacables. Il fit évaluer ses chances. Une sur trois et à condition de se faire traiter de toutes les façons comme Lucie en 1970. « Il y a d'énormes pas de faits dans le traitement du cancer depuis vingt ans », lui servait-on à tout propos, qu'on soit médecin ou simple profane.

C'est Hélène qui fit part de la nouvelle à Paula au téléphone.

– Comment il prend ça ?

– Calmement.

– C'est bien lui, ça. Et les traitements, ça va commencer quand ?

– C'est commencé...

– Il les prend à Saint-Georges ?

– Oui, à l'hôpital.

– C'est fréquent ?

– Trois fois par semaine.

– Et à la cabane ?

– J'ai des bons employés.

– Mais pourquoi il s'en viendrait pas ici le temps de ses traitements. J'ai une grande québécoise pleine de place... Il serait bien.

Elle hésita :

– Avec toutes tes affaires...

– Qu'est-ce que ça dérangera à mes affaires ? Il aura quelqu'un pour le reconduire à l'hôpital et le ramener, et toi, tu pourras voir à toutes les affaires... parce que je me doute bien que ça doit le tracasser beaucoup.

– Pour tout dire, ça serait une bonne idée...

– Annonce-lui le plus vite possible. Sa chambre est prête ici. Il aura qu'à se laisser faire et à consacrer toutes ses énergies à sa volonté de guérir... Il va recevoir des bonnes ondes de soutien de moi, de Marc, des autres enfants quand ils viendront et de toi surtout bien entendu... Tu l'appelleras tous les jours. Tu viendras le voir quand tu voudras. Si tu veux rester ici, tu resteras...

– Le ton sur lequel tu me dis tout ça me fait croire que ça t'apporterait beaucoup si on acceptait...

– Non seulement ça, mais un refus me déprimerait.

– C'est fait pour moi... et je vais le convaincre.

Paula raccrocha quelques mots plus tard. Elle demeura longtemps dans son fauteuil, le front strié de rigoles: celle du regret voisinant l'autre de la nostalgie et une troisième de résignation...

Puis elle ferma les poings et se déclara mentalement:

«Acceptation, oui; résignation, jamais!»

*

Sa journée de bureau terminée, elle téléphona aux enfants et leur fit part de la mauvaise nouvelle. Puis ce fut le tour de Grégoire.

Afin de ne pas indisposer sa compagne, elle composa le numéro des écuries. Ainsi, elle pourrait parler aussi à Christian. Grégoire répondit:

– Ah! Paula, comment vas-tu?

– Bah! soixante pour cent...

– Et de quoi les quarante qui restent sont-ils faits?

– Je te dirai tantôt...

L'homme s'inquiétait souvent et vivement de la santé de celle qu'il considérait toujours comme sa femme.

– T'as pas ramené trop de virus dans tes bagages, là?

– Pourquoi dis-tu ça ? Comme si j'étais allée lâcher mon fou à travers le monde...

– Pas du tout ! Je pensais aux maladies tropicales... C'est pas rare, des gens qui reviennent d'ailleurs avec du mauvais qui s'est infiltré dans leur sang.

– Toutes mes excuses, je suis un petit peu nerveuse aujourd'hui.

Cette phrase et surtout le ton pour la dire signifiaient beaucoup. Dans la bouche d'une autre femme, elle eût paru anodine mais chez Paula, chez une gagnante qui ne baissait jamais les bras, voilà qui sonnait une cloche... Grégoire avait la puce à l'oreille à son tour.

« On dirait qu'elle n'est plus la même », répétaient les enfants.

On parla de chevaux, de la saison des sucres. Le nom de Rosaire vint, mais Paula ne révéla pas la mauvaise nouvelle. Christian avait déjà quitté les lieux. Gaspard n'avait jamais plus donné signe de vie. Sylvie allait bien. Lucie de même. Il osa demander à quelles nouvelles affaires elle était à travailler.

– Quelque chose qui pourrait te faire tomber en bas de ta chaise...

– Tu me dis pas que tu t'apprêtes à acheter Péladeau ?

Elle rit calmement :

– Non, pas du tout ! J'ai pas encore les reins assez solides pour ça...

– Ben quoi, tu fais le financier boa : tu avales quatre fois plus gros que ta bouche... comme Robert Campeau ou Donald Trump.

– Disons que... ce n'est pas dans mes projets, pas pour le moment... On verra bien.

Tout en conversant, il venait à Paula le goût de passer quelques heures en compagnie de son ex-mari. Histoire de se rappeler... Brasser des souvenirs, c'est nécessaire une fois par deux ou trois ans. Elle dit abruptement :

– Si ta compagne n'est pas trop jalouse, est-ce qu'elle te laisserait venir souper avec moi ?

– Elle sait très bien qu'on pourrait avoir des choses à se dire. Après tout, on a vécu ensemble pas loin d'un quart de siècle…

– Mettons jeudi ?

– Si problème, je te rappelle…

Quand on eut raccroché, chacun à un bout du fil se dit que la question du quarante pour cent qui n'allait pas dans la vie de Paula n'avait pas été répondue…

*

Elle l'attendit dans le vestibule, pensant à retardement au fait qu'il lui avait fallu un travail particulier sur sa personne pour la rendre présentable à son goût. Alors elle se traita de jeune fille craignant de mal paraître.

Non, mais c'est vrai qu'elle avait revêtu cette robe à motif pêche fleuri, au look des années quarante, un choix pour elle de la gérante de la succursale locale de Rosabelle. Encolure en cœur. Corsage bien ajusté. Épaules rembourrées. Et pour actualiser le style : un chapeau exotique tout noir…

Plus question depuis longtemps de garder la couleur naturelle de ses cheveux ! Elle aimait le gris chez les autres, pas sur elle-même.

Soudain, elle se reprit en mains, secoua son intérieur. Grégoire n'était pas un prétendant, encore moins un fiancé, il n'était qu'un ex-mari… et un ami parmi les autres. Il avait sa vie, de nouvelles personnes à aimer, à protéger, à mener aussi sans doute… Sylvie avait le sens du service, et c'est de cela dont avait besoin Grégoire, un homme de son époque et pour toujours.

Il arriva. Sa voiture, une fourgonnette, emprunta doucement l'entrée en arc de cercle et vint stopper devant la porte.

Paula sortit aussitôt. Il se pencha, déclencha le mécanisme d'ouverture de la portière et lui laissa faire le reste du travail.

— Salut! Tu m'en voudras pas si je ne fais pas le chauffeur privé?

— Fais-moi rire!

— Comment ça?

— Le chauffeur privé, la limousine, c'est du passé tout ça et beaucoup d'autres choses aussi...

— Comme ton ex-mari.

— Le temps coule et nous passons, disait le poète.

Il reprit la route.

— D'abord que c'est toi qui invites, je dois aller où?

— Allons au Georgesville.

— Tes affaires vont bien, au moins?

— Une fois millionnaire, ça prend pas un génie pour faire virer les affaires.

— Voyons, tu te dévalorises maintenant?

— Bah! ça dépend de ta conception du mot valeur. Mais, je t'en prie, pas de discussions philosophiques. Laissons ça aux plus jeunes! En tout cas, pour ce soir.

Il emprunta la rue suivante dans la direction opposée à celle menant au pont et à la ville est.

— On va faire notre parcours du dimanche matin, tu te souviens?

— La petite salle est toujours là.

— Si le pasteur avait su ce qui se passait aux enterrements de vie de garçon...

— Ben oui, parlons-en! Moi aussi, je voudrais savoir ce qui s'est réellement passé ce soir-là? D'abord qu'on est divorcés, tu peux me le dire franchement.

Il lui dit ce qu'elle sut être la vérité. Les danseuses avaient dû se cacher au dernier moment...

— T'aurais pu ne pas vouloir qu'on se marie et rien n'était de ma faute... Et puis vous êtes arrivées juste à temps, hein...

– De ce qu'on pouvait être jeunes!

Il soupira:

– Mais de ce que tout ça pouvait être beau!

– C'est loin, si loin...

Il y eut une longue pause. On passa devant la salle qui n'avait pas changé excepté ses couleurs. Puis on emprunta le boulevard.

– Ça fait des années que j'suis pas allée au cinéma, toi?

– Moi, des siècles.

– C'est encore le père de Michelle le propriétaire, tu savais?

– Non.

– Qu'est-ce qu'ils présentent? Peux-tu voir?

Il stoppa le véhicule face à la vitrine aux affiches. Lut:

– *Voyageur malgré lui...*

– Ah! mon doux Seigneur, j'ai vu ça sur l'avion quelque part en Europe... Ça nous ressemble un peu...

– Comme...

– Ben... c'est une femme comme moi qui quitte son mari... Lui en rencontre une autre... comme toi. La première veut revenir à lui... Et lui finit par retourner à l'autre, la plus jeune.

– C'est triste...

– C'est une comédie. C'est logique. C'est réfléchi. C'est basé sur les besoins de chacun. Lui va dire à sa première femme qu'il retourne finalement à la deuxième, une espèce de mal habillée pas trop conventionnelle en disant: «Cette femme étrange m'a beaucoup aidé.» Ce qui était vrai... Je crois qu'une deuxième femme peut mieux répondre aux besoins principaux d'un homme.

– Chaque cas vaut pour lui-même.

L'auto repartit.

– Tu veux passer devant l'école de tes 18 ans?

– Pas nécessaire: je la vois souvent.

– Bon...

On se tut un moment puis il dit:

— Je te propose de raccourcir notre temps à l'hôtel et une couple d'heures au cinéma… même si t'as vu le film. Ensuite, on en discutera… À moins que tu ne doives rentrer avant minuit?

— Pourquoi pas?

— Quoi? s'écria-t-elle.

— Pourquoi pas?

— C'est la première fois que je t'entends dire pourquoi pas au lieu de « *why not?* ».

— Je perds sans doute mon petit côté américain…

Ce fut simple. Joyeux. Elle ne lui annonça l'état de son père qu'à la fin du repas. Il en fut très désolé.

— Il vient habiter chez moi lundi et pour la durée de sa chimiothérapie.

— J'irai le voir, c'est sûr.

— Je pense qu'il ne voudrait pas nous voir nous peiner à cause de lui; si tu veux, on va parler d'autre chose…

*

Grégoire jeta sous les bancs le contenant vide de maïs soufflé que l'on avait bouffé depuis le début du film. Il dit à l'oreille de Paula:

— La première femme ne te ressemble pas du tout. Et la deuxième ne ressemble pas à Sylvie. Et le gars n'est pas comme moi du tout.

— Je voulais pas dire physiquement… dans la tête.

— C'est pire…

— On en discutera à la sortie.

— OK!

Dans les minutes suivantes, il n'écouta guère autre chose que son bien-être de se trouver là, simplement là, près de sa femme dont la beauté mûre lui rappelait celle d'antan, celle du jour de leur mariage.

Quant à Paula, elle ne cherchait aucunement à disséquer les minutes et les sentiments. Elle se sentait bien. Loin des affaires. Loin du monde. Un entracte agréable. Une belle soirée mémorable.

Il y avait fort peu de monde dans la salle. C'était le type de film qu'on loue sur vidéocassette. Rien pour la jeunesse là-dedans. Ni poussière, ni poursuites, ni non plus de musique assourdissante : aucun excès. Sérénité. Sérénité.

On lut au complet le générique de la fin et le rêve dura tant que les lumières ne furent pas allumées. Alors le couple se leva.

— Ça aura fait du bien de relaxer un peu, tu trouves pas ?

— Sûrement !

Ils furent les derniers sortis. Une surprise de taille les attendait à la porte. Michelle entrait dans le lobby avec son même pas décidé d'autrefois. Elle s'arrêta tout sec soudain, estomaquée, les paupières écarquillées comme si deux vieux fantômes étaient soudain apparus devant elle.

On se salua. On s'étreignit. Comment avait-on fait pour se perdre ainsi de vue depuis plusieurs années ? Et la santé ? Et les affaires ?

Michelle savait que Paula était devenue une femme d'affaires de calibre majeur, de l'envergure des Péladeau, Dutil, Mathers, Lemaire, Malenfant, Pomerleau, quoique moins cotée par le chiffre d'affaires en valeur absolue. À plusieurs, elle s'était vantée de cette réussite, affirmant que Paula Nadeau serait toujours dans sa cuisine sans elle et ses conseils appropriés.

Mais ce qui sur le moment, intéressait les deux femmes au plus haut point, c'était l'état du cœur de chacune.

— Nous deux, sommes divorcés, mais toujours d'excellents amis, se dépêcha de dire Paula.

— Vous avez l'air de plus que des amis…

— Non, non, sois certaine ! Demande à Grégoire. Et toi ?

— Moi ? T'as pas su ?

– Su quoi? Tu sais, j'ai couru le monde ces dernières années...

– Mon mari: envolé... Parti pour le ciel et me voilà une jeune veuve de 50 ans à l'herbe... Crise cardiaque: pouf! Les hommes sont pas solides comme nous autres.

– Tu restes toujours à Montréal?

– Oui, mais je viens souvent en Beauce... Tu sais, je m'en cherche un autre... plein comme un vrai boudin! Vous en connaissez pas?

La femme appuya son grand regard noir et espiègle sur Grégoire qui se désista aussitôt:

– Si Paula était un homme, ça pourrait marcher; quant à moi, j'ai quelqu'un et... suis encore loin du boudin.

L'échange se termina dans un éclat de rire général.

Les deux amies de naguère se promirent de se voir, s'écrivirent leurs numéros de téléphone. On se quitta en sachant bien que malgré les apparences, le passé était le passé et qu'il faudrait un autre hasard pour les rassembler à nouveau.

– À notre dernière rencontre tous les trois dans le lobby de la salle de cinéma, t'avais chicané, te souviens-tu?

– Il faisait une tempête de neige épouvantable...

***

Chapitre 31

L'été s'écoula comme un printemps en débâcle dans la vallée de la Chaudière. Vivement. Et dispensant à la terre des tornades d'eau succédant à des ciels gris et lourds. Un été de mélancolie.

Rosaire demeura chez Paula jusqu'à la fin de juin et alors il voulut retourner à la maison. Son état se stabilisa. Pour mettre toutes les chances de son côté, il courut chez les guérisseurs ; ça n'avait pas réussi pour Lucie et bien d'autres, comme ce député fédéral qui avait troqué son Coke pour de l'eau de Lourdes, mais peut-être que pour lui, le Bon Dieu ferait un spécial. Après tout, Jean Lapointe avait avoué à Andrée Boucher à la télé que grâce à un pater, il avait obtenu deux contrats à Radio-Canada... Eh quoi, il n'avait pas été moins utile à la société, lui, le demi-cultivateur de Saint-Honoré, consacré depuis nombre d'années à la cause de l'érable que le fantaisiste de Montréal ! Ou alors, le Bon Dieu serait-Il lui aussi absolument conditionné par la télé et vulnérable Lui aussi au *star-system* ?

Paula obtint de rencontrer le premier ministre Bourassa en août, de même que le chef de l'opposition à l'Assemblée nationale.

Marc le sut. Mais il ne pourra pas découvrir pourquoi ces rendez-vous semblaient aussi importants pour elle. Ses airs noirs, quand elle revint de Québec, exhalaient des relents d'échec.

Sombre, elle redoubla d'ardeur, d'activité. Chaque jour, elle rencontrait des gens et brassait des affaires. Les siens n'osaient la déranger. Elle n'eut aucun contact avec Grégoire. Cette soirée de détente passée avec lui semblait avoir disparu de toutes ses mémoires.

*

Le jour déclinait.

Le fond de l'horizon était embrasé, écarlate. Devant Paula, au pied de son regard, la ville sombre déroulait jusqu'à la Chaudière son tapis constellé d'étoiles prématurées: les lumières de l'activité humaine clignaient de l'œil pour attirer la clientèle. C'était vendredi soir.

La femme quittait l'hôpital. Dans la chambre de son père là-haut, il y avait Hélène qui voulait rester seule un moment auprès de la dépouille de son mari.

Rosaire avait rendu son dernier souffle une demi-heure plus tôt.

Paula marcha lentement, d'un pas simple mais lourd, réfléchissant à bâtons rompus. Cet homme avait marqué sa vie depuis l'enfance par ses bons et mauvais côtés. Le bien l'emportait sur le mal en lui. Il était gauche parfois, mais qui ne l'est pas!

Des feuilles mortes roulaient parfois sur le chemin noir, emportées par des rafales inattendues et arrogantes. Elle arriva à son véhicule pour y attendre Hélène. Entre-temps, elle téléphona à la maison et demanda à Marc de faire circuler la nouvelle.

*

Rosaire était un homme aimable. Saint-Honoré pria sur lui le samedi soir et le dimanche.

Paula fut entourée, questionnée. Elle demeura évasive quant à ses affaires et à sa vie, et préféra interroger. Cette attitude n'était pas une manière d'esquiver, car elle se sentait profondément intéressée à chacun de ses interlocuteurs.

Marcel Blais et Fernand Lapointe se dirent d'elle qu'elle avait bien changé depuis quatre ans, depuis qu'ils l'avaient rencontrée à l'exposition du corps d'Esther Létourneau.

– Elle a l'air plus jeune, les épaules moins chargées.

– C'est vrai, ça. C'était peut-être sa ménopause.

– Paraît qu'elle a fait le tour du monde…

– Ben sûr, même qu'elle a été bloquée en Irak l'automne passé, tu savais pas? C'est ce qui m'a été dit.

– Il s'en dit ben, des affaires.

– Ben voyons donc, les gars, c'était dans tous les journaux! leur glissa Claire-Hélène, femme d'affaires du village, sur le ton du reproche bienveillant.

– Ah! on le savait!

– Ben oui, on le savait!

– Je pensais que vous disiez que vous le saviez pas…

– Tu devais nous écouter rien que d'une oreille, là.

*

Aubéline et André vinrent au salon le dimanche après-midi. Paula resta longtemps auprès d'eux à s'entretenir à voix basse dans un coin moins bruyant. Souventes fois, l'homme et sa femme s'échangèrent des regards émerveillés.

Chantal s'approcha à quelques reprises. Elle crut comprendre que sa mère leur parlait de ses voyages à travers le monde, mais il lui semblait que la conversation bifurquait chaque fois qu'elle entrait en scène. Se partageait-on des secrets de gens de 50 ans interdits aux moins de 25?

*

Le cercueil était rendu à sa place au fond de la fosse.

Les assistants s'égrenaient en silence vers les sorties du cimetière. À l'enterrement d'un proche, Paula Nadeau restait toujours longtemps à méditer et le plus souvent, elle quittait les lieux la dernière.

Elle se croyait seule maintenant près du lot familial à parler à tous. Car ils étaient tous là, sauf elle. Herman qui s'était fait jouer un tour par une fenêtre-guillotine. Rita, sa mère, qui avait fait le lit pour tout le monde. Lucie, qui faisait monter les larmes aux yeux de sa sœur une fois encore. Julien, le révolté, perdu par le rêve américain. Et le père qui, la dernière fois, avait dit à sa fille : « manque que toi et moi... »

Tragique, ce destin de la famille de Rosaire Nadeau de Saint-Honoré : étrange !

Une voix, des pas, une présence... On chuchota avec respect dans son dos :

– Paula, je peux te parler une minute ?

C'était Grégoire. Venu de Saint-Georges avec Christian, il avait assisté à la cérémonie des funérailles et suivi le corps jusqu'à son dernier repos. Mais l'homme s'était tenu à distance tel un observateur compatissant.

Après les dernières prières, il avait fait mine de partir avec les enfants vers la salle où un goûter serait servi puis avait rebroussé chemin pour se donner la chance de parler seul à seul et en toute liberté avec son ex-femme. Non, il n'avait pas un million de mots à lui dire mais ces mots-là pourraient peser lourd...

Elle ne bougea pas, ne se retourna pas, répondit :

– Je t'écoute...

– Je te dérange au mauvais moment peut-être...

– Non, non, j'ai tout mon temps.

– Ben... je voulais juste t'inviter à mon tour à souper... comme l'autre fois.

Il hésitait, promenant son regard sur le ciel gris, le tapis jaunâtre du cimetière, les arbres frileux et la silhouette noire et si gracieuse de Paula.

– Une fois par année, Grégoire, mais il ne faudrait pas faire de la peine aux nouvelles personnes dans ta vie et qui tiennent à toi.

– Justement, Sylvie… elle est partie il y a une semaine. Ce ne fut pas une rupture avec éclats… pas un orage, mais elle s'est rendue compte que… que je n'étais pas là. Je me suis senti mal à l'aise qu'elle parte… coupable, mais soulagé.

À mesure qu'il parlait, les épaules de la femme se soulevaient par petits coups qu'elle essayait en vain de maîtriser. Il fut étonné de cette réaction. Que contenait-elle? Paula souffrait-elle d'un mal physique caché? Ou bien était-elle entraînée dans une prise de conscience quelconque devant le lot de tous les siens à la pensée de son propre avenir?

– J'ai pas voulu lui faire de mal et je pense qu'elle a compris ça aussi… Bon, ça fait que je me suis dit tout à l'heure qu'étant libres tous les deux, on pourrait peut-être placoter comme l'autre fois… Ce fut une très belle soirée, tu sais, une très belle soirée…

La tête penchée en avant, Paula gardait sa main sur son visage et elle pleurait abondamment sans même chercher à essuyer ses larmes avec un mouchoir.

– Bon… maintenant, je vais te laisser… Si t'as le goût, tu m'appelleras…

– Non, attends, parvint-elle à dire. Viens ici à côté de moi.

Il obéit. Elle dit:

– Prends ma main et tiens-la…

Il le fit et ils se tinrent là longuement sans dire un mot, dans un silence parfois brisé par un tourbillon du vent ou des sanglots étouffés.

Au loin, Nathalie et Chantal leur jetèrent un coup d'œil et s'échangèrent un regard sans rien se dire.

Quand elle fut soulagée, Paula demanda à son compagnon de la laisser seule.

– Pour le souper, tu m'appelleras… je serai là, fit-elle au moment de son départ.

Et elle musarda entre les rangs de monuments. Paya une visite à grand-père Joseph, à Martine Martin, à Esther Létourneau, au curé Ennis avant de se diriger vers l'ancienne sortie où elle s'arrêta un instant.

Au loin, de l'autre côté des bâtisses du village, la cabane à sucre de son enfance paraissait elle-même endeuillée, seule, abandonnée au milieu des érables, tout à fait perdue…

Il apparaissait à Paula qu'il manquait un détail, une présence, une ombre, quelque chose ou quelqu'un, peut-être même, qui sait, un fantôme.

Quelque chose issu non point de la mémoire ni des sentiments mais de quelque part ailleurs, une sensation bizarre et pourtant douce obligea sa tête à se tourner vers la droite. Et son regard tomba sur le lot des Grégoire. S'était ajouté tout récemment un autre nom sur le vieux monument.

Même Bernadette Grégoire n'était pas éternelle.

Il sembla à Paula l'entendre venir par l'arrière, le pas claudiquant, la curiosité dans un œil, le respect dans l'autre, prête à demander:

«C'est ben toi la fille à Rosaire? Me semblait itou. Mais vue de dos, on sait pas tout le temps. Pis comment ça va, toi? La santé est bonne toujours? Ton mari, hey que c'est un bel homme… grand, fort, avenant… T'as des jumeaux, je pense, hein? Ah! j'ai vu mourir ta mère… une bonne personne… une personne dépareillée. C'était attends… en 1953, imagine, ça fait quasiment quarante ans! Le temps passe, c'est effrayant… Tu sais que je me rappelle la journée que tu t'es mariée. Hey qu'il faisait beau ce jour-là! J'avais fait du jardinage toute la journée. C'est des beaux souvenirs. Sans des souvenirs comme ça, la vie vaudrait pas la peine…»

Très haut dans le ciel, un vol d'oiseaux passait. La voix lointaine du fantôme de Bernadette l'accompagnait, suivie de son vieux rire paroissial...

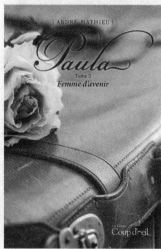

{ ANDRÉ MATHIEU }

Auteur de *Aurore*, l'enfant martyre

Docteur Campagne

Suivez les aventures du beau docteur Samuel Goulet ! Découvrez les intrigues et les nombreux secrets de la vie à la campagne.

Les Éditions
Coup d'œil

www.facebook.com/EditionsCoupDoeil

{ ANDRÉ MATHIEU }

Auteur de *Aurore*, l'enfant martyre

Une histoire d'amour impossible qui vous chamboulera !

Les Éditions
Coup d'œil

www.facebook.com/EditionsCoupDoeil